Alexis Ragougneau

Der Tote aus der Seine

Alexis Ragougneau

Der Tote aus der Seine

Kriminalroman

Aus dem Französischen
von Olaf Matthias Roth

List

Die Originalausgabe erschien 2016
unter dem Titel *L'Évangile pour un gueux*
bei Éditions Viviane Hamy, Paris.

MIX
Papier aus verantwortungsvollen Quellen
FSC® C083411

List ist ein Verlag
der Ullstein Buchverlage GmbH

ISBN: 978-3-471-35145-1

Gesetzt aus der Scala
Satz: Pinkuin Satz und Datentechnik, Berlin
Druck und Bindearbeiten: CPI books GmbH, Leck
Printed in Germany

Ereignisse und Personen dieses Romans sind frei erfunden.

Dieser Roman wurde ermöglicht durch einen Stipendienaufenthalt des Autors im Monastère de Saorge – Centre des Monuments Nationaux.

Mein Heim gebt mir zurück, mein Feld und mein Gewerb!
Mein Weib und auch mein Kind! O schenkt mir hellen Sinn!
Was tat ich nur, so sprecht, dass ich geraten bin
In schlimmer Stürme Schaum! Zerrissen ist das Band,
Verwirkt scheint mir das Recht auf Frankreich,
dich, mein Land!

Victor Hugo

1

Der Körper lag auf dem Rücken. Das weiße Licht, das durch die Fensterscheiben drang, hob die Maserung der Haut hervor, als wäre sie auf ein Pergament gemalt, das durch das Wasser, die Zeit und den Tod brüchig geworden war. Über das Geschlechtsteil hatte man ein Laken geworfen – dabei war Scham hier sicherlich fehl am Platz –, das auch die obere Hälfte der Beine bedeckte. Der Kopf war nach links geneigt und lag auf einem Stück Holz, die dichten braunen Locken waren feucht, schmutzig und blutig verklebt. In dieser unnatürlichen Lage drückte das Kinn auf den Adamsapfel und bildete eine Art Kropf, wodurch das Gesicht feist wirkte und daher in krassem Widerspruch zu dem erschreckend dürren Körper stand. Ein struppiger Bartflaum wie bei einem Pubertierenden umrahmte frühzeitig gealterte Züge, die mit ihrem halb grotesken, halb tragischen Ausdruck an eine antike Maske erinnerten. Unweigerlich zogen die Hände und die Füße die Blicke des Betrachters an: Sie waren durchbohrt.

Ein Metrozug fuhr über die Seine, beschrieb einen Bogen und kam über der Voie Mazas mit quietschenden Bremsen zum Stehen. Dr. Saint-Omer rauschte in den Raum mit dem verblichenen orangefarbenen Linoleumboden, gefolgt von einem Fotografen der Spurensicherung und dem gerichtsmedizinischen Assistenzarzt.

»Es sind von Ostern noch ein paar Eier da, wenn Sie mögen, Lieutenant Gombrowicz. Ich empfehle niemandem, mit leerem Magen einer Autopsie beizuwohnen. Es ist ein bisschen wie beim Fliegen: Bei Turbulenzen ist es immer besser, etwas im Magen zu haben. Das ist aber nicht Ihre erste Obduktion, oder?«

Gombrowicz murmelte eine ausweichende Antwort, während der Mediziner mit seiner behandschuhten Rechten das Laken anhob, um die Hüften des Toten freizulegen. Ein zusammengeschrumpeltes, beschnittenes Glied kam zum Vorschein. Der Lieutenant musste an eine Trockenfrucht denken, eine Pflaume, Dattel oder Feige – und sah augenblicklich zu seinen Sportschuhen hinunter, bei deren einem ein Schnürsenkel offen war.

Unter Klicken und Piepen seiner Kamera begann der Fotograf um den Edelstahltisch herumzutanzen, der im Blitzlichtgewitter aufflackerte. Saint-Omer trank seinen Kaffee aus, während er den Toten betrachtete. Er warf den Becher in den für medizinische Abfälle bestimmten Mülleimer und kratzte sich den kahlen Schädel.

»Gut … Also ein Clochard am frühen Morgen. Zumindest ist er beim Bad in der Seine ein bisschen sauberer geworden. Tut mir leid, ich ziehe nun mal den Tod dem Schmutz vor. Haben Sie auch Aufnahmen in bekleidetem Zustand gemacht?«

Der Fotograf checkte mit dem Zeigefinger die gespeicherten Aufnahmen, und ohne einen Augenblick vom Display seiner Canon aufzusehen, gab er einen unbestimmten Laut von sich, der den Arzt zufriedenzustellen schien.

»Haben Sie die Kleidungsstücke alle aufgelesen? Ist alles hier?«

Der Assistent bejahte mit einer unmerklichen Bewegung des Kinns.

»Körpermaße, Gewicht, Röntgen, alles erledigt?«

Der Assistent nickte erneut, worauf der Gerichtsmediziner mit einem kurzen quietschenden Geräusch die Hände über seiner Plastikschürze kreuzte.

»So, wen haben wir denn da? Nicht identifiziertes Individuum männlichen Geschlechts, zwischen fünfundzwanzig und fünfunddreißig, nordafrikanischer Typus. Die Leiche wurde am 21. April gegen Ende des Tages aufgefunden, sie trieb in Höhe der Haltestelle Port de Montebello des Batobus. Zyanose des Gesichts, schön blauviolett. Augen turgeszent. Ödeme an den Lidern. Schaumpilzbildung an den frontalen Gesichtsöffnungen. Zahlreiche Hämatome an Knien und Unterarmen, die vielleicht vom Schleifen über den Flussgrund herrühren; allerdings neige ich eher zu der Überzeugung, sie stammen von den vergeblichen Versuchen, vor dem endgültigen Ersticken an Land zu gelangen. Die Untersuchung der Lungen wird den Beweis für die Hypothese ›Tod durch Ertrinken‹ erbringen. Der Mazerationsgrad der Haut lässt auf eine Verweildauer unter Wasser zwischen zwei und vier Tagen schließen. Die Epidermis löst sich an Händen und Füßen. Spuren von Verwesung am Hals und in der Brustgegend. Schauen Sie mal, dieses tiefe Grün hier, Lieutenant, ist doch wirklich erstaunlich, was für Farben der Tod hervorbringt. Interessieren Sie sich für Malerei?«

Gombrowicz starrte angestrengt auf seinen offenen Schnürsenkel und versuchte, sich auf nichts anderes als das dünne weiße Band zu konzentrieren, das sich auf dem abgenutzten Linoleumboden schlängelte. Saint-Omer redete weiter, ohne auch nur ein einziges Mal aufzusehen.

»Genereller Zustand sehr schlecht. Kachexie infolge gravierender Mangelernährung. Extreme Magerkeit. Völlig verschmutzt. Angeborene Atrophie des rechten Arms und dadurch bedingte Unfähigkeit, die Hand zu bewegen. Zahlreiche Hautverletzungen infolge von Flohbissen oder Krätze. Sekundärinfektion in Form eines Geschwürs am Bein. Ist das Ihr erster Obdachloser, Lieutenant ...? Zahlreiche Fußprobleme, diverse Dermatosen und Parasitosen; man darf sie aber nicht mit den Blasen verwechseln, die von dem langen Verbleib unter Wasser herrühren ...«

Der Gerichtsmediziner hielt mitten im Satz inne, trat einen Schritt zurück – gerade so lange, dass der Fotograf ein paar Nahaufnahmen von den Füßen machen konnte – und redete danach weiter, als hätte er sich nie unterbrochen.

»Jedenfalls sind es immer dieselben Krankheiten, an denen Penner zugrunde gehen. Manchmal reichen schon ein paar Wochen, und das Verhältnis zum Körper ändert sich völlig, was dazu führen kann, dass Infektionen einfach nicht wahrgenommen werden. Ich weiß noch, im November letzten Jahres wurde hier die Leiche eines Vierzigjährigen eingeliefert – der aber gut und gern für einen Siebzigjährigen durchgegangen wäre –, dessen eine Socke buchstäblich mit der Haut verwachsen war, weil er sie monatelang nicht ausgezogen hatte. Zu solchen Anomalien,

Lieutenant, kommt man nur, wenn man das Bewusstsein für den eigenen Körper vollkommen verliert. Der Körper wird einem fremd, er ist wie ein Stück Treibgut, das davonschwimmt. Der Bursche hier stellt keine Ausnahme dar: Lange hätte er es ohnehin nicht mehr gemacht.«

Gombrowicz bückte sich und band den Schnürsenkel seines Turnschuhs zu. Als er sich wieder aufrichtete, überkam ihn ein leichter Schwindel, und er drückte die Schultern gegen die Wand. Er hatte heute den ganzen Morgen nichts zu sich nehmen können. Beim Gedanken an die bevorstehende Autopsie war ihm der Magen schon seit dem Vorabend wie zugeschnürt.

Saint-Omer löste seine Hände vom Bauch und stützte sie auf dem Seziertisch ab.

»Die Stigmata an Händen und Füßen sind allerdings absolut ungewöhnlich; es sind tiefe Wunden, zugefügt mit einem Stichel, einem Schraubendreher, vielleicht auch einem großen Nagel. Und dann ...«

Der Gerichtsmediziner stach mit seinem latexüberzogenen Finger in eine fünfzehn Zentimeter lange Wunde seitlich unterhalb des Brustkorbs.

»Und dann haben wir ja noch die Wunde hier an der Seite, die von einem Cutter oder einem sehr spitzen Messer herrührt, was noch auf einen zweiten Angreifer schließen lassen könnte. Erinnert er Sie nicht an jemanden, dieser junge Mann? Wie er da so liegt, während sich das Frühlingslicht über seinen Körper ergießt, sieht er nicht aus wie ein Mantegna?«

Gombrowicz sah von seinen Schuhen auf.

»Wer ist das?«

»Andrea Mantegna. Ende 15. Jahrhundert. Ein Meisterwerk. Das Bild hängt in Mailand.«

»Glauben Sie, das hilft uns bei der Identifizierung?«

Zum ersten Mal seit Beginn der Autopsie wandte sich der Gerichtsmediziner von der Leiche ab und betrachtete den jungen Kriminalbeamten über seine halbmondförmigen Brillengläser hinweg.

»Jetzt fällt es mir wieder ein ... Das letzte Mal waren Sie mit Ihrem Vorgesetzten da, Commandant ... Wie hieß er noch gleich? So ein untersetzter Typ ...«

»Landard.«

»Landard, genau. Ist Ihr Aufpasser heute gar nicht mit von der Partie?«

»Er wartet unten im Hof und raucht vermutlich eine Kippe nach der anderen.«

»Wussten Sie nicht, dass es sich um einen Obdachlosen handelt? Bei dem Mann da auf dem Seziertisch, meine ich.«

»Ein Ertrunkener, hieß es nur.«

»Verstehe. Also ... Sollen wir den Knaben mal aufschnippeln?«

Saint-Omer zückte ein Skalpell und zeichnete mit leichter Hand, gerade so, als würde er mit einem Pinsel über eine noch jungfräuliche Leinwand fahren, ein großes Y von den Schultern bis hinab zur Schamgegend. Eine gebliche Flüssigkeit quoll aus der Wunde. Der Gerichtsmediziner hob die Ränder an und legte die Rippen frei, dann griff er nach einer großen Zange, um die Rippen zu durchtrennen. Die inneren Organe kamen zum Vorschein, ein bestialischer Geruch erfüllte den Raum. Der Arzt atmete tief ein.

»Haben Sie Parfum an sich, Lieutenant? Denn das intensiviert den Geruch noch. Versuchen Sie nicht, dagegen anzugehen. Im Gegenteil, inhalieren Sie ganz tief. Glauben Sie mir, das ist die einzige Art, damit fertig zu werden.«

Gombrowicz' Magen krampfte sich zusammen, er hielt die Luft an, um sich nicht übergeben zu müssen.

»Falls Ihnen schlecht wird, da links von Ihnen auf dem Metallwägelchen steht eine Schüssel.«

Der Kriminalbeamte spürte, wie ihm der Schweiß von den Achseln rann. Ein Hauch seines Deos, *Ozeanfrische*, drang ihm in die Nase, und er biss die Zähne noch ein wenig fester zusammen: Der Duft verstärkte den Leichengeruch tatsächlich.

Saint-Omer hatte sich schon wieder über die sterblichen Überreste des Ertrunkenen gebeugt.

»Wunderbare Farben hier im Innern, aber, o Gott, was für ein Schlachtfeld! Spuren einer Pneumonie mit Komplikationen, Anzeichen für Tuberkulose ... Der Junge hier hatte die Lungen eines Greises. Übrigens, Lieutenant, am Tod durch Ertrinken besteht kein Zweifel. Hier drin steht das Wasser. Die mikroskopischen Untersuchungen und die Analysen werden es lediglich bestätigen.«

Während der Gerichtsmediziner mit Umsicht die Eingeweide herausnahm – Herz, Leber, Lunge – und sich dann von unten zum Schädel hocharbeitete, trat der Assistent an den Inox-Tisch und wog jedes innere Organ.

»Sehen Sie, Lieutenant, dieses Häufchen Fleisch und stinkende Gedärme, das ist das Leben. Der Tod ist nun mal Teil des Lebens, und ein Gerichtsmediziner ist selbstverständlich ein Arzt, der sich mit dem Lebenden beschäftigt.

Dieser Clochard hier auf unserem Obduktionstisch, ob Sie's hören wollen oder nicht, ist ein Kunstwerk, ein wahrer Schatz, ein Meisterwerk, ein Caravaggio, ein Tizian, ein Uccello. Hören Sie mir überhaupt zu, Lieutenant?«

Das Linoleum schwankte vor seinen Augen, während er an Landard dachte, der in aller Seelenruhe seine Zigarette im Innenhof des Gerichtsmedizinischen Instituts rauchte. Im Hof, also an der frischen Luft. Gombrowicz unterdrückte einen Fluch, aus Furcht, er könnte sein gestriges Abendessen nicht mehr bei sich behalten.

Dr. Saint-Omer ging um den Obduktionstisch herum und entwirrte das Haar des jungen Mannes ein wenig. Dann zückte er erneut das Skalpell und schnitt die Kopfhaut von einem Ohr zum anderen auf. Sein Assistent setzte die Kreissäge an.

»Bevor ich ihnen die Haut über den Kopf ziehe, Lieutenant, betrachte ich sie immer noch einmal eingehend. Das habe ich von jeher gemacht, denn wissen Sie, die Nase, der Mund, das Lächeln, der immer wieder andere Gesichtsausdruck, das macht doch den Menschen aus ...«

Plötzlich hielt Saint-Omer inne. Aufmerksam studierte er die Züge des Toten, als habe er eine plötzliche mystische Erleuchtung.

Endlich hob er den Blick und sah zu Gombrowicz hinüber, der begriff, dass die medizinische Routine unterbrochen war.

»Sehen Sie nur, Lieutenant ... Das ist doch ... Kommen Sie ruhig näher. Unglaublich ... Den kenne ich doch ...«

Das waren die letzten Worte, die der junge Beamte hörte. Sein Körper schwankte und neigte sich wie ein Baumstamm nach links. Während er das Gleichgewicht verlor, hörte er noch das Scheppern des Metallwägelchens, das mit ihm ins Trudeln geriet, und sah die Schüssel über den orangefarbenen Linoleumboden schlittern. Dann tauchte er in völliges Dunkel und tiefes Schweigen ein.

Landard trat seine Zigarette mit der Schuhsohle aus. Die Luft kam ihm für Ende April ausgesprochen mild vor. Vorhin war ein Leichenwagen vorgefahren und hatte ihn aus seiner brütenden Stimmung gerissen. Er erhob sich von den Stufen zum Hof, auf denen er gesessen hatte, und steuerte einen Sonnenfleck auf dem rissigen Asphalt an. Nach zwei, drei Schritten stand er richtig und spürte, wie die Sonne ihm das Gesicht wärmte. Da bekam er Lust auf eine neue Zigarette, und er zog das unvermeidliche blaue Päckchen aus der Tasche, auf dem die schwarze Silhouette einer Zigeunerin in einer weißen Rauchwolke tanzte.

Plötzlich schwang die Glastür zum Hof auf, und Gombrowicz, fahl im Gesicht wie die Mauern ringsum, wankte heraus und stützte sich auf die Mülltonnen, deren gelbe Plastikdeckel ihn aber an die Abfalleimer im Obduktionsraum erinnerten, so dass er sich mit einem Schluckauf angeekelt abwandte.

»Alles in Ordnung, Kleiner?«

»Verdammt, Landard, hättest mir aber auch vorher sagen können, dass es ein Penner war, der da ertrunken ist.«

»Macht doch keinen Unterschied, oder? Tote riechen immer ziemlich streng, ob nun Clochard oder nicht.«

»Hast du mal 'ne Zigarette für mich?«

»Hab mir gerade die letzte angezündet, sorry.«

»Dann lass mich mal ziehen!«

Mit einem Seufzer reichte Landard seinem Mitarbeiter die Zigarette, die eben noch zwischen seinen Lippen gesteckt hatte. Der junge Mann nahm einen tiefen Zug, und seine Gesichtsfarbe wechselte von Weiß zu Grau.

»Gehen wir?«

»Wieso?«

»Bloß weg von diesen Aasgeiern!«

»Ist doch ganz nett hier!«

»Für dich vielleicht. Ich brauche dringend eine Fanta!«

»Die kriegst du am Automaten im Justizpalast. Du hast es nur deshalb so eilig wegzukommen, weil du Miss Feldwebel wiedersehen möchtest.«

»Du bist ein Arschloch, Landard.«

»Gib's ruhig zu, dass dir die kleine Richterin gefällt.«

»Du bist ein richtiges Arschloch.«

»Ich weiß.«

»Ich hau ab. Außerdem habe ich sowieso die Schlüssel.«

»Auf der Ablage liegen noch ein paar Eier von Ostern, falls du was Süßes brauchst.«

Gombrowicz steuerte schon auf den Ausgang zur Place Mazas zu, als sich in der ersten Etage auf dem Flur zum Obduktionssaal ein Fenster öffnete.

»Lieutenant? Warten Sie einen Moment ... Lieutenant!«

Gombrowicz kehrte noch einmal um. Von oben sah Saint-Omer wie von einem Adlerhorst herab.

»Geht's Ihnen besser, Lieutenant?«

Landard war näher getreten und stand nun unterhalb des Fensters.

»Docteur Saint-Omer, seien Sie mir gegrüßt!«

»Commandant Landard! Was für eine Überraschung! Wie geht's?«

»Und? Der Clochard mit den durchlöcherten Händen? Irgendwas Auffälliges entdeckt?«

»Zwei, drei interessante Schattierungen, verborgen unter einem Haufen Leid. Gerade habe ich mit Ihrem kleinen Lieutenant darüber gesprochen. Ich war mir sicher, ihn schon mal gesehen zu haben, Ihren Unbekannten aus der Seine. Wissen Sie, wer es ist?«

Gombrowicz hatte sich neben seinen Vorgesetzten gestellt. Von unten sah der Gerichtsmediziner mit seinem blanken Schädel in der Tat wie ein Aasgeier aus.

»Gerade, als ich mir einen Kaffee holte, ist es mir eingefallen. Das ist der Junge aus Notre-Dame. Erinnern Sie sich, es ging durch alle Zeitungen ... Vor vier oder fünf Monaten, um Weihnachten herum. Wie hieß er noch? *Mouss*? Ja, ich glaube, das war's: Mouss.«

2

Die Protokollführerin steckte den Kopf aus der Tür und gab den beiden Beamten, die auf einer Bank auf dem Flur warteten, ein Zeichen, ins Büro der Untersuchungsrichterin einzutreten. Claire Kauffmann schlug die Beine übereinander und klappte die Akte zu, in der sie gerade gelesen hatte.

»Lange nicht gesehen, meine Herren.«

Landard fläzte sich auf einen Stuhl und zog eine Zigarette aus der Jackentasche.

»In meinem Büro werden Sie aufs Rauchen verzichten, Commandant! Ihnen brauche ich doch wohl nichts über das Rauchverbot zu erzählen, oder?«

Nach einem vielsagenden Blick zu Gombrowicz hinüber steckte er das Päckchen wieder ein.

»Aber gern doch, Madame. Ich würde es mir nie verzeihen, Ihre Grünpflanzen erstickt zu haben. Hübsches Bürochen. Wie fühlt man sich so als Untersuchungsrichterin?«

»Wie Sie sehen, habe ich nicht mehr Platz als vorher, aber ich will mich nicht beschweren. Kommen Sie gerade aus dem Gerichtsmedizinischen Institut?«

»So ist es, Madame.«

»Und?«

Landard fasste die Untersuchungsergebnisse von Dr. Saint-Omer zusammen, die er eine Stunde zuvor im Auto aus dem armen Gombrowicz herausgepresst hatte. Die junge Richterin hörte ihm zu, ohne seinen Blick zu erwidern, und machte sich Notizen auf einem Block, die sie später mit dem Bericht des Gerichtsmediziners abgleichen würde.

Ihre linke Hand, mit der sie auch schrieb, strich immer wieder eine widerspenstige Haarsträhne hinters Ohr. Dabei kam jedes Mal ein Piercing zum Vorschein, das aber sogleich wieder durch die störrische Strähne verdeckt wurde. Die lose Art und Weise, wie Claire Kauffmann ihre Haare hochsteckte, ließ befürchten, dass das ganze Gebäude jeden Moment einstürzen und sich eine seidige Kaskade über ihren schmalen weißen Nacken ergießen könnte. Doch dazu kam es nie, der wirre blonde Haarknoten blieb allen Gesetzen der Schwerkraft zum Trotz wundersamerweise intakt.

»Lieutenant …? Lieutenant? Haben Sie die Geschehnisse von heute Morgen schon verarbeitet, oder sind Sie im Geiste immer noch bei der Autopsie?«

Gombrowicz wurde aus seinen Träumereien gerissen. Die roten Lippen bewegten sich, und die Stimme, die aus diesem Mund kam, richtete sich an ihn. Er brabbelte ein paar unverständliche Silben. Die Ermittlungsrichterin hielt kurz inne – aus Erstaunen oder Entrüstung – und wandte sich dann an Landard.

»Fassen wir zusammen: Tod durch Ertrinken, Wunden an Händen und Füßen sowie seitlich am Thorax, zugefügt durch mindestens zwei Angreifer. Und wie sieht es mit der Identifizierung aus? Sind Sie da schon weiter?«

Der Commandant richtete sich auf.

»Durchaus, Mademoiselle. Wir haben einen Namen. Vielmehr einen Spitznamen. Mouss ... Sagt Ihnen der was?«

»Sollte er das?«

»Mmh ... Ja!«

Landard schwieg, zog sein Feuerzeug heraus und spielte damit. Claire Kauffmann kannte ihn zu gut, um ihm seinen kleinen persönlichen Triumph zu gönnen: dass er zum derzeitigen Stand der Untersuchungen mehr wusste als sie. So nahm sie denn ihre Lektüre wieder auf und murmelte nur: »Lassen Sie sich Zeit, Commandant.«

Endlich steckte Landard das Feuerzeug ein, grinste aber weiterhin.

»Mouss, der Typ aus Notre-Dame. Fällt es Ihnen jetzt wieder ein? Letztes Jahr zu Weihnachten. Die Obdachlosen, das Tränengas, das Sondereinsatzkommando? Fällt der Groschen jetzt? Das ist unser Toter aus der Seine.«

»Mouss, der Clochard? Der die Kathedrale besetzt hielt im Namen des Rechts auf Wohnen oder so etwas?«

Die junge Frau schwenkte ihren Drehstuhl zum Rechner. Ihre Lippen bewegten sich stumm, während ihre Finger über die Tastatur hasteten.

»Also ... ›Mouss + Obdachlose + Notre-Dame de Paris‹. Klar, Tausende von Treffern. Wenn die Presse erfährt, dass man ihren Helden in die Seine geworfen hat, bricht kollektive Hysterie aus. Damit wir uns also recht verstehen, meine Herren: einstweilen kein Sterbenswörtchen, zu niemandem.«

Sie überflog einen Artikel nach dem anderen, las manchmal einzelne Passagen vor, vielleicht nur für sich selbst, vielleicht aber auch für ihre beiden Zuhörer, von denen der jüngere sich im Hintergrund die Beine in den Bauch stand.

»Besetzung der Kathedrale Notre-Dame durch Obdachlose. Notre-Dame wird evakuiert ... Die Polizei schreitet ein ... Sonderkommando einsatzbereit ... Halten die Clochards von Notre-Dame bis Weihnachten durch?«

Die rebellische Haarsträhne machte sich wieder bemerkbar. Da sie ganz auf den Bildschirm konzentriert war, versäumte es Claire Kauffmann, sie zurückzustreichen, und Gombrowicz begann sich schon Hoffnungen zu machen.

»Der Anführer der Obdachlosen tritt vor die Presse ... Wohnungen für alle, Schluss mit den Dringlichkeitsdebatten ... Ein charismatischer Anführer ... Mouss, der König der Bettler ...«

Sie beugte sich leicht vor und griff nach ihrem Stift. Dabei löste sich eine Strähne auf der Hinterseite des Haarknotens und fiel ihr auf die cremefarbene Bluse, die den Träger eines BHs durchschimmern ließ. Gombrowicz, der sie im Profil sah, wurde wieder etwas schwummrig.

»Spannungen mit linkem Spektrum verschärfen sich ... Heftige Diskussionen auf dem Platz vor Notre-Dame ... Innenminister verbürgt sich für die republikanische Ordnung ...«

Unter ihrem Schreibtisch setzte die Richterin beide Füße wieder nebeneinander. Weiter oben glitt die blonde Strähne plötzlich auf die Schulter herab. Gombrowicz schloss die Augen.

»Die Clochards von Notre-Dame halten durch ... Erklärung der Ministerin für Wohnungsbau für morgen früh angekündigt ...«

Die ersten Anzeichen einer allgemeinen Auflösung kündigten sich an. Würde der lose geschlungene Haarknoten das fragile Gebäude noch halten können?

»Regiert an Heiligabend das Chaos? Räumung erscheint nunmehr unvermeidlich ... Machtprobe zwischen den Obdachlosen und der Polizei hat begonnen ... ›Wir halten Notre-Dame ohne Gewalt besetzt‹, erklärt Mouss ... ›Wir sind bereit‹, bestätigt der Innenminister.«

Der Lieutenant hielt es nicht mehr aus. Würde er nun endlich erleben, wie die blonde Haarflut sich über den Nacken von Claire Kauffmann ergoss? Und vielleicht blieb sie so bis zum Ende des Gesprächs? Oder den ganzen Tag über? Vielleicht ginge Claire Kauffmann ja mit ihm essen?

»Der Herold der Pariser Clochards trotz polizeilicher Überwachung aus dem Krankenhaus geflohen. Er soll sein Zimmer im Hôtel-Dieu am Arm eines Krankenpflegers verlassen haben. Seit gestern Morgen wurde er nicht mehr gesehen.«

Unmittelbar bevor sich der Haarknoten löste, hob die Staatsanwältin die Hand, umfasste gedankenlos die Haarflut und wickelte sie wieder auf. Dann stach sie ihren schwarzen Kugelschreiber in das blonde Nest, um es zusammenzuhalten.

»Wir sind keinen Schritt weitergekommen, meine Herren. Ein junger Mann schafft es innerhalb einer Woche landesweit auf die Titelseite der Zeitungen und spaltet ganz Frankreich, dann ist er von einem Tag auf den anderen wie vom Erdboden verschluckt. Momentan haben wir trotz einer Lawine an Presseberichten nichts als einen Rufnamen oder, besser gesagt, einen Spitznamen: Mouss. Fangen Sie mit Ihren Ermittlungen im Obdachlosenmilieu an? Ich besorge Ihnen einen entsprechenden Untersuchungsbefehl.«

»Genau das wollte ich Ihnen vorschlagen, Frau Richterin. Gombrowicz, hast du Lust auf einen kleinen Verdauungsspaziergang nach dem Abendessen? Ein kleiner Bummel über die Quais. Nach deinem Toten von heute Morgen werden sie dir quicklebendig vorkommen. Ich bin mir allerdings nicht sicher, ob sie besser riechen werden ...«

Der junge Lieutenant griff nach der Türklinke, ließ sie aber sofort wieder los; seine Hand zitterte, als er auf das Ohr der Richterin deutete.

»Ist der neu, Ihr ...«

Mit dem Zeigefinger berührte er nun sein eigenes Ohr und deutete dann wieder auf das Gesicht der jungen Frau.

»Der ... Der ist neu, oder? Ist er aus Gold? Jedenfalls sehr hübsch ...«

»Lieutenant?«

»Frau Richterin?«

»Gehen Sie mal besser mittagessen, ich glaube, das haben Sie nötig. Und danke, dass Sie heute Morgen in der Autopsie so tapfer waren.«

Gombrowicz ging als Erster hinaus, dicht gefolgt von Landard, der bereits wieder eine Zigarette zwischen den Fingern hatte. Die Protokollführerin wollte aufstehen, um die Tür zu schließen, doch Claire Kauffmann hielt sie mit einer Handbewegung zurück. »Commandant?«, rief sie den beiden Kriminalpolizisten hinterher.

Seufzend blieb Landard stehen.

»Commandant ... Es gibt doch sicher eine Akte über diesen Mouss irgendwo im Präsidium. Wenn man eine Woche lang die gesamte Pariser Polizei in helle Aufregung versetzt, muss es darüber doch irgendwas Schriftliches geben, oder?«

»Durchaus denkbar, Madame.«

»Ich hätte die Akte gern so rasch wie möglich. Kennen Sie nicht jemanden bei der Auskunftsabteilung?«

Landard zündete sich die Zigarette an und nahm einen langen Zug.

»Ich kümmere mich.«

»Ich wusste, dass ich mich auf Sie verlassen kann, Commandant. Und vergessen Sie bitte nicht, dass Sie hier im Gebäude nicht rauchen dürfen.«

Wieder im Büro angelangt, setzte sie sich an den Schreibtisch, zog den Stift aus dem Haarnest und schüttelte unmerklich den Kopf. Die blonden Locken fielen ihr in den Nacken. Auf dem Bildschirm stand noch der Artikel, den sie zuletzt gelesen hatte. Unter der Titelzeile in dicken Lettern prangte ein Foto, das an Heiligabend auf dem Vorplatz von Notre-Dame aufgenommen worden war. Eine dichte Menschenmenge hielt unzählige Transparente hoch, eingekeilt zwischen den Beamten der Bereitschaftspolizei. Im Hintergrund ragte die Silhouette der Kathedrale auf, alle Gitter und Tore geschlossen.

»Madame Le Maguer«, sagte Claire Kauffmann zu ihrer Protokollführerin, »könnten Sie mir, bevor Sie Mittag machen, die Telefonnummer des Pfarrhauses von Poissy heraussuchen?«

3

Mitten in die Pampa hatte er sich geflüchtet, noch weiter als bis Poissy, und wer mit ihm reden wollte, musste dorthin fahren. Dreißig Minuten ab Paris-Nord, und dann immer die Rue de la Gare entlang, die sich als endlose Linie hinzog, eingezwängt zwischen Feldern, der Francilienne und der Nationale 1.

Seit zwei Jahren hatte sie ihn nicht mehr gesehen, seit dem Fall mit der Madonna von Notre-Dame und den Schüssen, die Gombrowicz vor der Kathedrale abgegeben hatte. Soviel sie wusste, fasste der junge Lieutenant seine Dienstwaffe seitdem nicht mehr an und ließ sie ganz bewusst in der Schublade seines Schreibtischs am Quai des Orfèvres liegen. Und sie, die allzu strenge Staatsanwältin, die sich in dem Prozess zu große Freiheiten erlaubt hatte, war versetzt worden und nun Ermittlungsrichterin.

Claire Kauffmann verlor sich in ihren Erinnerungen. Nach zwanzig Minuten Fußmarsch war sie schließlich am Ziel und betrat ein großes altes Gebäude, dessen ockerfarbener Putz vor kurzem aufgefrischt worden war. Drinnen wies man ihr den Weg zu einem anderen, modernen Gebäude im Hintergrund. Dort angekommen, wäre sie beinahe wieder umgekehrt. Was suchte sie hier bei diesem Mann, der ihr einmal, als sie sich im Dunkel ihrer Vergangenheit zu verlieren drohte, die Hand gereicht hatte? Doch da kam schon eine ehrenamtliche Helferin auf sie zu. Nach kurzem Zögern sagte sie ihr, wen sie zu sprechen wünsche; die Angesprochene nickte eifrig und erwiderte, sie werde sie hinbringen, sonst riskiere sie, »nie mehr ans Tageslicht zurückzufinden«.

Sie durchquerten einen großen Raum mit Regalen an den Wänden, das Frühlingslicht fiel durch großflächige Fenster herein. Die Ehrenamtliche gab die Führerin:

»Das hier ist unser Verteilerzentrum. Wie der Name schon sagt, lagern wir hier erst einmal alles, bevor es dann in die entsprechende Archivabteilung gebracht wird. Im Moment bewahren wir alles auf, was die Initiative in den letzten Jahren so gesammelt hat, selbst wenn wir mehr bekommen, als wir verwerten können. Das sind wir den Leuten schuldig.«

Sie bestiegen eine Art Lastenaufzug, der sie nach unten fuhr. Dann bogen sie in einen Flur mit lauter gelben und grünen Brandschutztüren ein. Plastikröhren und Kabelstränge zogen sich an der Decke entlang. Die Begleiterin öffnete eine der grünen Türen.

»So, jetzt lasse ich Sie allein, Sie finden ihn am Ende des dritten Ganges; er ist gerade mit einer Lieferung Spielzeug und Puppen beschäftigt. Er bringt Sie dann wieder nach oben.«

Claire Kauffmann dankte und bog dann in den angegebenen Gang ein. Zu beiden Seiten drängten sich Regale voller Kartons, auf denen die Namen französischer und auch ausländischer Städte standen. Als sie das Ende des Ganges erreicht hatte, war niemand zu sehen. Sie zögerte zu rufen und bog in den nächsten Gang ein, den vierten, wenn sie richtig mitgezählt hatte. Diesmal standen da Regale mit naiv anmutenden bunten Zeichnungen, ob von Erwachsenen oder Kindern, ließ sich nicht sagen.

Ratlos kehrte sie um und bog in einen Seitengang ein, der ihr einladender vorkam als die anderen; sie hörte ein Geräusch, erst klang es wie ein Atmen, dann wurde es lauter und verwandelte sich in ein heiseres Brummen. Endlich stieß sie auf eine Art Lichtung inmitten der aufgetürmten Kartons. Dort stand ein Tisch mit einer daran befestigten Klemmlampe. Deren gelber Lichtkegel zeichnete einen einsamen Kreis in den kalten bläulichen Schimmer der Neonleuchten an der Decke. Ein kleiner ausgemergelter Mann saß dort und brabbelte vor sich hin wie ein frühzeitig gealtertes Kind, während er rostiges, zerschlissenes und verbeultes Spielzeug sortierte, Feuerwehrautos, Teddybären und Puppen, die zu Hunderten auf, unter und um den Tisch verstreut lagen, als hätten die Kartons ihr Inneres nach außen gestülpt. An dem Jackett über der Stuhllehne schimmerte ein Anstecker, ein schlichtes Kruzifix.

»Sie sind nicht leicht zu finden, Pater Kern. Haben Sie immer noch kein Handy?«

»Eigentlich will ich ja auch unauffindbar sein, Claire. Wie sind Sie mir auf die Spur gekommen?«

»Ich habe im Gemeindehaus von Poissy angerufen. Dort hat man mir die Adresse vom Centre Wresinski gegeben.«

Der Priester erhob sich und ging auf die Richterin zu. Im Neonlicht traten seine Runzeln deutlich hervor. Er sah müde aus. Und noch magerer als damals, wenn das überhaupt möglich war. Sein von der Krankheit gezeichneter Körper erinnerte sie an die Skulpturen Giacomettis, die immer ins Nirgendwo zu schreiten schienen, aber nie ankamen.

»Wie geht es Ihnen gesundheitlich?«

Pater Kern hielt ein verbeultes Spielzeugauto in den knochigen Händen.

»Sehen Sie hier diesen Rennwagen, Claire? Er wurde aus alten Getränkedosen vom Müll gebastelt. Ein Wunder an Präzision und Erfindungsgeist. Dem kleinen Jungen, der ihn gebaut hat, bedeutete er genauso viel, als hätte man ihn in einem Luxusgeschäft gekauft. Man könnte meinen, er stammt aus den Slums von Kalkutta oder Manila. In Wirklichkeit wurde er jedoch in den verkohlten Trümmern eines niedergebrannten Roma-Lagers bei Drancy gefunden.«

Er ließ seinen von der Gicht steifen Finger einen Augenblick über die Räder gleiten.

»Wie es mir geht? Nun, seit fast zwei Jahren hatte ich keinen Anfall mehr, immerhin. Der nächste wird wohl nicht mehr lange auf sich warten lassen ...«

»Sagen Sie, Pater, was machen Sie hier unten eigentlich?«

»Ich helfe. Ich bin Freiwilliger und gehe den Leuten hier ein wenig zur Hand. Ich klassifiziere und sortiere Gegenstände aller Art. Genau das ist die Aufgabe des Centre Wresinski: Wir bewahren auf, was die Armen auf dieser Erde hinterlassen haben, die Spuren derjenigen, die das Elend in den Augen der Welt unsichtbar gemacht hat. Spielzeug, Zeichnungen, Gemälde, Briefe, Postkarten, Fotos ... Wir bewahren hier auf, was sie mit ihren Händen erschaffen haben, die Kämpfe, die sie führten, das Unrecht, das sie erlitten haben. Auf Tonbändern, Super-8-Filmen und jetzt auf Computern speichern wir ihre Gesichter und Stimmen, ihr Lachen, ihr Lächeln. Das ist der Grund, weshalb ich hier wie ein Maulwurf lebe, Claire. Wir arbeiten am kollektiven Gedächtnis des allergrößten Elends, und glauben Sie mir, dieses Gedächtnis ist ein unermesslicher Schatz.«

Er drückte der jungen Frau das Spielzeugauto in die Hand.

»Und Sie, Claire? Was führt Sie hierher?«

»Sie predigen gar nicht mehr in Notre-Dame?«

»Nein, schon seit letztem Winter nicht mehr. Aber ich habe das Gefühl, das wissen Sie alles schon.«

»Stimmt, ich habe mich erkundigt, bevor ich zu Ihnen kam.«

Sie wusste nicht, wie sie beginnen sollte, und spielte nun ihrerseits mit den Rädern des Autos.

»Aber Sie waren dabei, Pater, nicht wahr? Letzte Weihnachten, als die Clochards die Kathedrale besetzt hielten?«

Kern zögerte. Schweigend schaute er Claire an. Sie kannte diesen Beichtvaterblick, den er manchmal annahm, jenen Ausdruck von Geduld und Wohlwollen, der einen dazu bewog, sich zu öffnen. Diesmal aber war Pater Kerns Gesicht von einer grenzenlosen Müdigkeit gezeichnet. Sie hatte das Gefühl, nicht einem Menschen aus Fleisch und Blut gegenüberzustehen, sondern einem aus verrosteten Teilen zusammengesetzten Körper voller Risse, dessen Mechanismus klemmte und dessen Skelett jeden Augenblick zerbrechen konnte. Auf einmal begriff, nein, fühlte sie eher, was den kleinen Priester in seinem Innersten dazu gebracht hatte, sich hier unter die Erde zu flüchten, zwischen all diese leblosen Objekte und Reliquien der Vergangenheit, weit weg vom Tageslicht und dem Chaos der Welt.

Sie gab ihm das Spielzeug zurück und entschuldigte sich, ihn behelligt zu haben. Sie hatte sich schon zum Gehen gewandt, als sie hörte, wie das Auto scheppernd auf den Betonboden fiel und das Echo durch den ganzen Untergrund hallte.

»Er ist tot, nicht wahr?«

Sie drehte sich um. Zu Pater Kerns Füßen lag der in tausend Stücke zersprungene Miniatur-Rennwagen.

»Seine Leiche wurde vor drei Tagen aus der Seine gefischt. Ich bin mit den Ermittlungen beauftragt.«

Der Priester bückte sich und begann die Teile aufzusammeln.

»Eines Tages musste es ja so kommen. Er hatte so etwas tief Verzweifeltes an sich in allem, was er tat. Gleichsam Selbstmörderisches. Von Anfang an.«

»Mouss hat sich nicht umgebracht, Pater. Er wurde ermordet. Man hat ihm Hände und Füße durchbohrt, bevor er im Wasser landete.«

»Hände und Füße, sagen Sie?«

»Und außerdem seitlich eine Wunde zugefügt.«

»Großer Gott! Und wissen Sie schon, wer das getan hat?«

»Ich habe gerade erst die Ermittlungen aufgenommen. Die Leiche wurde heute Morgen obduziert. Wir werden die Obdachlosen auf den Quais befragen. Vielleicht finden wir einen Zeugen. Vielleicht auch einen Schuldigen.«

Kern legte die zerbrochenen Teile auf den Tisch.

»Sie scheinen mir selbst nicht davon überzeugt zu sein. Sonst wären Sie ja nicht hergekommen. Sie werden nichts erreichen. Die Obdachlosen werden schweigen.«

»Sie haben einen guten Draht zu ihnen, stimmt's? Während der Besetzung von Notre-Dame waren Sie die ganze Zeit bei ihnen.«

»Ich habe damals ganze zwei Wintertage in ihrer Gemeinschaft verbracht. Dass ich sie kenne, würde ich daher niemals zu behaupten wagen, das wäre respektlos. Diejenigen, die sich brüsten, ihre Leidensgenossen zu sein, nur weil sie ein paar Stunden mit ihnen im Zelt geschlafen haben, sind Marktschreier oder Sozialvoyeure. Zwischen denen, die ein Dach überm Kopf haben, und denen, die das nicht haben, liegt ein Abgrund. Ich wäre sehr überrascht, wenn Ihre Ermittler auch nur das Geringste herausbekämen. Die Obdachlosen haben ein heiliges Grauen vor der Polizei. Wen hat man dazu bestimmt?«

»Landard und Gombrowicz.«

»Grüßen Sie Gombrowicz von mir. Und jetzt, Claire, wenn Sie so freundlich wären ...«

»Pater, ich bin hergekommen, weil ich Ihre Hilfe brauche!«

»Meine Hilfe?«

»Sie müssen mir berichten. Das, was Sie bei der Besetzung von Notre-Dame gesehen haben. Sie haben Mouss gekannt. Sie sind der Einzige, der bemerkt haben könnte, ob Mouss sich Feinde gemacht hat, sowohl innerhalb als auch außerhalb der Kathedrale.«

»Mouss war während dieser Weihnachtstage der Held von ganz Frankreich. Auf einmal hatte er sehr viele Freunde.

Und mindestens genauso viele Feinde. Als das Medienecho verhallt war, hörte man nur noch von Letzteren etwas.«

»Wollen Sie mir nicht mehr darüber erzählen?«

»Ich bin kein guter Erzähler. Und außerdem ...«

»Außerdem?«

»... und außerdem habe ich ihn selbst ja auch im Stich gelassen. Ich habe nichts unternommen, als die Polizei kam, um ihn festzunehmen. In gewisser Weise habe ich ihn sogar der Polizei ausgeliefert. Sie verstehen daher sicherlich, dass ich mich nicht mehr berechtigt fühle, den Kommissar zu spielen. Diesmal nicht, tut mir leid. Und nun, Mademoiselle Kauffmann, sofern Sie keinen Untersuchungsbefehl oder ein ähnliches Dokument bei sich haben, verabschiede ich mich von Ihnen. Der Fahrstuhl befindet sich am Ende des Gangs.«

Ohne ihre Reaktion abzuwarten, nahm er wieder seinen Platz am Tisch ein, im warmen Lichtkegel seiner Architektenlampe, inmitten all der Spielzeugteile, deren eines unwiederbringlich zerbrochen war.

4

Allmählich senkte Dämmerung sich auf den Fluss. Ein Batobus drehte die letzte Runde des Tages und verließ die Haltestelle Montebello wie ein großes gläsernes Insekt, das gegen die Strömung dicht an der Wasseroberfläche dahingleitet. Auf der anderen Seite des Seinearms, jenseits vom Square Jean-XXIII, trat das Flaggschiff Notre-Dame de Paris mit seiner hohen Silhouette seine reglose Reise in die Nacht an, wie es dies Abend für Abend unveränderlich tat, seit man im Jahr 1163 mit seinem Bau begonnen hatte.

Unter all den Spaziergängern, Touristen und Joggern, die den Quai um diese Uhrzeit bevölkerten, gab es zwei, die den Fluss mit besonderer Aufmerksamkeit betrachteten. Der Ältere und Korpulentere hatte unter seinem beigefarbenen Blouson, den er jahrein, jahraus trug, eine Pistole der Marke Sig Sauer 9mm Parabellum versteckt; der Jüngere, Schlankere, trug keine Waffe, und genau darüber unterhielten sie sich in diesem Augenblick.

»Glaub mir, ein Bulle ohne Waffe ist wie ein Typ ohne Klöten. Willst du deine Knarre noch ewig in der Schublade liegen lassen?«

Der andere antwortete nicht und starrte in die grünlichen Strudel des Flusses.

»Hör zu, mein Freund. Wie oft muss ich dich noch decken? Monsieur geht nicht mehr zum Schießtraining, Monsieur springt vor Schreck an die Decke, wenn er ein Magazin klicken hört, Monsieur steht der Schweiß auf der Stirn, sobald wir zu einem Einsatz aufbrechen, Monsieur kippt aus den Pantinen, wenn er einer Obduktion beiwohnen muss. Was ist das für ein kindisches Getue? Okay, du hast auf einen Trottel geschossen. Der Typ ist gestorben, okay. Aber das ist zwei Jahre her, okay? Und die Generalinspektion hat dich reingewaschen, vergiss das nicht! Also, mein lieber Gombrowicz, hör endlich auf, die erschrockene Jungfrau zu spielen, ja?!«

Der Lieutenant stopfte die Fäuste in die Taschen seiner Jeans.

»Geh mir nicht auf den Sack, Landard!«

»›Geh mir nicht auf den Sack!‹ Mehr hast du mir nicht zu sagen? Und wenn du auf einmal einem besoffenen Penner mit einer Axt gegenüberstehst, der mit dir kurzen Prozess machen will, was dann?«

»Wieso sollte ein Penner mit einer Axt unterwegs sein?«

»Weil er Holz hacken will! Was glaubst du denn!? Diese Menschen leben wie in der Steinzeit. Sie mampfen Ravioli aus der Dose, deren Haltbarkeitsdatum abgelaufen ist und die sie in der Glut erhitzt haben. Ihr Treibstoff ist billigster roter Fusel. Und wenn sie keinen Platz in der Notunterkunft gefunden haben, dann lassen sie ihren Ärger an uns Bullen aus!«

»Mag sein. Und ab und zu findet man auch einen unter

'nem Frachtkahn eingeklemmt, mit Folterspuren am Körper.«

»Ich sag's doch: Das sind Wilde! Aber im Grunde sind es arme Schweine. Suff, Depressionen, Arbeitslosigkeit ... Es fängt ganz harmlos an, doch eh du dich's versiehst, bist du ganz unten angelangt. Nach drei Monaten gerätst du aus dem Lot, nach sechs Monaten bist du ein Tier. Du scheißt auf den Boden, frisst aus der Mülltonne, fletschst die Zähne und machst die Passanten an. Ich kenne sie, die Pariser Clochards. Also, mein lieber Gombrowicz, ab morgen schnallst du dir wieder das Pistolenholster um, ja? Befehl vom Chef. Haben wir uns verstanden? Ehrlich gesagt habe ich keine große Lust, dich als Bullenhaschee vom Boden zu kratzen.«

Der junge Polizist nickte lau. Landard zündete sich eine Zigarette an und schlug dann den Weg stromaufwärts ein. Gombrowicz folgte ihm, wie ein bockiges Kind trottete er ein, zwei Meter hinter ihm her, die Hände noch immer in den Taschen. Sie überquerten den Pont de l'Archevêché, dann schloss Gombrowicz endlich auf.

»Und, wie ist der Plan heute Abend?«

»Wir gehen spazieren, Richtung Austerlitz. Immer den Fluss entlang. Genau den Weg, den der Leichnam getrieben ist, bevor er unter das Schiff geriet. Wir beobachten. Wir warten. Gleich wirst du ganz andere Bilder sehen als den Postkartenblick von ›Paris-by-Night‹!«

Tatsächlich leerten sich die Quais immer mehr, je weiter sie stromaufwärts gingen und je dunkler es wurde. Sie kamen zum Pont de la Tournelle. Auf einmal gewahrten sie huschende Schatten im Halbdunkel, von irgendwoher aufgetaucht, von den Brückenpfeilern, aus Bäumen, Büschen und den Nischen der Ufermauern, die sie vom Verkehr wenige Meter über ihnen trennten. Krummbeinig und keuchend tapsten sie dahin, in viel zu weiten Kleidungsstücken, setzten vorsichtig einen Fuß vor den anderen, als gingen sie über rohe Eier oder Schmierseife.

Die beiden Polizisten steuerten auf den Pont de Sully zu. Die Schatten scharten sich nun zu kleinen Grüppchen zusammen, in der Hauptsache waren es Männer. Es war nahezu unmöglich, ihr Alter zu bestimmen, mit ihrem schwankenden Gang wirkten sie wie einsturzreife Gebäude. Hin und wieder zeichnete sich die plumpe Silhouette einer Frau ab, die, unter dicken Kleidungsschichten begraben, mit kleinen, unendlich langsamen Schritten hinter den Männern hertappte oder sich von ihnen entfernte.

Sie kamen zum Port Saint-Bernard, wo die Uferböschungen sich zum Freiluftmuseum der Skulptur weiteten. Dort, an der langen Promenade, wo Beton bereits das Grün verdrängte, zwischen den Kunstwerken aus Marmor oder Bronze, die ihre unruhigen Schatten auf den Boden warfen, schlug eine Gruppe Clochards ihr Lager auf, Schlafsäcke, Decken und Planen wurden ausgebreitet, Zelte errichtet. Abend für Abend entstand dieses Behelfslager, dessen Einzelteile tagsüber hinter den Büschen eines Square oder unter den Bodengittern einer Bushaltestelle versteckt waren, während ihre Bewohner von Metro zu Metro, von Bahnsteig zu Bahnsteig, von Gleis zu Gleis liefen, um zu betteln. Wenn man sie so sah, wie sie mitten in einer Bewegung innehielten, von plötzlichem Stumpfsinn befallen und wie zu Stein erstarrt, hätte man sie auch mit den Statuen verwechseln können.

»Clodoville oder Frankreichs schlimmste Schmuddelecke. Na, Gombrowicz, glaubst du immer noch, dass unser Land so glänzend dasteht? Oder bist du wie ich der Ansicht, dass bei der nächsten Wahl diese Scheißregierung hinweggefegt werden sollte?«

Ohne eine Antwort abzuwarten, zog er eine Taschenlampe aus der Jacke und ging auf ein verwaschenes rotes Zelt zu, in das sich gerade eine der Gestalten gezwängt hatte. Er bückte sich, und sein Kopf verschwand in der Öffnung. Der junge Lieutenant sah, wie der Lichtschein das Zeltinnere abtastete und in eine Art riesigen Lampion von der Farbe getrockneten Blutes verwandelte. Der Obdachlose wirkte mit seinem eckigen Schatten an der Zeltwand wie ein unter einem Lampenschirm gefangenes Insekt. Nach weniger als einer Minute zog Landard den Kopf mit angewiderter Miene zurück.

»Puh, stinkt das da drin!«

»Was hat er gesagt?«

»Nichts.«

»Hast du ihn gefragt, ob er Mouss kannte?«

»Hoffentlich habe ich mir keine Flöhe eingefangen.«

»Kannte er Mouss?«

»Flöhe oder Läuse!«

»Hast du ihn denn nicht nach Mouss gefragt?«

»Gar nichts hat er gesagt, der Bursche. Er hat mich nur mit offenem Mund angestarrt, als würde er jede Sekunde abkratzen. Nur Luft kam raus, ein heiseres Pfeifen, wie bei einem platten Fußball, aus dem die Luft entweicht. Keinen Ton hat er von sich gegeben.«

»Verdammter Mist!«

Sie zogen von Unterschlupf zu Unterschlupf, von Zelt zu Schlafsack, ohne auch nur eine einzige sinnvolle Auskunft von den Clochards zu erhalten. Die Nacht wurde immer dunkler, der Fluss hatte sich inzwischen pechschwarz gefärbt, und die menschlichen Umrisse, die über die Ufermauern geisterten, schienen im Schweigen verschlossen.

Am Rande eines Lagerfeuers blieben beide stehen. Ein Mann, der unglaublich viele Schichten Kleidung übereinandertrug, versuchte sich an den Flammen zu wärmen. Er warf einen unförmigen zuckenden Schatten auf den Asphalt. Als er ihre Schritte hörte, hob er den Kopf, und Gombrowicz bemerkte sofort, dass ihm ein Auge fehlte. Die linke Augenhöhle war leer, doch das schwarze Loch schien ihn mit einer Schärfe anzustarren, bei der ihm unbehaglich wurde.

Landard hielt ihm ein Foto hin, das im Gerichtsmedizinischen Institut aufgenommen worden war.

»Kennst du den?«

Der Einäugige betrachtete das Porträt im Schein der Flammen und gab es dann zurück. Er zog einen verkohlten Stock aus dem Feuer, an dessen Ende eine dampfende Wurst steckte.

»Mögen Sie eine Knacker? Die sind gut! Keine verdorbene Ware, nein, die habe ich aus dem Franprix in der Rue Monge.«

Landard hielt ihm erneut das Foto unter die Nase.

»Ich glaube, du hast nicht genau hingeschaut. Sieh's dir noch mal an. Dann lassen wir dich in Ruhe essen.«

Der Clochard rührte sich nicht.

»Das muss ich mir nicht noch mal ansehen. Das ist

Mouss. Das wollten Sie doch wissen, oder? Er sieht sehr friedlich aus so im Tod. Sehr gelassen. Man könnte meinen, der Mantegna in Mailand.«

Gombrowicz durchforstete seine Erinnerungen an die Obduktion am Morgen. Der Gerichtsmediziner hatte doch auch diesen italienischen Maler erwähnt, unmittelbar vor der eigentlichen Sezierung, kurz bevor der widerliche Geruch ihm in die Nase gestiegen war.

»Wieso kennst du Mantegna?«

Der Einäugige blies auf seine Wurst.

»Ich war mal Maler, vor langer Zeit. Und heute noch verdiene ich mir ein paar Euro, indem ich Reproduktionen von Gemälden aufs Pflaster kritzele. So hab ich abends was zu futtern.«

Er sprach deutlich und drückte sich gewählt aus, fast zu sehr, als stamme er aus einer anderen Welt. Wenn er plötzlich in den Gassenjargon verfiel, so legte er ganz bewusst leichte Übertreibung in seinen Tonfall. Landard, der mit Kunst nichts anfangen konnte, kam wieder auf das eigentliche Thema zurück.

»Du wusstest schon, dass Mouss tot ist?«

Der Einäugige biss krachend in die Wurst und kaute, indem er gleichzeitig Luft einsog.

»Hier wussten alle Bescheid. Als ihr am Port de Montebello seine Leiche aus dem Wasser gezogen habt, beobachteten euch viele Augenpaare.«

»Was soll das heißen?!«

»Damit will ich sagen, Herr Polizist vom Quai des Orfèvres, dass die Clochards die Augen von Paris sind. Wir sind Tag und Nacht da und haben nichts anderes zu tun als zu beobachten. Zu beobachten und zu saufen. Niemand bemerkt uns, niemand achtet mehr auf uns, wir sind schon mit dem Asphalt verschmolzen. Und wir sind überall, wir sehen alles und speichern es. Um dann für immer zu schweigen. Natürlich wussten wir alle, dass Mouss tot war, was glauben Sie denn? Ein Penner ist mehr wert als eine Überwachungskamera und muss nicht ständig gewartet werden!«

Der Einäugige verstummte, fuhr dann aber fort:

»Wollen Sie ganz bestimmt keine Knacker? Ich rede gern bei einem guten Essen. Wenn ich aber sehe, dass meine Gäste die feinen Pinkels spielen und sich zieren, vergeht mir die Lust zu reden. Und dann sage ich gar nichts mehr.«

Landard zog seine Brieftasche heraus und zückte einen 10-Euro-Schein. Der Einäugige blickte zur Seite, mit einem Gesicht, als müsse er sich übergeben. Lange Sekunden verstrichen. Gombrowicz, der die ganze Zeit im Hintergrund gestanden hatte, gab sich einen Ruck, fasste das andere Ende der dampfenden Wurst, die der Obdachlose ihnen hingehalten hatte, und biss vorsichtig hinein. Der Clochard strahlte ihn mit seinen verfaulten Zähnen an.

»Schmeckt doch gut, meine Knacki, oder?«

»Haben Sie Mouss in den letzten Tagen vor seinem Tod gesehen? Schlief er auch hier mit euch auf den Quais?«

»Den Mouss, junger Freund, hat hier niemand mehr gesehen. Der war schon geraume Zeit verschwunden.«

»Wissen Sie, ob er Feinde hatte?«

»Wer auf der Straße lebt, hat nur Feinde. Wir bringen uns hier für ein Paar Schuhe gegenseitig um.«

Gombrowicz reichte dem Einäugigen den Stock mit dem Wurststummel zurück.

»Gab es kürzlich irgendwelche gewaltsamen Auseinandersetzungen auf den Quais? Haben Sie jemanden ins Wasser fallen sehen?«

»Auseinandersetzungen gibt's hier jede Nacht. Wir knurren und belfern uns an wie Hunde, ab und zu geht einem von uns das Messer in der Hose auf, oder es kommt ein Schraubenzieher zum Einsatz. Aber in die Seine ist niemand gefallen. Nicht, dass ich wüsste!«

Er stopfte sich den Rest der Wurst in den Mund und warf den Stock, den er nun nicht mehr brauchte, ins Feuer. Gedankenverloren kauend sah er zu, wie er verbrannte, dann starrte er den Lieutenant aus seiner Augenhöhle an.

»Wenn Sie was über Mouss erfahren wollen, müssen Sie mit dem Griechen reden.«

Landard witterte Morgenluft und versuchte wieder Boden zu gewinnen.

»Mit dem Griechen? Wer ist das, der Grieche?«

»Wir haben hier alle einen Spitznamen. Manchmal sogar mehrere. Ich zum Beispiel werde der Einäugige genannt, das Luchsauge oder das Furzgesicht und weiß Gott was sonst noch alles ... Unsere wahren Namen haben keine Bedeutung mehr. Wir haben sie zusammen mit unseren Papieren verloren.«

»Und wie heißt dein Grieche? Wie heißt er in Wirklichkeit?«

»Sie hören mir einfach nicht zu.«

Landard kramte in der Jackentasche nach seinen Gitanes. Nachdem er sich eine Zigarette angesteckt hatte, bot er auch dem Clochard eine an.

»Waren das Kumpel, Mouss und dein Grieche?«

Der Einäugige wandte erneut den Kopf ab.

»Ja, kann man so sagen.«

»Und wo findet man den Griechen?«

»Irgendwo in Paris.«

»Danke für den Tipp. Damit finden wir ihn bestimmt in den nächsten zehn Minuten. Geht's vielleicht etwas genauer?«

»Der Grieche ist wie Odysseus. Er hat kein Zuhause mehr. Und will auch nicht mehr nach Hause. Seine Odyssee ist nur ein Vorwand. Er weiß genau, dass sich daheim bei ihm alles verändert hat. Wie eine Seele im Fegefeuer irrt er dahin, von Arrondissement zu Arrondissement, in Erwartung des tragischen Endes.«

Landard warf Gombrowicz einen fragenden Blick zu. Der Einäugige starrte in die schwarzen Fluten der Seine. Er schien wie abwesend von sich selbst, so als hätte, musste Gombrowicz unwillkürlich denken, sein fehlendes Auge sich auf einmal nach innen gekehrt. Der Commandant warf seine Zigarettenkippe in das erlöschende Feuer.

»Gib uns ein Zeichen, wenn dir der Grieche in den nächsten Tagen über den Weg läuft, ja? Du hast doch sicher ein Handy, oder? Rufst du nicht von Zeit zu Zeit die 115 an, um nach einem Platz in einer Obdachlosenunterkunft zu fragen?«

Der Clochard reagierte nicht, und Landard steckte ihm nach kurzem Zögern seine Visitenkarte in die Manteltasche.

Es war spät geworden. Wind war aufgekommen, und die

Temperatur war plötzlich um einige Grade gefallen. Zeit, nach Hause, ins Warme zu kommen. Die beiden Beamten verließen das Lager und liefen den Quai zum Institut du monde arabe zurück.

»Und wie wollen wir diesen Griechen jetzt finden?«

»Indem wir Tiefkühlpackungen Moussaka als Köder auslegen. Er wird schon anbeißen, dein Rastapopoulos.«

»Verarsch mich nicht, Landard.«

»Morgen früh, um sechs, gleiche Stelle.«

»Sag mal, spinnst du?«

»Doch, genau hier, beim Araber-Institut. Du hast doch schon mal verdeckt ermittelt, oder?«

»Klar. Aber warum denn schon im Morgengrauen?«

»Der frühe Vogel frisst den Wurm, mein Junge. Und vergiss deine Dienstwaffe nicht!«

Gombrowicz konnte sich keinen Reim auf die Erklärung seines Vorgesetzten machen, Landard war schon gegangen, Hände in den Taschen, die glimmende Zigarette im Mund. Bevor er die Richtung zum Quai des Orfèvres einschlug, warf er einen letzten Blick zurück zum Camp der Obdachlosen, das man vom Jardin Tino-Rossi aus noch ahnen konnte. Das Feuer, um das sie vor kurzem noch gestanden hatten, war am Erlöschen, nur ein schwaches Glimmen war noch zu erkennen. Der Einäugige aber schien sich buchstäblich in Luft aufgelöst zu haben.

Ein paar Stunden später hatte er denselben Weg genommen wie die junge Frau, die ihn aufgesucht und um Hilfe gebeten hatte. Am späten Nachmittag hatte er seine Sachen gepackt, sein Jackett übergestreift, die Lichter gelöscht – auch die Neonröhren an der Decke – und das Spielzeug und die Puppen dem Dunkel des tristen Kellergeschosses überlassen.

Der Lastenaufzug bringt ihn ins Freie. Wie Ameisen ziehen die Autos hintereinander über die endlose Rue de la Gare, die Francilienne und die Route Nationale 1. Bahnhof Montsoult-Maffliers. Dreißig Minuten bis Paris-Nord. Abwechselnd huschen Werbeplakate, brachliegende Felder, rote Ampeln, Gebäude, Autos, Motorroller vorbei. Dann nach Châtelet-les-Halles, umsteigen, tief eintauchen in den Bauch der Erde, auf den Zug nach Poissy warten. An den Wänden rühmen Plakate die Vorzüge eines Vollkornkekses oder auch eines Bankkredits.

Als die Bahn, die ihn nach Hause bringen soll, mit quietschenden Bremsen stehen bleibt, verspürt Kern plötzlich ein heftiges Bedürfnis, auszusteigen, ans Tageslicht zu gelangen und frische Luft zu atmen.

Er flieht, verlässt den überfüllten Bahnsteig, steuert die Rolltreppe an, läuft durch das Gewirr der Gänge, kämpft sich durch den Strom der Pendler, die zu ihren Zügen hasten. Nach ein paar Minuten ist er endlich an der Oberfläche. Er atmet tief ein, reibt sich Unterarme und Handgelenke, ein weiterer tiefer Atemzug, dann schlägt er den Weg zur Seine ein.

Er gelangt zum Vorplatz der Kathedrale, und ihm ist beinahe, als sei er in einen Jungbrunnen gefallen. Notre-Dame ragt vor ihm auf, inmitten der Île de la Cité, im Herzen der Stadt.

Der kleine Geistliche legt den Kopf in den Nacken und schaut zur Fassade mit den vier Strebepfeilern hoch, er mustert sie, bis er gefunden hat, wonach er immer sucht, bei einer Kathedrale wie bei einem Dorfkirchlein. Die Jungfrau Maria ist da, umgeben von Engeln, sie hält das Jesuskind in der linken Armbeuge. Die verglaste Rosette hinter ihr verleiht ihr einen bläulichen Heiligenschein. Kern studiert ihren Blick. Liegt noch Wohlwollen in ihren Augen? Ist er noch immer willkommen in Notre-Dame? Nach allem, was geschehen ist?

Während er die Muttergottes mit dem steinernen Faltenwurf betrachtet, übermannen ihn die Erinnerungen. Der Schleier aus Gewohnheit und Vergessen, der sich über die letzten Monate gelegt hatte, verfliegt. Und während ohne Unterlass die Touristen in die Kathedrale strömen, hebt Pater Kern zu einer Zeitreise an, er überspringt das Frühjahr, lässt Ostern ausfallen und feiert wieder Weihnachten. Und mit brutaler Genauigkeit breitet sein Gedächtnis das Erlebte vor ihm aus. Ein Gesicht taucht vor ihm auf, eins unter vielen anderen. Es ist aschfahl und schmutzig, die Wangen sind hohl, der Flaum eines Heranwachsenden bedeckt sie. Ein Name gehört zu diesen Zügen: Mouss.

5

Seit langem stand Pater Kern früh auf. Das Versprechen eines neuen Tages, eines ewigen Wiederbeginns in dem Augenblick, in dem die Sonne am Horizont erschien, hatte ihn stets aus dem Bett gezogen, noch bevor der Wecker klingelte. So früh die Augen aufzuschlagen hatte aber noch einen anderen Grund: Er wollte den nächtlichen Qualen ein Ende bereiten. Sein letzter Arthritisschub lag zwar zwei Jahre zurück, doch die Furcht davor hielt an. Jenes Leiden, das ihn seit der Kindheit begleitete und das sein Wachstum mit einem Schlag zum Stillstand gebracht hatte, steckte nach wie vor in ihm. Ihm graute vor der Dämmerung, denn die Symptome – die Rötungen, das Fieber, der Juckreiz, die Schmerzen in den Gelenken – machten sich mit Einbruch der Dunkelheit bemerkbar. Im Dezember, wenn die Tage immer kürzer wurden, konnte er kaum die Wintersonnwende erwarten. Außerdem nahte der Geburtstag des Heilands, der ihm jedes Jahr wieder neuen Glauben an die Zukunft schenkte.

Dennoch war er an jenem 23. Dezember schlecht gelaunt aufgestanden. Die ständigen Fahrten zwischen Paris und Poissy, zwischen seinen Diensten in Notre-Dame und denen in der eigenen Gemeinde, hatten ihn ausgelaugt. Die Vorbereitungen für die Weihnachtsfeiertage waren in vollem Gange; am Vorabend hatte sich eine Konferenz unter der Leitung des Rektors, Monseigneur Rieux Le Molay, bis weit nach Mitternacht hingezogen. Und bereits im Morgengrauen hatte er sich zur 8-Uhr-Messe erneut auf den Weg nach Notre-Dame machen müssen.

Ein wenig zerschlagen hatte er im Chor vor nicht einmal zehn Gläubigen die Messe gelesen, während die ersten Touristen in die Kirche strömten. Im Hauptschiff richteten die Verkäuferinnen der Rosenkränze, Schmuckanhänger, Postkarten und Heiligenbildchen ihre Kasse ein und zählten ihr Wechselgeld. An den Verleihstationen der Audioguides kontrollierten die Mitarbeiter die Batteriestände und luden die Geräte für den zu erwartenden Andrang auf.

Pater Kern teilte das Abendmahl ohne große innere Anteilnahme aus. Er unterdrückte ein Frösteln. Die Heizung war noch nicht voll aufgedreht. Sobald der Gottesdienst vorbei war, würde er die Sakristei aufsuchen, wo Gérard den lieben langen Tag über einen uralten Ölradiator in Betrieb hatte, der zwar einen bestialischen Geruch, aber auch wohlige Wärme verströmte. Mit etwas Glück funktionierte der Kaffeeautomat wieder, der seit zwei Wochen außer Betrieb war, so dass er sich auch von innen aufwärmen könnte.

In dem Augenblick, in dem er dem ersten Abendmahlsgänger die Hostie reichte, erfüllte ein zuerst weit entferntes, dann immer näher kommendes Geräusch, eine seltsame Mischung aus gereiztem Stimmengewirr, Schritten und umgeworfenen Stühlen, das Gebäude. Bald wurde eine wilde Hetzjagd daraus, und vor den Augen der verdutzten Abendmahlsteilnehmer sprang ein zottliger junger Hitzkopf nur in Socken und in einem verschlissenen, triefenden Mantel, den er direkt auf der Haut zu tragen schien, über die Absperrkordel, hastete über die Stufen in den Altarraum und schnappte sich das Mikrofon im Chor. Er sprach hinein, ohne dass man ihn zunächst hörte, dann, nach einem kleinen Rückkoppelungseffekt, ertönte aus allen sechzehn Lautsprechern in der Kathedrale seine Stimme.

»Hallo ... Hier spricht Gott ... Verdammt, wie funktioniert denn dieses Ding? Hört ihr mich? Hier spricht Gott. Feuer!! Hallo, hört ihr mich?! Es brennt! Bewegt euren Hintern und begebt euch umgehend zu den Notausgängen! Raus mit den Touristen! Raus mit dem Verkaufsgesindel! Los, los, raus mit den Händlern aus dem Tempel! Schnell weg mit dem Pack. Sonst, darauf könnt ihr euch verlassen, macht euch Mouss Feuer unterm Arsch! Und die alten Betschwestern da hinten, die leckt er vielleicht sogar zwischen den Beinen! Brrrr, also ehrlich ... Echt widerlich!«

Er ließ seine Zunge mehrmals über das Mikrofon gleiten und stöhnte wollüstig dazu, worauf das Kirchenpersonal und die Besucher Unruhe erfasste. Gleichzeitig drängten die Besetzer unter lautem Gejohle ins Kirchenschiff. Sie schleppten Tüten oder geflickte Koffer, schoben überladene Einkaufswagen oder Gepäck-Trolleys vor sich her. Auch in den seitlichen Verbindungsgängen und im Chorumgang verteilten sie sich und brachten im Vorüberrennen die peinlich genau eingehaltene Aufstellung der Stühle und Betstühle durcheinander. Wie viele es waren, ließ sich nicht genau sagen. Das Gebrüll dieses ungewaschenen und stark nach Wein riechenden Häufchens, das plötzlich zu einer kleinen Armee mutiert war, hallte durch das Gewölbe von Notre-Dame mit seiner ausgezeichneten Akustik.

Angestachelt durch die obszönen Drohungen am Mikrofon, machte die Horde Jagd auf diejenigen, die noch nicht das Weite gesucht hatten. Das Gebrüll der Clochards mischte sich mit den Entsetzensschreien der Kirchenbesucher, eine regelrechte Panik brach aus. Als Erste flüchteten sich die Touristen auf den Platz vor der Kirche. Das Empfangspersonal und die Verkäuferinnen, die in der Nähe des Marienportals standen, harrten ein paar Sekunden länger aus, vielleicht aus Angst um ihre Registrierkassen. Von seiner erhöhten Position am Altar hatte der Fanatiker einen hervorragenden Überblick und konnte seine Truppen mit dem Elan eines Strategen befehligen und sie anfeuern, beim geringsten Widerstand alles kurz und klein zu schlagen. Eine der Verkäuferinnen, die die Kathedrale nicht ohne ihre Handtasche verlassen wollte, musste dafür büßen: Ihre Vitrine ging zu Bruch, metallene Christusfiguren und Glassplitter landeten auf den Bodenfliesen. Etliche ihrer Kolleginnen bekreuzigten sich rasch.

»Gut gemacht, meine Clochards! Schmeißt sie raus, die Barbaren! Und nun alle Türen zu! Wo sind denn nur die Schlüssel? Verbarrikadiert euch! Wartet, ich suche die Schlüssel, dann riegeln wir alles ab! Ab sofort sind wir hier zu Hause. Wo sind die Schlüssel zu unserem neuen Heim?«

Als die drei Portale – Sainte-Anne, das Marienportal und das Portal des Jüngsten Gerichts – ins Schloss fielen und

Notre-Dame vom Rest der Welt abriegelten, sah sich Pater Kern der Meute auf einmal ganz allein gegenüber, und er bemerkte, dass er in der einen Hand noch den Abendmahlskelch hielt, in der anderen, mit zwei zitternden Fingern, eine Hostie.

Ein wenig außer Atem und von leichtem Schwindel erfasst, kam er beim Altar an. Als er ihn sah, unterbrach sich der Redner. Kern und er beobachteten einander schweigend. Das Erstaunlichste an dem jungen Clochard war nicht, dass er so schmutzig oder mager, sondern dass er tropfnass war. Wasser rann von seinem abgewetzten, vor Feuchtigkeit dampfenden Mantel herab und bildete zu Füßen des Mikrofonständers bereits eine Lache auf dem schwarz-weiß gemusterten Fliesenboden. Seine patschnassen Socken, grau und durchlöchert, schleifte er bei jedem Schritt wie Scheuerlappen mit sich. Seine Haut unter den Mantelaufschlägen war von einer Leichenblässe und von schwärzlichen Blutergüssen und Insektenstichen entstellt. Der junge Mann zitterte, ob vor Kälte oder Aufregung, vermochte Kern nicht zu sagen. Die bläulichen Lippen deuteten aber eher auf die erste Ursache hin, und so beschloss er, das Schweigen zu brechen.

»Sie sollten sich umziehen, junger Mann. So durchnässt, wie Sie sind, holen Sie sich ja den Tod!«

Der junge Mann musterte den kleinen Pfarrer eingehend, die Rechte hatte er noch immer in der Manteltasche vergraben, und Kern fürchtete schon, er könne plötzlich ein Messer zücken. Doch er hielt die Hand weiterhin versteckt, während ein verächtliches Grunzen aus den Lautsprechern drang.

»Den Tod? Den habe ich schon lange in mir, Pfaffe. Seit meiner Geburt, um genau zu sein. Auch du hast bereits dein Plätzchen auf dem Père-Lachaise. Also, was soll die Belehrung? Weißt du, was du für 'ne Fresse hast? Hast du dich selber mal im Spiegel betrachtet? Spielst du hier den Quasimodo?«

Der Pater unterdrückte ein Lächeln. Er verspürte das Bedürfnis, den Clochard in die Arme zu schließen, verkniff es sich aber.

»Kommen Sie. Wir werden Ihnen trockene Kleidung geben, und dann können wir reden. Wie heißen Sie?«

»Okay, Pfaffe, reden, von mir aus. Aber erst gibst du mir die Schlüssel.«

»Wie heißen Sie, mein Junge?«

»Ich heiße Mouss. So, jetzt weißt du's, und nun her mit den Schlüsseln.«

»Die Schlüssel? Welche Schlüssel?«

»Die Schlüssel zu dieser Bude hier. Stell dich nicht dümmer, als du bist! Was glaubst du denn? Dass die Bullen und deine Gebetsbrüder mich hier pennen lassen? Notre-Dame ist doch kein Stundenhotel! Deshalb müssen wir uns verbarrikadieren. Es darf niemand rein. Verstehst du das?«

Pater Kern brannte darauf, von diesem immer stärker zitternden armen Kerl zu erfahren, was die Invasion zu bedeuten hatte. Doch er unterließ es. Vielleicht, weil er es bereits wusste. Der besagte Mouss hatte ihn ja selbst darauf gebracht, indem er auf Victor Hugo anspielte. Die Kathedrale würde also endlich wieder ihrer Aufgabe als Refugium gerecht werden, nur dass man ihre Gastfreundschaft diesmal erzwungen hätte.

Der Blick des Geistlichen schweifte über die vor den Stufen zum Altarraum versammelten Obdachlosen. Sie wagten nicht heraufzukommen, sie schauten mit schicksalsergebenen Augen zu ihrem Anführer hin, warteten auf ein Zeichen, eine Geste. Unbewusst begann Kern sie zu zählen. Es waren neun, ohne Mouss. Alles andere als eine Armee. Es reichte noch nicht einmal für eine Fußballmannschaft. Die Erschöpfung stand ihnen ins Gesicht geschrieben. Struppige Überlebende, alterslose Veteranen, verwüstet vom Alkohol und dem ständigen Umherziehen, angeheizt durch ihre Wut, hatte die gewaltsame Evakuierung des Gebäudes sie geradezu berauscht. Man las in ihren Zügen aber auch eine große Hoffnung, die Hoffnung der Verzweifelten, die ihr Schiffswrack versenken, wenn sie ein letztes Mal anlegen.

Endlich tat einer von ihnen einen Schritt und stieg die erste Stufe hinauf. Er sah aus wie alle anderen, genauso erschöpft, genauso verblüfft, in genau denselben abgetragenen Kleidern und Schuhen. Aber ihm fehlte ein Auge: Seine Art, die Welt zu sehen, und die Art, wie die Welt ihn sah, waren also andere, und schon dadurch unterschied er sich von allen.

Er sprach mit ruhiger Stimme.

»Die Schlüssel sind wahrscheinlich in der Sakristei. Soll ich mal nachsehen gehen?«

Mouss brach in kindliche Freude aus und setzte zu einem Tanz an, als hätte er der ganzen Welt soeben ein Schnippchen geschlagen.

»Quatsch, der kleine Pfarrer wird uns den Weg zeigen. Monseigneur, wären Sie so freundlich?«

Kern warf einen Blick in die Runde und stellte fest, dass alle Augen auf ihn gerichtet waren. Doch die Aggressivität war aus den Gesichtern verschwunden. Der Druck, den er auf seinen schmalen Schultern spürte, war keine Drohung mehr, sondern gespannte Erwartung: Er sollte ihnen helfen, Notre-Dame in ihre Festung zu verwandeln.

Ohne recht zu wissen, ob ihn nun Angst, Mitleid, Gastfreundlichkeit oder seine eigene Vorstellung vom Glauben leiteten, verließ er das Podest, ging durch den Chor, dessen Gittertür er offen stehen ließ, bog in den Chorumgang ein und gelangte schließlich zu einer mächtigen ledergepolsterten Tür. Nur Mouss und der Einäugige waren ihm gefolgt. Der Pater zögerte kurz, als er ihren säuerlichen Geruch hinter sich spürte, dann drückte er auf die Klinke.

Ein Gang führte direkt zur Sakristei. Auf seiner linken Seite standen hölzerne Truhen aufgereiht, die Kirchendienern und Aufsehern während der Pause als Sitzplatz dienten. An der gegenüberliegenden Wand waren Regale mit Ablagefächern für die persönlichen Dinge der Geistlichen angebracht. Ganz hinten im Raum, direkt neben der kleinen Tür, die nach draußen und zum Pfarramt führte, hing ein alter Münzfernsprecher, den niemand mehr benutzte außer ab und zu Pater Kern, der kein Mobiltelefon besaß.

Gérard, der Küster, legte genau in diesem Augenblick hastig den Hörer auf und wandte sich mit einem Ausdruck von Angst, aber auch Herausforderung zu ihnen um. Mouss blaffte ihn sogleich an, während der Einäugige in die Sakristei stürzte.

»He, wer bist du? Mit wem hast du da telefoniert?«

Gérard deutete auf einen kleinen Lautsprecher oberhalb des Türrahmens.

»Ich habe über die Mithöranlage alles gehört. Gerade habe ich die Polizei verständigt. Sie wird gleich hier sein. An Ihrer Stelle würde ich die Kathedrale verlassen, solange noch Zeit ist. Hier gibt's keine Zimmer für die Nacht zu mieten. Das hier ist nicht Saint-Ambroise, verstanden?«

»Ja, das wissen wir. Das hier ist Notre-Dame. Und hier ist zehnmal so viel Platz wie im Saint-Ambroise, voll das Luxushotel mit Bar und überdachten Tennisplätzen. Bist du der Koch? Machst du uns heute Abend was Schönes zu essen? Ein leckeres Gratin aus Hostien mit Messwein?«

Kern war durch den Anruf des Küsters aufs äußerste beunruhigt. Ein Countdown lief in seinem Kopf ab. Er musste die Angelegenheit um jeden Preis friedlich regeln, bevor die Ordnungshüter eintrafen.

»Was haben Sie der Polizei gesagt, Gérard?«

»Die Wahrheit, Pater Kern. Dass in Notre-Dame eine Geiselnahme im Gange ist.«

»Großer Gott!«

»Hey, Pfaffe! Was faselt der Koch da? Wir haben alle rausgeschmissen, bevor wir zugemacht haben. Wo sind deine Geiseln? In deinem Kopf, Kumpel!«

»Ich bin Küster, du Penner. Und sag deinem einäugigen Kollegen, er soll sofort aus meiner Sakristei verschwinden!«

»Gérard, der Junge hat nicht unrecht. Ich sehe in ihrem Vorgehen keinerlei Absicht, wen auch immer als Geisel zu nehmen. Soweit ich weiß, ist keiner von ihnen bewaffnet.«

Der Küster warf ihm einen wütenden Blick zu.

»Und was ist mit Ihnen, Pater? Und mit mir? Was sind

wir denn, wenn nicht die Geiseln dieser Irren? Haben Sie ihre Taschen durchsucht? Woher wollen Sie wissen, dass sie nicht eine Knarre oder ein Messer bei sich haben?«

»Hey, hey, hey! Vielleicht auch noch ’ne Bazooka, ja? Wer ist hier der Irre?«

»Gérard, bitte machen Sie die Sache nicht noch schlimmer!«

»Ich mag keine Penner. Das sage ich ganz offen. Und das darf ich, denn soweit ich weiß, leben wir in einer Demokratie.«

»Und ich mag keine Faschos. Du bist mir gleich aufgefallen, du Clown, mit deinem kahlrasierten Schädel und deinem Eierkopf!«

Pater Kern spürte, wie Panik in ihm hochstieg. Physische Gewalt hatte ihn immer gelähmt. Wenn die beiden nun aufeinander losgingen? Was konnte er tun, um die Streithähne zu trennen, er, ein Käsehoch von gerade einmal einem Meter achtundvierzig?

Just in diesem Augenblick schickte sich der Einäugige an, die Sakristei zu verlassen.

»Zeit, den Laden dichtzumachen, oder?«, sagte er zu Mouss. Seine Stimme war sanft, seine Gesten wirkten lässig, entspannt, etwas träge. In der Hand hielt er den riesigen Schlüsselbund zu allen Türen der Kathedrale.

Wieder tat Mouss seinen kindlichen Hopser. Der Küster stand mit offenem Mund da.

»Du bist der Größte, Stavros. Das habe ich immer gesagt, verdammt!«

Sein Kumpel schwenkte den Schlüsselbund und fixierte ihn mit seinem einen Auge.

»Man müsste bloß wissen, welcher Schlüssel zu welchem Schloss passt. Sonst brauche ich ja zwei Stunden, bis ich alles verriegelt habe. Könnte unser Freund, der Küster, uns vielleicht ein wenig behilflich sein? Brauchst heute sowieso keine Messe mehr vorzubereiten.«

Er ging auf die kleine Tür zu, die auf den Square Jean-XXIII hinausging. Wenige Meter dahinter lag das Seineufer.

Gérard gab ein kurzes Grunzen von sich und verschränkte demonstrativ die Arme. Der Einäugige bedachte ihn mit einem herablassenden Lächeln und entblößte seine verfaulten Zähne.

»Du hast gerade Pause, Kumpel? Kein Ding. Ruh dich schön aus. Ich finde den Schlüssel auch ohne deine Hilfe. Nur dich brauche ich dabei, Mouss.«

Er hielt Mouss den Schlüsselbund hin, der danach griff wie nach einem neuen Spielzeug.

»Du wirst begeistert sein, Pater! Stavros ist ein Genie.«

Stavros baute sich vor Mouss auf, und feierlich wie ein Zauberer, der im Begriff ist, einen Trick vorzuführen, bedeckte er sein gesundes Auge mit der Hand. Die leere Augenhöhle wirkte dadurch noch klaffender.

»Mouss, zeig mir bitte die Schlüssel, ganz langsam einen nach dem anderen. Irgendwann sage ich stopp.«

Der junge Obdachlose gehorchte und hielt nacheinander die Schlüssel an dem großen verrosteten Metallring hoch. Der Einäugige verzog keine Miene, doch seine leere Augenhöhle schien sich unter der Anspannung zu weiten. Endlich, beim siebten Schlüssel, dem unscheinbarsten von allen, hob er die Hand. Mit sichtbarer Begeisterung sprang

Mouss auf die Tür mit den kunstvollen Eisenbeschlägen zu und drückte sie zu. Der Straßenlärm verstummte. Pater Kern beobachtete jedes Detail. Feierlich wie der Papst, der gerade eine Messe hält, steckte Mouss den Schlüssel ins Schloss und drehte ihn vorsichtig. Das Klacken des Schlüssels hallte durch den Flur. Stavros nahm die Hand langsam von seinem Auge und sah Gérard spöttisch an.

»Kamerad Küster, ich glaube, du bist für den Rest des Tages arbeitslos. Die Schlüsselgewalt habe jetzt ich. Gib sie mir wieder, Mouss, ja? Ich werde die vorderen Türen verriegeln. Unsere Barrikaden aus Kirchenbänken werden einem Ansturm der Bereitschaftspolizei vermutlich nicht sehr lange standhalten. Rede du mal mit dem kleinen Priester hier. Ruh dich aus, wärm dich auf. In der Sakristei gibt's einen Radiator und eine Kaffeemaschine, habe ich gesehen. Lass dir Zeit und werd erst mal trocken, Mouss. Unser Abenteuer hat eben erst angefangen.«

Mouss zitterte wieder wie Espenlaub. Pater Kern, der noch immer sein Messgewand trug, stand vor dem Fach mit seinen persönlichen Habseligkeiten und griff nach einer Cordhose, einem Karohemd und einem mit schwarzen Rauten verzierten roten Pullover.

»Hier, Mouss. Wahrscheinlich sind Ihnen die Sachen zu klein. Aber etwas anderes habe ich im Augenblick nicht.«

»Machst du Witze, Pfaffe? Wenn ich dieses bunte Zeugs anziehe, sehe ich ja aus wie ein Clown!«

»Ich glaube, es gibt im Augenblick Wichtigeres, als der Mode zu folgen, junger Mann. Und wenn wir schon über Farben sprechen, darf ich Sie darauf aufmerksam machen, dass Ihre Lippen schon nicht mehr blau sind, sondern bereits schwarz. Ziehen Sie die Sachen an, Mouss. Unter diesen Umständen krank zu werden ist das Letzte, was Sie brauchen.«

Grummelnd schnappte sich der junge Mann die Kleidungsstücke, schien aber zu zögern. Kern ging an die Ecke des Kreuzgangs und zog einen blauen Vorhang beiseite, der normalerweise den Besuchern der Schatzkammer den Zugang zur Sakristei verbarg.

»Hier können Sie sich umziehen.«

Daraufhin erhob sich der Clochard von seiner Bank und zog zum ersten Mal die rechte Hand aus der Tasche. Er streifte seinen schmutzstarrenden Mantel ab und entblößte einen verkümmerten rechten Arm, den er ohne die Hilfe der linken Hand nicht bewegen konnte.

Er zog die Hose herunter und enthüllte einen verschrumpelten Penis und spindeldürre Schenkel. Seine tropfnassen Socken hatte er bereits auf dem Weg zur Sakristei verloren. Er hatte leichenblasse Haut, und Kern konnte einen Schauder angesichts dieses von der Straße gezeichneten Körpers nicht unterdrücken.

»Und, Pfaffe? Wer ist hier Quasimodo? Du oder ich? Wen von uns beiden hat das Leben wohl mehr angeschissen, sag!«

Pater Kern packte ein Taumel. Es war, als blicke er in einen Spiegel und sehe sich selber nackt darin, und dieses Bild, das der Spiegel in aller Brutalität und Schamlosigkeit zurückwarf, erschütterte ihn. Schon in seiner Jugend hatte er aufgehört, dem Verfall seines Körpers weiter zuzusehen, verursacht durch immer höhere Cortisondosen bei jedem neuen Anfall. Mouss' ausgemergelter Körper führte ihm sein eigenes Leid vor Augen, seine Angst vor dem Tod. Er musste sich einen Ruck geben, um sich wieder zu fangen.

»Ziehen Sie diese Sachen an, mein Junge, und hören Sie auf, sich aufzuspielen. Glauben Sie mir, auch wenn Sie stolz darauf sind, sich hier im Adamskostüm zu präsentieren – es ziemt sich nicht für Sie.«

Verlegen zog der Clochard mit einer Hand die Hose an, streifte das Hemd über, zum Schluss den Pullover. Seine mageren Knöchel ragten unter dem Hosensaum hervor, und das Oberteil schien in der Wäsche eingelaufen zu sein.

»Und, wie sehe ich aus? Wie ein Clown, richtig?«

»Nein, Mouss. Wie ein Kind, das zu schnell gewachsen ist. Sagen Sie, was ist Ihnen eigentlich zugestoßen? Warum ist Ihre Kleidung derart durchnässt?«

Der junge Mann machte eine wegwerfende Geste.

»Ein unfreiwilliges Bad in der Seine. Lange Geschichte, erzähle ich dir später mal, Pfaffe. Wir haben noch viel Zeit zum Reden.«

Kern warf einen Blick auf Gérard, der gegen den Türrahmen gelehnt dastand, als wolle er den Zugang zu seiner Sakristei verbarrikadieren. Dennoch wirkte sein Blick nicht mehr so grimmig, was ihn ein wenig beruhigte.

»Sag mal, Pfaffe, wie heißt du eigentlich?«

»Sie haben recht. Ich habe mich noch gar nicht vorgestellt. Ich bin Pater François Kern, Pfarrer in Poissy. Ab und an mache ich hier die Vertretung.«

Mouss lachte schallend.

»Das ist ja wie beim Fußball! Gibt es auch eine Ersatzbank für Pfaffen? Was bist du denn, wenn du wieder zum Einsatz kommst? Mittelstürmer? Torwart?«

Zum ersten Mal ließ Gérard entspannt die Arme sinken und deutete ein Lächeln an.

Stille machte sich breit in dem Gang mit den drei Personen, die jedoch bald durch ein Geräusch unterbrochen wurde, das aus dem Inneren der Kathedrale drang. Mouss spitzte die Ohren.

»Da braut sich was zusammen, Pfaffe. Wir schauen besser mal nach, was da los ist.«

Die beiden Männer überließen Gérard die Aufsicht über sein Reich aus Abendmahlskelchen und Weihrauch und gingen hinaus in den Chorumgang. Zu Füßen des Altarpodiums hatte sich im südlichen Querschiff unter der Mariensäule eine erregte Meute um ein nicht weniger struppiges Individuum als sie selbst geschart, das einen weinroten Daunenanorak trug, aus dem die Federn rieselten. Pater Kern erkannte Kristof. Seinen geschwollenen Augenlidern nach zu schließen war er eben aufgewacht. Wie jeden Morgen hatte der polnische Clochard sich auf seinen Stuhl gesetzt und seinen Schlafsack um die dicken Schenkel geschlungen. Alkohol und Müdigkeit hatten ihn so fest schlafen lassen, dass er von der Besetzung der Kirche nichts mitbekommen hatte.

Kristof gehörte gleichsam zum Inventar von Notre-Dame, wie einige andere, die im Schatten der Säulen umherstreiften, Tag für Tag, Jahr für Jahr, ohne dass man sich genau erinnern konnte, wann sie zum ersten Mal aufgetaucht waren, so als wären sie schon immer da gewesen. Pater Kern hatte eine besondere Beziehung zu diesem Sonderling, dessen Lebensgeschichte ihm in groben Zügen vertraut war. Zwei Jahre zuvor hatte Kristof ihm erzählt, wie er auf der Suche nach seiner ausgebüxten Tochter von Krakau nach Paris gekommen war. Und in einer Sommernacht, als der kleine Priester sich in die Gegend um Pigalle verirrt hatte, hatte ihm der Pole das Leben gerettet. So was vergisst man nicht.

Als Kristof sich beim Aufwachen von einer Meute umzingelt sah, griff er reflexartig erst einmal nach seinem Rucksack – seiner einzigen Chance, den Winter zu überleben – und presste ihn an sich. Jetzt war also auch der letzte Schlupfwinkel in ganz Paris, der ihm ein paar Stunden entspannten Schlaf ohne die Furcht, beklaut zu werden, garantierte, von der Außenwelt in Beschlag genommen worden, vom Gesetz des Stärkeren, Betrunkeneren oder für das Leid anderer Unempfindlicheren.

Während er aus seiner Tasche die einzige Waffe zog, die er je besessen hatte – einen Kreuzschlitzschraubendreher, den er spitz zugefeilt hatte –, tauchte aus der Sakristei ein kleiner Mann in weißer Kutte auf, und Kristof murmelte mit seinem messerscharfen polnischen Akzent: »Notre-Dame de Paris ewig Notre-Dame de Paris.«

Kern zwängte sich zwischen den Clochards hindurch, die einen bedrohlichen Kreis um Kristof gebildet hatten, und blieb neben ihm stehen. Obschon äußerst nervös, drehte er sich betont langsam um die eigene Achse und sah die Obdachlosen dabei an, in der Hoffnung, sein liturgisches Gewand möge ihm die nötige Autorität verleihen und sie zum Schweigen bringen. Aus dem Augenwinkel sah er ein Messer mit Horngriff in der Hand eines Mannes, dessen Gesicht unter einer schwarzen Kapuze verborgen war. Er funkelte den Mann an, die blitzende Klinge verschwand in der Tasche.

»Was ist hier los? Was sind das für Dummejungenstreiche? Was glaubt ihr, wo ihr seid? Unerhört! Könnt ihr ihn nicht in Ruhe lassen? Müsst ihr ihn wegen seines Rucksacks behelligen?«

Er bekam eine spöttische Lachsalve zur Antwort.

»Also, an seinem Rucksack sind wir bestimmt nicht interessiert, Monseigneur.«

»Clochards sind ja alles Diebe, was, Pater?«

Auf einem metallenen Ständer nahebei brannten zahlreiche Kerzen, die meisten mit einem Marienbildnis darauf. Ihr Licht flackerte über Stavros' Gesicht und verlieh ihm einen halb drohenden, halb schwärmerischen Ausdruck. Er blieb ein paar Augenblicke in die Betrachtung der Kerzen versunken und kam dann zu seinen Gefährten zurück.

»Sie haben recht, Pater. Sein Rucksack ist uns scheißegal.«

»Aber was ist dann der Grund für diese Treibjagd? Sehen Sie denn nicht, dass dieser Mann einer der Ihren ist?«

»Sehen Sie, Pater, er war ja derjenige, der versucht hat, uns rauszuschmeißen. Und mit einem Schraubenzieher auf unseren Allerwertesten eingestochen hat. Soll ich Ihnen mal meinen Hintern zeigen?«

Pater Kern drehte sich zu Kristof um, der schuldbewusst auf das Werkzeug in seinen Händen blickte.

»*Du* hast sie angegriffen? Stimmt das?«

»Ich komme jede Tag hierher. Für Schlafen. Für Ausruhen. Für Gebet. Hier Notre-Dame sehr ruhig. Wenn Clochards kommen, kommt auch Polizei, und dann kommen alle Knast, auch Kristof.«

Stavros setzte ein breites Grinsen auf.

»Also was machen wir mit unserem Vladimir? Schneiden wir ihm die Eier ab und werfen sie den Wasserspeiern zum Fraß vor?«

Das Grüppchen brach erneut in schallendes Gelächter aus, und Kristof fuchtelte mit seinem Schraubenzieher in Richtung des Einäugigen.

Während die Gemüter sich erhitzten und Kristof gerade seinen endgültigen Hinauswurf riskierte, sprang Mouss die Stufen vom Altar herab. Kristof richtete seine Waffe nun abwechselnd auf Stavros und Mouss, doch der kam unerschrocken näher, als hielte der Pole einen Piratensäbel aus Pappe in der Hand. Als er schließlich neben ihm stand, umarmte er den ganz in seinen Daunenanorak gehüllten Kristof plötzlich mit seinem gesunden Arm. Er schaffte es gar nicht, den Arm vollständig um den massigen Leib des Polen zu legen, der schwer atmete und mit den Augen rollte. Mouss flüsterte ihm etwas ins Ohr, und die Brust des Polen hob und senkte sich auf einmal wie von einer schweren Gefühlsregung übermannt. In dem großen Kirchenschiff, das vom Rhythmus seiner heftigen Atemzüge durchpulst schien, begann der vierschrötige Pole zu weinen wie ein Kind.

Pater Kern stand weniger als einen Meter von dem seltsamen Paar entfernt. Er sah, wie dicke Tränen auf Kristofs Wangenknochen tropften und dann in seinem dichten, mit Billigbier parfümierten Bart verschwanden. Die Tropfen tauchten erstaunlicherweise wieder am Kinn auf, nachdem sie sich einen Weg durch das rotblonde Dickicht gebahnt hatten, und verharrten dort einen Augenblick. Dann perlten sie ab und fielen auf die gefurchte Stirn von Mouss, der zu Kristof aufsah und über diese ungewöhnliche Taufe mit alkoholgeschwängerten Tränen lachen musste.

Plötzlich ertönte ein Klingeln in der Ferne, beinahe unwirklich. Es zog sich an den Mauern entlang, hallte in jeder Ecke, jeder Kapelle wider. Mouss wandte den Kopf zur Seite, und Kristof hörte auf zu weinen. Pater Kern dagegen schloss die Augen. Er kannte dieses feine, leicht antiquierte Schellen – der Klang verhieß nichts Gutes. Schließlich ging die Tür zur Sakristei auf, und Gérard erschien im Türrahmen.

»Pater Kern? Ist für Sie. Telefon.«

»Wer ist dran?«

»Na, wer wohl? Die Polizei.«

Der kleine Geistliche ging zurück zur Sakristei.

»Pater Kern am Apparat. Wer spricht dort?«

Geraume Zeit stand er so da und hörte nur zu, lediglich das leichte Zittern seiner Hand, mit der er den Hörer fest ans Ohr presste, verriet seine wachsende Anspannung. Dann legte er auf und begab sich wieder ins Kirchenschiff.

»Die Polizei ist draußen. Sie haben die Kathedrale umstellt.«

Die Clochards sahen einander an wie gehetzte Tiere, dann legte sich eine lähmende Stille über die Anwesenden.

»Ich wurde gefragt, ob es Verletzte gibt. Verletzte oder Tote.«

Allgemeine Bestürzung brandete auf. Kern musste lauter sprechen, um sich gegen das erregte Stimmengewirr durchzusetzen.

»Sie wollen wissen, welche Forderungen ihr stellt und ob ihr Lösegeld verlangt.«

Alle Augen richteten sich auf Mouss. Der Priester nahm den jungen Mann beiseite und raunte ihm zu:

»Ich sage Ihnen, was wir tun werden. Ich werde mit der Polizei sprechen und denen sagen, dass ihr die Kathedrale wieder verlassen wollt. Dass ihr Notre-Dame ohne irgendwelche Bedingungen räumen werdet. Schließlich gab es weder Verletzte noch Sachschäden, allenfalls ein paar zerbrochene Vitrinen. Ich werde den Rektor davon überzeugen, auf eine Anzeige zu verzichten, lassen Sie mich nur machen. Ihr Appell fand Gehör, Mouss. Noch können Sie unbeschadet aus der Sache herauskommen. Wenn Sie jetzt wieder Vernunft annehmen.«

Pater Kern spürte die Blicke der anderen in seinem Nacken, auf seinen Schultern. Er hob den Kopf und kreuzte Stavros' Blick, der ihn und Mouss in aller Ruhe taxierte. Als Kern den tiefen Krater in Stavros' Gesicht sah, wurde ihm schwindlig. Sekunden verstrichen; er musste Mouss um jeden Preis davon überzeugen, sich der Polizei zu stellen. Die anderen würden seinem Beispiel dann schon folgen. Der junge Mann hatte jedoch den Blickwechsel zwischen Kern und Stavros mitbekommen. Wieder erschien das breite Grinsen eines ungezogenen Jungen, das Kern nun schon kannte, auf seinem Gesicht.

»Wie habe ich denn Gehör finden können, Pfaffe? Ich habe ja noch gar nichts gesagt.«

»Verzeihung?«

»Was glaubst du denn? Dass wir brav umkehren und uns an den Quais weiter den Arsch abfrieren werden? Hey, Pfaffe, da sieht man gleich, dass du noch nie einen ganzen Tag lang da draußen herumirren und dir dein Abendessen aus dem Müll zusammenklauben musstest. Hast du mal einen Zettel und einen Stift?«

»Verzeihung?«

»Warum entschuldigst du dich die ganze Zeit? Du hast doch nichts angestellt. Du hast doch bestimmt ein Blatt Papier und einen Stift hier, nicht? Was für Forderungen wir stellen, wollen sie wissen? Können sie gerne haben! Wir stellen ihnen eine Einkaufsliste zusammen, Drei-Gänge-Menü, ganz klar. Und da du schon so lieb bittest, darfst du es ihnen ausrichten. Oh, wir werden eine Menge Spaß haben, wart's ab! He, Stavros, hast du einen Zettel und einen Stift für mich?«

Einen Augenblick später stand Kern vor dem Portal des Jüngsten Gerichts, das schmutzige Blatt, das Stavros aus einem Schulheft gerissen hatte, in der Tasche seines Gewands. Mouss grinste noch immer und hatte die anderen inzwischen mit seiner Spottlust angesteckt. Stavros nahm den Schlüsselbund vom Gürtel, steckte den dicksten Schlüssel ins Schloss und öffnete die Tür einen Spalt. Als der kleine Priester seinen schmächtigen Körper nach draußen schob, schien der Einäugige ihm aufmunternd zuzuzwinkern, vielleicht war es aber auch ein nervöser Tick, Kern war sich nicht sicher. Die Tür fiel mit dumpfem Geräusch wieder ins Schloss. Kern holte tief Luft und blickte über den Platz vor der Kathedrale. Was er sah, ließ ihm das Blut in den Adern gefrieren. Die Verhandlungen verhießen nichts Gutes.

6

Der Wind hatte sich gelegt, das Wasser der Seine war glatt wie ein Spiegel. Die Uhr auf dem Quai de la Tournelle zeigte Viertel nach sechs, der Verkehr nahm allmählich zu. Zwei Gestalten überquerten in Höhe des Institut du monde arabe die Straße und zwangen einen Lieferwagen, ihnen mit einem heftigen Schlenker auszuweichen. Im frühen Morgenlicht konnte man die Gesichtszüge und die Bekleidung der beiden stadtauswärts gehenden Männer genauer erkennen. Der helle Trenchcoat des einen schien vom Blitz getroffen zu sein, so schmutzig und zerrissen war er. Aus dem alten Lodenmantel des anderen hing jämmerlich das karierte Futter heraus und schleifte übers Pflaster. Sie bogen zum Jardin Tino-Rossi ab, blieben auf der Esplanade aber plötzlich stehen.

»Also ehrlich, du übertreibst.«

»Was denn? Hast du schlechte Laune, weil ich dich so früh aus dem Bett gejagt habe?«

»Das meine ich nicht.«

»Was dann?«

»Findest du wirklich, dass wir wie Clochards aussehen?«

»Was denn sonst? Wie Milliardäre vielleicht?«

»Wie Clowns, Landard. Ich bin der lange Lulatsch und du der kleine Dicke. Da könnten wir ebenso gut unseren Dienstausweis in der Luft schwenken. Sobald wir einen Fuß in diesen verdammten Park setzen, wird man uns als Bullen erkennen!«

»Ja klar, bei dem Duft, den du verströmst ...«

»Was soll das heißen?«

»Was für ein Deo ist das? Curry-Patchuli?«

»*Fresh Ocean*, wieso?«

»Man riecht es zehn Kilometer gegen den Wind, Gombrowicz. Glaubst du wirklich, ein Clochard sprüht sich morgens *Ozeanfrische* unter die Achseln?«

»Was hätte ich denn tun sollen? Bei deinen Scheiß-Arbeitszeiten konnte ich ja nicht mehr nach Hause, ich musste im Revier übernachten. Auf der Couch. Und heute Morgen blieb keine Zeit zu duschen. Mag sein, dass ich es da mit dem Deo ein wenig übertrieben habe.«

»Wie 'n Mädchen, ich sag's doch. Hast du wenigstens deine Dienstwaffe dabei?«

»Geh mir nicht auf den Wecker, Landard.«

»Heißt das jetzt ja oder nein?«

»Du kannst mich mal, heißt es!«

Gombrowicz ließ ihn stehen und ging hinunter zum Flussufer, wo die Gemeinde der Obdachlosen allmählich erwachte und im Licht der Straßenlaternen wie auch schon im frühen Morgenlicht ihre Zelte abbrach. Es war dasselbe Schattentheater wie am Vorabend, schwerfällige, zerbrechliche Wesen, die sich aus Zelten und Schlafsäcken schälten und diese mit an Besessenheit grenzender Sorgfalt zusammenlegten oder einrollten, um sie dann in den

Büschen oder in dem kleinen Bambusdickicht unterhalb des Platzes, gleich neben den Toiletten, zu verstecken. Zu denjenigen, die die Nacht im Freien verbracht hatten, kamen die Glückspilze, die an Bord der *Péniche du cœur* übernachtet hatten, die unweit von hier vor Anker lag. Keine halbe Stunde mehr, und die Clochards würden das Feld den Joggern und frühmorgendlichen Spaziergängern überlassen haben. Nichts verriete dann mehr ihre nächtliche Anwesenheit, außer vielleicht ein Stück Plane oder Palette, das unter einer Hecke hervorsah.

Landard war zu seinem Mitarbeiter gestoßen. Schweigend gingen sie die Strecke zwischen dem Pont de Sully und dem motorisierten Schlauchboot der Flusswacht ab. Sie entschieden sich schließlich für einen Spielplatz mit weichem Boden, der unter den Füßen nachgab. Um diese Uhrzeit ertönte hier kein fröhliches Kindergeschrei. Vielmehr lastete eine Atmosphäre von Traurigkeit und Verlassensein auf dem Platz, die auch das frühlingshafte Licht nicht auslöschen konnte. Landard setzte sich auf das Ende einer Rutschbahn und zog eine verchromte Thermoskanne aus der Innentasche seines Trenchcoats. Er schraubte den Deckel ab, goss eine bräunliche Flüssigkeit hinein und hielt ihn Gombrowicz hin, der jedoch zögerte: Würde der dampfende Kaffee sie nicht verraten? Dann aber sagte er sich, dass es jetzt vermutlich wichtiger war, endlich wach zu werden.

Tatsächlich sollte sich Landards grässliches Gebräu als erstes Kontaktmittel erweisen. Ein in zahlreiche Decken gehüllter Mann kroch unter der Rutschbahn hervor. Er rollte sich um die eigene Achse wie ein in einem Kokon gefangenes Insekt, bis es ihm schließlich gelang, sich von seinen Hüllen zu befreien. Nach dieser Häutung setzte er sich neben die beiden Pseudo-Clochards und sprach sie an. Dabei starrte er jedoch unablässig auf den Fluss. Eine tief ins Gesicht gezogene schwarze Kapuze verhüllte seine Züge.

»Habt ihr noch Kaffee übrig?«

Gombrowicz reichte ihm den Becher. Er trank ihn mit einer Grimasse aus.

»Echter Büro-Kaffee. Aber ich will mich nicht beschweren, er ist heiß, und er ist süß.«

Er hielt Landard den Becher hin, der ohne mit der Wimper zu zucken nachgoss und nebenbei fallen ließ:

»War ganz schön frisch heute Nacht, was? Mein Kumpel und ich, wir haben uns den Arsch abgefroren.«

Der Mann trank den Kaffee in einem Zug aus.

»Verschont mich mit eurem bescheuerten Quatsch! Es ist einfach eine Frage des Respekts. Jemand, der aus seinem warmen Bett kommt und so tut, als hätte er sich die Nacht im Freien um die Ohren geschlagen, so was find ich obszön.«

»Wieso sagen Sie das? Dort drüben unter der Trauerweide haben wir geschlafen.«

»Da schläft nie jemand, dort gehen wir nachts pinkeln. Gebt euch keine Mühe. Man sieht euch doch an, dass ihr Bullen seid. Vom Quai des Orfèvres, richtig? Seid ihr wegen Mouss hier?«

Gombrowicz stieß einen tiefen Seufzer aus, schlug seinen Lodenmantel auf, und mit einer Geste, die nur er fertigbrachte, riss er das restliche Futter auch noch heraus.

»Wir suchen einen Typen, den sie den ›Griechen‹ nennen. War wohl ein Freund von Mouss. Mit dem wollen wir reden.«

Der Clochard kratzte sich durch die Kapuze hindurch den Kopf.

»Mit dem Griechen habt ihr gestern schon gesprochen. Und zwar lange. Am Feuer.«

»Wie bitte? Gestern haben wir mit einem Einäugigen gesprochen. Und der hat uns an den Griechen verwiesen.«

Der Clochard wandte sich wieder ab und blickte über die Seine. Landard schraubte seine Thermoskanne zu.

»Wir haben uns ganz schön hinters Licht führen lassen, Gombrowicz. Der Grieche und der Einäugige, das ist ein und dieselbe Person. Da hat sich unser Wurstmampfer aber schön ins Fäustchen gelacht, als er sein Feuer ausgetreten hat! Hast du ihn denn heute Nacht zufällig gesehen?«

»Wir sind hier kein Auskunftsbüro.«

Er stand auf und kramte in den Taschen seines Mantels. Mit der Linken förderte er einen Apfel zutage, den er an seiner verdreckten Hose abwischte. Mit der Rechten zog er ein Jagdmesser mit langer Klinge und einem hornverzierten Griff heraus. Gombrowicz begegnete dem tadelnden Blick seines Vorgesetzten und bedauerte nun doch, dass er keine Dienstwaffe unter der Achsel trug.

Der Clochard zerteilte den Apfel mit seinem spitzen Messer.

Landard spürte seine Sig Sauer griffbereit an seiner linken Hüfte. Gombrowicz ahnte seine Absicht, nahm ihm die Thermoskanne aus der Hand, goss dem Clochard noch einen Becher ein und hielt ihn dem Kauenden, der unverwandt auf den Fluss starrte, hin.

»Noch einen Kaffee?«

Der Angesprochene stand mit vollem Mund da, das Messer in der Hand, drehte sich auf einmal zu ihm um und kam auf ihn zu. Gombrowicz zwang sich, nicht zurückzuweichen. Landards Hand war unter dem Mantelrevers verschwunden. Der Clochard sah sie scharf an. Endlich, nach einigen Sekunden, die Gombrowicz wie eine Ewigkeit vorkamen, steckte er das Messer weg, nachdem er es an seinem Ärmel abgewischt hatte, und murmelte ein paar schwer verständliche Worte.

»Der Grieche meldet sich von selbst. Und zwar genau dann, wenn es ihm passt.«

Er nahm Gombrowicz die Thermoskanne aus der Hand.

»Habt ihr auch Zigaretten?«

Landard antwortete anstelle seines verdutzten Mitarbeiters.

»Wir sind Nichtraucher, Kumpel. Ist besser für die Gesundheit.«

Der Clochard ging auf die Rutschbahn zu, wo seine Habseligkeiten auf einem Haufen lagen, und verstaute die Thermoskanne. Schließlich raffte er seine Decken zusammen und ging wortlos davon. Landard zog sein Päckchen Gitanes heraus.

»Sag mal, spinne ich, oder hast du ihm gerade meine Thermoskanne geschenkt? Wohl für seinen tollen Tipp, was? ›Der Grieche meldet sich von selbst.‹ Verdammte Scheiße, das ist echt eine verkehrte Welt hier!«

Wie vorhin der Obdachlose starrte Gombrowicz traumverloren auf den Fluss. Plötzlich begann er mit seltsamer Stimme ein Gedicht zu rezitieren:

»*Zu Fuß durchstreift' ich weite Fluren, / Ich ging des Nachts, wenn alles schlief, / Sah bang der Zweifel dunkle Spuren, / Die kein wild' Tier empfand so tief. / Dort unter ihrem Dach aus Stroh / Beim Mahle, da scherzten die Bauern, / Als fremder Geist wird man nicht froh, / Es kennen dich nicht die Mauern.*«

»Was ist denn das für ein Gesülze, Gombrowicz? Wo hast du das denn her?«

»Das haben wir, glaube ich, in der Schule gelernt. Hätte nicht gedacht, dass ich mich noch daran erinnern kann.«

»Bist du verknallt, oder was ist sonst dein Problem?«

»Fang nicht schon wieder damit an!«

»Wenn du mit deinen lyrischen Ergüssen fertig bist, sagst du Bescheid, ja? Wir sind nicht dazu da, Verse zu deklamieren und uns in den Büschen rumzutreiben. Und wenn du glaubst, du könntest hier den barmherzigen Samariter spielen und meine Thermoskanne an den erstbesten Penner verschenken, dann bist du auf dem Holzweg, Freundchen! ... Aber schau mal, wer pinkelt denn da hinten seelenruhig an den Baum?!«

Der Adrenalinstoß machte den jungen Lieutenant endgültig wach. Tatsächlich, es war der Einäugige, der den Stamm einer Trauerweide von oben bis unten mit seinem Wasserstrahl besprengte. Landard tastete nach seiner Dienstwaffe.

»Wir schneiden ihm den Weg ab. Du machst einen Bogen. Sieh zu, dass du dich ihm von der Seite näherst, auf der er nichts sehen kann. Und bring deine Verkleidung in Ordnung.«

Gombrowicz zog seinen Loden wieder über, ließ das Futter aber unter der Rutschbahn liegen. Landard nahm den direkten Weg zur Seine, während Gombrowicz, der schneller zu Fuß war, einen Halbkreis durch den Park beschrieb. Der Geruch nach ranzigem Urin wurde immer stärker, je mehr er sich näherte. Er war nur noch ein paar Meter von seinem Ziel entfernt und hatte bereits die leere Augenhöhle im Visier. Der Einäugige schloss just in dem Augenblick seine Hose, als Landard eintraf. Gombrowicz hörte seine fast in kumpelhaftem Tonfall gemurmelte Frage:

»Na, Grieche? Hast du deinen Ouzo entsorgt?«

Der Clochard sah auf, erkannte den Commandant und trat einen Schritt zurück. Landard wich keinen Millimeter von der Stelle und grinste übers ganze Gesicht. Der Einäugige versuchte, um Landard herumzugehen, zunächst ohne Gombrowicz zu sehen, der in seinem toten Winkel stand, doch dann erblickte er ihn und begriff, dass er umzingelt war. Und ehe die beiden Polizisten erkannt hatten, was vor sich ging, stürzte der Grieche über die drei Stufen des nahegelegenen Amphitheaters auf das Flussufer zu. Er warf Gombrowicz einen letzten, spöttischen Blick zu und ließ sich wie ein Stein in die Seine fallen.

An der Quaimauer trafen Landard und Gombrowicz wieder zusammen. Der Grieche schwamm bereits auf das andere Ufer zu.

»Behalt ihn im Auge und spiel nicht den Helden, Junge. Ich rufe die Wasserschutzpolizei zu Hilfe. Wir schnappen ihn uns wie einen Fisch!«

Landard trabte davon, ein Dickhäuter im Galopp. Gombrowicz konnte sich nicht erinnern, ihn je rennen gesehen zu haben. Ein paar Clochards versammelten sich auf den Stufen des Rondells, und er hörte, wie sie einen Namen nannten, den er sich genau merkte: Stavros.

Unterstützt durch die Strömung, die ihn nach Westen trug, steuerte der Schwimmer auf die Spitze der Île Saint-Louis zu. Binnen kurzem wäre er am Square Barye, wo er ans Ufer klettern und unter den Bäumen verschwinden konnte. Gombrowicz warf einen hastigen Blick nach rechts: Landard war bereits außer Atem und lief schon viel langsamer auf das Boot der Flusswacht zu, das noch immer fünfzig Meter entfernt war.

Gombrowicz stieß einen Fluch aus, holte tief Luft und sprang. Die Kälte nahm ihm fast den Atem, als er wieder auftauchte. Oberhalb, auf den Stufen, standen gut zwanzig Obdachlose und sahen dem Schauspiel mit Kennermiene zu. Er überlegte kurz, ob er wieder ans Ufer klettern sollte, und schwamm dann wild entschlossen auf das gegenüberliegende Ufer zu. Er ruderte mit Armen und Beinen, bis er ganz außer Atem war und seine Muskeln wie Feuer brannten. Die Strömung trieb auch ihn auf die Île Saint-Louis zu. Aber sein Lodenmantel, den er auszuziehen vergessen hatte, hatte sich so vollgesogen, dass er ihn nach unten zog. Mit verzweifelten Bewegungen versuchte er – Gefangener einer nunmehr bleiernen Verkleidung – sich zu befreien und aus den Ärmeln zu schlüpfen. Doch er verstrickte sich nur noch mehr in den Mantel, der nun von seinen Handgelenken wie ein Anker herabhing. Die Temperatur des Wassers spürte er schon gar nicht mehr, er begriff nur, dass er bald untergehen würde. Bei jedem Versuch, den Mantel abzuschütteln, schloss er sich wie ein Krake fester um seine Arme. Zum ersten Mal schluckte er Wasser und musste sich wegen des üblen Geschmacks übergeben.

Er erstickte, erstickte an seinem eigenen Erbrochenen.

Er schluckte ein zweites Mal Wasser und hustete sich die Seele aus dem Leib.

Dass er tatsächlich auf den Grund sank, begriff er zunächst nicht mal. So wie sein Blick war plötzlich auch sein Verstand getrübt. War es der Schlamm, der ihm das Licht nahm, oder schon der Tod? Und während er sich sinken ließ, tauchte ein verschwommenes Bild vor seinem inneren Auge auf: Mouss auf dem Seziertisch. Er begriff, dass er der nächste Ertrunkene im Gerichtsmedizinischen Institut sein würde …

In diesem Augenblick zog ihn eine eiserne Faust mit aller Macht nach oben.

Als er die Augen aufschlug, hatte er den Kopf wieder über Wasser, und der in schwarzes Neopren gehüllte Arm eines Froschmanns hielt seine Brust umklammert. Wenig später lag er unter einer Überlebensdecke auf der Rückbank eines Zodiac-Schlauchboots, das auf die Île Saint-Louis zuhielt, über sich das vergnügte Gesicht seines Vorgesetzten, der in seinem schmutzigen Pseudo-Clochard-Mantel rauchend zu ihm herabblickte, während der Wind die Zigarettenasche über Bord blies. Bei dem Versuch, sich aufzurichten, spuckte er augenblicklich das Seinewasser aus, das sich in seinen Lungenflügeln angesammelt hatte.

»Und du erzähl mir noch mal, ich würde zu viel rauchen!«

Gombrowicz setzte sich vorsichtig auf; der frische Wind tat ihm gut. Beim Zurückblicken sah er gerade noch seinen

Lodenmantel unter der Wasseroberfläche verschwinden. Plötzlich feuerte Landard seine Kippe ins Wasser und deutete auf die Île Saint-Louis. In hundert Metern Entfernung krabbelte der Einäugige aus dem Wasser und kletterte auf allen vieren die Steinstufen hoch.

»Sieh dir diesen Dreckskerl an. Ein Penner und dann ein solcher Schwimm-Champion. Hat man so was schon mal gesehen?«

Das Zodiac-Boot beschrieb eine Kurve und legte dann parallel zum Ufer an. Die beiden Männer von der Wasserschutzpolizei sprangen mit einem eleganten Satz ans Ufer, während ihre Beute die Treppe hinaufhastete, die zum Square Barye führte. Schwerfällig tappte Landard ans Ufer und verschwand im Grün des Parks. Den Ermahnungen des Froschmanns zum Trotz hievte sich Gombrowicz an der Reling hoch und stieg ans Ufer. Schlagartig wurde ihm schwindlig, und er kauerte sich hin: Paris tanzte vor seinen Augen. Doch er richtete sich wieder auf und zog sich am Geländer die Treppe hoch, die sich unter den Ulmen verlor.

Als er endlich den kleinen Park erreicht hatte, hörte er ein durchdringendes Hupsignal, unmittelbar gefolgt von einem Reifenquietschen. Er hastete zum Boulevard Henri-IV hinüber. Ein Linienbus stand mitten auf der Straße, seine Fahrgäste stiegen gerade aus und drängten sich vor dem Fahrzeug. Er boxte sich durch die Menge und erblickte die beiden Beamten der Wasserschutzpolizei; einer von ihnen steckte gerade seine Waffe ins Holster. Vor ihnen stand Landard und keuchte wie ein Walross. Alle starrten auf eine Stelle am Boden.

Bewusstlos, das Lid über dem gesunden Auge geschlossen, lag der Grieche auf dem Asphalt. Mit seiner Augenhöhle schien er den zwölf Meter langen Bus zu fixieren, den er nicht gesehen und der ihn gerade überfahren hatte.

7

Woher sie gekommen waren, hätte er nicht zu sagen vermocht. Von der Südecke des Gebäudes, an der sich normalerweise die Touristen nach der Turmbesteigung sammelten? Oder hatten sie sich hinter dem Strebepfeiler zwischen Annenportal und Hauptportal versteckt? Sie hatten sich auf ihn gestürzt, vermummt und mit Helmen bewehrt, mit transparenten Schutzschilden, eingeschnürt in schwarze Overalls mit kugelsicherer Weste darüber. Einer von ihnen hatte ihn brutal gepackt und ihm Handschellen angelegt. Der kleine Trupp hatte sich ebenso schnell zurückgezogen, wie er aufgetaucht war, und ihn aus der Umfriedung der Kathedrale herausgezerrt, zum Pont au Double hin. Im Schutz eines dort in der Nähe geparkten gepanzerten Transporters hatten sie kurz haltgemacht, dann ging es weiter, immer im Laufschritt, in Richtung Pfarramt. Im Vorüberhasten hatte er eine weiße Aufschrift auf dem Fahrzeug erkennen können, *BRI*, darunter *P-O-L-I-C-E*, und nun verstand er den Sinn der Hetzjagd, zu der man ihn gezwungen hatte.

Am Gittertor des Pfarramts wurde er einige Sekunden lang festgehalten. Die Handschellen drückten auf seine Gelenke, und sein Herz raste. Die Worte überschlugen sich in seinem Kopf, doch die Angst lähmte seine Zunge. Waren die Gewehre der Männer in Schwarz auf ihn gerichtet? Endlich ließ einer der Behelmten das Wort »Identifiziert!« fallen; auf der Stelle senkten sich die Gewehre, man nahm ihm die Handschellen ab und führte ihn ins Gebäude.

Mit schlotternden Knien und noch immer schmerzenden Handgelenken ging Kern an der Pförtnerloge vorbei und stieg die Treppen hinauf, die zur Wohnung des Rektors und darüber in die Verwaltungsetage führten. Auf dem zweiten Treppenabsatz bedeutete ihm ein Unbekannter mit einer fluoreszierenden Armbinde, stehen zu bleiben, und murmelte etwas in ein Funkgerät. »Er soll einen Moment warten«, krächzte es zur Antwort. Der Priester nutzte die Gelegenheit und warf einen Blick nach draußen. Was er sah, bestätigte seinen flüchtigen Eindruck beim Verlassen der Kathedrale. Der Vorplatz lag einsam da; mit Ausnahme von fünf Fahrzeugen der Bereitschaftspolizei, die vor der Polizeipräfektur standen, war kein einziges Auto zu sehen. Es wirkte, als sei die ganze Île de la Cité von ihren Bewohnern, Touristen, Spaziergängern und illegalen Straßenhändlern geräumt worden, so als habe sich dort eine Epidemie ausgebreitet. Aus dem Funkgerät schnarrte der Befehl, Pater Kern hereinzuführen.

Die Räume der Verwaltung waren in ein improvisiertes Krisenzentrum verwandelt worden, und aufgeregte Polizeibeamte eilten zwischen zahlreichen Rechnern hin und her. Überall an den Wänden waren Pläne der Kathedrale angepinnt. Ein Scharfschütze beugte sich aus einem der Fenster, das Saint-Etienne-Portal im Visier seines Präzisionsgewehrs.

Ganz hinten im Raum, hinter dem Gewusel bewaffneter Polizisten, entdeckte Pater Kern zwei bekannte Gesichter. Monseigneur Rieux Le Molay, der Rektor von Notre-Dame, und Monseigneur Madelaine, Kardinal-Erzbischof von Paris, standen verloren inmitten von Anzugträgern und Uniformierten hinter einem Tisch, der mit unzähligen Papieren und Dokumenten bedeckt war.

Der Kardinal hob den Kopf und kreuzte den Blick des Priesters. Sein Gesicht drückte große Ratlosigkeit aus, was Pater Kern, der sich zwischen Uniformierten und PCs hindurchschlängelte, ein wenig von seinem Mut zurückgab. Sie schüttelten sich nur rasch die Hand und tauschten ein paar Worte, die Situation war angespannt. Einer der Uniformierten meldete sich zu Wort.

»Pater, ich bin Kommissar Flucklinger von der BRI-PP, ich leite diese Operation. Bitte entschuldigen Sie, dass wir Ihnen Handschellen anlegen mussten, aber bevor wir nicht absolut sicher waren, wer Sie sind, durften wir Sie nicht hereinlassen. Sie hätten ja einer der Geiselnehmer sein können, verstehen Sie.«

Der Kommissar deutete auf jeden einzelnen der Männer, die neben den stummen Geistlichen um den Tisch saßen, und beschrieb dann einen weiten Bogen, der den ganzen Raum umfasste:

»Das dort ist Polizeipräfekt Lambert, daneben der Chef der Pariser Kriminalpolizei, Monsieur Filippi. Sodann Monsieur Hoarau, Staatssekretär im Innenministerium. Außerdem Spezialisten der Bereitschaftspolizei BAC, Leute von der DOPC, der DOSTL und der CAT, die in ständigem Kontakt zu unserem mobilen Krisenstab unten auf der

Brücke sind. Ein Scharfschütze steht dort drüben am Fenster. Fünf weitere sind rings um die Kathedrale postiert. Den Hubschrauber haben wir noch nicht angefordert, der Pilot ist aber startklar. Alle warten auf meine Befehle. Um sie geben zu können, brauche ich noch ein paar Informationen. Und jetzt kommen Sie ins Spiel, Pater.«

Abkürzungen und Großbuchstaben tanzten Pater Kern vor den Augen. Er sah zu seinem Kardinal hinüber, sowohl Beistand als auch eine Erklärung heischend, doch der Geistliche hielt den Blick gesenkt. Unbeirrt fuhr der Kommissar fort:

»Pater, ich weiß, Sie stehen noch unter dem Schock der Geiselnahme. Für Sie ist das Trauma jedoch beendet, und es kümmert sich auch gleich noch eine Psychologin um Sie. Aber die Zeit drängt, Ihr Küster befindet sich noch immer in der Gewalt der Geiselnehmer ... Was glauben Sie, wie viele es sind? Und wissen Sie, ob sie bewaffnet sind? Überlegen Sie, Pater. Man führt einen Angriff auf einen depressiven Amokläufer nicht mit denselben Mitteln wie auf ein Kommando von sechs durchtrainierten Terroristen. Sie verstehen, was ich meine?«

Kern versuchte seine Gedanken zu ordnen und dem Anflug von Panik zu widerstehen, der sich seiner bemächtigte.

»Die BRI-PP?«

Der Kommissar deutete ein Lächeln an.

»Die Antigang, Pater. Sie haben vollkommen recht, danach zu fragen. Also ... Wie viele sind es da drin?«

»Die Antigang? Gütiger Gott! Sie haben derart schweres Geschütz aufgefahren, um ein paar wütende Bettler zu bändigen?«

Die Anwesenden erstarrten. Der Befehlshaber der Antigang starrte ihn entgeistert an.

»Was sagen Sie? Bettler?«

»Es sind Clochards, Herr Kommissar, die für den Winter ein Dach über dem Kopf suchen. Glauben Sie mir, sie sind nicht bösartig und erst recht nicht gefährlich. Sie haben eine Vitrine zerschlagen. Vielleicht auch zwei.«

»Die Beurteilung, ob sie gefährlich sind oder nicht, überlassen Sie besser uns, Pater. Wie viele, sagten Sie, sind da drin?«

»Ich habe Ihnen gar nichts gesagt, Kommissar.«

Erneut schien die Zeit stehen zu bleiben. Wieder fühlte Kern die Panik in sich aufsteigen. Wenn er ihnen sagte, wie viele es waren, riskierte er einen Ansturm ungeahnten Ausmaßes auf die Kathedrale.

Monseigneur Rieux Le Molay machte als Erster seinem Ärger Luft.

»Sagen Sie es ihnen, François. Sagen Sie ihnen, wie viele es sind, und kommen wir mit der Sache zu Ende!«

»Zu Ende? Ja, womit denn, wo doch noch gar nichts wirklich angefangen hat? Der Wutschrei einer Handvoll Clochards rechtfertigt doch in keiner Weise ein derartiges Polizeiaufgebot! Wir sind nicht im Kriegszustand, und es ist unsere Pflicht, die heilige Pflicht der christlichen Kirche, Menschen in Not zu helfen. Glauben Sie, das Gefängnis ist der richtige Ort, um ihnen ein Dach über dem Kopf zu geben?«

Der Rektor sah verstohlen zu Kardinal Madelaine hinüber, der aber gerade intensiv den Grundriss von Notre-Dame auf dem Tisch studierte.

»Ich bin nicht ganz sicher, ob ich Sie richtig verstanden habe, François. Aber eines möchte ich klarstellen: Notre-Dame und die Heilsarmee, das sind zwei verschiedene Dinge. Es ist nicht Aufgabe unserer Kathedrale, alle Notleidenden der Welt aufzunehmen, schon gar nicht unmittelbar vor Weihnachten. Habe ich mich klar ausgedrückt?«

»Wer spricht denn davon, alle Notleidenden der Welt aufzunehmen? Es sind ja nur an die zehn Personen. Es geht darum, sie ein paar Stunden zu beherbergen und sich zu überlegen, wo man sie dauerhaft unterbringen könnte. Ist das so schwer zu verstehen?«

Der Polizeibeamte griff zu einem Funkgerät.

»An alle Einheiten des Sonderkommandos: Bei den Geiselnehmern handelt es sich um zehn Personen. Ich wiederhole: zehn.«

Er legte das Funkgerät auf den Schreibtisch zurück. Kern machte sich Vorwürfe, weil er die Fassung verloren hatte, und brütete in dumpfem Schweigen, das augenblicklich von den Samba-Rhythmen eines Handy-Ruftons unterbrochen wurde. Der Staatssekretär fuhr mit der Hand in die Innentasche seines Jacketts.

»Hier Hoarau ... Ja, Herr Minister ... Nein, Herr Minister ... Eine der Geiseln wurde befreit, die Bereitschaftspolizei hat sie in Gewahrsam genommen. Den Priester, genau ... Der Küster, Herr Minister? Nein, bislang noch nicht ... Eine Sekunde, Herr Minister, ich frage nach ... Der Minister erkundigt sich, ob es schon Forderungen vonseiten der Geiselnehmer gibt.«

Keiner wagte zu antworten. Schließlich sagte Polizeipräfekt Lambert:

»Richten Sie ihm aus, wir seien dabei, es herauszufinden, und würden ihn sofort informieren, sobald es etwas Neues gibt.«

Hoarau presste das Handy wieder ans Ohr und wiederholte getreulich das Gesagte. Dann legte er auf.

»Der Innenminister wird kurz vor 13 Uhr eine Stellungnahme abgeben.«

»Um was zu erklären?«

»Haben Sie mal auf den Vorplatz geschaut, Herr Präfekt? Dort drängen sich hinter dem Sicherheitskordon die Fernsehstationen. Wir müssen proaktiv handeln. Der Minister wünscht seiner Entschlossenheit Ausdruck zu verleihen.«

Der Präfekt zog ein Päckchen Zigaretten heraus.

»Aha, proaktiv handeln!«

Bald war die ganze Mansarde in Zigarettenrauch gehüllt.

Flucklinger, der Kern die ganze Zeit nicht aus den Augen gelassen hatte, ergriff von neuem das Wort.

»Pater Kern? Haben die Geiselnehmer irgendwelche Forderungen gestellt?«

»Ich kann es nur wiederholen, Herr Kommissar, es hat keine Geiselnahme stattgefunden.«

»Bitte, antworten Sie auf meine Frage.«

Widerwillig hob Kern sein Gewand und kramte in seiner Hosentasche. Er zog einen zusammengefalteten Zettel heraus und reichte ihn dem Uniformierten. Flucklinger faltete das Papier auseinander, las es und gab es dann an den Leiter der Kripo weiter, der es seinerseits überflog. Dann legte er es unter feierlichem Schweigen aller auf den Tisch, direkt auf den Grundriss von Notre-Dame.

»Sie wollen Pizzas.«

»Pizzas? Was soll das heißen, Pizzas?«

»Drei *Quattro stagioni*. Drei mit scharfer Salami. Eine mit Bratwurst und drei *Quattro formaggi*. Außerdem eine Flasche Olivenöl und vier Six-Pack Bier.«

»Was soll das denn? Und was noch?«

»Eine Kaffeemaschine ...«

»Wie bitte?«

»Ich zitiere: ›... und zwar eine, die funktioniert, weil die hier, die spinnt total.‹ Funktioniert ist falsch geschrieben.«

Flucklinger hatte den Zettel wieder zur Hand genommen.

»Zehn Pizzas ... Das passt zu den zehn Personen in der Kathedrale.«

»Um genau zu sein, Herr Kommissar, es sind elf. Ohne Gérard natürlich.«

Kern hatte seine schmollende Haltung aufgegeben. Der Polizeipräfekt suchte nach einem Aschenbecher. Schließlich warf er seine Zigarette aus dem Fenster, über die Schulter des Scharfschützen hinweg, der kein Jota von seiner Position abwich.

»Was denn nun, Pater? Wie viele Personen sind es genau in der Kathedrale?«

»Das ist nicht ganz so leicht zu sagen, Herr Präfekt. Anfangs waren es zehn. Unterdessen hat sich ihnen jedoch noch eine elfte Person angeschlossen. Und ich glaube, sie haben ihn aufgenommen, oh ja, bestimmt.«

Filippi ergriff das Wort.

»Ein Elfter? Wie soll sich denn in der Zwischenzeit jemand eingeschmuggelt haben?«

Zum zweiten Mal erklang der Samba-Klingelton. Alle

sahen den Staatssekretär vorwurfsvoll an, und so ging er ein paar Schritte zur Seite. Filippi fuhr indessen fort.

»Sie meinen, sie hätten einen Komplizen? Jemanden, den sie bereits im Vorfeld in die Kirche eingeschleust hätten?«

»Nein ... Ein Clochard, der regelmäßig dort ein Schläfchen hält.«

Hoarau war wieder zu ihnen getreten.

»Das war der Innenminister. Seine Erklärung ist jetzt auf 12 Uhr vorverlegt worden.«

Der Polizeipräfekt zückte erneut sein Päckchen Zigaretten.

»Und wem haben wir das zu verdanken?«

»Die Ministerin für Wohnungsbau weiß über den Vorfall Bescheid. Sie wird kurz vor den Nachrichten um 13 Uhr eine Pressekonferenz abhalten. Wir müssen ihr unbedingt zuvorkommen.«

Der Präfekt seufzte und steckte das Zigarettenpäckchen wieder in die Innentasche seines Jacketts.

»Diese ewigen Streitigkeiten zwischen den Ministerien gehen mich nichts an, Hoarau. Sollen sie sich doch vor laufender Kamera in die Haare kriegen, solange sie uns nicht vorschreiben, wie wir den Einsatz durchzuführen haben!«

»Tja, die Wahlen stehen vor der Tür, Herr Präfekt.«

»Na schön. Also, wer kümmert sich um die Pizzas?«

Flucklinger griff wieder zum Funkgerät.

»Wir brauchen zehn Pizzas, eine Uniform von irgendeinem Lieferservice und einen verdeckten Ermittler. Die Einheit Bravo wird die Lieferung übernehmen.«

Filippi schien begeistert.

»Sollen die Fassadenkletterer und die Hundestaffel während der Pizza-Übergabe eingreifen?«

Flucklinger zögerte.

»Herr Präfekt, was meinen Sie?«

Lambert überlegte.

»Wie sieht es mit der Presse aus?«

»Die Kamerateams stehen auf der anderen Seite des Vorplatzes, unter den Fenstern des Polizeipräsidiums.«

»Dann ist es schon zu spät. Wir werden die Angelegenheit auf die sanfte Tour regeln müssen.«

»Was heißt denn zu spät? Wir sind doch gerade erst eingetroffen.«

»Ich wiederhole, Filippi: Einstweilen wird nicht eingegriffen. Wir entsenden lediglich einen mit einer versteckten Kamera ausgestatteten Agenten. Er liefert die Pizzas aus, sieht sich drinnen um und kommt sofort wieder heraus. Ihre Eingreiftruppe, Flucklinger, hält sich noch im Hintergrund.«

»Bekommen sie auch ihre Kaffeemaschine?«

»Nein. Und auch kein Bier, man muss ihnen ja nicht unnötig einheizen. Besorgen Sie zehn Pizza Margherita, damit sie nicht glauben, wir erfüllen jeden ihrer Wünsche. Haben wir uns verstanden?«

Filippi schäumte vor Wut.

»Sie werden sich diese einmalige Gelegenheit doch nicht entgehen lassen, Herr Polizeipräfekt?«

»Ich warte lieber ab. Wir wissen ja noch nicht, was da drinnen vor sich geht. Pater Kern? Haben sie einen Anführer? Jemanden, an den sich unser Unterhändler ganz gezielt wenden könnte?«

Kern zögerte nur kurz.

»Einen jungen Mann, den sie Mouss nennen. Die anderen scheinen mehr oder weniger auf sein Kommando zu hören.«

Der Rektor versuchte erneut, Blickkontakt mit dem Kardinal aufzunehmen, wieder vergebens.

»Mouss, von Moustafa?«

Kern schwieg. Rieux Le Molay zeigte auf einen Wandkalender.

»Wir haben heute den 23. Dezember. Morgen Abend feiern wir die Geburt unseres Herrn Jesus Christus. Daran möchte ich die hier Anwesenden erinnern ...«

Als habe er lange über etwas nachgesonnen oder sei aus einem Nickerchen erwacht, sah Kardinal Madelaine nun zum ersten Mal vom Plan von Notre-Dame auf und ließ seine Stimme hören:

»Die Hilfe für die Bedürftigen ist einer der Grundpfeiler unserer Kirche. Jesus Christus hat uns zu wiederholten Malen klar und deutlich dazu aufgefordert. Auch Papst Franziskus spricht hier eine eindeutige Sprache. Es ist unsere heilige Pflicht, den Armen zu helfen, im Namen Gottes.«

Pater Kern lauschte ihm voller Begeisterung. Er hatte das Gefühl, dass diese Worte ausdrücklich für ihn bestimmt waren. Der Geistliche fuhr fort:

»Bliebe jedoch zu klären, ob das Haus Gottes als Notunterkunft dienen darf. Und ob es dadurch nicht indirekt die Gewalt unterstützt? Denn unsere Kathedrale wurde Opfer einer gewaltsamen Besetzung, die auch durch die materielle Notlage nicht zu rechtfertigen ist.«

Filippi hob den Finger.

»Monseigneur ... Um eingreifen zu können, brauchen wir Ihre Einwilligung. Sie müssten den Hausdurchsuchungsbefehl unterzeichnen. Sind Sie damit einverstanden?«

Der Kardinal blickte wieder auf den Plan seiner Kathedrale vor ihm auf dem Tisch. Die Sekunden verstrichen mit quälender Langsamkeit.

»Nein, Monsieur Filippi. Zumindest noch nicht.«

Kern wurde schwindlig, er musste sich festhalten, um nicht umzukippen. Der Kardinal erläuterte seine Entscheidung:

»Glauben Sie mir, Monsieur Filippi, ich bin kein Befürworter des Chaos, schon gar nicht innerhalb der Mauern meiner Kirchen. Notre-Dame ist in letzter Zeit zum Tummelplatz, zum Symbol aufgebrachter Grüppchen geworden, die glauben, hier ihre unausgegorenen Ideen propagieren zu können. Auf keinen Fall darf die Kathedrale als rechtsfreie Zone gelten, in der jeder ungestraft seine Banner ausrollen kann. Trotzdem, Monsieur Filippi, Weihnachten steht vor der Tür, wir feiern die Geburt Christi – woran Monseigneur Rieux uns dankenswerterweise erinnert hat –, und ich glaube ehrlich gesagt nicht, dass diese Clochards Notre-Dame besetzt haben, um dort politische Slogans zu skandieren.«

»Monseigneur, in Frankreich gibt es keinen gesetzlichen Anspruch auf Asyl. Niemand zwingt Sie, Ihre Kirche in ein Heiligtum für Clochards zu verwandeln.«

»Und wo bleibt da der Geist der Weihnacht, Monsieur Filippi?«

»W... wie meinen?«

»Auch diesmal sind wir Priester unserem Gewissen verpflichtet. Und mein Gewissen sagt mir, wir sollten ihnen ein, zwei Stunden Zeit geben, damit sie sich aufwärmen und in Ruhe ihre Pizzas essen können.«

Das war das Stichwort für Flucklinger, er griff zu seinem Walkie-Talkie.

»Wie weit sind wir mit den Pizzas? Sind sie fertig? Unser Mann soll seine Lieferantenuniform anziehen und dann mal eben den Speedy Gonzales machen!«

Pater Kern ging um den Tisch herum und trat zu Kardinal Madelaine.

»Monseigneur, wenn Sie erlauben, würde ich gern in die Kathedrale zurückkehren.«

Filippi ergriff das Wort, noch bevor der Erzbischof den Mund aufgemacht hatte.

»Ausgeschlossen, Pater.«

»Weshalb?«

»Das ist mit unseren Prinzipien unvereinbar. Man schickt jemanden, den man soeben befreit hat, nicht in die Höhle des Löwen zurück!«

»Monsieur Filippi, darf ich Sie daran erinnern, dass ich die Kathedrale aus freien Stücken verlassen habe? Außerdem glaube ich, ich könnte Ihnen nützlich sein. Ich bin mit diesen Leuten ja in Kontakt getreten und kann sagen, dass wir ein Vertrauensverhältnis zueinander haben. Mir wird nichts geschehen. Die da drinnen sind alles brave Kerle ...«

»Pater? Haben Sie schon mal vom Stockholm-Syndrom gehört?«

»Keine Sorge, Monsieur Filippi. Es ist keine Krankheit, die mich antreibt, sondern schlicht Mitleid – ein elementarer Bestandteil meines Priesteramts.«

Filippi sah Polizeipräfekt Lambert fragend an. Dieser schaute zum Erzbischof hinüber, der kaum merklich nickte. Schließlich wandte sich Lambert an seinen Kommissar:

»Und was sagen Sie, Flucklinger?«

Der Leiter der Bereitschaftspolizei zögerte kurz und sagte dann in entschiedenem Tonfall:

»Einverstanden.«

Rieux Le Molay zückte ein Smartphone und tippte wie wild darauf herum. Seine Brillengläser warfen Blitze zurück. Als er das Gerät wieder eingesteckt hatte, sagte er zum Kardinal:

»Monseigneur, ich glaube, es wäre gut, wenn wir auf unserer Website eine Erklärung veröffentlichten. Wir sind unseren Gläubigen eine offizielle Stellungnahme schuldig, die Sie, denke ich, unterschreiben werden? In Ihrer Verantwortung liegt es, ihnen zu erklären, weshalb die Kathedrale im Geist der Weihnacht am 23. Dezember geschlossen bleibt. Ich jedenfalls möchte mich nicht dafür verbürgen, dass ...«

Ein Krachen im Walkie-Talkie unterbrach ihn; die Pizzas, der Roller und der als Lieferant verkleidete Polizist waren einsatzbereit. Alle Blicke wandten sich Pater Kern zu, der sich fragte, auf welches Abenteuer er sich da nun wieder eingelassen hatte.

Seit Stunden schlaflos im Bett liegend, starrte er an die Decke und ließ den Film der damaligen Ereignisse vor seinen Augen ablaufen. Ein Gutteil der Nacht hatte er so verbracht, durch seine Erinnerungen zogen all jene gespenstischen Figuren in ihren langen Mänteln, die ihr Leben in Plastiktüten mit sich schleppten. Ab und an rauschte ein Auto vorbei, dessen Scheinwerfer eine neue Kohorte Schatten aufscheuchte, die ihn bis zum Morgengrauen nicht mehr in Ruhe ließen.

Er streckte die Hand aus und fand mühelos den Knopf zum Ausschalten des alten Bayard-Weckers, der aufhörte zu klingeln. Nun war nur noch das regelmäßige Ticktack des Mechanismus der Zahn- und Getrieberädchen zu hören, den der Pater gern mal auseinandernahm, weil ihm das half, seine Gedanken zu ordnen. Und wieder warf er sich auf die andere Seite. An diesem Morgen machte ihm sein Körper wirklich zu schaffen.

Er hob die Decke an und betrachtete seine Glieder, die ihn mehr recht als schlecht durchs Leben trugen. Er sah ihre erschreckende Magerkeit, als steckte in seinem gestreiften Pyjama nur Luft. Keine Muskeln, keine Kraft, kein Leben. Nur ein Haufen Knochen, der im Begriff war, sich aufzulösen. Auch er ein Schatten, über den die Zeit hinwegglitt. Ein Skelett, durch das der Wind pfiff. Er stand auf und tappte, sich an den Möbeln festhaltend, mit kleinen Schritten ins Bad.

Über dem Waschbecken hing ein schlichter Spiegel, gerade ausreichend für einen Kammstrich durchs Haar oder eine rasche Rasur. Es war der einzige Spiegel in der ganzen Wohnung, und so knöpfte Kern die Jacke seines Pyjamas auf und zog sie aus, ließ die Hose bis zu den Knöcheln hinabrutschen. Nur sein Atem war vernehmbar, als er den Spiegel vom Haken nahm und damit langsam seinen Körper hinabfuhr, um zum ersten Mal seit vielen Jahren den Stand der Schäden zu besichtigen.

Die beiden schrecklichen Begleiter seines Lebens, das Alter und die Krankheit, hatten sich verbündet, um ihm die Gesundheit zu rauben. Mager, rachitisch, knotig und verkrümmt, so sah er seinen Körper im Spiegel. Seit seinem fünften Lebensjahr, als das Übel, das ihm die Gelenke verbrannte, sich zum ersten Mal manifestiert hatte, seit dem ersten Krankenhausaufenthalt und der ersten Diagnose lebte der Priester wie ein lebenslanger Häftling auf Strafurlaub, Krise um Krise machte er durch, jede von einer immer höheren Dosis Cortison erstickt. Allmählich hatte er gelernt, sich mit diesem beständigen Wechsel heller und dunkler Zonen seines Lebens abzufinden. Die Krankheit war nicht tödlich, genau darin lag die Ironie des Schicksals. So wie eine Katze stundenlang mit der Maus spielt und sie mit der Pfote festhält, sie freilässt, um sie erneut zu fangen und ihr zu guter Letzt doch die Knochen zu brechen.

Pater Kern hängte den Spiegel zurück an die Wand. Heute würde die Krise ausbleiben. Er stieg in die Dusche; das lauwarme Wasser, das über seine Haut rann, tat ihm gut. Dann rasierte er sich und zog sich an. Er frühstückte drei Kekse, die er in seinen Tee tauchte, und zog den Wecker auf, damit er bis zum Abend nicht stehen blieb. Zum Abschluss seines schweigsamen Morgenrituals kniete er vor dem Kruzifix an der Wand nieder und betete. Beim Aufstehen bekreuzigte er sich und murmelte: »Augustin ... Augustin ... Augustin ...« Gleich darauf verließ er seine Wohnung und brach zum Centre Wresinski auf.

8

Seine Aufnahmeakte, ziemlich schmal, ließ keinen Zweifel. Ein äußerst bizarrer Typ. Unberechenbar. Mitunter beunruhigend. Das hatten fast alle Obdachlosen gemeinsam: Die Straße brachte sie an den Rand des Wahnsinns. Hatte er die Grenze vielleicht schon überschritten? Die Frage blieb indes unbeantwortet. Zwar wurde der Begriff »schizophren« nur am Rande erwähnt, dennoch stand er schwarz auf weiß da, ebenso wie »erleuchtet«. Der psychische Schock, den er bei dem Unfall erlitten haben musste, machte die Sache vermutlich nicht besser. Nachdem die Notärzte die Erstversorgung übernommen hatten, hatten sie ihn vorsichtshalber in die Psychiatrie eingewiesen. Claire Kauffmann war gleich bei ihrem Eintreffen im Hôtel-Dieu darüber informiert worden. Der bewaffnete Polizist vor der Tür hatte sie noch etwas mehr in Alarmbereitschaft versetzt: Bei diesem Stavros sei Vorsicht geboten.

In Begleitung ihrer Protokollführerin drückte sie mit leichtem Zögern die Tür auf. Der einäugige Clochard saß auf seinem Bett und schaufelte sein Mittagessen in sich hinein.

»Wissen Sie, was man bei der Heilsarmee bekommt?

Eintopf. Ist doch zu drollig! In seiner Fürsorge achtet der französische Staat genau darauf, dass seine Obdachlosen auch ja überall dieselbe Kost erhalten. Möchten Sie ein Stück Knacki, Mademoiselle …?«

»Kauffmann, Ermittlungsrichterin. Nein, danke. Ich habe schon gegessen. Meine Protokollführerin wird Ihre Aussage aufnehmen.«

Madame Le Maguer nahm sich einen Stuhl, der an der Wand festgemacht war, und rutschte darauf hin und her, bis sie gut saß. Dann klappte sie den Laptop auf ihren Knien auf. Claire Kauffmann warf ihr rasch einen Blick zu und trat dann näher an das Bett heran, nicht ohne sich der Wachsamkeit des am Türeingang postierten Beamten versichert zu haben.

»Wie geht es Ihnen, Stavros? Wie ich höre, sind Ihre Verletzungen nur oberflächlicher Natur. Sie heißen doch Stavros mit Vornamen, nicht?«

»So nennen mich zumindest alle. Oder sie sagen ›Der Grieche‹. Oder ›Luchsauge‹, ›Diogenes‹, ›Rastapopoulos‹. Oder auch ›Furzgesicht‹. Oder schlicht ›Der Einäugige‹. Und Sie? Was haben Sie so für ’nen Spitznamen?«

»Stavros und wie weiter? Sie haben doch sicherlich einen Nachnamen!«

»Bestimmt irgendwas auf -is oder -os. Wir Griechen sind ziemlich vorhersehbar.«

»Können Sie das etwas genauer sagen?«

»Herrje! Ich würde Ihnen ja gern helfen. Nur habe ich meinen Nachnamen zur selben Zeit wie meine Ausweispapiere verloren. War es, als ich aus Griechenland hierherkam? Oder als ich dank Ihrer Kollegen von der

Kripo ein kleines Bad im Fluss nahm? Gott allein weiß es.«

»Wie man mir berichtet hat, war Ihr Sprung in die Seine eher ein Fluchtversuch. Die beiden Beamten wollten Ihnen lediglich ein paar Fragen stellen. Warum wollten Sie ihnen entkommen?«

»Clochards und Polizei, das ist wie Hund und Katz, das geht nicht zusammen. Übrigens habe ich lieber die Wassertemperatur gemessen, als mit Ihren beiden Bulldoggen zum Revier zu pilgern, vor allem mit dem dicken Schleimer. Dabei bin ich weiß Gott wasserscheu!«

Claire Kauffmann strich sich eine Haarsträhne hinters Ohr.

»Aber mir können Sie ihn doch sagen, Stavros. Ihren Familiennamen, meine ich.«

»Sorry, Mademoiselle Kauffmann. Ich kann Ihren verzweifelten Wunsch, mir einen Zivilstand zu verleihen, nicht erfüllen.«

»Warum ›verzweifelt‹?«

»Weil euch das beruhigt. Familienname, Personalausweis, Sozialversicherungsnummer – das gibt euch das Gefühl, zu existieren. Wenn ihr jemandem begegnet, der nichts von alldem vorzuweisen hat, bekommt ihr Muffensausen. Die übergroße Mehrheit der Clochards besitzt keine Papiere. Wenn das Sozialamt ihnen neue verschafft, verlieren sie sie gleich wieder. Weiß der Himmel, warum … Es ist irgendwie die Unfähigkeit zu einer behördlich anerkannten Existenz. Und Sie?«

»Ich?«

»Kauffmann, das ist jüdisch, oder?«

»Elsässisch.«

»Ich bin Orthodoxer. Sehr erfreut. Ich mag Sie. Sie sind hübsch, wohlerzogen. Vielleicht ein wenig zu angepasst. Als hätten Sie etwas zu verbergen.«

»Haben Sie Griechenland schon lange verlassen?«

»Vor ein paar Jahren.«

»Was heißt das genau? Zwei Jahre? Zehn? Zwanzig?«

»Drei oder vier, würde ich sagen.«

»Was haben Sie in Griechenland gemacht?«

Eine Krankenschwester steckte den Kopf zur Tür herein.

»Der Augenarzt schaut am Nachmittag vorbei. Er wird Fotos machen sowie einen Silikonabdruck Ihrer Augenhöhle. Keine Sorge, tut nicht weh und dauert auch nur ein Stündchen.«

»Ja, Madame.«

»Ich habe gesehen, es wurde Ende letzten Jahres bereits eine Krankenakte für Sie angelegt. Sie waren schon mal im Hôtel-Dieu?«

»Ja, Madame.«

»Augenheilkunde, richtig?«

Mit dem Finger hob er das Oberlid an und entblößte die Ränder seiner leeren Augenhöhle.

»Könnte gut sein, was?«

»Haben Sie Ihre Medikamente vor dem Essen genommen?«

Die Krankenschwester sprach mit ihm wie mit einem Kind, mit einer Mischung aus Sanftheit und Strenge. Claire Kauffmann musste sich in Erinnerung rufen, dass sie hier in der psychiatrischen Notaufnahme waren. Die

Krankenschwester verschwand wieder, und der Grieche aß seine Wurst auf.

»Sie haben mich zu den Bekloppten gesteckt, verstehen Sie? Ist einfacher. Die Penner zu den Bekloppten, und die Bekloppten zu den Pennern. Alle in ein und denselben Sack. Zusammen mit unseren Freundinnen, den Huren, und unseren Kumpeln, den illegalen Einwanderern, gehören wir zur großen Familie der Weggeworfenen, des Abschaums der Gesellschaft. Stellen Sie sich vor, alle diese feinen Leute würden wählen gehen! Dreihunderttausend Obdachlose in Frankreich und drei Millionen, die unter unzureichenden Bedingungen hausen! Wie die Politiker da um uns herumscharwenzeln würden! Fünf-Sterne-Sozialwohnungen würden sie uns bauen!«

»Um wählen zu können, bräuchten Sie aber Papiere, Stavros.«

»Sie haben recht, ich bin eine Schlange, die sich selbst in den Schwanz beißt ... Sehen Sie? Statt einer Wahlberechtigung bekomme ich nun ein maßgefertigtes Glasauge. Auch Sie wollen mich zum Normalo machen, sonst können Sie mir nicht ins Gesicht sehen!«

Auch Claire Kauffmann musste sich zwingen, den Blick nicht zu senken.

»Wie haben Sie Ihr Auge verloren?«

»Das interessiert Sie?«

»Natürlich. Vielleicht könnte es mir helfen, Sie zu verstehen.«

»Ich habe es gegessen, Madame.«

»Wie bitte?«

»Eines Abends hatte ich irrsinnigen Hunger. Da habe ich

es herausgerissen und verspeist. Mit einem Glas Wein. Es hat viele Vitamine, so ein gesundes Auge, wissen Sie!«

»Letztendlich interessiert mich Ihr Auge nicht, Stavros. Mich interessiert viel mehr, was aus Ihrem Mund herauskommt. Vielleicht habe ich ja mehr Glück als die Polizei. Mouss kennen Sie, nicht wahr?«

Der Grieche schob seinen Teller beiseite und prustete los.

»Ikonen!«

»Was meinen Sie?«

»In Athen. Ich war Ikonenmaler. Ich hatte viele Aufträge, von Privatpersonen wie ebenso von Kirchengemeinden. Ab 2008 aber ging es mit den Aufträgen zurück. Die Krise, Sie wissen schon. Zwei Jahre später landete ich auf der Straße, ich konnte meine Miete nicht mehr bezahlen. Von meinen letzten Ersparnissen kaufte ich ein Flugticket nach Paris. Ich sprach ein gepflegtes Französisch, ich war in einer Klosterschule aufgewachsen. Ich erhoffte mir größere Chancen in Frankreich als in Griechenland.«

»Und hier hat es auch nicht funktioniert?«

»Ich blieb mehrere Monate in Roissy. Terminal 2, das war mein Schlafplatz. Alles, was man so braucht, war ja da. Duschen, ein Arzt, eine Kapelle, um zu beten. Zu essen gab's auch, man musste nur ein wenig in den Abfallbehältern kramen. Es lebten viele von uns dort, aus aller Herren Länder kamen wir, das reinste Babel. Doch dann, von einem Tag auf den andern, wurde beschlossen, die Terminals zwischen Mitternacht und vier Uhr morgens zu schließen. Alle Obdachlosen zogen zum Bahnhof um. Dort durfte man sich um die Plätze prügeln. Nichts für mich.«

»Und dort haben Sie Mouss kennengelernt? In Roissy?«

»Also zog ich in den Bois de Vincennes. Ich baute mir eine Hütte aus Brettern, wir waren eine kleine Kolonie. Es ging uns gar nicht so schlecht! Wir fühlten uns wie zu Hause.«

»Und dort in Vincennes haben Sie Mouss kennengelernt?«

»Eines Tages – wieder das gleiche Spiel – kamen die Bulldozer und mähten das Camp nieder. ›Evakuierung durch die Stadt Paris wegen akuter Gesundheitsgefährdung‹. Eine Frau in grauem Kostüm stakste auf Stöckelschuhen, so hoch wie Ihre, durch den Schlamm. Hier könnten wir nicht bleiben, krähte sie, unsere Lebensbedingungen seien unmenschlich. Als unsere Hütten dem Erdboden gleichgemacht waren, bot sie uns an, ins Obdachlosenheim in Nanterre zu ziehen. Glauben Sie mir, Mademoiselle, das CHAPSA ist die Hölle. Doch auch nicht dort habe ich Mouss kennengelernt ...«

»Wo denn?«

»Am Pont de la Tournelle, gegenüber der Île Saint-Louis. Dort bin ich nach dem Bois de Vincennes gelandet. Ich schloss mich einer Gruppe Obdachloser an, die dort immer ihr Nachtlager aufschlugen.«

»Zu wie vielen waren Sie da?«

»Unterschiedlich. Im Schnitt zu zehnt. Wenn es regnete oder schneite, ein paar mehr. Wir zogen uns unter die Brücke zurück und wärmten uns an einem Feuer. Wenn es zu sehr zog, drückten wir uns in die Nischen. Wir gingen niemandem auf den Sack und versuchten nicht aufzufallen. Unsere Konservendosen öffneten wir in Sichtweite des

Tour d'Argent – da schmeckten sie gleich wie Kaviar! Wir taten, als wären wir Millionäre. Und eines Abends, es war schon spät, gingen wir da tatsächlich mal rein.«

»Ins *Tour d'Argent*?«

»Genau. Wir hatten uns Krawatten gebastelt aus Tüten vom Supermarkt. Es war zwei Tage vor Weihnachten. Mag sein, wir hatten ein bisschen was getrunken. Weihnachten, wenn alle Leute mit Geschenken und dem Tannenbaum unterm Arm nach Hause eilen, ist für uns nicht die leichteste Zeit des Jahres ...«

»Und? Was ist passiert?«

»Sie haben die Polizei gerufen, was glauben Sie denn? Wir haben Rabatz gemacht, schon aus Prinzip. Wir hätten Geld dabei und uns extra fein gemacht. Aber wir sind nicht lange geblieben. Wir haben uns von selbst wieder verzogen.«

»Warum?«

»Nicht wegen dem Anruf bei der Polizei. Von wegen! Aber ihr Blick, der ging uns aufs Gemüt, als wenn der Kellner mit seiner weißen Fliege ihnen unsere stinkenden Socken auf dem Teller serviert hätte. Der Blick eines feinen Pinkels, der gleich kotzen wird. Oder einen umbringen. Peinlich, so was. Für die, meine ich.«

»Hat das Restaurant Sie angezeigt?«

»Sie haben es angedroht. Nur zu verständlich. Die braven Bürger wollten sichergehen, dass wir nicht wiederkommen, damit sie in Ruhe ihr Dessert löffeln konnten.«

»Und kam die Polizei?«

»Ja, sie hat uns unter unserer Brücke besucht. Drei Uniformierte zunächst. Sie wollten uns anzeigen wegen illegalen Campings. Es regnete. Dicke, fette, eisige Tropfen.

Wenn man da erst einmal nass wird, hat man keine Chance mehr zu trocknen und sich aufzuwärmen. Und wer auf der Straße lebt, für den kann ein Schnupfen tödlich sein.«

»Sind Sie also weitergezogen?«

»Wir haben uns geweigert.«

»Und dann?«

»Haben sie Verstärkung geholt.«

»Und?«

»Wissen Sie, wenn die Polizei meint, sie müsste Räuber und Gendarm spielen, dann findet sich unter den Clochards auch immer jemand, der mitspielt. Da wird herumgebrüllt, gegrölt, geflucht, da werden Jesus und Mohammed gleichzeitig angerufen, und auf der anderen Seite zückt man die Handschellen und die Gummiknüppel. Am wildesten von allen führte sich Mouss auf. Weil er krank war. Seit drei, vier Tagen hatte er einen schlimmen Husten, der einfach nicht weggehen wollte. Da waren seine Nerven natürlich angespannt. Er wollte sich aber partout nicht behandeln lassen. Nanterre ist weit draußen für einen Clochard, wissen Sie. Außerdem ist es die Hölle, und man wird den Gedanken nicht los, dass man dort dem Tod noch einen kleinen Schritt näher ist.«

»Und die Polizei?«

»Sie wollten ihn auf die Wache schleppen und über Nacht ausnüchtern. Da haben wir protestiert. Sie haben ihn unter der Brücke hervorgezogen. Man muss dazu wissen, dass Mouss so leicht wie eine Feder war, war ja nichts dran an ihm. Alle grölten also wild durcheinander, und irgendwie geriet Mouss an die Uferkante. Und auf einmal – platsch! – landete er im Wasser und trieb flussabwärts davon, nur sein Kopf ragte aus der schwarzen Flut. Mouss konnte nicht schwimmen, wegen seines verkrüppelten Arms. Außerdem war das Wasser eiskalt.«

»Ist denn niemand reingesprungen?«

»Nee. Wir sind alle einfach stehen geblieben und haben doof aus der Wäsche geguckt, während er auf Notre-Dame zutrieb. Die Strömung war stark, es war ja Dezember. Was da so alles im Fluss schwamm, Äste, Stämme, Reifen, weiß der Himmel, was noch alles, schon seit Tagen. Drei Grad Lufttemperatur. Und die Seine? Ich frage mich, wie viel Grad das Wasser hatte. Schließlich haben die Polizisten die Flusswacht informiert, aber die haben sich Zeit gelassen, bis sie vor Ort waren.«

»Was geschah mit Mouss? Wie kam er wieder raus?«

»Sie werden mir nicht glauben, wenn ich's Ihnen erzähle.«

»Versuchen Sie's trotzdem.«

»Ein Wunder.«

»Wie bitte?«

»Ein Wunder hat ihn gerettet. Anders kann man das nicht erklären. Sind Sie gläubig, Mademoiselle Kauffmann?«

»Nein.«

»Dachte ich mir. Jedenfalls habe ich an jenem Abend zum ersten Mal begonnen, an Mouss zu glauben.«

»Wie das? Ist er übers Wasser gelaufen?«

Stavros strahlte, auch die Augenhöhle schien daran teilzuhaben.

»Oh! Woher wissen Sie das?«

»Und anschließend hat er Brot ausgeteilt und Wasser in Wein verwandelt, richtig?«

Stavros' Miene erstarrte, und Claire fragte sich, ob sie nicht zu weit gegangen war. Sie warf dem Polizisten, der auf dem Flur stand, einen Blick zu. Doch der Grieche entspannte sich, und ein Lächeln huschte über sein Gesicht.

»Die moderne Variante des Brotes, Madame, ist die Pizza Margherita. Und auch das hat Mouss geschafft. Am nächsten Morgen, nur wenige Stunden nachdem er sich wundersamerweise aus dem eisigen Wasser gerettet hatte, ist er wieder zu uns gestoßen. Er hat uns alle ernährt, ohne einen Cent in der Tasche zu haben.«

»Sekunde, Stavros. Bleiben wir bei dem, was in der Nacht passiert ist. Nehmen wir mal an, Mouss hat sich tatsächlich selbst gerettet, indem er sich an einen im Wasser treibenden Gegenstand geklammert hat. Was geschah dann?«

»Wir liefen am Ufer entlang, die Polizei und wir. Ein Stück weiter unten fanden wir Mouss, gegenüber von Notre-Dame, am Port de Montebello, völlig aus dem Häuschen und vor Feuchtigkeit dampfend, er hatte gerade seine Klamotten ausgezogen und wrang den Mantel aus.«

Claire entging die Parallelität der Ereignisse keineswegs. Genau an diesem Ort hatte die Polizei vier Monate nach dem Vorfall am Pont de la Tournelle die Leiche des jungen Obdachlosen aus dem Wasser gefischt. Purer Zufall? Sie beschloss, der Frage später nachzugehen. Ihr Beruf zwang sie dazu, kleine Ausschnitte der Wirklichkeit festzuhalten und sie dann in einen sinnvollen Zusammenhang zu bringen. Eigentlich bestand gar kein so großer Unterschied zu Stavros' wirren Erzählungen. Auch er versuchte, Bezüge herzustellen, der geringsten Begebenheit eine Bedeutung zu verleihen. Allerdings sah er überall Beweise für ein

Wunder, während sie selbst alles in Zweifel ziehen musste. Sie lächelte insgeheim.

»Was amüsiert Sie denn so?«

»Mich …? Woran sehen Sie das?«

»An Ihren Augen. Sie lachen.«

Diesmal senkte sie den Blick, und es dauerte ein wenig, bis sie ihren Faden wiedergefunden hatte.

»War Mouss denn nicht verletzt?«

»Nur tiefgekühlt. Ein Wunder, ich sage es Ihnen doch. Die Bullen, diese Wichser, guckten natürlich blöd aus der Wäsche. Sie waren knapp an einem Desaster vorbeigeschrammt. Sie riefen dann einen Krankenwagen, von wegen schlechtes Gewissen und so. Aber Mouss ging einfach weg, und sie versuchten auch nicht, ihn aufzuhalten. Tja, und dann ging er wieder hoch zur Straße und wir hinterher. Er zitterte am ganzen Körper, seine Schuhe hatte er im Wasser verloren. Wir haben uns dann auf den Platz vor der Kathedrale gesetzt, zu Füßen der Statue Karls des Großen. Etwas später fuhren die Sanis an uns vorbei. Ob sie uns suchten, weiß ich nicht. Wir blieben jedenfalls bis zum frühen Morgen dort. Ohne viel zu reden. Saßen einfach nur da und schauten zu, wie das Morgenlicht die Wasserspeier rötlich färbte und Mouss allmählich blau wurde. Der stand irgendwann auf und sagte: ›Ich geh mich jetzt mal aufwärmen.‹ Einfach so. Und damit stiefelte er auf die nächste offene Tür zu. Und wir wieder hinterher.«

»Notre-Dame.«

»Genau, in die Kathedrale rein. Den Rest haben Sie ja wohl im Polizeibericht oder in der Zeitung gelesen.«

»Heißt das, Sie hatten die Besetzung überhaupt nicht geplant?«

»Sag ich doch, hat sich spontan so ergeben. Mouss ist aufgestanden, und wir sind ihm gefolgt. Erst die Presse hat uns zu militanten Revoluzzern erklärt, die angeblich alles genau ausgetüftelt hatten. Die Presse und die Polizei.«

Sie warf Madame Le Maguer einen Blick zu. Die Vernehmung zog sich in die Länge. Stavros erzählte mehr, als sie erhofft hatte. Madame Le Maguer hatte bereits vier oder fünf Seiten in ihren Laptop getippt. Aber konnte sie sich auf das verlassen, was der Grieche zu Protokoll gab? Hatten sie sich tatsächlich nur aufwärmen wollen, um sich nicht den Tod zu holen? Erst im Innern der Kirche wäre die Situation dann eskaliert ...

»Stavros, ich brauche Ihre Hilfe. Sie müssten mir dabei helfen, eine Liste Ihrer Kameraden zu erstellen, die an jenem Abend am Quai de la Tournelle dabei waren. Sie müssten mir auch helfen, sie ausfindig zu machen.«

Das Gesicht des Griechen versteinerte, und sie hatte den Eindruck, dass seine Augenhöhle, ursprünglich rot, sich schwarz färbte.

»Sie wissen genau, dass Sie dort nicht zu suchen brauchen.«

»Überlassen Sie das mir. Ich gehe jeder Spur nach.«

»Ja, ich vergaß. Sie gehören ja zum Polizeistaat, der auf die Ärmsten der Armen eindrischt, um sich abzureagieren!«

»Helfen Sie mir, Stavros. War Mouss nicht Ihr Freund?«

»Ja, was glauben Sie denn, kleine Miss aus dem Justizpalast? Dass der Grieche bestechlich ist? Dass er seine Kumpel verrät, um dafür ein Glasauge zu bekommen? Damit Sie sie auf dem Revier stundenlang ausquetschen können? Wir sind beschäftigt, wir haben keine Zeit. Wir sind wie die Tiere, den ganzen Tag müssen wir was zu essen suchen, einen Schlafplatz suchen, müssen Auseinandersetzungen aus dem Weg gehen – das Ganze nennt sich Überleben, und das ist ein Vollzeitjob, verstehen Sie?«

»Alles, was ich will, ist, Mouss' Mörder dingfest zu machen.«

»Sie suchen am falschen Ort nach ihnen.«

»Und wo sollte ich Ihrer Meinung nach suchen?«

Der Grieche verbarg seine Gereiztheit nicht mehr.

»Im Reich der Blinden ist der Einäugige wohl König, wie?«, blaffte er.

»Und weiter?«

»Sie verwechseln Schmutz und Schuld. Sie lassen sich vom äußeren Schein leiten. Sie glauben, was schmutzig ist, ist notwendigerweise auch schlecht. Ich sehe Sie, schaue Sie genau an, kleine Miss. Hinter Ihrem adretten Äußeren verbirgt sich ein Köpfchen voller Vorurteile. Vor einem Clochard ekeln auch Sie sich. Weil er verlaust ist und nach vergammeltem Fleisch stinkt. Weil er in die Hosen scheißt und sich bepinkelt. Ihrer Logik zufolge ist der Mörder unter den Clochards zu finden. Warum in die Ferne schweifen, wenn das Böse liegt so nah?«

»Es reicht mir allmählich mit Ihren geheimnisvollen Formulierungen und Ihrem verklausulierten Gerede, Stavros. Wenn Sie etwas wissen, spucken Sie's aus – jetzt ist der richtige Augenblick dafür!«

»Ich sehe Sie an und blicke tief in Sie hinein. Wie der

umherirrende Köter, der ich bin, nehme ich Ihre Witterung auf. Sie sind porentief rein, Mademoiselle. Sie duften nach bester Seife, bis in die Arschritze hinein. Dennoch weiß ich, dass Sie sich tief im Innern schmutzig fühlen. Ich weiß, dass Sie sich morgens stundenlang abrubbeln, um den Geruch Ihres eigenen Körpers loszuwerden. Suchen Sie woanders, kleine Miss. Suchen Sie in sich selbst. Lassen Sie sich nicht vom Schein täuschen, sonst begehen Sie einen verdammt großen Justizirrtum.«

Stavros ließ sie nicht mehr los. Sie fühlte sich von seinem Blick wie hypnotisiert. Unmöglich, sich von der klaffenden Augenhöhle abzuwenden. Plötzlich hatte sie Angst, gänzlich hineinzustürzen. Ihr Herz raste. Ihre Brust hob und senkte sich in hastigem Wechsel. Als wäre das fehlende Sinnesorgan des Einäugigen tief in ihr Innerstes eingedrungen, wühlte darin und spähte sie aus. Sie sah sich, wie sie sich nach einem langen Arbeitstag auszog: die Pumps, aus denen sie im Flur geschlüpft war, den Rock, der von ihren Hüften glitt, die Bluse, die sie aufs Bett schmiss, den BH, der auf den Fliesen im Bad landete, zum Schluss den weißen Baumwollslip, den sie auf die Strumpfhose warf. Und gerade, als sie in die Badewanne steigen wollte, um diesen Tag unter lauter Irren und Perversen von sich abzuwaschen, glitt das aufdringliche Auge aus ihr heraus, ohne dass sie recht wusste, woher es kam, fiel ihr zwischen die Füße und starrte sie unverwandt an. Sie schrie auf, kauerte sich in eine Ecke des Raums, schlang die Arme um den Körper, legte beide Hände schützend auf ihr Geschlecht …

Unbewusst war sie zurückgewichen. Sie stieß gegen die Beine ihrer Protokollführerin. Madame Le Maguers Hand, die sie sanft berührte, holte sie in die Wirklichkeit zurück. Endlich senkte der Grieche den Kopf.

»Ich habe ein ganzes Arsenal an Möglichkeiten, Sie zum Reden zu bringen, Stavros. Ich könnte Sie in Polizeigewahrsam nehmen lassen, ist das klar?«

»Nur zu. An die Gerechtigkeit der Menschen glaube ich sowieso nicht. Für mich zählt allein das himmlische Gericht.«

»Haben Sie denn etwas auf dem Gewissen?«

»Vor Gott sind wir alle Sünder, Madame. Alle ohne Ausnahme.«

Claire Kauffmann hatte nur noch einen Gedanken: Raus hier. Sie schwankte, und sie war der Protokollführerin dankbar, dass ihre Hand sie immer noch stützte.

»Ich lasse Sie in Freiheit, Stavros, bitte Sie aber, sich für eventuelle weitere Unterredungen bereitzuhalten. Wo sind Sie zu finden?«

»In der psychiatrischen Notaufnahme des Hôtel-Dieu …«

»Danach, meine ich, falls man Sie rauslässt.«

Ein Lächeln huschte über das Gesicht des Einäugigen.

»Fragen Sie doch Laurel und Hardy, Ihre Kumpel von der Kripo. Ich hause im Jardin Tino-Rossi. Im Freiluftmuseum der Skulptur. Dort steht eine Bronze-Statue, *Melmoth*. Und da schlafe ich.«

9

Jemand war auf den Gedanken gekommen, Pizzas zu bestellen. Es war gegen halb eins, als der Lieferant seinen Roller vor dem Centre Wresinski zum Halten brachte. Der junge Mann – fast noch ein Jugendlicher –, der einen Helm und einen Blouson in den Farben seines Rollers trug, sah einen kleinen Mann mit kantigem, bleichem Gesicht, der reglos und ein wenig abwesend vor dem Gebäude mit dem geschwungenen Dach stand.

»ATD Vierte Welt, ist das hier? Eine *Siciliana*, eine *Regina*, richtig? Entschuldigen Sie die Verspätung, ich habe erst eine Runde auf dem Parkplatz gedreht, weil ich dachte, es ist für den Festsaal da drüben. Macht 28,50.«

Der kleine Mann blickte den Lieferanten mit weit aufgerissenen Augen an. Da dachte der Junge, er hätte sich in der Adresse geirrt, und schaute auf seinen Bestellbon. Am Jackettkragen seines stummen Gegenübers fiel ihm ein unscheinbares Kruzifix auf, also schien er hier doch richtig zu sein. Dennoch wurde der Priester zusehends blasser, während er mit hervorquellenden Augen auf die Pizzakartons starrte. Endlich sprach der kleine Mann, und die mächtige sonore Stimme, die aus dem mageren Körperchen drang, ließ den Lieferanten erzittern, obwohl der Helm die Außengeräusche schon sehr dämpfte.

»Junger Mann, o nein, ich habe keine Pizza bestellt, schon seit vier Monaten esse ich keine mehr und werde es auch so bald nicht wieder tun! Ich bin allergisch dagegen geworden. Also seien Sie so gut und bringen Sie Ihre Kartons hinein, aber dann verschwinden Sie auf der Stelle wieder! Und sehen Sie vor allem zu, dass Sie mich mit diesem bestialischen Geruch von geschmolzenem Käse verschonen!«

Mit diesen Worten ließ der Pater den Lieferanten verdattert stehen, betrat das Gebäude, durchmaß mit hastigen Schritten den Verteilersaal und stürzte zum Aufzug. Während sich die Türen hinter ihm schlossen, drückte er vier Mal heftig auf den Knopf, der ihn ins unterste Geschoss bringen sollte, in Wirklichkeit aber ein weiteres Mal in die Tiefen seines Gedächtnisses führte.

Es war noch nicht zwölf, als der Fahrer seinen Roller gut sichtbar vor dem Portal des Jüngsten Gerichts abstellte und dem XXL-Gepäckfach die zehn Pizza Margherita entnahm, die er auf Anordnung des Polizeipräsidenten den Clochards überbringen sollte.

Als er das Fahrzeug hörte, steckte Pater Kern den Kopf durch die angelehnte Tür. In seinem Lieferantenoutfit mit der Aufschrift »Pizza Gonzalez« zwinkerte der Beamte der Einsatztruppe BRI ihm heimlich zu und zwängte sich dann hinein. Kern spürte, wie sein Adrenalinspiegel schlagartig stieg.

Der Polizist balancierte mit Mühe die zehn Pizzakartons, die ihm bis unters Kinn reichten. Ein leichtes Unbehagen zeichnete sich auf seinem Gesicht ab, als sich die zehn Verrückten auf ihn stürzten. Kristof hielt sich einstweilen abseits.

»Was, kein Bier?«

»Es gab nur noch Coca-Cola.«

»Kein Bier, kein Trinkgeld. Tut mir leid, ist nun mal so. Aber du kriegst deine Kohle ja eh schon von der Polizei. Stimmt's, Bruce Willis?«

Die Clochards brachen in schallendes Gelächter aus.

»Du bist doch Bruce Willis, oder etwa nicht? Und dein Vater, das ist doch Columbo. Aber wo ist denn dein Hund? Wo ist dein Polizeihund, Bruce Willis?«

Der Abgesandte der Mobilen Einsatztruppe schien zu zögern. Unter seinem Lieferantenoutfit trug er eine ultramoderne Überwachungsausrüstung. In dem gepanzerten Mannschaftswagen am Pont au Double konnten seine Kollegen jetzt die Flöhe in der Kathedrale husten hören. In seinem linken Ohr steckte ein Mini-Empfänger, der ihm die Befehle des Einsatzleiters in Echtzeit übertrug. Das wusste Kern. Wenige Minuten zuvor, auf dem Weg vom Pfarramt zur Kathedrale, hatte er den Mann gesehen, wie er sich für den Einsatz fertigmachte. Er hatte auch mitbekommen, wie er eine Waffe an seinem Knöchel festschnallte. Ein gut trainierter Polizist brauchte weniger als eine Sekunde, um seine Glock 9 mm Parabellum zu zücken und auf das gewünschte Ziel abzufeuern. Filippi selbst hatte es ihm erklärt, während er ihn zum Eingang der Basilika begleitete. Ein Schuss auf die unteren Gliedmaßen genügte, um Mouss außer Gefecht zu setzen; seine Gefährten in Schach zu halten, bis die Einsatztruppe das Kircheninnere gestürmt hätte, war dann ein Kinderspiel. Es bedurfte im Grunde nur eines Befehls, um dieser grotesken Besetzung ein Ende zu bereiten, und jeder konnte beruhigt nach Hause gehen. Doch die Entscheidung lag nicht nur bei ihm, Filippi. Auch die Einwilligung des Polizeipräfekten Lambert und des Innenministers war vonnöten. Nun aber galt Lambert als Schlappschwanz. Außerdem gab es eine weitere Unbekannte: ihn selbst, Pater Kern. Das wahre Risiko des Scheiterns lag da in der Person des Priesters, der die freiwillige Geisel spielen musste. Als er ihn an der Ecke des Südturms verließ, beendete der Leiter der Mobilen Einsatztruppe seinen kleinen Vortrag, indem er ihm viel Glück wünschte. Dann hatte er noch hinzugefügt: »Wenn es mir gelingt, den Polizeipräfekten zu überzeugen, dass er mir grünes Licht gibt, lasse ich meine Hundemeute los, und Ihre Kathedrale wird sich in eine Hölle für Obdachlose verwandeln. Verstehen Sie, Pater? Früher oder später werden wir eingreifen. Und spielen Sie dann bitte nicht den Helden oder den Märtyrer. Und wenn Sie in dem Getümmel eins abbekommen, vergessen Sie nicht, die andere Wange auch noch hinzuhalten.« Kern hatte in dem Augenblick begriffen, dass er sich Filippi zum echten Feind gemacht hatte.

Die Clochards, jeder mit einem Pizzakarton in Händen, hatten sich um den Polizeibeamten geschart, ihr Gelächter wurde immer schriller. Der Beamte wich einen Schritt zurück – ein Zeichen dafür, dass er auf Befehle wartete. Doch der Empfänger unter seinem Motorradhelm blieb stumm. Lambert und Filippi drüben im Pfarramt schienen sich nicht einig werden zu können, während Mouss in der Vorhalle immer mehr in Fahrt kam.

»Glaubst du wirklich, dass ein Pizzalieferant solche Botten anhat wie du, Bruce Willis? Solche Rangerstiefel? Guck mal auf deine Füße! Und deine Knarre, wo ist die? Legst du uns alle um, peng, peng, peng? Mähst du alle Clochards einfach so nieder? Hey, du bist doch ein kleiner Hosenscheißer ... Lauf zurück zu Papa, zu Columbo! Und deine Mama, wo ist die? Wo ist Madame Columbo, kleiner Bruce? Lutscht sie Anisbonbons im Polizeipräsidium?«

Endlich erhielt Kern eine Antwort auf seine Frage. Langsam, wie ein Raubtier, das sich unverrichteter Dinge trollte, trat der vermeintliche Lieferant unter Mouss' immer aggressiveren Tiraden den Rückzug an. Kurz bevor er durch das Portal des Jüngsten Gerichts verschwand, murmelte er zwischen den Zähnen:

»Los, haut rein! Esst, solange ihr noch könnt. Denn bald wird euch der Appetit für alle Zeiten vergehen!«

Seine Worte verloren sich in der Weite des Kirchenschiffs. Mouss war verstummt; es war, als hätte er seine Rolle als Hofnarr abgelegt. Stavros brach schließlich das Schweigen: »Also, was ist, essen wir jetzt? Hey, diese Knauser! Nicht nur, dass sie unser Bier vergessen haben, sie speisen uns auch noch mit lauter Pizza Margherita ab!«

Dies hinderte die in den Bänken des Hauptschiffs sitzenden zehn Clochards jedoch nicht, sich auf die Mahlzeit zu stürzen. Pater Kern sah ihnen zu und versuchte sich zu beherrschen, wenn die Tomatensoße auf die Fliesen tropfte.

In ihrer Hast, den Hunger zu stillen, hatten Mouss und seine Kameraden Kristof vergessen, der etwas abseits stand und dem sichtlich das Wasser im Mund zusammenlief. Mouss bemerkte es als Erster. Er stand auf, öffnete mit seiner gesunden Hand seinen Karton und brach ein Stück Pizza ab, das er dem Polen reichte: »Hier, iss was, Kumpel. Schiebst ja schließlich auch Platte, so wie wir.« Kristof nahm die Pizza dankbar entgegen.

Nun waren sie also zu elft.

Nachdem der erste Heißhunger gestillt war, beruhigten sich zugleich die Gemüter. Eine gewisse Befriedigung erfüllte das große Kirchenschiff, nur die Kaugeräusche waren zu vernehmen. Auch Stavros gab sich einen Ruck und reichte wiederum Pater Kern ein Stück Pizza, der es nicht übers Herz brachte abzulehnen. Er setzte sich zu den Clochards. Zu seiner großen Überraschung tat ihm der Verzehr der Pizzaecke gut, und er stellte fest, dass er einen Bärenhunger hatte. Der Einäugige wollte sich gerade den letzten Bissen in den Mund stopfen, als er plötzlich in der Bewegung innehielt:

»Hat jemand den Küster gesehen? Wir sollten ihm was aufheben, oder? Der Kerl kriegt es fertig und frisst sonst noch klammheimlich alle Hostien auf!«

Die elf Vagabunden erhoben sich wie ein Mann, jeder steuerte ein Stückchen bei, und so ergaben die Reste schließlich eine fast vollständige Pizza in einem der fettigen Kartons. Wie üblich setzte sich Mouss an die Spitze der Truppe.

Aber sie kamen vor eine verschlossene Tür. Die Sakristei war abgesperrt, nichts verriet Gérards Anwesenheit. Verblüfft wandte sich Mouss an den Priester:

»He, Pfaffe, glaubst du, er ist mit dem Tafelsilber durchgebrannt?«

Der Priester zuckte mit den Schultern. Dass der Küster nicht da war, beunruhigte ihn. Er kannte ihn seit langem – das war keiner, der so schnell das Feld räumte und seine Messkelche und kostbaren Hostiengefäße einer Bande Clochards überließ.

Mouss wurde ungeduldig, er klopfte erneut, diesmal kräftiger, dann hieb er mit den Fäusten gegen die schwere Tür, schließlich trat er dagegen. Da hörten sie plötzlich von oben her eine heisere, in den Höhen zittrige, schrecklich falsch klingende Stimme: *J'ai deux amours ... Mon pays et Paris ... Par eux toujours ... Mon cœur est ravi ...* Sprachlos sahen sie sich an und lauschten der zwischen grotesker Verzerrung und Poesie schwankenden Stimme. Dann war hinter ihnen auf einmal ein leises Lachen zu hören, ein Lachen der Erleichterung. Und Pater Kern sagte mit breitem Lächeln:

»Er ist oben in der Küche. Er brutzelt sich was.«

Gefolgt von der gesamten Truppe, stieg der kleine Priester die Wendeltreppe hinauf, die wenige Meter von der Sakristei entfernt nach oben führte. Vor dem Musiksaal mit seiner Terrasse über den Dächern von Paris lag eine schmale Küche, die es dem diensthabenden Küster ermöglichte, sein Mittagessen aufzuwärmen. Dort stand Gérard und hantierte mit einer Kasserolle, aus der der Duft von Basilikum und Knoblauch aufstieg. Er sah von seinen Töpfen auf.

»Pasta mit Tomatenpesto. Mögen Sie was, Pater?«

»Danke, Gérard, ich habe bereits gegessen. Unsere Besucher haben mir liebenswürdigerweise etwas zu essen organisiert. Aber vielleicht wollen Sie ein Stück Pizza als Vorspeise?«

Der Küster warf einen Blick auf den fetttriefenden Karton, den Mouss ihm hinhielt. Er zögerte, doch unter den inquisitorischen Blicken von elf Augenpaaren nahm er sich mit spitzen Fingern das am wenigsten ramponierte Stück, legte es auf den Rand eines Tellers und fuhr dann wortlos fort, sein Essen zuzubereiten, indem er ein paar Tomatenwürfel hinzufügte, abschmeckte, salzte, erneut abschmeckte, das Ganze einmal umrührte, abermals abschmeckte, Kräuter hinzugab und erneut kostete. Die Clochards schauten ihm zu. Nur das Prasseln der Zutaten, die in der Kasserolle brutzelten, war zu hören. Der köstliche Duft machte allen wieder Appetit. Pater Kern hatte ein flaues Gefühl in der Magengegend.

Dann aber stellte Gérard den Herd aus und griff zu Pater Kerns großer Überraschung nach einem Stapel Teller im Regal.

»Also, Leute, es werden nur kleine Portionen sein, aber kostet bitte voller Ehrfurcht. Es ist ein Rezept meiner Mutter.«

Sichtlich beeindruckt standen alle dicht gedrängt in der kleinen Küche und aßen in fast religiösem Schweigen, nahmen auch noch den letzten Tropfen Soße mit ihrem schmutzigen Finger auf. Pater Kern lächelte insgeheim bei dem Gedanken, dass sie sich im Nobelrestaurant *La Tour d'Argent* vermutlich ebenso verhalten hätten. Er begegnete dem Blick des Küsters und stellte fest, dass Gérard hochzufrieden mit seinem kulinarischen Erfolg war.

In dem Augenblick fiel Mouss der kleine Fernseher ins Auge, der auf dem Kühlschrank stand. Er schaltete ihn ein. Ein ernstes, martialisch blickendes Gesicht tauchte vor dem Hintergrund einiger Trikoloren auf: der Innenminister. Als er sich nach einem Blick in die Runde der versammelten Journalisten der allgemeinen Aufmerksamkeit versichert hatte, begann er zu sprechen, und da begriffen die Clochards, dass sie selbst der Gegenstand dieser an der Place Beauvau eilends einberufenen Pressekonferenz waren.

»Heute Morgen kurz nach acht Uhr hat eine Gruppe von zehn Personen die Kathedrale von Notre-Dame besetzt, nachdem sie die Angestellten und Besucher gewaltsam vertrieben hatten. Ein Priester und ein Küster wurden als Geiseln genommen. Die Identität der Geiselnehmer ist bislang ungeklärt, ebenso ihre Forderungen, seien sie finanzieller, politischer oder religiöser Natur. Sonderkommandos der Polizei sind überall auf der Île de la Cité postiert. Es wurde ein Krisenstab gebildet, der unter dem Vorsitz des Polizeipräfekten und des Direktors der Kriminalpolizei und in ständigem Austausch mit dem Innenministerium den Einsatz sämtlicher Ordnungskräfte und sonstigen Helfer bei dieser Geiselnahme organisiert. Unsere Ziele sind zweierlei: zum einen, nicht auf die Forderungen der Erpresser einzugehen, zum anderen, dafür Sorge zu tragen, dass die beiden Geiseln die Kathedrale unbeschadet verlassen können. Die Bürgerinnen und Bürger Frankreichs seien versichert: Was auch immer die Gründe für die Besetzung eines nationalen Symbols wie der Kathedrale von Notre-Dame sein mögen, die Urheber dieses niederträchtigen Anschlags werden sich vor Gericht dafür zu verantworten haben. Und selbstverständlich werde ich Sie persönlich über die weiteren Entwicklungen auf dem Laufenden halten. Vielen Dank für Ihre Aufmerksamkeit.«

Der Minister faltete sein Redemanuskript zusammen,

steckte es in die Innentasche seines Sakkos und zog wortlos ab. Einen Augenblick lang war nur das Rednerpult mit der Aufschrift *Der Minister des Inneren* und den Fahnen im Hintergrund auf dem Bildschirm zu sehen, was eine eigenartige Wirkung hatte, ganz so, als sei Frankreich sich nun selbst überlassen und müsse angstvoll der Rückkehr seines Retters in Gestalt des Innenministers harren.

Mouss zappte von einem Kanal zum anderen. Überall war das reguläre Programm unterbrochen worden, überall waren Reporter vor dem Hintergrund der Türme von Notre-Dame zu sehen, die versuchten, ihre Redezeit zu überbrücken, bis sie weitere Informationen bekämen. Stavros, der noch mit seiner Pasta al pesto beschäftigt war, bemerkte mit vollem Mund:

»Da sind ja mehr Bullen und Pressefuzzis auf der gesamten Île de la Cité als Filzläuse im Busch einer griechischen Hure!«

Mouss schaltete den Fernseher aus und legte die Fernbedienung in den Teller des Einäugigen.

»Da schlagen wir doch Kapital draus, mein lieber Stavros! So eine Gelegenheit hat man nur einmal im Leben!«

Pater Kern zuckte zusammen, als er das hörte.

»Was meinen Sie damit, Mouss?«

»Gar nichts, Pater. Auch wir werden eine Pressekonferenz organisieren. Auf diese Art und Weise erfährt die ganze Welt von unseren Forderungen.«

»Mouss, bitte glauben Sie mir, das ist keine gute Idee. Wenn man eine Pressekonferenz abhält und Forderungen stellt, gibt man ja der Polizei und der Presse recht, die Sie für Geiselnehmer halten.«

»Keine Sorge, Pater. Frankreich ist eine Demokratie. Das letzte Recht, das man uns gelassen hat, ist, das Maul aufzumachen und unsere Meinung zu sagen.«

»Seien Sie doch nicht so naiv! Man wird Ihnen das Wort im Munde umdrehen. Sie sind doch ein Geschenk des Himmels für die Medien, so kurz vor Weihnachten, das sorgt für Schlagzeilen!«

Mouss begeisterte sich immer mehr für seinen Einfall, der allmählich Form anzunehmen schien.

»Weißt du was, Pater? Die stecke ich alle in die Tasche, diese Journalisten! Ich werde im Namen aller Bedürftigen in Frankreich zu ihnen sprechen. O ja, das werde ich!«

»Aber was, Mouss, was werden Sie ihnen denn sagen?«

Mouss sah ihm direkt in die Augen.

»Jedenfalls kein *Vaterunser* oder *Allahu akbar*. Du verlässt dich zu sehr auf deine Gebete, Pater. Manchmal muss man auch etwas wagen und zur Aktion übergehen.«

Kern zuckte mit den Schultern.

»Die werden Sie in Stücke reißen, Mouss.«

»Sei's drum. Du hast ja gesehen, an mir ist nicht viel dran. Also los. Rufen wir die Bullen an und sagen ihnen, dass wir eine Pressekonferenz geben werden.«

»Ich bin mir nicht sicher, ob die Polizei das gestatten wird.«

»Los, ruf sie an! Es ist ganz einfach. Wenn sie etwas dagegen haben, wird deine Scheißkirche hier in Flammen aufgehen.«

Vierzig Minuten später, gerade rechtzeitig für die Ein-Uhr-Nachrichten, trat Pater Kern vor das Portal des Jüngsten Gerichts, gefolgt von Gérard, Mouss und den übrigen zehn Clochards. Schulter an Schulter standen sie, ein wenig linkisch, ein wenig schüchtern, zwischen dem Portal und dem Gittertor. Wie Zootiere wirkten sie, und die Journalisten, die aus ganz Frankreich und sogar aus dem Ausland gekommen waren und sich gegen die Absperrungen drängten wie Zoobesucher, richteten ihre Kameras und Mikrofonangeln auf sie.

Der Jüngste, Magerste und vielleicht Verrückteste, gewiss aber Verlaustete von allen trat aus der Gruppe heraus, auf den Wald von Mikrofonen und Kameraobjektiven zu, und begann zu ihnen zu sprechen, erst leise, dann immer lauter, durch das Gittertor hindurch, das auf Anordnung des Polizeipräfekten sicherheitshalber verriegelt geblieben war.

10

»Und? Haben Sie den Einäugigen im Krankenhaus befragen können? Ist was Interessantes dabei herausgekommen, oder spielt er weiter den Geheimniskrämer?«

Claire Kauffmann rief sich das Protokoll des Verhörs ins Gedächtnis, das sie vorhin nur hatte überfliegen können. Sie hatte ihr Büro in aller Eile verlassen, um sich in das unterm Dach liegende Büro der Mordkommission zu begeben. Da sie Zweifel an Stavros' Äußerungen hatte, wusste sie nicht recht, was sie Gombrowicz sagen sollte, der sie unverwandt anstarrte, und so verschanzte sie sich hinter einer beißenden Ironie, die ihr bei ihren Kollegen von der Ermittlungsbehörde schon so manche Feindschaft eingebracht hatte.

»Und Sie, Gombrowicz? Gut erholt von Ihrem unfreiwilligen Bad in der Seine?«

Der Angesprochene reagierte sauer, und die junge Richterin ging in die Mitte des Raums.

»Ist Commandant Landard nicht da?«

»Nein, der streunt hier irgendwo über die Flure. Ich war es, der Sie sehen wollte.«

»Sie?«

»Ich muss Ihnen hier auf meinem Rechner etwas zeigen. Haben Sie einen Moment Zeit?«

»Da ich ja nun ohnehin schon hier bin.«

»Sie müssten sich mal neben mich setzen.«

Der junge Beamte roch nach billigem Deo, aber auch nach einem schweren Herrenduft, einer Mischung aus Moschus und Patschuli. Das war ihr jedoch tausendmal lieber als die Ausdünstungen von Commandant Landard, der morgens nach ranzigem Schweiß und kaltem Rauch stank. Schweißgeruch ertrug sie nicht, weder den eigenen noch den der anderen; sobald sie auch nur einen Hauch von Transpiration bemerkte, wurde ihr schwindelig. Im Sommer rannte sie oft auf die Toilette, um sich die Achseln mit einem feuchten Kleenex auszuwischen. Der einzige Duft, den sie auf ihrer Haut tolerierte, war der nach Savon de Marseille, auch ihre Wäsche roch danach.

»Also, was wollen Sie mir zeigen, Lieutenant?«

Gombrowicz geriet in Panik bei der Vorstellung, zu schwitzen oder rot zu werden. Er öffnete das Fenster hinter ihnen und ließ die milde Frühlingsluft herein.

»Ich habe einen kleinen Pressespiegel für Sie vorbereitet. Berichte über Mouss. Sowohl von Journalisten als auch von Privatpersonen. Interessiert Sie das?«

Er hatte den Vormittag damit zugebracht, im Internet nach Videos zu forschen, und war ganz in dieser Aufgabe aufgegangen, die ihm zudem dabei half, die Erinnerung an das »unfreiwillige Bad in der Seine« zu vergessen.

Der Polizist handhabte die Maus sehr geschickt, mehrere Fenster öffneten sich gleichzeitig auf dem Bildschirm, und er steuerte den ersten Bericht an.

»Seit mittlerweile 48 Stunden erregt ein junger Mann in Lumpen die Aufmerksamkeit der Medien. Man kennt von ihm nur einen leicht daherkommenden Spitznamen, Mouss, gefolgt von einem bedeutungsschweren Attribut: der Clochard. Mouss, der Clochard. Sein Jünglingsbart und seine langen schwarzen Haare sind sein einziges Erkennungszeichen. An einem Dezembermorgen, zu der Zeit, da die meisten Pariser ihr gemütliches Heim verlassen, um sich an ihren Arbeitsplatz zu begeben, hat er gemeinsam mit ein paar Leidensgenossen beschlossen, seine Not in die Welt hinauszuschreien, von einem Gebäude aus, das …«

»Die nächste Stimme, Lieutenant, danke. Ich hasse Schreiberlinge, die Journalismus mit Poesie verwechseln. Nichts als heiße Luft!«

Etwas aus der Fassung gebracht, schloss Gombrowicz das erste Fenster und klickte wortlos das zweite an. Mouss war vor der Kathedrale zu sehen, umgeben von weiteren Clochards mit düsterer Miene, gefilmt durch das Gitter vor der Fassade. Neben ihm stand ein Priester im Messgewand, dem offensichtlich nicht sehr wohl in seiner Haut war; Claire Kauffmann erkannte ihn sofort. Das Video stammte vom ersten Tag der Besetzung. Die Fragen prasselten auf Mouss nieder, und bei jeder seiner Antworten brachen die Journalisten in Gelächter aus, das immer ausgelassener wurde, je länger die improvisierte Pressekonferenz andauerte.

»Sagen Sie, Mouss, kommt das von Moustafa?« – »Mouss, das bedeutet Messias, Kumpel. Der Messias der Clochards. Aber ich werde nicht Seinewasser in Beaujolais verwandeln oder Schoko-

ladenbrötchen auf wundersame Weise vermehren. Denn das hat schon mal einer getan. Nein, ich werde Notre-Dame de Paris in ein fantastico-formidables Penthouse-mit-Teppichboden-Duschkabine-Elektroherd-Zentralheizung und eigenem Briefkasten verwandeln! Für mich und meine Kumpel. Das ist dann unser Weihnachten.« – »Sie räumen die Kathedrale erst, wenn Sie eine Wohnung bekommen haben?« – »Du hast's erfasst, mein Freund.« – »Wie viele Wohnungen fordern Sie, Mouss? Wie viele seid ihr?« – »Drei Millionen fünfhunderttausend.« – »Sind Sie sich im Klaren, dass Ihre Forderungen keine Aussicht auf Erfolg haben werden?« – »Nicht mein Problem.« – »Fürchten Sie eine Intervention vonseiten der Polizei?« – »Die Spezialeinheiten der Polizei machen uns keine Angst. Wir riechen nämlich ganz schön streng. Von dort, wo du stehst, merkst du es nicht, aber glaub mir, wir stinken bestialisch. Wenn sie uns also mit Tränengas besprühen, wird das wie duftendes Duschgel für uns sein.« – »An wen richtet sich Ihr Appell genau? An die Ministerin für Wohnungsbau? An den Präsidenten der Republik? Oder an die allgemeine Solidarität?« – »Für wie bescheuert hältst du mich? Hast du nicht zugehört? Wir sind dreieinhalb Millionen, sagte ich. Hast du nicht kapiert, wie groß unsere Armee ist? Glaubst du wirklich, dass ein niedlicher Appell an die allgemeine Solidarität genügt, um uns dreieinhalb Millionen vor dem Verhungern zu retten? Glaubst du wirklich, dass das unsere Wut besänftigen wird?« – »Ist das ein Aufruf zur Gewalt, Mouss? Rufen Sie, während ganz Frankreich auf Sie schaut, zur Gewalt auf?«

Das Gelächter der Journalisten aus den Lautsprechern war verstummt, und das emsige Klicken der Fotoapparate war zum hysterischen Stakkato mutiert. Claire Kauffmann schlug ihren Notizblock auf. Sie zog einen Bleistift aus ihrem Haarknoten, der wunderbarerweise erneut allen Auflösungsbestrebungen standhielt. Während sie gebannt auf den Bildschirm sah, kaute sie auf dem Stift herum. Das Video war zu Ende, und Gombrowicz erinnerte sich daran, dass er ja die Hand auf der Maus hatte, und klickte das nächste Video an.

»Diese Aktion wirft uns fünfzehn Jahre zurück. Es hat seine Zeit gebraucht, bis unser Verband zum wichtigsten Gesprächspartner der öffentlichen Institutionen geworden ist. Es bedurfte eines langsam wachsenden Vertrauens zwischen beiden Seiten. Die Subventionen, die wir heute erhalten und die uns das Überleben gerade eben sichern, sind gewissermaßen der gerechte Lohn jener allmählich gereiften Beziehung. Natürlich können wir keine Wohnungen auf Dauer zur Verfügung stellen, was wir auch gar nicht wollen, aber der Zuschuss des Ministeriums hilft uns doch von Jahr zu Jahr wieder, den dringendsten Bedarf zu decken. Aber diese gewalttätige Aktion, dieses soziale Happening in der Kirche Notre-Dame, stellt alles bisher Erreichte in Frage. Diese kleine Gruppe von Obdachlosen, wenngleich wir deren Not durchaus ermessen können, hat den auf der Straße lebenden Menschen keinen Dienst erwiesen. Im Kampf gegen die Armut wären auch Intelligenz und Geduld angebracht!«

Wieder machte sich Claire Kauffmann ein paar Notizen. Gombrowicz nahm ihren Geruch nach Savon de Marseille wahr, es war, als käme er ihrer Haut ganz nahe, als schlüpfte er in die Duftblase, die sie umgab, sähe die feine Körnung ihrer Epidermis aus nächster Nähe und könnte sie berühren.

»Und Sie, Monsieur, was halten Sie von der Aktion der Obdachlosen in Notre-Dame?« – »Es musste ja mal so weit kommen. Das Land versinkt jeden Tag tiefer in der Scheiße. Und unsere Regierung stellt sich mit verschränkten Armen hin und schaut zu, während überall im Land Fabriken dichtgemacht werden.« – »Und Sie, Madame?« – »Ich finde es richtig, dass die Clochards protestieren. Alle sollten das tun, die Illegalen, die Arbeitslosen – es ist ein und derselbe Kampf.« – »Und dass sie Notre-Dame de Paris besetzt halten, stört Sie gar nicht?« – »Ja, sie besetzen ein Symbol – und tun gut daran. In politischer Hinsicht ist das sehr klug.« – »Glauben Sie, dass die Aktion von Mouss und seinen Freunden politische Relevanz hat? Dass es zu Demonstrationen, zu Streiks kommen wird, ja, dass das Land in einen Lähmungszustand verfällt?« – »Ich glaube, dass ganz Frankreich auf einer Bombe sitzt, und Mouss ist der Zeitzünder.«

Seine Phantasie glitt unter ihre Bluse, sein Blick schlüpfte in den nur wenig geöffneten Ausschnitt, zwischen den Perlmuttknöpfen hindurch, streichelte sanft den Ansatz ihrer Brüste. Ob sie wohl Seidenunterwäsche trug?

»Die Regierung wird die weitere Entwicklung der Ereignisse sowohl im Innern der Kathedrale als auch hier auf dem Platz mit äußerster Wachsamkeit verfolgen. In meiner Eigenschaft als Innenminister weise ich ausdrücklich darauf hin, dass jegliche

Ausschreitungen hier auf dem Vorplatz untersagt sind und die Demonstranten beider Seiten – pro und contra Obdachlose – unter polizeilicher Beobachtung stehen.«

Sie löste ihre übereinandergeschlagenen Beine, und Gombrowicz spürte, wie ihm der Schweiß auf die Stirn trat. Sie notierte einen Menge Dinge, ihre Augen wanderten ständig zwischen dem Bildschirm und ihrem Notizblock hin und her, aber inzwischen hatte er es aufgegeben, mitzulesen, was sie notierte.

»Dass wir die Krise des Wohnungsbaus in den Griff kriegen, sollte von nationaler Priorität sein. Der Premierminister muss die Budgetkürzungen meines Ressorts rückgängig machen.« – »Dabei waren doch Sie diejenige, die seit Ihrer Ernennung zur Wohnungsbauministerin fast 3000 Notaufnahmeplätze schließen ließ. Ihr Kollege, der Innenminister, sprach in dem Zusammenhang von politischer Schizophrenie.« – »Der Innenminister sollte sich lieber um seine eigenen Angelegenheiten kümmern. Ich jedenfalls habe entschieden, eine Kommission ins Leben zu rufen, zu der auch der junge Mouss eingeladen werden und die prüfen wird ...«

»Und das Fenster da oben links? Was ist das? ... Lieutenant? ... Lieutenant, hören Sie? ... Ist Ihnen nicht gut?«

»Oh, verzeihen Sie. Mir wurde nur plötzlich so heiß.«

»Brauchen Sie ein Glas Wasser?«

»Nein, danke. Ich habe eine Fanta hier im Kühlschrank. Was sagten Sie?«

»Auf dem letzten Video da, was ist da zu sehen?«

»Sie meinen den Typen in der schwarzen Soutane?«

»Genau!«

»Das Video stammt auch vom 23. Dezember, es wurde ein paar Stunden nach Mouss' Pressekonferenz aufgenommen.«

»Und wer ist der Mann?«

»Abbé Cathrine. Er gehört zu einer Vereinigung mit einem lateinischen Namen. Warten Sie, gleich komme ich drauf ...«

»Die Cohors Christi?«

»Kennen Sie die?«

»Nein, aber das steht auf einem Banner hinter dem Geistlichen in Schwarz. Hier, sehen Sie?«

»Ah ja, stimmt. Wollen Sie sich den Beitrag ansehen?«

»Ja, bitte, Lieutenant.«

»Notre-Dame de Paris ist eines der wichtigsten Symbole der Christenheit in Frankreich. Am 10. Februar 1638 gelobte Ludwig XIII. hier, Frankreich unter den Schutz der Jungfrau Maria zu stellen. Und jedes Jahr wird dieses Gelübde erneuert, jedes Jahr aufs Neue bitten wir Maria, das Königreich vor dem Ansturm seiner Feinde zu schützen. Dass dieser heilige Ort heute, unmittelbar vor Weihnachten, Ort einer Geiselnahme durch Ungläubige und von ihnen beschmutzt wurde, ist absolut untragbar. Leider leben wir in einer Welt der Lüge und der Feigheit. Aber zum Glück gibt es auch noch einige furchtlose Franzosen, untadelige Christenmenschen, die sich nicht scheuen, das Übel bei der Wurzel zu packen. Angesichts der skandalösen Besetzung der Kathedrale sollte man sich darum nicht wundern, wenn schon in den allernächsten Stunden ein

berechtigter identitärer Reflex seinen entschiedenen Ausdruck finden sollte ...«

In dem Moment kam Landard in das Büro, das er sich mit Gombrowicz teilte. Er schob die Brille auf die Nase und trat, in seine übliche kalte Rauchwolke gehüllt, näher.

»Ach, wie süß ... Sieh sich doch einer diese zwei Turteltäubchen vor dem Bildschirm an. Der Bulle und die Ermittlungsrichterin. Und was macht ihr da? Flugtickets nach Venedig buchen?«

»Gibt's was Neues, Commandant Landard? Der Lieutenant sagte mir, dass Sie die Flure auf der Suche nach ein wenig Zärtlichkeit abklappern.«

»Was wollen Sie, Frau Richterin, ich interessiere mich nun mal für die zwischenmenschlichen Beziehungen. Ich verbringe meine Tage nicht mit der Nase in den Akten.«

»Das ist das Stichwort: Haben Sie gefunden, worum ich Sie bat?«

»Was war es noch gleich?«

»Der Polizeibericht über die Besetzung von Notre-Dame. Den sollten Sie mir doch im Archiv heraussuchen lassen. Erinnern Sie sich jetzt vielleicht?«

»Da werden Sie nicht viel finden, fürchte ich.«

»Weshalb? Haben Sie ihn gelesen?«

»Es reicht mir zu wissen, dass der Knabe tot ist, ein Wichser weniger auf der Welt.«

»Besorgen Sie mir den Bericht und ersparen Sie mir Ihre Kommentare, Landard. Gut. Ich glaube, Lieutenant, wir sind so weit durch. Haben Sie ganz herzlichen Dank für Ihre Recherchen.«

Sie war bereits an der Tür, als Gombrowicz tief Luft holte.

»Claire?«

Ein wenig überrascht drehte sie sich um.

»Lieutenant?«

»Sie können mich gern Xavier nennen.«

Er hätte ebenso gut russisch oder chinesisch reden können – verständnisloser hätte sie ihn wohl auch dann nicht angesehen.

»Wie bitte?«

»Xavier. So heiße ich mit Vornamen. Sie können gern Xavier zu mir sagen, wenn Sie möchten.«

Sie legte die Hand auf die Klinke.

»Lieutenant?«

»Frau Richterin?«

»Das schlagen Sie sich mal aus dem Kopf.«

Und im selben Augenblick verschwand sie im Flur, während Landard sich glucksend eine Gitane ansteckte.

11

Es war eine Falsettstimme, sie sang auf Arabisch, es klang unwirklich, wie aus einem grotesken Traum oder einem Kindertheaterstück, oder auch wie aus einem alten Zeichentrickfilm, dessen Ton mit der Zeit gelitten hatte, nur dass das Krächzen und Rauschen aus den Lungen des Sängers und nicht aus den Lautsprechern kam. Die Melodie, trotz der ausschweifenden Verzierungen eindeutig als *Bruder Jakob* zu erkennen, mündete in einen endlosen Hustenanfall, und Pater Kern begriff, dass Mouss sich wieder des Mikrofons im Chorraum bemächtigt hatte.

Der kleine Priester schlug die Augen auf und sah die großen Gewölbebögen über sich, die Seitenemporen, die Spitzbögen: Er brauchte ein paar Sekunden, bis ihm klarwurde, dass er die Nacht im Mittelschiff von Notre-Dame liegend verbracht hatte. Er war ganz steif. Unter seiner dünnen Decke drehte er sich zur Seite, zog die Beine an, machte die Augen zu und schlug sie gleich darauf wieder auf. Ein lauwarmer Atemhauch hatte ihn gestreift. In wenigen Zentimetern Entfernung sah er das gerötete Gesicht von Gérard vor sich, der in einen marineblauen Parka mit einem Bild der Jungfrau Maria darauf neben ihm lag. Er schlief unruhig, die Stirn von Falten durchzogen, gab leise Schnarchgeräusche von sich, und aus seinem halb offenen Mund troff ein Speichelfaden. Kern hob mühsam den Kopf. Um ihn herum, auf sämtlichen Heizungsschlitzen im Boden lagerten die Clochards in ihren Schlafsäcken, aus denen sich einzelne Daunenfedern lösten. Einige grunzten oder schnarchten, ab und zu entfuhr einem ein Furz. Und dann war da der Geruch nach nassem Hund, nach billigem Fusel, Urin, Schweiß, ungewaschenen Füßen. Immer widerlicher wurde der Gestank, als hätte auch er geschlafen und würde nun, am frühen Morgen, aufs Neue aus diesen erschöpften Körpern aufsteigen.

Inzwischen hatte Mouss, dessen Atem immer pfeifender aus den Lautsprechern drang, von *Frère Jacques* abgelassen und sich nun auf die arabische Version des Vaterunsers verlegt. Pater Kern streifte die Decke von sich, die ihm einer der Obdachlosen geliehen haben musste, stand wie ein verrosteter Automat auf und betete: »Alles wird gut gehen, o Herr, solange ich mit warmem Herzen bei der Sache bin. Hilf mir, dass es so bleibt. Lass nicht zu, dass die Kälte des Zweifels sich in mein Herz schleicht.«

»Na, Priesterchen, wie hab ich mich beim Vaterunser geschlagen?«, tönte es aus dem Lautsprecher. Kern entfernte sich von dem Küster und den anderen Clochards und ging über das Querschiff auf den Chor zu.

»Na, perfekt sind Sie noch lange nicht. Aber statt Ihre Stimme so zu verausgaben, sollten Sie lieber einen Arzt aufsuchen. Was da aus Ihrer Lunge kommt, stimmt einen nicht gerade zuversichtlich.«

»Aber jetzt wird doch gebetet, oder? Das sagt er doch, der Bruder Jacques, *sonnez les matines,* ding-dang-dong.«

»Für die Matutin ist es ein wenig spät, jetzt wären eher schon die Lauden dran. Aber die korrekte Liturgie ist im Augenblick unser geringstes Problem ...«

Dann verschwand Mouss blitzartig aus dem Chorraum, Pater Kern hörte, wie sein pfeifender Atem sich im Gewölbe entfernte, und von Neuem herrschte tiefes Schweigen. Es musste fünf oder sechs Uhr morgens sein. Die Nacht hüllte die Kathedrale noch mit ihrem schwarzen Leintuch ein. Der Pater kam sich auf einmal entsetzlich einsam vor. Und lächerlich. Zudem hatte er einen Fehler gemacht. Die Pressekonferenz mit Mouss hatte sich zur Katastrophe entwickelt. Dabei hatte alles gut angefangen. Der junge Mann hatte seine Nummer durchgezogen, die Reporter schienen angebissen zu haben. Er selbst hatte jedenfalls ein paar Minuten lang geglaubt, dass der Junge die Spielregeln der Kommunikation perfekt beherrschte und die Journalisten ihn charismatisch und schön fänden. Stand die Presse erst einmal aufseiten der Clochards – davon war er felsenfest überzeugt –, konnte das Ministerium schwerlich den »Geiselnehmern« die Polizei auf den Hals hetzen. Doch das Wunder blieb aus, im Gegenteil, es wandelte sich zum Alptraum. Mouss hatte mit seiner Wut, die sich in all den Jahren auf der Straße in ihm angestaut hatte, nicht lange hinterm Berg halten können. Vor laufenden Kameras hatte er seinen Hass hinausgeschrien, und die Reporter machten nur zu gern eine Jahrmarktsnummer aus ihm. Ein Zwanzigjähriger, der mitten im Winter auf der Straße schlief und sich an billigem Rotwein aufwärmte, war nicht der Mensch, der sich mit Geduld und Sachlichkeit den Fragen von Reportern stellte. Die Rolle des romantischen Helden zu spielen, um der Hausfrau zu gefallen, die gemütlich vor ihrem Bildschirm saß, das war ihm nicht gegeben.

Unter dem Hagel der tendenziösen Fragen, in denen immer wieder die Begriffe »Geiseln« und »Gewalt« fielen, hatten sie sich ins Kircheninnere zurückgezogen und dort verbarrikadiert. Den Nachmittag und die ersten Abendstunden verbrachten sie im Zustand allgemeiner Niedergeschlagenheit, in dem selbst die Statuen sich müde herabzubeugen schienen. In stiller Übereinkunft verzichteten sie darauf, die 20-Uhr-Nachrichten zu schauen; die Kathedrale wurde somit zu einem Elfenbeinturm, einer Festung, in der sie sich freiwillig verschanzt hatten. Was hatte es für einen Sinn, sich dem Lynchmord durch voreingenommene Medien auszuliefern? Es war vermutlich nur noch eine Frage von Stunden, vielleicht sogar Minuten, bis der Innenminister Filippi grünes Licht geben würde, die Kathedrale zu stürmen.

In solch düsteren Gedanken versunken, wurde Kern von einem Geräusch zu seiner Rechten abgelenkt. Stavros stand zu Füßen der Mariensäule vor dem Gestell mit den Kerzen. Die Schatten tanzten auf seinen Zügen, vertieften die Furchen auf seinem vom Leben auf der Straße gezeichneten Antlitz. Die Zeit hatte auch diesen Körper wie ein Bildhauer geformt.

»Wie haben Sie geschlafen, Pater?«

»Schlecht, Stavros. Ich habe alle möglichen Probleme in meinem Kopf gewälzt. Wegen des mangelnden Komforts will ich mich nicht beschweren, wir waren ja alle in derselben Situation.«

Ein Lächeln huschte über das Gesicht des Griechen.

»Nein, nicht ganz ... Wir Clochards wissen, wie man mit der Kälte und anderen Unbilden fertig wird. Es gibt eine wahre Wissenschaft des Überlebens. Und Sie, Pater, sind darin noch nicht bewandert. So gesehen, sind wir im Vorteil.«

»Ich spüre noch den harten Boden in meinen Gliedern. Nach einer halben Stunde hatte ich den Eindruck, auf einem Fakirbrett zu liegen. Waren Sie es, der mir in der Nacht diese Decke hier gegeben hat?«

»Ich hab Sie eingewickelt wie ein Baby. Sie haben sehr unruhig geschlafen.«

»Ich danke Ihnen, Stavros. Das werde ich Ihnen nicht vergessen!«

»Ich muss Ihnen zwei, drei nützliche Tricks zeigen, wie man sich ein gemütliches Lager schafft. Sonst passiert Ihnen kommende Nacht das Gleiche!«

»So weit wird es vermutlich nicht kommen. Sie werden euch sicherlich nicht Heiligabend hier verbringen lassen.«

»Und genau deswegen werden wir nicht von der Stelle weichen.«

Kern seufzte leicht genervt.

»Warum wollt ihr weiterhin Widerstand leisten, Stavros? Aus törichtem Stolz? Um ein Zeichen zu setzen?«

»Einfach, weil Weihnachten ist. Die Nacht, in der für euch Katholiken der Heiland geboren wurde. Die Nacht, in der man sich ein wenig Hoffnung gestatten darf.«

»Sie werden euch nicht bleiben lassen. Die Spezialeinheiten der Polizei werden noch vor heute Abend hier sein. Ich werde alles in meiner Macht Stehende tun, um euch zu bewegen, die Kathedrale aus freien Stücken zu verlassen. Sonst lauft ihr blindlings ins Verderben.«

»Wir bleiben hier. Und Sie bleiben bei uns. Sie werden froh darüber sein, obwohl da draußen die Polizei wartet und Sie es hier drin kalt und ungemütlich haben.«

»Woher wollen Sie das so genau wissen?«

Stavros sagte nichts. Er lächelte weiterhin geheimnisvoll, nahm eine der Kerzen mit dem Marienbildnis in die Hand und zündete sie an. Sowohl dieses Lächeln als auch sein sanfter Tonfall hatten etwas Magisches, das wie Balsam für die ängstliche Seele des kleinen Priesters war.

»Woher wollen Sie das so genau wissen, Stavros? Warum sollte ich eine weitere Nacht an eurer Seite verbringen? Ich habe meine Vorgesetzten gegen mich aufgebracht. Ganz zu schweigen von der Polizei. Außerdem bin ich mir nicht ganz im Klaren, was ich hier eigentlich soll.«

»Ich sage es doch, Sie werden hierbleiben, aus demselben Grund wie wir. Weil Sie gerade die Hoffnung und Ihren Glauben wiederfinden.«

Kern setzte sich auf die Stufen zu Füßen der Marienstatue. Er wirkte wie ein kleines Kind, das seine Mutter verloren hat und nun nach ihr sucht.

»Sie irren sich, Stavros. Ich bleibe aus christlicher Nächstenliebe hier. Ich bleibe, um euch zu helfen.«

»Sie bleiben, weil Sie beginnen, an ihn zu glauben.«

»Von wem reden Sie eigentlich?«

»Von Mouss! Das wissen Sie doch!«

»Gütiger Himmel! Was für ein verstiegener Gedanke!

Mouss führt euch geradewegs in die Katastrophe. Heute Nacht werdet ihr alle in der ›Mausefalle‹ vom Palais de la Justice schlafen, da könnt ihr euch drauf verlassen!«

»Sie werden sehen, Pater. Übrigens wird Mouss es sein, der Ihnen hilft. Er wird Ihnen dabei helfen, das Licht wiederzufinden. Ich weiß es, weil es mir auch so gegangen ist.«

Stavros hatte noch nicht zu Ende gesprochen, als plötzlich ein donnerndes Geräusch über ihren Köpfen ertönte, dann ein weiteres, nur wenig höher in der Tonlage, aber genauso mächtig. Unmittelbar danach ergoss sich eine wahre Sintflut von Klängen über das Mittelschiff der Kathedrale. Jemand läutete die Glocken von Notre-Dame. Die beiden Bordun-Glocken des Südturms hatten das Konzert eröffnet. Erst Emmanuel, dann Marie, in *Fis* und *Gis*. Bald darauf waren die acht Glocken des Nordturms eingefallen: Jean-Marie, Maurice, Benoît-Joseph, Étienne, Marcel, Denis, Anne-Geneviève und Gabriel. Eine nach der anderen setzten sie ein, von der höchsten zur tiefsten, bis sie sich schließlich zum Großen feierlichen Geläut vereinten, das den höchsten Feierstunden vorbehalten war. Alles, was die Türme von Notre-Dame an Erz in sich bargen, über fünfunddreißig Tonnen insgesamt. Kern saß da und starrte Stavros entgeistert an. Er musste schreien, um von ihm gehört zu werden:

»Wer läutet denn da die Glocken?«

»Na, was glauben Sie wohl?«

»Aber wer hat ihm den Zugang zum Steuerpult ermöglicht?«

»Ich, soweit ich weiß. Wir konnten nicht schlafen, und

so sind wir zu früher Stunde ein wenig herumspaziert. Und da ich die Schlüssel habe, sind wir auch in den Turm hinaufgestiegen.«

»Zu so früher Stunde? Es ist gerade mal fünf Uhr! Sie wecken ja die ganze Stadt auf!«

Mit noch vom Schlaf gezeichnetem Gesicht kam Gérard auf sie zu.

»Um Himmels willen, was ist denn los? Welcher Verrückte lässt denn da die Glocken läuten?«

Kern benutzte die gleichen Worte wie Stavros:

»Na, was glauben Sie wohl?«

»Der Junge ist vollkommen durchgeknallt. Mit Emmanuel, Pater, muss man behutsam umgehen! Die Glocke ist fast dreieinhalb Jahrhunderte alt! Sie wird den Südturm zum Einsturz bringen, wenn sie weiterhin mit voller Kraft geläutet wird!«

Kern stellte sich vor, wie Mouss dort oben, einem Quasimodo gleich, vor Freude jubelnd von Balken zu Balken sprang und sich am Klang der Glocken berauschte wie an starkem Alkohol.

»Dann gehen Sie doch hoch, ich bleibe hier. Sein Problem, wenn er auch noch taub werden will.«

Der Küster eilte los.

Seltsamerweise erfüllte Pater Kern bei allem Pessimismus und aller Erschöpfung allmählich ein Gefühl der Freude und Euphorie bei dem wilden Konzert der Glocken. Er fasste wieder Mut, als habe die Vibration, die Notre-Dame von der Turmspitze bis in die Fundamente erbeben ließ, auch seinen erschöpften Körper erfasst und ihm neuem Schwung gegeben. Mit einem energischen Ruck stand er auf. Und als sein Blick den von Stavros kreuzte, der immer noch lächelnd und siegessicher dastand, erinnerte er sich an das Wort, das dem Clochard schon oft über die Lippen gekommen war: Hoffnung.

Auf dem Nordturm verstummte eine Glocke nach der anderen. Emmanuel und Marie ließen ihr Dröhnen in immer größeren Abständen erklingen, bis sie es schließlich ganz einstellten. Schweigen breitete sich erneut im Kirchenschiff aus, Pater Kern hörte das Blut in seinen Schläfen pochen. Da wurde seine andächtige Stimmung durch ein neuerliches Läuten gestört, ein schäbiges kleines Klingeln diesmal, das vom Ende des Chorumgangs her zu ihnen drang. Es klang einfach so lächerlich, dass er nicht anders konnte als auch wirklich loszulachen. In Begleitung des Griechen schlug er den Weg zur Sakristei ein, um ans Telefon zu gehen.

Und er gluckste noch immer, als er den Hörer abnahm.

»Es macht Ihnen wohl Spaß, die ganze Stadt aufzuwecken? Nur mit äußerster Mühe konnte ich Filippi daran hindern, um sechs Uhr zum Angriff zu blasen.«

Es war Kardinal Madelaine.

»Ich gebe zu, Monseigneur, es war ein Weckruf mit Fanfaren.«

»Fanfaren? Machen Sie sich über mich lustig, François? Schauen Sie mal raus. Es ist noch stockdunkel, und der Vorplatz ist rappelvoll.«

»Wovon denn?«

»Von Menschen, François! Von Menschen, die sich seit gestern Abend hier versammeln und trotz Kälte und Dunkelheit die Nacht vor der Kirche verbracht haben. Und seit jenem stürmischen Signal heute Morgen strömen immer weitere Massen herbei.«

»Ich dachte, die Polizei hätte die Île de la Cité hermetisch abgeriegelt?«

»Weiß der Himmel, wie sie es schaffen! Die Absperrvorrichtungen sind wie ein Schweizer Käse. Die Leute kommen wie die Ratten durch alle Löcher. So als hätte Ihr Mouss die Flöte gespielt, statt die Glocken zu läuten!«

»Aber was wollen sie, Monseigneur?«

»Was sie wollen? Aber begreifen Sie denn nicht, was für eine Lawine Sie da ins Rollen gebracht haben? Sie sind gekommen, um Ihren Clochards ihre Unterstützung zu bekunden. Es sind mehrere Tausend, einige haben auch Transparente ausgerollt.«

»Großer Gott!«

»Außerdem ist da die Frage, wie mit den Spenden umzugehen ist ... Was soll damit geschehen?«

»Mit welchen Spenden, Monseigneur?«

»Sie kommen aus ganz Paris, aus Frankreich, sogar aus dem Ausland. Nahrungsmittel, Decken, Kochgeschirre – es liest sich wie eine Hochzeitsliste, besser als in jedem Kaufhaus! Und raten Sie mal, wohin das alles adressiert ist? An Notre-Dame de Paris! Im Pfarramt sieht es aus wie auf einem Basar!«

»Was schlagen Sie vor?«

»Hören Sie zu, François. Sie kommen jetzt her, und zwar blitzschnell. Sofort, haben Sie verstanden?! Sonst blase ich Ihnen höchstpersönlich den Marsch! Der Polizeipräsident hat eine Krisensitzung einberufen. Sie müssen unbedingt daran teilnehmen! Und ich rate Ihnen, sich mit guten

Gründen zu wappnen, weshalb sie nicht auf der Stelle eingreifen sollen. Mir persönlich gehen da nämlich die Argumente aus.«

»Ich komme gleich, Monseigneur. Ich gehe durch das Saint-Étienne-Portal.«

Kern wollte gerade auflegen, als der Kardinal noch hinzufügte:

»Noch etwas, François, ich muss Sie warnen ...«

»Wovor, Monseigneur?«

»Rieux Le Molay hat das Messer zwischen den Zähnen.«

Kern stand noch mit dem Hörer in der Hand da, als längst das Besetztzeichen erklang. Stavros riss ihn aus seiner Benommenheit.

»Und, Pater? Was ist draußen los?«

Er sah ihn abwesend an.

»Folgen Sie mir, Stavros.«

»Wohin?«

»In den Südturm. Ich muss mir einen Überblick verschaffen. Haben Sie den Schlüsselbund bei sich?«

Sie durchquerten das riesige steinerne Schiff, gingen an den sieben Seitenkapellen zu ihrer Linken entlang, vorbei an dem großen Kruzifix, und bogen dann unweit des Annenportals zu der kleinen Wendeltreppe ab, die sich auf den Turm hinaufwand. Kern ging voraus. Rasch war er außer Atem, während Stavros nachdrängte. Er hatte das Gefühl, in der sich spiralförmig nach oben windenden Röhre gefangen zu sein. Immer wirrer wurden seine Gedankengänge, je mehr Atemnot und Schwindel zunahmen. Wo führte denn endlich eine Tür nach draußen? Hatte er sich im Aufgang geirrt?

Dann spürte er auf einmal, wie eisige Winterluft über sein schweißnasses Gesicht strich. Sie näherten sich dem Gebälk mit seinen zahllosen Holzverstrebungen. Über seinem Kopf hingen die beiden großen Glocken im Dachstuhl. Marie schwang nach dem Konzert, das Mouss mit ihr veranstaltet hatte, noch sachte hin und her. Abgesehen von dem leisen Knarren des Jochs, an dem die Glocke aufgehängt war, war nichts mehr von dem jungen Clochard noch von Gérard zu sehen. Sie gingen unter Emmanuel hinweg und traten an den äußersten Rand der Plattform. Dort, im Schutz der schwarzen Blenden, konnte Pater Kern einen Blick auf den Vorplatz werfen, wie ein Spatz, der zum Kirchturm hinaufgeflattert ist. Was er sah, stimmte ihn alles andere als heiter.

Der rechteckige Platz tief unten war schwarz vor Menschen. Die Polizei hatte ihre Absperrung mindestens hundert Meter zurückverlegt und einer zum Teil noch aufgelockerten, zum Teil sich aber auch zu Klumpen verdichtenden Menge den Raum überlassen. Von der anderen Seite der Seine und vom Hôtel-Dieu her drängten immer mehr Menschen nach.

»In spätestens einer Stunde passt hier keiner mehr auf den Platz. Stavros, ich habe mich getäuscht. Sie sind alle hier, um euch zu unterstützen. Sie sind eurem Ruf gefolgt, Mouss' Ruf, egal, was die Presse über ihn schreibt.«

Doch der Grieche konnte sich diesmal nicht richtig freuen und schien in Sorge.

»Sie sind nicht alle hier, um uns zu unterstützen, Pater. Ich spüre auch jede Menge Feindseligkeit unter den Anwesenden. Schauen Sie, wie sie sich zu Gruppen zusammenrotten. Wie Hundemeuten, die einstweilen noch an der Leine zerren und sich gegenseitig beschnüffeln. Aber bald werden sie die Zähne fletschen.«

Kern wischte sich die eisigen Schweißperlen von der Stirn.

»Wir werden sehen, was die Polizei dazu zu sagen hat. Bis später, Stavros. Wenn Sie Mouss sehen, sagen Sie ihm, er möge sich bis zu meiner Rückkehr im Zaum halten. Ich kann nicht mehr als bitten. Ich habe keine Autorität mehr über diese jungen Kerle.«

»Wo gehen Sie hin, Pater?«

»Ins Pfarramt. Ein erneuter Versuch, Ihre Sache zu verteidigen. Einstweilen können Sie eine Kerze zu Ehren der heiligen Rita anzünden.«

»Der heiligen Rita?«

»Tun Sie nicht so, als wüssten Sie nicht, wer das ist, Stavros. Die Schutzpatronin der hoffnungslosen Fälle.«

Wieder ging er unter den beiden massiven Glocken hindurch zur Treppe. Als er den Fuß auf die oberste Stufe setzte, überfiel ihn ein plötzliches Frösteln, dessen Ursache er sich nicht erklären konnte. Hatte vorhin das Läuten der Glocken einen Hoffnungsfunken in ihm entzündet, so sah er nun nur noch ein kümmerliches Flämmchen vor sich, das zu erlöschen drohte. Dann gab er sich einen Ruck und begann den Abstieg, sorgsam darauf bedacht, sich nicht den Hals zu brechen.

Die Neonröhre an der Decke ging aus und sprang wieder an, flackerte fünf, sechs Mal und erlosch dann endgültig. Kern war im Dunkel eingeschlossen, der Schein seiner Schreibtischlampe erhellte nur die unmittelbare Umgebung. Der Geistliche sah auf die Armbanduhr. Fast zehn Uhr abends. Die Zeit war vergangen, ohne dass er es bemerkt hatte. Er blickte sich um. Die Regale lagen in völliger Finsternis. Jemand, der wohl glaubte, er sei der Letzte im Centre Wresinski, hatte vom Korridor aus das Licht gelöscht. Kern wollte erst rufen, besann sich dann aber anders, gab sich der Stille hin, ein Schiffbrüchiger auf seiner kleinen Lichtinsel, wo die Welt sich auf eine Schreibtischplatte und zwei Böcke reduzierte, auf einen Stuhl, eine Glühbirne als Sonne und haufenweise Kartons mit Kinderspielzeug.

Wie lange saß er wohl da, die Hände auf der Tischplatte? Sein Blick fiel auf den Karton mit Stofftieren und Puppen zu seinen Füßen, den er gerade hatte katalogisieren wollen, als das Licht ausging. Jenseits der Grenze zwischen Licht und Schatten, da, wohin er nun nicht mehr sehen konnte, türmten sich Tausende weiterer Objekte, die darauf warteten, aus ihren Kartons geholt zu werden und ihre Geschichte erzählen zu dürfen, unter ihnen – so hatte er sich immer vorgestellt – vielleicht auch die von Stavros, von Mouss und seinem eigenen Bruder Augustin.

Irgendwann stand er auf und griff nach seinem Jackett über der Stuhllehne. Nach kurzem Zögern drückte er auf den Schalter der Lampe. Jetzt stand er völlig im Dunkel und musste sich auf sein Gedächtnis und die im Abstand von fünf bis sechs Metern angebrachten blassgelben Notausgangschilder verlassen, um hinauszufinden. Er streckte die

Hände aus und tastete sich langsam voran. Zunächst verließ er sich auf das, was er hörte, ein Knacken an einer bestimmten Stelle, einen Luftzug, das Echo seiner Schritte auf dem Betonboden. Die Stimmen der Vergangenheit erhoben sich und erschwerten die Orientierung, sie überlagerten einander, bis sie sinnlos wurden. Das schneidende Timbre Rieux Le Molays mischte sich mit dem südfranzösischen Akzent Filippis; der Rektor von Notre-Dame und der Chef der Kriminalpolizei besiegelten einen Zweckverband und ließen ihre Vorwürfe auf den armen Priester niederprasseln, auf Mouss, Stavros und ihre Gefährten. Der Staatssekretär hing die ganze Zeit am Handy, ständig ertönte sein Samba-Rufton, unweigerlich gefolgt von seinem »Ja, Herr Minister!«, »Nein, Herr Minister!«, »Ich finde das heraus, Herr Minister!«. Der bedeutende Staatsmann, oberster Polizist Frankreichs, wie die Medien ihn titulierten, möglicher Kandidat bei den nächsten Präsidentschaftswahlen, hatte eine Meinungsumfrage durchführen lassen, um festzustellen, wie der Souverän über die beginnende Popularität der Obdachlosen von Notre-Dame dachte. Die Behörden wie auch der Polizeipräfekt von Paris waren angewiesen, sich mit einem Einsatz zurückzuhalten, solange die Ergebnisse der Umfrage nicht vorlagen. Inzwischen füllte sich der Platz vor der Kathedrale mit Demonstranten – feindselig musterten sich Mouss' Anhänger und seine Gegner. Flucklinger hatte versucht, Ordnung in das Stimmengewirr zu bringen, das man großspurig »Krisensitzung« genannt hatte; der Leiter der Spezialeinheit hatte in denkbar nüchternem Tonfall festgestellt, dass sich an die dreißig Bärtige in Djellaba unter der Reiterstatue Karls des Großen versammelt hatten und immer noch weitere hinzukamen und dass man sie einstweilen, ohne irgendwelche Schritte einzuleiten, beobachten würde. Filippi fragte in die Runde, ob das nicht genau die Stelle sei, an der sich auch die Mitglieder der Cohors Christi versammelten, worauf Rieux Le Molay mit einem »Selbstverständlich, warum auch nicht?« geantwortet und sich angstvolles Schweigen in der zweiten Etage des Pfarramts ausgebreitet hatte.

Kern hatte völlig die Orientierung verloren. Er stieß gegen eine Wand, gegen einen Schrank, stolperte über Stühle, schrammte an einem Regal entlang. Die Stimmen waren verstummt. Nur ein einziger, hochtrabender Satz, vorgetragen von einer näselnden Stimme wie ein Echo aus einer anderen Zeit, hallte in seiner Erinnerung wider. Jene ältliche Stimme, die sich in Kerns Erinnerung wie auch damals auf dem Vorplatz der Kathedrale über alle anderen Stimmen erhoben hatte und von einer schwarzen Soutane ausging. Der Soutane des charismatischen Anführers der Cohors Christi, des Abbé Cathrine.

»Die Christen auf der ganzen Welt haben nun genug. Überall auf dem Erdenrund werden wir zur Zielscheibe von Gewalt. Selbst ins Heiligtum Mariens mitten in unserem Königreich Frankreich, selbst in die Kathedrale von Notre-Dame sind die Terroristen und die Ungläubigen eingedrungen, um uns zu provozieren. Feierlich erkläre ich, dass die Christen Frankreichs reagieren müssen. Just an Heiligabend stelle ich der obersten Staatsgewalt, der Regierung, dem Präsidenten der Republik dieses Ultimatum: Werft die Gottlosen aus der Kathedrale, sonst sehen wir uns gezwungen, es selbst zu tun!«

Plötzlich wurde Pater Kern von Panik erfasst. Es kam ihm vor, als würde er in einem pechschwarzen See versinken. Er rief, einmal, zweimal, doch die Betonwände sandten nur das Echo seiner eigenen Stimme zurück. War es besser, wieder umzukehren? Zögernd fing er an, ein Gebet zu murmeln, dessen Worte sich in der Finsternis verloren. Und plötzlich sah er es ganz nah, ein schüchternes Glimmen an der Wand, das vergilbte Warnschild, die stilisierte Silhouette des vor den Flammen der Hölle fliehenden Männchens, das auf den Notausgang zurannte, den der grüne Pfeil ihm wies. Von Pfeil zu Pfeil tastete sich Kern voran, bis er endlich unter den Händen jenen Metallbügel spürte, den er nur niederzudrücken brauchte, und schon stand er auf dem dämmerig erleuchteten Flur und sah an seinem Ende die Tür des Fahrstuhls. Er hastete hinein, drückte auf den Knopf, die Seile über seinem Kopf strafften sich, die Kabine setzte sich in Bewegung. Je weiter er nach oben fuhr, desto entfernter klang die Stimme der schwarzen Soutane, als hätte er sie dort unten zurückgelassen, in den Eingeweiden des Centre Wresinski.

Er atmete freier. Er durchquerte die Eingangshalle wie ein Ertrinkender, der wieder an die Wasseroberfläche gelangt und weiß, dass die rettende Luft nur noch ein paar Schwimmstöße entfernt ist. Endlich stand er auf einem verlassenen Parkplatz, im gelblichen Schein der Straßenleuchten, und atmete tief ein. Es war ungefähr elf Uhr abends. Die Nacht umhüllte alles mit ihrer Schwärze, Bäume, verkrüppelte Sträucher, den Asphalt der Straße und des Gehwegs. Selbst die Luftmoleküle schienen ihm schwarz gefärbt zu sein.

12

Beinahe hätte sie sich verlaufen in diesem Labyrinth aus Gängen und Treppen, das vom Revier zum Justizpalast führte. Am Ende einer Treppe, die sich spiralförmig nach oben wand und in einen schmalen, dunklen Flur mündete, hatte sie nach unten geblickt, und ihr war schwindlig geworden. Sie hatte sich eine ganze Weile auf das Treppengeländer stützen müssen, die Akte Mouss im Arm, während Anwälte, Richter und Gendarmen an ihr vorübergingen, ohne sie zu beachten. Nur ein junger Beschuldigter mit Rastalocken, der gerade in Handschellen zu einer Vernehmung gebracht wurde, warf ihr ein »Alles in Ordnung, Miss?« zu, das sie hochmütig ignorierte. Schließlich hatte sie doch zu ihrem Büro zurückgefunden, war aber nicht hineingegangen, als sie Madame Le Maguer telefonieren hörte, sondern hatte die Toilette aufgesucht. In der engen, nach Chlorbleiche riechenden Kabine mit den abgenutzten Wänden sitzend, schob sie ihren Rock hoch und zog das Höschen herunter, doch als sie auf der Porzellanschüssel saß, brach sie in Tränen aus, und ihre Schluchzer erschütterten den ganzen Körper. Schließlich zog sie sich wieder an, tupfte sich Augen und Gesicht trocken und betrachtete das Ausmaß der Schäden im Spiegel. Die verwischte Mascara zog sich in schwarzen Bahnen über ihre tiefen Augenringe, das Ergebnis schlafloser Nächte. Sie schniefte tapfer und machte sich an die Restaurierung ihres Gesichts. Genau in dem Augenblick klingelte ihr Handy.

»Ja, Madame Le Maguer?«

»Störe ich, Mademoiselle Kauffmann?«

»Nein, gar nicht. Ich bin noch auf dem Revier. Was gibt's?«

»Soll ich warten, bis Sie wieder da sind? Ich habe gerade einen sehr interessanten Anruf erhalten.«

»Sagen Sie nur, Madame La Maguer. Ich bin sowieso schon unterwegs zu Ihnen.«

»Ein Zeuge im Fall Mouss möchte gern mit Ihnen sprechen. Ein ehemaliger Clochard. Scheint wichtig zu sein. Seine Tochter hat angerufen.«

»Warum seine Tochter? Konnte er nicht selbst anrufen?«

»Anscheinend spricht er kein Französisch, oder nicht sehr gut. Wenn ich richtig verstanden habe, ist er Pole.«

»Haben Sie einen Termin mit ihm ausgemacht?«

»Beide warten draußen auf Sie.«

»Wie bitte?«

»Vor dem Justizpalast, auf dem Bürgersteig. Ich habe versucht, sie heraufzubitten, aber der Mann wollte nichts davon wissen. Seine Tochter meinte, er hätte Angst.«

»Wovor denn?«

»Vor der Justiz.«

»Ich verstehe. Kommen Sie bitte in die Cour du Mai, Madame Le Maguer. Und vergessen Sie Ihren Laptop nicht!«

»Sie wollen sich sozusagen auf der Straße mit ihnen treffen?«

»Ja, und zwar sofort.«

»Halt! Wir wissen doch gar nicht, wer diese Leute sind und wie sie aussehen.«

»Doch, ich glaube schon. Ihr Pole heißt Kristof. Als ich ihn das letzte Mal verhören wollte, starb kurz darauf ein Mann. Zwei Jahre ist das jetzt her. Glauben Sie mir, diesmal geht er mir nicht durch die Lappen! Wenn es sein muss, folge ich ihm auch in die Gosse!«

Allerdings trug Kristof einen überaus korrekten Anzug, der zwar ein wenig zerknittert und auch etwas knapp für seine massige Gestalt war, und seine Krawatte mit ihrem bräunlichen Muster hatte etwas seltsam Altmodisches. Auch der Stoffbeutel in Tarnoptik, den er über der Schulter trug und der wie ein Teil seiner selbst wirkte, auf den er nicht verzichten konnte, verwies sichtlich auf seine Jahre auf der Straße. All das wurde Claire aber erst später bewusst, als die Verblüffung der professionellen Haltung wich und sie die Bilder wieder vor Augen hatte, die ihr Gedächtnis gespeichert hatte.

Sie hatte ihn schon erkannt, noch bevor sie am Gittertor angekommen war: Auf den Videos, die Gombrowicz im Netz aufgestöbert hatte, war Kristof bei Mouss' Pressekonferenz deutlich im Hintergrund zu erkennen gewesen. Sichtlich nervös, trat der Pole von einem Fuß auf den anderen und sprach mit einer jungen Frau mit orangerotem Wuschelkopf, die breitbeinig und mit vor der Brust verschränkten Armen neben ihm stand und zu der breiten Steintreppe hochsah, die Claire Kauffmann und ihre Protokollführerin gerade herunterkamen. Sie schüttelten einander die Hand und stellten sich höflich vor. Die junge Frau hieß Helena.

Und war seine Tochter. Da der Verkehr vor dem Justizpalast zu laut war, wichen sie auf die nahe gelegene Place Louis-Lépine aus, dort war wie üblich Vogel- und Blumenmarkt. Als sie in Höhe der Metrostation Cité angelangt waren, kam die Richterin ohne Umschweife zum Thema.

»Sie haben vergangenen Winter an der Besetzung von Notre-Dame teilgenommen, richtig? Zusammen mit Mouss.«

Kristof kratzte sich den Bart und grunzte zum Zeichen der Zustimmung. Madame Le Maguer hatte sich auf das Steinmäuerchen gesetzt, das den Metroeingang umgab. Den Rücken gegen Guimards schmiedeeiserne Ranken gelehnt, hatte sie ihren Laptop aufgeklappt und saß nun wartend da, die Finger bereits zum Tippen erhoben. Kristof warf ihr einen finsteren Blick zu. Er schien nicht besonders gesprächig zu sein, und Claire fragte sich nach einem Blick zu ihrer Protokollantin, ob die Initiative zu diesem Gespräch nicht vor allem von Helena ausgegangen war.

Helena redete Polnisch mit ihrem Vater, widerwillig, so schien es, als sträubte sie sich, ihre Muttersprache zu benutzen, und der kurze Wortwechsel zwischen den beiden gab Claire Gelegenheit, das Gesicht der jungen Frau eingehend zu studieren. Ihre sehr helle Haut verlieh ihr das Aussehen einer schon etwas ramponierten Porzellanpuppe. Die hohen Wangenknochen, das Braungold ihrer Augen, der schmale, fleischige Mund mit dem kirschroten Lippenstift – man konnte einfach nicht umhin, sie schön zu finden. Doch die Piercings an der Augenbraue, der Sternenregen, der auf ihren Hals tätowiert war und unter der Lederjacke verschwand, dazu diese unwahrscheinliche

Mähne, die einem Feuerwerk glich, trübten diesen Eindruck und machten ihren Körper zu einer verwirrenden Mischung aus Reinheit und Rebellion.

Kristof verzog das Gesicht, und Helena wandte sich mit finsterer Miene ab. Beide schmollten und sagten kein Wort mehr zueinander.

»Mein Vater sieht nicht ein, was das bringen soll. Ich war diejenige, die ihn zu diesem Treffen überredet hat. Er hat jahrelang auf der Straße gelebt und kann sich nicht vorstellen, was Sie daran ändern könnten.«

Sie sprach mit leichtem Akzent, der sich mit ihrer wachsenden Gereiztheit verstärkte. Das verlieh ihr, dachte Claire, zusätzlichen Charme.

»Damit wir überhaupt etwas ändern können«, sagte sie, »müsste er erst einmal mit uns reden. Na schön. Fangen wir noch mal ganz von vorne an. Es besteht ja kein Grund zur Eile.«

Sie wandte sich an Kristof, der mit seinen riesigen Fäusten die Taschen seiner Anzughose ausbeulte.

»Sie sind mir nicht gänzlich unbekannt, wissen Sie? Wir hätten uns beinahe schon einmal kennengelernt. Die Madonna von Notre-Dame, Sie erinnern sich? Ich habe damals die Ermittlungen geleitet.«

Kristof blieb verdüstert.

»Sie haben also etwas gesehen ... und Sie haben sich Pater Kern anvertraut«, fügte sie hinzu.

Kristofs Miene hellte sich auf, und Claire hatte das Gefühl, eine Tür aufgestoßen zu haben. Zum ersten Mal sprach er Französisch:

»Pater Kern guter Freund, ja. Auch von dir?«

»Sagen wir, wir kennen uns ein wenig. Und wir schätzen uns!«

Damit schien sich Kristof zufriedenzugeben, und sie hatte schon die Hoffnung, dass nun die Vernehmung beginnen könne. Wer jedoch die erste Frage stellte, war Kristof.

»Mouss tot, ja?«

Die Ermittlungsrichterin warf ihrer Protokollführerin einen Blick zu. Noch immer mit dem Rücken an die floralen Ornamente des Metroeingangs gelehnt, hatte Madame Le Maguer sich zwar in Vergessenheit gebracht, aber gleichwohl bereits mit der Mitschrift begonnen.

»Woher wissen Sie das? Wie haben Sie es erfahren?«

Wieder flüchtete Kristof sich in ein betretenes Schweigen, worauf seine Tochter in die Bresche sprang.

»Das kam so: Jahrelang habe ich meinen Vater nicht gesehen. Ich lebte hier. Wusste aber nicht, dass er auch in Paris lebte. Ich hatte keine Ahnung, dass auch er Polen verlassen hatte, um hierherzukommen. Ich hatte alle Brücken abgebrochen, verstehen Sie?«

Nun schwieg sie ebenfalls. Sie schien um Worte zu ringen, offenbar erfolglos, als falle ihr der Gebrauch des Französischen auf einmal schwer.

»Vor allem hatten Sie keine Ahnung, dass er auf der Straße lebte, richtig, Helena?«

Sie sah Claire an, zog dann eine Spiegelreflexkamera aus der Tasche und schraubte eines von drei Objektiven darauf, die sie bei sich hatte.

»Ich bin Fotografin und arbeite für die Presse. Vor vier Monaten, unmittelbar vor Weihnachten, war ich für einen

Auftrag vor Notre-Dame. Das war, als Mouss seine Pressekonferenz abhielt. Ich habe es wie alle anderen gemacht: Ich drängte mich ans Gitter und hielt gnadenlos drauf. Ich habe Bilder von den Clochards, dem Küster und dem kleinen Priester geschossen. Dann fuhr ich nach Hause, um eine Auswahl zu treffen. Und da habe ich ihn entdeckt. Ich habe ihn erst auf dem Bildschirm zu Hause entdeckt, verstehen Sie? Ich habe auf einem Bildschirm bei mir zu Hause entdeckt, dass mein Vater ein Clochard geworden war!«

Ihr Gesichtsausdruck veränderte sich nicht, ihr Blick war vielleicht eine Spur härter, jedoch keineswegs aggressiv geworden. Nur ihr Sprechtempo hatte sich beschleunigt, wodurch ihr Akzent deutlicher hervortrat. Claire sah darin ein Indiz dafür, dass die junge Fotografin zwar äußerlich alles unter Kontrolle hatte, innerlich aber zwischen Wut und Trauer hin- und hergerissen war.

»Da habe ich mir dicke Sachen angezogen und bin sofort zurück zu Notre-Dame. Die ganze Zeit, während die Clochards drinnen waren, habe ich draußen gewartet, mitten unter den Demonstranten. Zwei Nächte lang habe ich gewartet. Und einen Haufen Bilder geschossen, immer in der Erwartung, meinen Vater wiederzusehen. Am Morgen des 25. Dezember hat die Polizei die Kathedrale geräumt. Ich habe alles fotografiert: die Menschenmenge, die Schläge, die Schreie. Und dann sah ich meinen Vater herauskommen. Es gab ein unglaubliches Gedränge, er hielt sich dicht neben dem Krankenwagen, dem er den Weg bahnte. Ich rief seinen Namen, sprach ihn an, erst auf Französisch, dann auf Polnisch. Er sah zu mir herüber. Ich sah sofort, dass er mich erkannt hatte. Er starrte mich an, sagte nichts, rührte sich nicht. Schließlich kriegte ich ihn am Ärmel zu fassen. Ich hielt den Arm meines Vaters in der einen Hand und meine Nikon in der anderen. Lauf!, sagte ich zu ihm. Wenn du heute Nacht nicht im Knast schlafen willst, dann so schnell wie möglich raus hier!«

»Haben Sie ihn zu sich nach Hause mitgenommen?«

»Erst einmal habe ich ihn in die Badewanne gesteckt. Dann habe ich uns Pizzas bestellt.«

Kristof, der auf seine Schuhe starrte, erwachte allmählich aus seiner Lethargie. Er rückte seine Krawatte zurecht und fragte dann erneut:

»Mouss tot, ja?«

»Vor drei Tagen wurde seine Leiche gefunden. Es tut mir leid.«

»Mouss *utopiony*, richtig?«

Helena übersetzte das Wort, das ihrem Vater fehlte.

»Ja, er ist ertrunken. Aber sagen Sie mir, Kristof, wer hat Ihnen das denn gesagt?«

Der Pole schaute ins Weite. Seine Augen schienen durch den Justizpalast hindurch auf den Fluss zu blicken, den er so gut kannte und in dem Mouss seine letzten Augenblicke erlebt hatte.

»Momentan wohnt er noch bei mir, das habe ich Ihnen ja gesagt. Aber er schläft nicht jede Nacht auf meinem Gästesofa. Hin und wieder bleibt er draußen.«

»Soll das heißen, er schläft bei den Clochards?«

»Schlafen ist gut gesagt. Er verbringt die Nacht mit Trinken. Ein Dach über dem Kopf, ein Bett und saubere Laken zu ertragen ist nicht leicht, wenn man jahrelang auf der

Straße geschlafen hat. Es fällt ihm ungeheuer schwer, nicht jeden Tag dorthin zurückzukehren.«

»Dann sind es seine alten Kumpel, die ihm von Mouss' Tod erzählt haben!«

»Sie haben gesehen, wie man seine Leiche aus dem Fluss gefischt hat, das stimmt. Mein Vater meint, alle Obdachlosen von Paris wüssten Bescheid.«

»Gut, machen wir weiter.«

Als sie sich umdrehte, um sicherzugehen, dass ihre Protokollantin auch weiter mitschrieb, wurde ihre Aufmerksamkeit von einem traurigen kleinen Schauspiel abgelenkt. Wenige Meter von dem Mäuerchen entfernt, auf dem Madame Le Maguer in ihre Tastatur hämmerte, beim ersten gläsernen Pavillon, flatterte ein kleiner Vogel immer wieder gegen die Gitterstäbe seines Käfigs. Ab und zu setzte er sich zum Ausruhen auf seine Stange, nur um gleich darauf erneut mit wilder Entschlossenheit mit den Flügeln gegen das Gitter zu schlagen. Claire war ganz versunken in die Betrachtung des winzigen Vogels und seines unsinnigen Tuns. Sie kam erst wieder zur Besinnung, als sie das Klicken eines Fotoapparates hörte. Helena senkte ihr Objektiv; sie hatte das Bild einer ganz in Gedanken verlorenen Richterin im Kasten. Claire musste sofort an jene abergläubischen Vorstellungen aus der Frühzeit der Fotografie denken, wonach dem Fotografierten mit dem Abbild zugleich auch die Seele geraubt würde.

»Warum haben Sie mich fotografiert? Was fällt Ihnen ein?«

»Stört Sie das? Ich kann es löschen, wenn Sie wollen. Hier, sehen Sie auf dem Display.«

Ob auf einem Display oder auf Glanzpapier – Claire hasste sich auf beidem. Sie machte eine unbestimmte Geste, deren Sinn ihr selbst nicht ganz klar war. Helena steckte den Fotoapparat weg; und während sie sich über ihre Tasche beugte, sah Claire im Ausschnitt von Helenas T-Shirt, dass der Sternenregen sich vom Hals bis zu ihren kleinen, weißen Brüsten zog.

»Also, erzählen Sie. Was hat Sie und Ihren Vater bewogen, mich sprechen zu wollen? Was hat Kristof gesehen, das mir bei meinen Ermittlungen weiterhelfen könnte?«

Endlich nahm Kristof die Hände aus den Taschen. Mit seinem dicken Daumen kratzte er sich erneut den Bart. Er stieß einen langen Seufzer aus, holte tief Luft, als setzte er zu einem Bericht an, dessen Umfang ihn schon von vornherein ermüdete.

»*Kommandos.*«

Und damit stopfte er die Hände wieder in die Taschen und schien keine weiteren Auskünfte geben zu wollen. Der Richterin platzte der Kragen.

»Das ist alles? Aber von was für einem Kommando reden Sie denn? Einem Polizeikommando?«

»*Nie, nie.* Keine Polizei.«

Helena hielt es nicht mehr an ihrem Platz.

»Mein Vater möchte diese Leute nicht verpfeifen. Er ist nämlich sehr gläubig. Ein wahrhaftiger Betbruder. Nach dem Tod meiner Mutter hat er sich in Krakau Tag für Tag den Hintern auf der Kirchenbank plattgesessen. Er betet fast so gern, wie er Wodka trinkt!«

»Hören Sie zu, Kristof. Mouss ist tot. Er wurde ermordet. Er war Ihr Freund, nicht wahr? Wenn Sie mir etwas mitzuteilen haben, dann tun Sie dies jetzt, bitte. Später ist es vielleicht schon zu spät, und der Mörder ist über alle Berge.«

Einer plötzlichen Inspiration folgend, setzte sie hinzu:

»Sprechen Sie zu mir, wie Sie mit Pater Kern gesprochen hätten. Vertrauen Sie sich mir an, als würden Sie beichten.«

Da begann der ehemalige Clochard eine schier endlose Suada vom Stapel zu lassen, auf Polnisch, als habe sie sich seit Monaten in ihm angestaut. Claire und Madame Le Maguer tauschten einen Blick. Sie verstanden kein Sterbenswörtchen. Aber seine Tochter übersetzte fließend, und je länger der Bericht dauerte, desto ruhiger wurde ihr Tonfall, als hätte die Zeugenaussage ihres Vaters auch die Spannungen zwischen ihnen beiden besänftigt.

»Also, mein Vater sagt: Es war am Morgen des zweiten Tages, noch ziemlich früh am Morgen. Mouss hatte gerade die Glocken geläutet, und Pater Kern war zu einem Treffen mit der Polizei ins Pfarramt hinübergegangen. In der Kathedrale hatte sich vor den Toiletten eine Schlange gebildet. Ich erspare Ihnen die Details ... Wer auf der Straße lebt, hat oft Probleme mit der Verdauung. Entweder funktioniert sie zu lebhaft oder zu selten. Jedenfalls suchte mein Vater nach einer weiteren Toilette und war gerade am hinteren Ende der Kirche angelangt, als er ein Geräusch hörte.«

»Was für ein Geräusch?«

»So, als ob jemand sich an einem Schloss zu schaffen macht.«

»Mit Gewalt?«

Helena übersetzte die Frage.

»Nein, eher mit Schlüsseln. Jemand schien einen Schlüssel ins Schloss zu stecken.«

»Und?«

»Da ist mein Vater der Sache auf den Grund gegangen. Er hat die Tür geöffnet, hinter der sich eine weitere Tür verbarg, eine rot lackierte Tür. ›Rot wie die Hölle‹, sagt mein Vater. In dem Augenblick, in dem er die Tür öffnen wollte, sprang sie auf.«

»Und wer stand davor?«

»So Kerle in Lederjacken, vermummte Gesichter, einige hatten Motorradhelme auf.«

»Das also meinte Ihr Vater vorhin mit ›Kommando‹. Wie viele waren es?«

»Alles ging sehr schnell. Er hat sich gegen die ersten beiden Angreifer geworfen, die in die Kathedrale drängten. Dahinter waren noch weitere Männer, alles schrie durcheinander. Wäre es ihnen gelungen, einen Fuß in die Tür zu setzen, wäre er ihrer nicht mehr Herr geworden.«

»Er hat es also geschafft?«

»Ja, er hat sie zurückgedrängt.«

»Ganz allein?«

»Mein Vater ist sehr stark. Physisch, meine ich.«

»Allein gegen alle?«

Helena schaute wieder zu ihrem Vater hinüber. Dieser machte eine Pause, dann nahm er den Faden wieder auf und redete weiter.

»Mein Vater war letztlich nicht so allein … Erst hat er sie zu der roten Tür hinausgedrängt, aber er musste sie auch noch auf die andere Seite des Gitters bugsieren. Das sind nur ein, zwei Meter, ein paar Stufen, bis man auf der

Rue du Cloître steht. Genau in dem Augenblick, während er sich in dem Zwischenraum zwischen Tür und Gittertor befand, bekam er Hilfe.«

»Von wem denn und von wo? Von anderen Obdachlosen?«

Kristof überlegte wieder kurz, dann gab er zur Antwort:

»Nein. Vom Himmel.«

Claire und Madame Le Maguer sahen sich erneut verstohlen an. Helena fuhr sich mit der Hand durch die Haare. Der Vogel in seinem Käfig schlug verzweifelter denn je mit den Flügeln.

»Vom Himmel? Wollen Sie damit sagen, es hätte eine himmlische Intervention gegeben oder so etwas?«

Kristof rieb sich die Augen mit seinen Riesenfäusten und brach dann in Gelächter aus, der ganze Körper schüttelte sich. Die Passanten warfen ihnen schräge Blicke zu. Endlich beruhigte er sich. Nachdem er sich die Tränen abgewischt hatte, setzte er zu einer Erklärung an, die Helena wieder übersetzte.

»Mein Vater meint, es war ein himmlisches oder zumindest unverhofftes Ablenkungsmanöver, das es ihm ermöglichte, die Angreifer auf die Straße zu drängen. Erst dachte er, es regnet. Aber da fingen die Kerle auf einmal an zu fluchen und sahen mit gereckten Fäusten zum Himmel hoch. Daraufhin blickte auch mein Vater nach oben.«

»Es war also nicht Gott, der ihnen die rettende Sintflut geschickt hatte?«

»Nein. Es war Mouss, der ihnen auf den Kopf pinkelte.«

»Wie bitte?«

»Nun, er stand ein paar Meter über ihnen inmitten der

wasserspeienden Figuren und pinkelte auf sie herab. Dabei bog er sich vor Lachen. Ich gebe nur wieder, was mein Vater gesagt hat.«

»Und woher kam Mouss?«

»Von den Türmen, meint mein Vater. Wahrscheinlich ist er über die Dächer von Notre-Dame spaziert, nachdem er die Glocken geläutet hatte. Von oben hat er wohl gesehen, wie sich das Grüppchen vor der roten Tür zusammenrottete. Und da hat er sie besprengt.«

Madame Le Maguer gluckste, während sie weiter auf ihren Bildschirm sah. Claire Kauffmann musste sich sehr zusammenreißen, um nicht ebenfalls loszulachen.

»Und Ihr Vater ist sicher, dass es sich bei dem Überfall nicht um Polizeikräfte handelte?«

»Es rückte gerade ein Polizeitrupp von der Rue du Cloître an, als mein Vater das Gitter hinter den Männern wieder ins Schloss drückte. Die Typen rannten davon wie aufgescheuchte Karnickel, während Mouss seinen Schwanz über ihnen ausschüttelte. Nein, Mademoiselle, die Leute, die sich da Zutritt zu Notre-Dame zu verschaffen versuchten, waren keine Polizisten. Und mein Vater kann es Ihnen sogar beweisen.«

Sie sagte wieder etwas auf Polnisch zu ihm. Er brummelte erst ein wenig und wühlte dann in seinem Stoffbeutel. Schließlich zog er einen mit goldener Litze eingefassten Stoff heraus, der sorgfältig zusammengelegt war.

»Das hat ihnen mein Vater bei dem Handgemenge entrissen. Was auch immer sie damit vorhatten, sie würden es sicher gern wiederhaben.«

Claire nahm den Stoff in die Hand. Es war ein blau-weißrotes Seidenbanner von etwa einem mal zwei Metern Größe, mit dem Emblem der katholischen Vendée in der Mitte, zwei roten Herzen mit dem Kruzifix, darüber gestickt der Schriftzug: *Cohors Christi*.

Helena sah Claire herausfordernd an.

»Und? Glauben Sie immer noch, dass das ein Polizeieinsatz war?«

Sorgfältig faltete Claire das Banner zusammen. Sie spürte Helenas Blick im Nacken, und ihr wurde heiß davon. Sie zog es vor, sich an den Vater zu wenden, anstatt sich dem unkeuschen Blick seiner Tochter auszusetzen.

»Gibt es sonst noch etwas, das Sie uns erzählen möchten, Kristof?«

Der ehemalige Clochard kratzte sich wieder den Bart. Dann starrte er aufs Pflaster, ganz im Bann seiner Erinnerungen, sagte aber nichts.

»Na schön. Ich behalte dieses Banner hier. Sie müssen noch mal vorbeikommen, um das Protokoll Ihrer Aussage zu unterzeichnen. Wenn Sie den Justizpalast nicht betreten möchten, können Sie sich mit Madame Le Maguer in dem Café gegenüber treffen.«

Schließlich bot sie dem Blick der Tochter die Stirn.

»Sie müssen auch noch mal kommen, Helena. Sollte Ihr Vater seine Zeugenaussage noch ergänzen wollen, rufen Sie mich jederzeit an.«

Die junge Frau mit dem orangefarbenen Lockenkopf, dem tätowierten Hals und der abgewetzten Lederjacke sah sie weiterhin unverwandt an. Der aufgeregte kleine Vogel in seinem Käfig saß inzwischen unbeweglich auf der Stange.

Ohne ein Wort gingen die Richterin und ihre Mitarbeiterin zurück zum Palais. Madame Le Maguer beobachtete Claire aus dem Augenwinkel. Als sie an der Sicherheitsschranke für das Personal angelangt waren, brach sie endlich ihr Schweigen.

»Bilde ich mir das nur ein, oder hat der Pole nicht alles erzählt?«

In Gedanken versunken, gab Claire keine Antwort.

»Haben Sie keine Meinung dazu?«

»Wozu?«

»Na, zu allem. Zu Kristofs Aussage, diesem Banner, das er den Cohors Christi entrissen hat, Mouss, der auf sie pinkelt ... Haben Sie irgendetwas davon im Polizeibericht gelesen?«

»Ich habe überhaupt nichts gelesen, und zwar aus einem ganz einfachen Grund: Landard hat ihn mir immer noch nicht zukommen lassen.«

»Verstehe. Was werden Sie jetzt tun?«

»Ist Ihnen der kleine Vogel am Eingang zum Blumenmarkt aufgefallen, Madame Le Maguer?«

»Was für ein Vogel?«

»Ist nicht so wichtig. Bevor Sie ins Wochenende gehen, möchte ich Sie bitten, noch eine Vorladung rauszuschicken.«

»Auf welchen Namen?«

»Ich möchte mich gern mal mit dem Abbé Cathrine unterhalten.«

»Wollen Sie ihn als mutmaßlichen Mitwisser vorladen?«

Die Richterin zögerte einen Moment.

»Nein. Als einfachen Zeugen. Ich habe ja nur dieses

Banner als Druckmittel. Und ich will ihn auch nicht frontal angreifen, sonst stilisiert er sich noch als Märtyrer ...«

Sie sah auf ihre Armbanduhr.

»Es wäre gut, wenn das Einschreiben heute noch rausginge. Ich frage mich zwar, Madame Le Maguer ...«

»Ja, was?«

Sie waren am Fuß der Treppe, in der Cour du Mai angekommen. Über ihnen ragten die Säulen auf, auf denen die Fassade des Palais de Justice ruhte.

»Glauben Sie, er kommt in Soutane hierher?«

»Gut möglich. Er wird mit dem Finger auf die Sainte-Chapelle zeigen und sagen: ›Sehen Sie, Frau Richterin, ich war lange vor Ihnen da ...‹«

Claire unterdrückte ein Lächeln.

»Ich treffe Sie gleich im Büro. Es dauert nicht lange. Ich weiß ja, es ist Freitagabend.«

Sie war schon die ersten Stufen hinaufgestiegen, als Madame Le Maguer ihr hinterherrief:

»Wo wollen Sie eigentlich hin?«

»Ins Revier. Ein bisschen schnüffeln.«

Sie zwinkerte ihrer Protokollführerin zu.

»Sie hatten recht, Madame Le Maguer. Wir brauchen diesen Polizeibericht.«

»Und wenn Landard ihn nicht herausrückt?«

»Normalerweise trinkt er um diese Uhrzeit seinen Aperitif. Mit etwas Glück ist er nicht im Büro.«

»Wen wollen Sie denn dann darum bitten?«

»Ich habe da so eine Idee.«

»Gombrowicz?«

»Ihnen kann man aber auch nichts verheimlichen!«

»Ein richtiges Seelchen. Der kippt schon fast um, wenn er Sie nur sieht.«

»Ich werde mich gegenüber von seinem Schreibtisch hinsetzen und die Beine übereinanderschlagen. Mal sehen, ob der Anblick meiner Schenkel ihn nicht gefälliger macht als seinen Chef.«

Und während sie die Treppe hinaufging, hob sie kurz ihren Rock, so dass Madame Le Maguer den Saum ihrer Nylonstrümpfe sehen konnte.

13

Besorgter denn je war Pater Kern aus dem Pfarramt zurückgekehrt. Die Situation an jenem Morgen des 24. Dezember schien völlig verfahren, was weder an den Clochards lag noch an den Demonstranten, die einander argwöhnisch beäugten und nur darauf warteten, dass ein Tropfen endlich das Fass zum Überlaufen brachte.

Pater Kern betrat die Kirche über das Portal Sainte-Étienne und sah Stavros zu Füßen der Mariensäule hocken, die er für sich persönlich annektiert zu haben schien. Der Grieche hatte wohl alle im Kirchenschiff verfügbaren Kerzen zusammengetragen und auf dem Fliesenboden um sich herum aufgestellt, ihr gelblicher Schimmer verlieh ihm fast einen Heiligenschein. Vor ihm stand ein rechteckiges Brettchen, auf das er mit ungewöhnlicher Intensität starrte. Kern trat näher. Den goldenen Lichtreflexen nach zu schließen, handelte es sich um die Skizze eines Gemäldes. In der linken Hand, gleichsam in der Bewegung unterbrochen, hielt er einen feinen Pinsel.

»Sie malen, Stavros? Wir rechnen jede Minute mit dem Eingreifen der Polizei, und Sie malen eine Ikone?«

»Das ist der Augenblick, von dem ich geträumt habe,

Pater. Es wird keinen geeigneteren mehr geben, um die Menschwerdung Gottes in unserem Herrn Jesus Christus zu feiern.«

Kern sah dem Griechen über die Schulter. Das religiöse Bild stellte eine Gruppenszene dar, die der kleine Priester sofort deuten konnte, obwohl die Gesichter, bisher nichts als ockergelbe Farbflecke, noch fehlten. Auf der mit Gips bestrichenen Holzplatte setzte Stavros den Verrat durch Judas in Szene. In strenger ikonographischer Tradition war Jesus in der Mitte des Bildes zu sehen, den charakteristischen Heiligenschein ums Haupt, und eine noch nicht vollendete Gestalt zu seiner Linken gab ihm einen Kuss. Die beiden Hauptpersonen waren umstellt von einem Wald von Soldaten, die ihre Lanzen auf Christus gerichtet hatten. Auf der anderen Seite des Gemäldes hieb Petrus dem Knecht Malchus gerade ein Ohr ab.

»Sie haben ungeheures Talent, Stavros. Die Farben sind wundervoll. Aber sagen Sie mir nicht, Sie hätten das alles während meiner Abwesenheit gemalt.«

»Das hier ist meine letzte Ikone, Pater. Ich habe daran gearbeitet, als ich mein Atelier in Griechenland für immer geschlossen habe. Während meiner zweijährigen Irrfahrt hatte ich das Bild, meine Farben und Pinsel immer bei mir. Tja, ich wartete eben auf den richtigen Augenblick, um es zu vollenden.«

»Es ist der Garten Gethsemane, nicht wahr?«

»Richtig. Die Gefangennahme Jesu. Finden Sie nicht, dass das genau unser Thema ist?«

Kern ging lieber nicht darauf ein.

»Jetzt fehlen nur noch die Gesichter.«

»Und die sind das Schwierigste. Die Gesichter kommen immer zum Schluss, Schicht für Schicht, von ganz dunkel bis ganz hell. Von der Finsternis zum Licht. Unsere Arbeit besteht darin, die Schatten zu vertreiben, der Transparenz zum Durchbruch zu verhelfen. Der wahre Sinn einer Ikone tritt erst dann zutage, wenn die Figuren von der göttlichen Weisheit erleuchtet sind und ihr Name auf Griechisch oder Altslawisch danebensteht. Erst ganz zum Schluss erhellt sich, wer welche Rolle in der Bildkomposition spielt. Sind Sie im Altgriechischen bewandert, Pater?«

»In Notre-Dame werden Sie keinen Priester finden, der nicht wenigstens Grundkenntnisse besitzt. Aber Ihre Ikone scheint mir schon jetzt ihr eigenes Licht zu haben. Hier ist Judas, der den verräterischen Kuss gibt. Dort Simon Petrus. Das ist von biblischer Schlichtheit. Wirklich wunderbar, Ihre Ikone!«

Stavros sah zu Kern auf.

»Danke, Pater. Ihr Kompliment tut mir unendlich gut und ermutigt mich, weiterzumachen!«

»Wenn Sie nichts dagegen haben, würde ich gern ein Gebet sprechen, damit die Polizei Ihnen wenigstens noch die Zeit lässt, Ihr Bild zu vollenden.«

»Seien Sie beruhigt, die Polizei wird mich nicht daran hindern, es fertig zu malen. Dennoch dürfen Sie gern darum beten!«

Sie wurden unterbrochen von einem Lärm, der aus dem Chorumgang zu ihnen drang, gefolgt von Hilferufen, die durch die ganze Kathedrale hallten. Kern erkannte Gérards Stimme; er schnellte hoch, ließ Stavros vor seiner Ikone sitzen und rannte in die Richtung, aus der die Rufe kamen.

Es war tatsächlich der Küster, der Mouss' leblosen Körper schleppte. Außer Atem legte er ihn auf dem Boden ab und kniete neben ihm nieder, während die Clochards von allen Seiten herbeigelaufen kamen.

»Wo kommen Sie denn her, Gérard?«

»Vom Dach, Pater. Ich habe ihn die Treppe hinuntergetragen. Hätte nie gedacht, dass er so schwer ist. Ich glaube, er hat sich vollgepisst.«

»Gütiger Gott! Aber was hatte er denn auf dem Dach zu suchen?«

»Keine Ahnung, Pater. Aber dort fand ich ihn. Nachdem er die Glocken geläutet hatte, suchte ich in der ganzen Kathedrale nach ihm. Schließlich stieg ich in den Nordturm hinauf. Und dort oben sah ich ihn dann. Unser kleiner Spaßvogel spazierte barfuß über die Dächer, die wegen des Raureifs äußerst rutschig sind, und drohte sich den Hals zu brechen! Plötzlich sah ich ihn schwanken. Bis ich bei ihm war, war er auch schon umgekippt.«

»Aber was ist denn passiert? Warum wurde er ohnmächtig? Ist er abgestürzt und hat sich verletzt?«

»Hören Sie sich das an, Pater. Hören Sie, wie er atmet, und Sie begreifen, was Sache ist. Er hat sich von seinem Sturz in die Seine nicht erholt. Das ist eine ausgewachsene Lungenentzündung.«

Sie schwiegen beide. Mouss atmete stoßweise, aus seiner Brust drang ein Rasseln, das beim Ausatmen in ein schlimmes Pfeifen überging. Seine Stirn war kochend heiß. Sein Puls raste. Sein Herz stand kurz vorm Explodieren, so schien es. Kern blickte in die Runde der schweigenden Clochards. Er begegnete dem Blick von Kristof, der in seinem zerschlissenen roten Daunenanorak dastand, auch er ganz außer Atem, und plötzlich vortrat, um neben Mouss niederzuknien. Er schob seine mächtigen Arme unter Mouss' Körper und hob ihn hoch, als wäre er ein Kind. Eine Art Erleuchtung – Kern fand kein anderes Wort dafür – hatte seine Züge verwandelt und ließ ihn mindestens zwanzig Jahre jünger wirken. Beschwingt, als habe er ein Federbündel im Arm, schritt er über die Fliesen, ging an Stavros vorbei, der nicht einmal aufsah, stieg die Stufe zum Chorraum hinauf und legte Mouss ganz vorsichtig zu Füßen des Altars ab. Die marmorne Pietà im Hintergrund des Chores schien mit ihrem Schmerzensblick herüberzuschauen.

Kern legte Gérard die Hand auf die Schulter.

»Bleiben Sie bei ihm, ich rufe einen Arzt.«

Er bog in den Gang ein, der zur Sakristei führte, als Stavros ihm hinterherrief.

»Keinen Arzt, Pater.«

Der kleine Priester machte kehrt. Er hatte sich wohl verhört? Als er in das undurchdringliche Gesicht des Einäugigen blickte, konnte er seinen Zorn nicht verhehlen.

»Was sagen Sie, Stavros? Mouss kriegt keine Luft mehr. Wenn wir ihn nicht sofort ins Krankenhaus bringen lassen, riskiert er eine Embolie!«

»Pater, ich sagte: keinen Arzt.«

»Sie können tun oder lassen, was Sie wollen, aber ich opfere diesen Jungen keinem wie auch immer gearteten Kreuzzug!«

Er ging weiter zur Sakristei.

Gleich darauf spürte er, wie ihn jemand von hinten bei Handgelenken packte. Es war der Mann mit der schwarzen

Kapuze. In Höhe seiner Manteltasche spürte Kern das Jagdmesser mit dem Horngriff.

»Sagen Sie ihm, er soll mich loslassen, Stavros. Lassen Sie mich einen Arzt anrufen.«

»Wozu, Pater? Soll der Arzt ihn daran hindern, sein Schicksal zu vollenden?«

»Was meinen Sie mit Schicksal? Dass er in der Weihnachtsnacht unter einer Marmorstatue wie ein Hund krepiert?«

Der Grieche fixierte mit seinem einen Auge die Ikone.

»Sie haben mich nicht verstanden, Pater. Weder Sie noch ich können etwas dagegen tun: Sein Schicksal war bereits vor seiner Geburt bestimmt. Das Schicksal eines Auserwählten. Kindheit in den Hochhäusern der Vorstadt, Jugend zwischen kleinen Drogendeals und Besserungsanstalt, bis hin zum tiefen Fall auf die Straßen von Paris. Alles ist seit langer Zeit vorbestimmt. Wir sind nur die Werkzeuge des Göttlichen. Ihr Arzt wird daran nichts ändern.«

»Sie sind ein Fanatiker, Stavros. Ein Weltverschwörer.«

»Nennen Sie es, wie Sie wollen. Sie werden mich zu guter Letzt doch verstehen, da bin ich mir sicher. Ohnehin wird die Polizei nicht mehr lange auf sich warten lassen. Sie kann jede Minute hier sein, sagten Sie vorhin.«

Mit einer unmerklichen Geste forderte er den Mann mit der Kapuze auf, ihn loszulassen. Kern rieb sich die Handgelenke. Es kam ihm vor, als stünden seine Unterarme in Flammen.

»Und was ist mit Mouss? Teilt er Ihre Vorstellungen vom Schicksal? Hat er dem Szenario seines Todes im Vorfeld zugestimmt?«

»Machen Sie sich keine Sorgen, Pater. So schnell wird sein Tod nicht eintreten. Er hat noch mehr Kraftreserven, als Sie vermuten. Wenn Sie schon nicht an die göttliche Vorsehung glauben, so vertrauen Sie wenigstens auf die Polizei.«

Als hätte er das Gespräch zwischen dem Priester und Stavros mitbekommen, begann Mouss heftig zu husten. Seine Brust wurde bei dem Anfall in die Höhe gerissen, danach fiel er ebenso brutal wieder zurück. Er schlug kurz die Augen auf, um sie gleich darauf wieder zu schließen. Kern glaubte, den Anflug eines Lächelns auf seinen Lippen gesehen zu haben.

»Und nun, Stavros? Was machen wir nun?«

»Also, ich bin mit meiner Malerei schwer beschäftigt. Setzen Sie sich doch einfach da hin und warten Sie. Schließlich steht den Katholiken auf der ganzen Welt eine lange Nacht bevor.«

»Wir sollten eigentlich auf die Geburt Christi warten, nicht auf die Ankunft der Polizei.«

»Die Polizei hat mit der Sache nichts zu tun. Die Polizei ist nur Beiwerk.«

»Auch sie ist nur ein Werkzeug in Gottes Händen, richtig?«

»Ich sehe, Sie beginnen zu begreifen, Pater.«

Kern hockte sich auf die Altarstufen. Keine zwei Schritte entfernt von ihm schlief Mouss, von der Jungfrau Maria bewacht. Zwar hatte sich seine Atmung beruhigt, aber seine Haut glänzte schweißnass. Gérard bat um die Erlaubnis, Wasser holen zu dürfen, und ging dann, begleitet von dem Clochard mit dem Messer, in die Sakristei. Das Vertrauen war wieder verflogen. Die schwelende Gewalt war in die Mauern der Kathedrale zurückgekehrt, wie eine Eiterblase, die jeden Augenblick zu platzen drohte. Dennoch war die Nacht, die nun bevorstand, eine besondere Nacht. Eine Nacht der Hoffnung. Der Brüderlichkeit. Des Gebets.

Die Stunden vergingen. Von draußen hörte man nur einen diffusen Lärm, der in regelmäßigen Intervallen anschwoll – Rufe, Friedens- oder Schlachtengesänge, undeutliche, ins Megaphon gebrüllte Parolen, Aufbegehren der Menge, die gleich darauf von der Polizei zur Raison gebracht wurde – wie ein zum Strom anschwellender Bach, der über die Ufer zu treten droht.

Dann wurde es allmählich dunkel. Und da bemerkten sie, dass der Strom abgeschaltet worden war. Zur Kälte, die in der Kathedrale herrschte, kam nun noch die Dunkelheit. Notre-Dame de Paris war zur Festung geworden. Stavros' Archipel aus Wachslichtern und Kerzen erlosch allmählich in kleinen Rauchwölkchen und verpuffte in der Nacht, der Countdown zur absoluten Dunkelheit.

Gegen 22 Uhr atmete Mouss erneut heftig, und Kern warf Stavros einen verzweifelten Blick zu. Doch der Grieche schien unnahbar, völlig abwesend. Ob er Mitleid empfand oder ob ihn der Todeskampf seines Kameraden kaltließ, hätte man nicht zu sagen vermocht. Das schwarze Bakelittelefon am Ende des Ganges zur Sakristei, die letzte Verbindung nach draußen, schwieg weiterhin hartnäckig. Das Volk der Lebenden, zu sehr damit beschäftigt, sich gegenseitig Parolen oder Fürbitten an den Kopf zu werfen, hatte seinen niedergestreckten Helden vergessen.

Kurz vor Mitternacht schlug Kern die Augen auf, und als

er seine steifen Glieder streckte, wurde ihm bewusst, dass er eingeschlafen war. Er sah zu Mouss hinüber, der noch immer wie bewusstlos zu Füßen des Altars dalag. Eine Gestalt beugte sich über ihn und fuhr ihm zärtlich über den lockigen Haarschopf. Sie neigte sich noch etwas weiter hinab, und Kern erkannte im Halbdunkel Stavros, dessen Lippen die des Sterbenden berührten. Dann erhob er sich lautlos, schlich zurück zu dem letzten Lichtinselchen seiner Kerzen, seiner Pinsel und Farben und setzte sich auf den Boden vor die noch nicht ganz vollendete Ikone.

Der Priester wusste nicht, was er von der Szene halten sollte, deren Zeuge er geworden war. Als der Grieche wieder in seine Malerei vertieft war, stand er auf, ging zu Gérard hinüber, der auf der untersten Altarstufe saß, und raunte ihm zu:

»Mouss wird die Nacht nicht überleben. Wenn die Polizei nicht bald eingreift, werden sie ihn in einem Sarg hinaustragen. Wir müssen handeln, Gérard! Wir müssen eine Möglichkeit finden, um einen Arzt einzuschleusen.«

Der Küster sah Kern verstört an. Neben ihm stand ein metallenes Gefäß – Kern erkannte darin erstaunt einen Eimer mit Weihwasser aus der Sakristei –, in das er einen Lappen tauchte, mit dem er die Stirn des Kranken abwischte. Der Priester redete weiterhin leise auf ihn ein.

»Ich habe in den letzten Stunden viel nachgedacht. Stavros hat die Schlüssel. Es gibt keine Möglichkeit, die Kathedrale von innen zu entriegeln. Allerdings bin ich fest davon überzeugt, dass es einen zweiten Schlüsselbund in der Wohnung des Rektors gibt. Vermutlich hat er ihn der Polizei übergeben. Die aber wissen nicht, dass hier ein Leben auf dem Spiel steht. Also muss man es ihnen irgendwie mitteilen. Wissen Sie, was wir machen könnten, Gérard, wir ...«

Der Küster unterbrach ihn mit einer Geste.

»Haben Sie nicht gehört, Pater? Stavros hat gesagt: keinen Arzt!«

Fast hätte der Priester losgeschrien, besann sich aber in letzter Sekunde:

»Was! Jetzt machen Sie diesen Wahnsinn auch schon mit?«

»Vergessen Sie nicht, dass Solidarität und Mitleid zu unseren Pflichten zählen, Pater.«

»Hören Sie auf, mir Vorschriften zu machen, Gérard! Was Stavros da verlangt, hat nichts mit Mitleid zu tun. Er verlangt von uns, diesen Jungen sterben zu lassen, der von den Ereignissen überrollt worden ist. Unterlassene Hilfeleistung, das erwartet er von uns!«

»Mouss wird nicht sterben. Glauben Sie fest daran. Haben Sie keine Angst!«

Der Priester glaubte seinen Ohren nicht zu trauen.

»Woran, bitte schön, soll ich Ihrer Meinung nach glauben, Gérard? An Jesus Christus, unsern Herrn, oder an Mouss, den Obdachlosen?«

»Sie wissen genau, dass das ein und dasselbe ist, Pater.«

Nur mit Mühe gelang es Kern, Ordnung in seine Gedanken zu bringen. Während der letzten Stunden hatte er nichts anderes getan, als die Dringlichkeit der Situation gegen die Risiken eines Polizeieinsatzes abzuwägen. Er hatte mit seinem Gewissen gerungen: Wenn er die Behörden informierte, gab er ihnen zugleich die Möglichkeit, die

Kirche zu räumen, und bereitete dem Protest der Clochards ein Ende – es war in gewisser Weise Verrat. Und jetzt, da er sich entschied zu handeln, fand er keinen Komplizen.

»Irgendwann in den nächsten Tagen, wenn das hier alles ausgestanden ist, werden Sie mir die Gründe für Ihren spektakulären Gesinnungswechsel erklären, Gérard.«

»Was für einen Gesinnungswechsel meinen Sie, Pater?«

»Bitte, Gérard, tun Sie nicht so, als litten Sie auf einmal an Gedächtnisschwund. Gestern haben Sie den Obdachlosen jedwede Hilfestellung verweigert. Sie wollten sie aus der Kathedrale werfen!«

»Ich habe meine Meinung eben geändert.«

»Das weiß ich ja! Sie haben Ihre Mahlzeit mit ihnen geteilt, was mich sehr gefreut hat. Aber wie kommt es, dass Sie sich auf einmal so für sie einsetzen?«

Der Küster tauchte den Lappen in das Weihwasser und rutschte auf den Knien zu Mouss hinüber, um ihm die Stirn abzutupfen. Halb besorgt, halb unwirsch wiederholte Pater Kern leise murmelnd seine Frage. Gérard wrang den Lappen aus, die Tropfen fielen auf die Bodenfliesen.

»Ihre Sache ist auch die meine!«

»Die Wohnungsnot geht uns alle an, Gérard. Es ist ein großes gesellschaftliches Problem ...«

»Sie verstehen mich nicht. Ich war einer von ihnen. Auch ich war früher einmal Clochard. Ich muss damals etwa so alt wie Mouss gewesen sein. Einige Jahre lang lebte ich am Rande der Gesellschaft. Erst als Hausbesetzer in Montreuil und Vincennes. Dann auf der Straße: draußen schlafen, erstickende Hitze im Sommer, bitterste Kälte im Winter. Alkohol, gewalttätige Auseinandersetzungen, immense

Langeweile ... Als sie gestern hier eindrangen, hatte ich das Gefühl, einen Spiegel vorgehalten zu bekommen, verstehen Sie? Zunächst wollte ich nicht hineinblicken. Ich hatte mich in ihnen wiedererkannt. Aber ich wollte diese Episode meines Lebens nicht noch einmal erleben, ich wollte sie wie Fremde behandeln. Als sie jedoch zu mir heraufkamen und mir ein Stück von ihrer Pizza anboten, überkam mich Mitleid. Und ich schämte mich.«

Pater Kern legte seine Hand auf die des Küsters und spürte dabei den mit einer Mischung aus Weihwasser und Schweiß getränkten Lappen.

»Verzeihen Sie mir, Gérard.«

»Sie sind ein wunderbarer Geistlicher. Und ein echt guter Kerl! Aber Sie sind eben auch nur ein Mensch. Wie allen Menschen macht Ihnen das Elend Angst. Der eine Teil von Ihnen möchte den Obdachlosen wirklich helfen, und der andere Teil möchte sie um jeden Preis von hier fernhalten. Doch es gibt keine Garantien, wissen Sie. Jeder von uns kann eines Tages in diese Situation kommen.«

Kern hätte Gérard am liebsten gesagt, dass er unrecht hatte, dass er sich täuschte und dass es ihm, Kern, in diesem Augenblick nur um Mouss und seine Gesundheit ging. Doch er schwieg und zog als einzige Reaktion lediglich seine Hand zurück, um das Kreuz vor seiner Brust zu schlagen, während Gérard das Haar des jungen Obdachlosen streichelte.

Auch Stavros hatte sich erhoben. Das Licht der letzten verlöschenden Kerzen erhellte seine Gestalt nur bis zur Taille, so dass sich sein Gesicht im Dunkel der Kathedrale verlor. Er legte die Pinsel auf dem Boden ab, ordnete seine

Farben, die ebenfalls immer weniger leuchteten und schon ins Graue, ja Tiefschwarze changierten. Er trat zu dem Priester und dem Küster, hockte sich vor Mouss nieder und legte seine farbverschmierten Finger auf dessen Handgelenk.

»Der Pulsschlag hat sich wieder beruhigt. Auch der Atem geht wieder regelmäßiger.«

»Das ist nur ein Aufschub, Stavros, das wissen Sie. Das Fieber wird noch vor Tagesanbruch erneut steigen. Er hat einen septischen Schock.«

»Er wird nicht sterben, Pater. Seine letzte Stunde hat noch nicht geschlagen.«

In qualvoller Langsamkeit verstrichen die Minuten, untermalt vom rasselnden Atem des jungen Mannes.

»Heute Morgen, vor dem Läuten der Glocken, hatten wir beide doch ein interessantes Gespräch. Erinnern Sie sich, Stavros? Wir sprachen davon, was mich veranlasst, hier bei euch zu bleiben, trotz des Missfallens meiner Vorgesetzten, trotz der Drohungen vonseiten der Polizei. Erinnern Sie sich, Stavros?«

»Ja, Pater.«

»Natürlich ist da mein Priesteramt. Ich habe die Verpflichtung, den Schwachen und Mittellosen beizustehen, das ist die praktische Umsetzung der Lehre Jesu Christi. Doch da ist noch mehr. Ich hatte einen Bruder, Stavros, und mein Bruder ist tot. Das ist lange her, ich war damals noch ein kleiner Junge oder vielleicht gerade in der Pubertät. Mein Bruder Augustin hat seinem Leben selbst ein Ende gesetzt. Er erhängte sich in seiner Zelle im Gefängnis La Santé. Und ich hatte nichts unternommen. Ich war krank, wissen Sie. Und in der ganzen Zeit davor, bis zu seiner Verhaftung, während es mit ihm immer mehr bergab ging und er sich Tag für Tag das tödliche Gift in die Venen spritzte, betete ich für ihn. Begreifen Sie, Stavros? Ich betete zu Gott, er möge meinen Bruder retten, möge ihn von seinen Dämonen befreien. Ich betete zu Gott, er möge meinen Bruder segnen, doch es war der Dämon, der uns Augustin nahm.«

Unter der Marienstatue erloschen drei weitere Wachslichter. Kern setzte seine Beichte fort.

»Viele Jahre später – inzwischen war ich zum Priester geweiht worden – nahm ich in meiner Pfarrei, in Poissy, eine Stelle als Anstaltsgeistlicher an. Ich versuchte, die Vergangenheit ungeschehen zu machen.«

Mouss wurde erneut von einem Hustenanfall geschüttelt. Gérard tauchte seinen Lappen in Weihwasser und tupfte ihm die Schläfen ab. Wieder erloschen zwei Kerzen. Das Gesicht des Griechen war nun in tiefstes Dunkel getaucht, das Weiße in seinem Auge war vollständig verschwunden. Doch Kern wusste, dass Stavros ihm zuhörte.

»Wenn Mouss stirbt, dann sterbe auch ich. Verstehen Sie, Stavros? In gewisser Weise sterbe dann auch ich. So. Nun haben Sie meine ganze Beichte gehört.«

Mit einem lächerlichen Knistern hauchte auch die letzte Kerze ihr Leben aus. Pater Kern weinte. Man hörte nur sein unterdrücktes Schluchzen im Dunkel. In der Ferne schlug eine Kirchenglocke, vielleicht war es der Turm von Saint-Gervais – die Glocken von Notre-Dame waren von der Polizei stillgelegt worden. Stavros reagierte als Erster.

»Mitternacht. Christus ist geboren.«

Plötzlich war eine weitere Stimme zu vernehmen, ziemlich schwach, fast nur ein Hauchen; seit Stunden hatte niemand sie mehr gehört, so dass sie wie aus dem Totenreich zu kommen schien:

»Ich habe Durst, verdammt. Mann, ich hab ’n mega Durst!«

Sie scharten sich um ihn, gaben ihm zu trinken, hinderten ihn daran, sich zu viel zu bewegen, wischten ihm den Schweiß ab. Seine Hände waren eiskalt. Seine Unrast, sein abruptes Erwachen waren ein Beweis für den Kampf, den sein Körper ausfocht. Bald darauf dämmerte er erneut in halb wachem Zustand dahin, und das große Kirchenschiff fiel ins Schweigen zurück. Da stand Pater Kern auf und tastete sich an dem bronzenen Altar und dem Orgeltisch im Chorraum entlang zum Chorgestühl, um schließlich zu Füßen der marmornen Pietà, die in der Finsternis matt schimmerte, niederzuknien und zu beten. Weil Weihnachten war. Weil er sich verloren fühlte, weil er Angst hatte, weil er eine Entscheidung treffen musste. Weil nichts anderes mehr zu tun blieb.

Als er die Augen wieder aufschlug, stand der Zug still. Er schaute hinaus. Gare du Nord. Er war allein im Waggon, eine einsame Silhouette. Wie lange mochte er in seine Gedanken und Erinnerungen abgetaucht sein? Die anderen Passagiere waren alle bereits ausgestiegen. Ein mit der Reinigung beauftragter Mitarbeiter in einem gelb-blauen Overall ging mit einem Müllsack in der Hand durch die

Sitzreihen. Als er den verhutzelten kleinen Mann entdeckte, sagte er:

»Endstation, Monsieur. Heute geht's nicht mehr weiter. Sie müssen aussteigen, Monsieur.«

Ganz benommen verließ Kern den Waggon. Kein Mensch begegnete ihm zu dieser späten Stunde mehr auf dem Bahnsteig. Schon im Centre Wresinski hatte er sich in seiner Erinnerung verloren und alles um sich vergessen, und auf der Rückfahrt war es ihm wieder so ergangen. Er brauchte gar nicht mehr nach Châtelet-Les Halles zu fahren – jetzt fuhr kein RER mehr nach Poissy. Gedankenversunken verließ er den Bahnhof, ging erst den Boulevard Magenta hinunter, dann den Boulevard Strasbourg, schließlich den Boulevard Sébastopol, getrieben von einer Dringlichkeit, deren Ursache er nicht genau hätte benennen können, es hatte mit dem brennenden Wunsch zu tun, endlich diese Depression zu überwinden, ins Leben zurückzufinden, denn er hatte genug von seinem Maulwurfsdasein in einem dunklen Untergeschoss.

Er überquerte die Place du Châtelet. Seit einer knappen Stunde war er nun schon unterwegs. Mit kleinen Schritten, wie ein verwirrter Greis aus dem Pflegeheim, trippelte er vorwärts – irgendwann hielt ihm ein Touristenpärchen den Stadtplan hin, weil es dachte, er habe sich verlaufen –, doch jetzt wusste er, wohin ihn sein Weg führte, und je mehr er sich dem Ziel näherte, desto größer wurde seine Entschlossenheit. In Höhe des Pont au Change überquerte er die Seine, dann bog er auf den Boulevard du Palais ein und ging die Rue de Lutèce entlang. Vor einer Bar traf er auf ein paar Nachtschwärmer. Einer von ihnen schwankte gefährlich, versuchte sich an einem Laternenpfahl festzuhalten und fiel der Länge nach aufs Pflaster. Er bog in die Rue de la Cité ein, lief am Hôtel-Dieu entlang und kam auf den Vorplatz von Notre-Dame. Die Kathedrale würdigte er keines Blickes. Diesmal war sein Ziel ein paar hundert Meter weiter entfernt. Noch fünf bis zehn Minuten. Er ging rascher, seine ungeheure Müdigkeit war plötzlich verflogen.

Es war fast sechs Uhr morgens. Die Geräusche draußen, die im Chor skandierten Parolen, das allgemeine Stimmengewirr hatten in Wellen bis spät in die Nacht angehalten. Dann war der Lärm verebbt. Den von der Anspannung erschöpften Menschen kroch die beißende Kälte in die Glieder, und sie hatten sich eine Atempause bis zum Morgengrauen gegönnt, hatten ihre Batterien mit Glühwein aufgeladen, mit Sandwichs, Kaffee oder Bier, und eine Strategie für den kommenden Tag entworfen.

Kern beugte sich über Mouss. Sein Atem war nur noch ein heiseres Japsen. Seine Gliedmaßen waren eiskalt, seine Stirn noch immer glühend heiß. Wenige Schritte entfernt lag Stavros inmitten seiner niedergebrannten Kerzen und schlief. Der Priester schlich zu ihm hinüber, bückte sich und tastete den Boden ab: Dutzende von Kerzen, Pinsel, Farben, Lappen. Endlich fand er, wonach er suchte, es lag neben der Ikone. In der Dunkelheit, die die Phantasie anheizte, hatte Kern den Eindruck, Stavros' Auge habe geblinzelt. Er stand noch eine Weile über ihn gebeugt da, die Nerven aufs äußerste gespannt, den Schlüsselbund leise klirrend in der Hand. Als dem Griechen ein Schnarchgeräusch entfuhr, verließ Kern beruhigt auf Zehenspitzen den Altar.

Er tappte durch den Chorumgang hinüber zur Sakristei. Durch die Fenster des Kreuzgangs drang ein matter Schimmer, doch den Weg hätte er ebenso gut in tiefster Dunkelheit gefunden, er kannte ihn auswendig. Er griff nach dem Hörer des Bakelittelefons, wählte die Nummer der Wohnung des Rektors im Obergeschoss des Pfarramts. Er sprach leise flüsternd. Die Entfernung zum Chor war zu groß, als dass Stavros und die anderen ihn hätten hören können, doch es gelang ihm nicht, lauter zu sprechen, so sehr schreckten ihn die Konsequenzen seines Anrufs. Dann legte er auf. Wie ein Schatten setzte er seinen Weg fort, hastete an dem Dienstplan an der Wand vorüber, an der Wendeltreppe, die zur Küche und zum Musiksaal hinaufführte, bis er zu der kleinen Tür gelangte, die sich zur Seine, zum Pfarramt hin öffnete. In der Hand spürte er das kalte Metall der Schlüssel, die er Stavros entwendet hatte, nachdem sie diesem beim Einschlafen aus dem Mantel gerutscht waren. Er hielt den Schlüsselbund ins matte Licht der Notbeleuchtung, fand den gesuchten Schlüssel und steckte ihn ins Schloss. Das Klacken des Schlüssels in der Stille kam ihm wie ein Donnerschlag vor. Erschöpft ließ er den Bund im Schloss stecken und ging zurück ins Kirchenschiff, bis er sich gänzlich in dessen Dunkelheit verloren hatte.

Genau um sechs Uhr drangen sie in die Kathedrale ein, lautlos, im Gänsemarsch, bahnten sich mit erhobenem

Schutzschild den Weg und deckten all diejenigen, die ihnen folgten, mit Helmen und in schwarzer Montur wie sie selbst. Die Eingreiftruppe Alpha bildete die Spitze, dann kam Bravo, Charlie hingegen stand draußen vor dem Seitenportal, dicht an die Wand gepresst, um den Zugang zum Gebäude zu sichern. Sie schlichen zum Chorumgang, wo sie geduldig und ohne ein Geräusch von sich zu geben warteten, bis das Licht wieder anging, wie es mit der Einsatzleitung im Pfarramt vereinbart war.

Die Clochards wachten geblendet und noch schlaftrunken auf, sie leisteten nicht die geringste Gegenwehr, als hätten sie schon immer gewusst, dass dies ein solches Ende nehmen musste. Unter den Augen der Jungfrau Maria kauerten sie am Boden, das Knie eines Polizisten zwischen den Schulterblättern, die Hände auf dem Rücken in Handschellen, die Wange auf die kalten Fliesen gepresst. Stavros schien sich mitsamt seiner Ikone und seinen Pinseln verflüchtigt zu haben. Auf seine Anwesenheit in Notre-Dame deuteten nur einige Kerzenstummel und ein paar ockerfarbene Flecken auf den Fliesen hin.

Kern und Gérard wurden von den anderen getrennt. Dann kam die Gruppe Charlie herein und lud Mouss auf eine Trage, er war dem Ersticken nahe und schnappte nach Luft wie ein Fisch auf dem Trockenen. Sie stülpten ihm eine Sauerstoffmaske über und brachten ihn gegen den erbitterten Widerstand Kristofs, der ihn unbedingt selbst tragen wollte und von vier Polizisten festgehalten werden musste, nach draußen. Während Kern neben der Trage herging und Mouss' Hand hielt, empfand er so etwas wie Erleichterung, er hatte das Gefühl, ein Uhrwerk habe sich in Bewegung gesetzt. Hatten sie nicht aus einer Mücke einen Elefanten, aus einem armseligen Häufchen Obdachloser eine wehrhafte Armee gemacht, nur um mal wieder einen Grund zu haben, sich ein wenig zu echauffieren – oder einfach zum Zeitvertreib? Als der richtige Augenblick gekommen war, stellte die Verhaftung der paar ausgehungerten Clochards nur noch eine Formsache dar.

Kompliziert wurde die Sache, als Gérard, nachdem er zusehen musste, wie Mouss auf der Trage abtransportiert wurde, in Richtung Sakristei raste, an den restlichen Mitgliedern der Gruppe Charlie vorbeirauschte und zur selben Tür, durch die das uniformierte Kommando soeben hereingekommen war, wieder hinaushuschte. Er rannte an der Außenmauer der Kathedrale entlang zum Pfarramt hinüber, ohne dass die dort postierten Hundertschaften der Polizei auch nur mit der Wimper gezuckt hätten. Dort angekommen, tippte er eilends den Code ein, der das Gittertor zum Pont au Double verriegelte, sprang an den Beamten der Spezialeinheiten vorbei, indem er mit seinem Dienstabzeichen wedelte, stürzte auf den noch im Dunkel liegenden Platz, bahnte sich einen Weg zwischen den zum Teil noch schlafenden Menschen, erklomm eine der Betonbarrieren, die das Parken auf dem Vorplatz verhindern sollten, und schrie klar und deutlich, schrie wie ein Besessener, dreimal hintereinander, damit ihn auch jeder verstünde und begriff: »Da drinnen verhaften sie gerade Mouss! Verdammt, was liegt ihr noch hier rum und pennt?«

Daraufhin brach das totale Chaos aus, als hätte der Küster auf eine Taste gedrückt, der Film der Ereignisse lief weiter, und es spielte sich eine Szene ab, die der Vorplatz von

Notre-Dame seit den Kämpfen von 1944, ja seit 1831 nicht mehr erlebt hatte, als entfesselte Aufständische das Erzbischöfliche Palais überfielen und plünderten. Geschlossen standen die Demonstranten jeglicher Couleur auf und stürmten auf die Kathedrale zu. Daraufhin schlossen die circa 2000 geharnischten Polizisten der CRS-Spezialeinheiten, die das Gebäude umstellt hatten, ihren Cordon enger und setzten fast augenblicklich Tränengas ein. Das nun einsetzende Gedränge hob die fein säuberliche Trennung der Ideologien komplett auf: Die Pro- und die Anti-Mouss-Fraktion, Hausbesetzer und Abtreibungsgegner, Palästinenser-Anhänger und Gegner der Schwulenehe, rechte Randalierer und Antifa-Mitglieder – alle droschen aufeinander ein. Jeder vermöbelte seinen Nachbarn mit allem, was ihm gerade in die Hände fiel. Es war ein allgemeines Husten, Weinen, Spucken unter dem Ansturm der Gummigeschosse, die wie Hagelkörner im Frühling herabprasselten. Alles löste sich in Gewalt und Blut auf.

Zutiefst betrübt beobachtete Pater Kern das grausame Geschehen. Er hatte im Krankenwagen Platz genommen, der versuchte, Mouss ins nahe gelegene Hôtel-Dieu zu bringen. Fast eine Viertelstunde brauchten sie für die knapp hundert Meter, die sie von dem Krankenhaus trennten. Das hysterische Aufheulen des Martinshorns wurde immer wieder von den dumpfen Schlägen gegen die Karosserie untermalt. Hände, Fäuste, Ellbogen, Schädel schlugen gegen die Windschutzscheibe, Blutspritzer verschmierten die Heckscheibe. Irgendwann glaubte Pater Kern, Kristof vor der Motorhaube entdeckt zu haben. Genau in dem Augenblick schlug Mouss die schreckgeweiteten Augen auf und wollte etwas sagen, doch die Sauerstoffmaske hinderte ihn daran. Als er Kerns Blick begegnete, griff er nach der Hand des Priesters, verlor jedoch gleich darauf wieder das Bewusstsein. Kristof war verschwunden. Die tobende Menschenmenge hatte ihn verschluckt.

Endlich hielt das Fahrzeug vor dem Portal des Hôtel-Dieu, über dem die Worte *Liberté Égalité Fraternité* prangten. Unter dem Geleitschutz der Spezialeinheiten brachten die Ärzte den Fiebernden nach drinnen. Kern blickte sich ein letztes Mal zum Vorplatz um, ein grauer Tag brach an. Das Gemetzel tobte weiter. Das Gebrüll der einen antwortete dem Geschrei der anderen, die Attacken der CRS-Beamten den Gegenangriffen der Aufwiegler. Vor der Kathedrale machte sich eine Handvoll Menschen, die Motorradhelme aufhatten, mit einer blutroten Axt an dem großen Weihnachtsbaum zu schaffen. Schon neigte sich die Tanne. Bald würde sie eine dunkelgrüne, mit Silberschmuck verzierte Schneise zwischen die Demonstranten schlagen.

Er ging unter dem Pont de Sully hindurch. Die Geräusche der Stadt drangen nur noch wie ein fernes Echo herunter zum Quai. Er ging an den schemenhaften Zelten, Kartons und zu Behelfsunterkünften aufgerichteten Paletten vorbei und betrat den Jardin Tino-Rossi. Er lief zwischen Gebüschinseln und verlassenen Spielplätzen von Skulptur zu Skulptur, von bereits Schlafenden zu gerade Entschlummernden, von Kleiderhaufen zu Kleiderhaufen. Allen, die noch wach waren, stellte er die immer gleiche Frage. Manche erkannte er wieder, weniger an ihren Gesichtern, die in der Dunkelheit kaum auszumachen waren, als vielmehr an ihrer Körperhaltung, ihrer Kleidung, ihrer Art, sich zuzudecken. Nach einer halben Stunde wurde ihm die Sinnlosigkeit seines Vorgehens bewusst. Es bestand keine Aussicht, ihn vor dem nächsten Morgen zu finden. Von Müdigkeit übermannt, sank er dort, wo er gerade stand, auf die Knie. Seine Gelenke brannten, er sah sich auf einmal außerstande, noch einen weiteren Schritt zu gehen. Er klopfte das feuchte Gras mit der Hand flach und legte sich dann auf die Seite. Noch schwitzte er von seinem langen Marsch. Wenn er rasch einschliefe, würde er die Kühle der Nacht nicht spüren. Er schloss die Augen, ihm war leicht schwindlig, so als glitte er auf einem Kahn die Seine entlang. Er hatte den Eindruck zu fallen. Streckte sich ein, zwei Mal. Ihm fiel ein, dass er den ganzen Tag nichts gegessen hatte. Dabei hatte er gar keinen richtigen Hunger, dachte er. Sein Magen würde also bis zum nächsten Tag warten können. Dann dachte er gar nichts mehr.

Stunden vergingen, in denen er zitternd wie ein Neugeborenes halb wachte, halb schlief. Da bemerkte er plötzlich, wie sich Schritte näherten. Doch er hielt die Augen geschlossen. Jemand legte eine Decke über ihn und stopfte sie unter seinen Körper. Dann entfernten sich die Schritte wieder. Seine Muskeln entspannten sich. Er hörte auf zu zittern, fiel endlich in Schlaf, hörte für ein paar Stunden auf, Pater Kern zu sein, wurde eins mit den anderen erschöpften Körpern, die hier auf der nackten Erde schliefen, im Freiluftmuseum der Skulptur mitten in Paris.

14

Sie stand als Erste auf. Normalerweise schlief sie bei geschlossenen Vorhängen. Das Sonnenlicht, das die violetten Laken streichelte, hatte sie geweckt.

Ihr Blick wanderte über den Fußboden. Bei ihr zu Hause gab es nur Teppichboden. Ihre Kleidungsstücke lagen über die Dielen verstreut, ihr Rock, die Bluse, der etwas strenge schwarze Blazer, Pumps, Unterwäsche und Strumpfhose. Alles hastig auf einen Haufen geworfen, zerknittert, zerknüllt, zusammen mit anderen Kleidungsstücken, die ihr nicht gehörten – Jeans, einem weit ausgeschnittenen T-Shirt, einem Paar Stiefel, deren einer noch aufrecht stand, einer abgewetzten Lederjacke.

Sie streckte sich. Spürte die Anstrengung in ihren Muskeln. Plötzlich war ihr heiß. Sie schlug die Bettdecke zurück. Ließ ihren nackten Körper atmen.

Sie wandte den Kopf zur Seite und versenkte ihr Gesicht in das rote Lockengewirr, das sie an Wangen und Stirn kitzelte. Ein neuer, fremder Duft. Auch die Haut – von einem kindlich gezeichneten Sternenregen überzogen, der in Höhe der Brust auf Sonne und Mond traf – roch anders. Ein Stück tiefer schlängelte sich ein Flüsschen mit Erdbeerpflanzen voll reifer Früchte, umkreiste den Nabel, lief über den Bauch und verlor sich im Vorgebirge der Rippen, um schließlich auf der Hüfte in einer Kaskade niederzustürzen. Und überall wanden sich vielfarbige Lianen, blühende und knospende Rosen. Auf Helenas Körper war ein Garten Eden tätowiert.

Als Claire den Blick wieder der Polin zuwandte, traf sie auf zwei braune Augen, die sie hinter dem dichten Vorhang der Haare aufmerksam anschauten. Claire hielt den Blick kaum aus. Sie wusste nicht, was sie sagen sollte, hatte ein wenig Angst davor, den Mund aufzumachen, sich in Banalitäten zu verlieren. Das erste Wort schien ihr eine unüberwindliche Hürde.

Helena kam noch näher, bis ihre Körper sich berührten. Sie schlang ihre Schenkel um Claires Hüften. Sie legte sich auf sie und versiegelte ihren Mund mit Küssen. Auf einmal waren Worte nicht mehr entscheidend. Claires Gesicht war begraben in dem Meer aus roten Locken, und zwischen den Beinen spürte sie das Kitzeln von Helenas Schamhaaren.

Ein wenig später wachte sie erneut auf, und aus dem Raum nebenan drang der Duft von heißem Kaffee. Sie zog sich an, ohne recht zu wissen, wie viel sie verbergen sollte von ihrem Körper, den Emotionen auf ihrem Gesicht, den wohligen Schauern, die ihre Haut überliefen. Als sie die Küche betrat, sah sie, dass Helena gänzlich unbekleidet war. Die Polin hatte dieselbe ungezwungene Einstellung zur Nacktheit wie zu Worten: Sie bediente sich ihrer mit absoluter Natürlichkeit und Ungezwungenheit. Vielleicht, weil Französisch nicht ihre Muttersprache war. Vielleicht, weil sie nichts zu verbergen hatte und sich daher im Recht fühlte, ihren Körper zu zeigen. Eine Brust war eine Brust. Eine Tasse war eine Tasse. Kaffee war ein Getränk, das man morgens zu sich nahm, möglichst stark, um wach zu werden. Es gab keinen Grund, stundenlang vor dem Herd von einem Bein aufs andere zu treten.

»Nimmst du Milch?«

»Ja, gern.«

»Geh nicht ins Wohnzimmer, dort schläft für gewöhnlich mein Vater. Da stinkt es ziemlich.«

Helena kam mit einer Tasse auf sie zu und wartete schweigend einen Augenblick.

»Magst du den nicht?«

»Morgens trinke ich immer Schokolade.«

»Heiße Schokolade?«

»Ja, genau. Heiße Schokolade.«

»Wie ein kleines Mädchen?«

»Wie ein kleines Mädchen.«

»Mach ich dir. Ich habe leckeren Kakao da.«

Etwas später – sie stand noch immer mit nacktem Hintern in der Küche – sagte Helena:

»Ich hätte Lust auf ein Bad. Kommst du?«

Und so stiegen sie beide in die Wanne. Sie streckte sich zwischen den Beinen der anderen aus, planschte im heißen Wasser, spürte das fremde Geschlecht in Höhe ihrer Nieren, als wäre sie soeben aus diesem Schoß gekrochen, nackt und glänzend wie am ersten Tag.

Sie betrachtete ihr Bild im Spiegel, der immer mehr beschlug, bis er es schließlich unter einer Schicht aus Wasserdampf verbarg. Sie schloss die Augen. Erinnerte sich, was am Vorabend passiert war, als sie aus dem Justizpalast gekommen war: Helena, die auf sie wartete, Helena, die sich mit ihr unterhielt, Helena, die mit dem Reißverschluss ihrer Lederjacke spielte. Schließlich Helenas Vorschlag, noch etwas trinken zu gehen. Die wachsende Verunsicherung. Das immer stärkere Verlangen, je weiter der Abend voranschritt. Das billige asiatische Restaurant beim Châtelet, wo die Enge und die laute Musik dazu führten, dass sie einander beim Reden ganz nahe kamen, Kopf an Kopf. Die Gänge in der Metro, Linie 11 bis Jourdain, was bedeutete: bis zu Helenas Wohnung. Die Rolltreppe, die aus den Eingeweiden der Erde nach oben führt, und dann ganz oben, kurz vor der frischen Luft und dem Lärm der Autos, die Lederjacke hinter ihr, die ihr ganz nahe kommt, ihr berauschender, ein wenig herber Duft, ein leichter Schwindel, der vielleicht vom Ruckeln der Rolltreppe herrührt, vielleicht aber auch ein Anflug von Panik ist. Helena, die sie in den Nacken küsst. Helena, die eine Hand unter ihren Rock schiebt und ihr den Po streichelt.

»Woran denkst du?«

»An nichts. Ich fühl mich wohl.«

»Hast du Hunger?«

»Nein.«

»Worauf hast du Lust?«

»Dass du mich noch einmal küsst.«

Ihre weichen Lippen. Die Finger, die sanft ihre Brustwarzen berühren. Der Badeschaum auf ihrem Körper. Ihre Zungen, die sich ineinander verschränken. Das unendliche Begehren, das erneut aufkeimt.

»Darf ich ein wenig bei dir bleiben?«

Helena lacht.

»Du kannst das ganze Wochenende hier verbringen, wenn du magst.«

Nun lacht auch Claire. Ein wenig albern womöglich.

»Was ist mit deinem Vater? Sagtest du nicht, er wohnt bei dir? Was, wenn er nach Hause kommt?«

Helena schneidet eine Grimasse.

»Mein Vater ist auf Sauftour bei seinen Kumpeln. Der kommt erst in zwei, drei Tagen wieder. Montag, vielleicht auch Dienstag. Er wird nach Alkohol und Kotze stinken. Ist nun mal so. Mehr kann man da nicht tun. Ich hoffe, sie stoßen wenigstens auf meine Gesundheit an. Es kommt mir vor, als wäre ich eine Zweigstelle der Armentafel geworden.«

»Was meinst du damit?«

»Nun, mein lieber Papa leert mir jedes Mal, bevor er geht, den Kühlschrank. Ich habe ihn im Verdacht, seine Kumpel durchzufüttern, um bei ihnen gut angesehen zu sein oder so was. Ich hatte ihm einen neuen Parka gekauft, der war von einem Tag auf den andern verschwunden. Er trägt nach wie vor seinen alten Daunenanorak, der nach gammeligem Fuchs riecht.«

Die Badewanne floss schon fast über. Die Umrisse des Raums waren im Wasserdampf nur noch verschwommen erkennbar. Helena drehte die Wasserhähne mit den Füßen zu. Ihre rostroten Locken trieben auf der Wasseroberfläche. Einige von ihnen hatten sich in den blonden Haaren der Richterin verfangen und klebten auf ihrer Haut.

»Gestern Nachmittag hast du mir erzählt, dass deine Mutter gestorben ist. Hat Kristof da zu trinken angefangen?«

»Nein, das tat er schon vorher. Nach dem Tod meiner Mutter hat er einfach weitergemacht, nur hat er eben größere Mengen gesoffen. Zugleich ist er jedoch immer bigotter geworden. Das war der Cocktail, der ihm dabei half, seine Schuldgefühle zu bekämpfen.«

»Woran ist deine Mutter gestorben?«

»An Brustkrebs, sie war erst fünfundvierzig. Mein Vater hat es nicht wahrhaben wollen. Er hat seine Angst davor im Wodka aus dem Supermarkt ertränkt. Während dieser Zeit verlor sie ihre Haare büschelweise und kotzte sich im Zimmer nebenan die Eingeweide aus dem Leib. Ich war diejenige, die sich um sie gekümmert hat. Die ganze Zeit, bis zu ihrem Tod.«

»Wie alt warst du damals?«

»So sechzehn, siebzehn.«

»Und dann hast du Krakau den Rücken gekehrt?«

»Nach der Beerdigung habe ich drei Wochen abgewartet, dann bin ich aufgebrochen. Mein Vater brachte seine Tage mit Saufen und Beten zu. Oft kam er nachts nicht nach Hause. Ich fand ihn dann unten vor dem Haus. Eines Morgens sah ich, dass er sich vollgepinkelt hatte. Ich ließ ihn da liegen, am Fuß der Treppe. Ich ging wieder hoch, packte meine Sachen und ging. Für immer.«

»Kamst du gleich nach Paris?«

»Nein, zuerst wohnte ich in einem besetzten Haus in Warschau, aber dann kam ich nach Paris, genau.«

»Kanntest du denn jemanden hier?«

»Nein, niemanden. Ich war noch sehr jung. Ich las immer in den Zeitschriften über Paris. Ich malte es mir wunderschön aus. Ich interessierte mich für Mode, sprach auch ein wenig Französisch. Außerdem hörte ich in Warschau, dass mein Vater nach mir suchte. Ich wollte aber Abstand zu ihm halten. Also stieg ich in einen Bus.«

»Und wie kamst du hier zurecht?«

»Ich machte mich älter, als ich war. Ich lernte jemanden kennen. Er trug Jeans und Mokassins mit Troddeln. Er besaß eine Wohnung im Marais und einen Jaguar aus den siebziger Jahren, der unglaublich viel Benzin schluckte. Er war Fotograf. Mode und Nacktfotos. Also kein Porno, eher so weiße Söckchen und Plisseeröckchen. Ich habe für ihn gemodelt. Ich bin auch mit ihm ins Bett gegangen. So ging das vielleicht ein halbes Jahr. Er hat mir die Grundzüge der Fotografie beigebracht. Eines Tages schnüffelte ich in seinen Sachen und fand seinen Pass. Er war schon vierundfünfzig. Da habe ich ihn verlassen. Seine drei Nikons und alle seine Objektive nahm ich mit.«

»Wusstest du die ganze Zeit über nicht, dass dein Vater dich suchte? Dass er eigens nach Paris gekommen war, um dich zu finden?«

»Ich habe meinen Vater vor vier Monaten zufällig auf einem Bildschirm gesehen. Das habe ich dir ja gestern erzählt.«

»Ja, aber hast du denn nicht auch versucht, ihn ausfindig zu machen? Hat dich nicht interessiert, was aus ihm geworden ist?«

»Vor vier, fünf Jahren war ich wieder mal in Krakau. Diesmal allerdings mit dem Flugzeug. In unserer Wohnung lebten Menschen, die ich noch nie zuvor gesehen hatte.«

»Und jetzt, wo du ihn wiedergefunden hast, was willst du da machen?«

»Ich weiß nicht. Ich habe mir drei Monate Bedenkzeit gegeben. Jedenfalls ist die Gefahr, dass er wieder auf der Straße landet, extrem hoch.«

»Und das würdest du zulassen?«

»Ich bin nicht seine Sozialhelferin. Er hat meine Mutter auf dem Gewissen. Das ist jetzt achtzehn Jahre her, und ich habe die Schnauze voll von diesem Idioten. Immer darf ich ihn wieder einsammeln, wenn er irgendwo sturzbesoffen in der Gosse liegt.«

Sanft schob sie Claire ein Stück beiseite und stieg aus der Wanne. Sie trocknete sich ab und setzte sich auf die Toilette.

»Manchmal pisse ich ins Badewasser und stelle mir vor, wie ich auf ihn pinkele.«

Sie gluckste. Dann stand sie auf und betätigte die Spülung.

»Das Patriarchat ist am Ende. Mein Vater ist nur noch eine Karikatur davon. Ich weiß nicht, was man mit diesen Leuten anstellen soll. Vielleicht sollte man sie einfach in ihrem Bier und ihren Gebeten ertrinken lassen. Oder sie in einen Zoo bringen, in den Käfig der Alkoholabhängigen, der Pornoliebhaber, der Fußballfans, der pädophilen Geistlichen und der Vergewaltiger. Wie soll man sonst Platz schaffen für uns Frauen?«

Sie verließ das Badezimmer, während Claire ihren Gedanken nachhing.

Kurze Zeit später trafen sie wieder am Küchentisch zusammen. Helena verschlang ein Päckchen Schokoladenkekse, die sie in ihren kalten Kaffee tauchte. Claire ließ einen Keks im Mund weich werden. Dann kaute sie ihn. Es kostete sie unglaubliche Überwindung, endlich zu schlucken.

»Ich wurde mit sechzehn vergewaltigt.«

Helena schaute sie durchdringend an.

»Ich weiß, Claire. Es steht dir auf der Stirn eingebrannt.«

Zwischen zwei Schlucken Kaffee sprach sie auch mit vollem Mund weiter.

»Du bist nicht die Einzige, weißt du das? Jeden Tag werden zweihundert Frauen vergewaltigt. Und damit meine ich jetzt nicht irgendeinen Bürgerkrieg am Arsch der Welt, sondern euer Frankreich, das Land der Menschenrechte, über dessen Schulportalen landesweit *Liberté Égalité Fraternité* steht. Die Frage ist schlicht und ergreifend: Muss man bis zum Sankt-Nimmerleins-Tag die Diktatur des Testosterons ertragen, oder sollten wir Frauen uns nicht lieber zu einer Armee zusammenschließen?«

»Zu einer Armee?«

»Wurde der Typ, der dir das angetan hat, je gefunden?«

»Nein. Ich konnte mich nicht an sein Gesicht erinnern. Nur an seinen Geruch. Er stank nach Alkohol. Es war stockfinster. Ich hatte wahnsinnige Angst.«

»Was machst du mit ihm, wenn du ihm eines Tages wiederbegegnest?«

»Was meinst du damit? Was soll ich mit ihm machen?«

»Wenn du eines Tages plötzlich vor ihm stehst, was würdest du mit ihm anstellen?«

»Ich bin Ermittlungsrichterin, Helena. Meine Arbeit besteht darin, Kriminelle der Justiz zu überantworten.«

»Du schneidest ihm die Eier ab und stopfst sie ihm in den Mund, das machst du mit ihm! Wenn du dich ekelst, es selbst zu tun, dann wüsste ich einen Haufen junger Frauen, die das nur zu gern an deiner Stelle erledigen würden! Ich brauche sie nur anzurufen.«

Während sie das sagte, hatte sie das Paket Kekse aufgegessen. Sie stand auf und warf die Verpackung in die Spüle.

»Möchtest du meine Fotos sehen?«

»Welche Fotos?«

»Die ich vergangenen Winter in Notre-Dame gemacht habe. Als ich darauf wartete, dass die Polizei meinen Vater und seine Kumpel aus der Kirche werfen würde.«

Sie ging ihren Mac holen, schob die Espressokanne beiseite und klickte eine Datei an.

»Ich zeige dir die Auswahl, die ich damals für die Zeitung gemacht habe. Sonst dauert es Stunden, und ich will schließlich noch mal mit dir Liebe machen. Ich habe hier Tausende von Aufnahmen, vielleicht genauso viele wie Leute auf dem Vorplatz standen. Ich habe jeden dort fotografiert, oder doch fast! Zwei Tage und zwei Nächte habe ich dort Bilder geschossen, ich habe nicht ein Mal geschlafen.«

Helena hatte in der Tat die Menschenmenge fotografiert, die Claire bereits in den Fernsehreportagen gesehen hatte. Doch im Unterschied zu den TV-Kameras hatte die Polin weit mehr als nur eine anonyme Masse aufs Bild gebannt. Bei ihr traten die Gesichter deutlich hervor, oder sie hatte eine Geste festgehalten, einen Blick, einen besonderen Ausdruck, und so den Beweis erbracht, wie eine Menschenmenge zwar ein Ganzes bildet, sich aber doch aus ganz unterschiedlichen Individuen zusammensetzt. Außerdem wurde deutlich, dass die Ereignisse von Notre-Dame völlig konträre Gruppen von Menschen angezogen hatten, aus unterschiedlichen Milieus, mit ganz unterschiedlichen Zielen, die in großen Lettern auf ihren Transparenten standen, die sie wie in der Schlacht schwenkten.

Seite an Seite sitzend, noch immer nackt, tauchten sie beide ein in die Vergangenheit, durchlebten erneut jene Stunden der Anspannung und des Wartens bis zu jenem Augenblick am Morgen des 25. Dezember, als die Situation eskalierte. Auf den Fotos war auch jene hundert Quadratmeter große Fläche zu sehen, auf der sich fast 48 Stunden lang Mouss-Anhänger und Mouss-Gegner gegenübergestanden hatten: die Gitterumfassung des Hôtel-Dieu, Treffpunkt der glühenden Verfechter des Rechtes auf Wohnen, der Eingang zur archäologischen Krypta, wo sich die militante Pro-Palästinenser-Fraktion versammelt hatte, der »Nullpunkt« des französischen Straßensystems, den die Polizei verteidigte, das Reiterstandbild Karls des Großen, wo sich unversöhnlich christliche und islamische Traditionalisten gegenüberstanden.

»Moment mal ... Zeig noch mal das letzte Bild, bitte!«

»Das hier? Ha, ich weiß es noch genau: Das ist die Faschoecke. Zwei Nächte lang haben sie Halleluja und sonstigen Quatsch auf Latein skandiert.«

»Hast du dieses Foto in der ersten oder in der zweiten Nacht gemacht?«

»In der ersten, hier schau, die Dateiinfo: 24. Dezember, 1:12 Uhr.«

»Kannst du mal an den Typen da ranzoomen?«

»Den Alten in der Soutane?«

»Ja.«

»Wer ist das?«

»Das darf ich dir nicht sagen.«

»Sag schon, das interessiert mich total!«

»Abbé Cathrine. Der Anführer der Cohors Christi.«

»Das waren doch die, die meinen Vater angegriffen haben! Das Kommando!«

»Nachdem Kristof ihnen die Fahne entrissen hatte, genau. Zoom doch noch mal auf sein Gesicht.«

»Wonach suchst du denn?«

»Ich möchte wissen, mit wem er gerade spricht.«

»Das sieht man nicht, es ist verdeckt von dem Transparent. Man kann nur seinen Anzug sehen.«

»Den Anzug und einen Kragen. Einen Priesterkragen.«

»Keine große Überraschung. Es wimmelte dort ja vor Pfaffen ...«

»Ja. Aber der Geistliche, mit dem Cathrine spricht, ist kein Traditionalist.«

»Lass mich mal in einer anderen Datei nachschauen. Was ich dir gezeigt habe, war ja nur die Auswahl. Von diesen Betschwestern habe ich unzählige Fotos geschossen. Wer weiß, was passiert wäre, wenn ich keine Kamera in der Hand gehabt hätte, sondern eine Kalaschnikow ...«

»Schon gut, ich will gar nicht wissen, was du mit ihnen angestellt hättest!«

Claire machte sich noch eine heiße Schokolade, während Helena in rasendem Tempo die Dateien auf ihrer Festplatte durchsuchte. Ihre Muskeln hatten sich plötzlich gespannt, als habe ein Jagdinstinkt sie erfasst. Die Richterin sah ihr dabei zu, hin- und hergerissen zwischen dem Verlangen, diese Hüften zu liebkosen, und dem Wunsch, etwas zu erfahren.

Endlich, nach zwanzig Minuten, stand Helena von ihrem Hocker auf und streckte ihren nackten Körper.

»So, ich hab ihn, deinen Geistlichen. Ich musste das Foto bearbeiten und die Gesichter aufhellen. Diese Knallköpfe mussten sich ja auch bei Kerzenlicht unterhalten.«

Claire stellte ihre Tasse ab und beugte sich ebenfalls über den Bildschirm. Doch gleich darauf schnellte sie wieder hoch.

»Kannst du mir das mailen?«

»Wer ist das auf dem Foto?«

Claire verschwand im Schlafzimmer. Ein paar Minuten später kam sie, bereits im Kostüm, wieder heraus. Ihre Schuhe hielt sie noch in der Hand. Ohne ihre Absätze wirkte sie viel jünger.

»Ich muss ins Büro.«

»Du arbeitest am Samstag?«

»Als Ermittlungsrichterin hat man keinen festen Stundenplan. Von einer 35-Stunden-Woche kann man da nur träumen. Hast du heute Abend schon was vor?«

»Claire ... Wer ist das auf dem Foto? Mit wem hat sich dein Abbé da unterhalten?«

»Sehen wir uns heute Abend?«

Helena lächelte.

»Klar doch!«

Claire zog die Schuhe an, indem sie sich an der Wand abstützte. Nun sah sie wie verwandelt aus, wirkte wesentlich selbstsicherer. Ihre Absätze klackten auf dem Parkett. An der Tür drehte sie sich noch einmal zu Helena um. Endlich einmal trug sie das Haar offen.

»Willst du das wirklich wissen?«

»Ja, bitte!«

»Rieux.«

»Wer ist das?«

»Rieux Le Molay. Der Rektor von Notre-Dame. Er ist es, der mit Abbé Cathrine spricht. Dieses Foto, Helena, dieses Foto interessiert mich total!«

15

Als er wieder zu einer Art Bewusstsein gekommen war – *Aufwachen* wäre übertrieben gewesen –, brauchte er einige Zeit, um sich zu erinnern, wo er war und wie er die Nacht verbracht hatte. Er spürte den feuchtkalten Boden unter seinen Knochen, seine starren Glieder, spürte die Decke, in die er gewickelt war, und nahm die Betriebsamkeit wahr, die in der Luft lag, als wäre die Stadt vor ihm erwacht und zwänge ihn nun, gegen die Strömung des Lebens zu schwimmen. Dann schlug er endlich ein Auge auf. Der Morgen war angebrochen. Zunächst sah er nur Schuhe, schmutzige, abgetretene Schuhe, durch deren Spitze sich hie und da ein großer Zeh bohrte. Ein Paar Stiefel erregte seine besondere Aufmerksamkeit. Sein Besitzer trug Plastiktüten als Socken. Kern blickte auf: Mit ihren unzähligen Schichten Kleidung und dem verschlissenen Überzieher zuoberst wirkte die Gestalt wie ein Spatz, der sich gegen den ersten Raureif aufplustert. Den Kopf, der zu diesem abenteuerlichen textilen Zwiebellook gehörte, erkannte er sofort.

»Guten Morgen, Stavros. Ich nehme an, die Decke heute Nacht verdanke ich Ihnen.«

»Hallo, Pater. Ich sah Sie gestern Abend hier liegen.

Also, Sie haben noch viel zu lernen, was das Übernachten im Freien angeht!«

»Jetzt haben Sie mich schon zum zweiten Mal bemuttert.«

»Kommen Sie, Pater. Ich gebe Ihnen einen Kaffee aus, bevor Sie sich hier noch den Tod holen.«

Der Priester erhob sich unter Ächzen und Stöhnen. Sein ganzer Leib schmerzte. Es kam ihm vor, als hätte ihn in der Nacht eine Dampfwalze überrollt. Er schob die Ärmel zurück, betrachtete seine Handgelenke, um zu sehen, ob sich die violetten Flecken zeigten, die jedes Mal einen Rückfall ankündigten. Doch seine Haut war nur furchtbar blass. Es war die Kälte dieses Aprilmorgens, die ihm zusetzte, nicht die Krankheit.

An die fünfzehn Obdachlose beobachteten ihn mit unverhohlener Neugier. Kern erkannte jene unter ihnen, die vier Monate zuvor Notre-Dame besetzt hatten. Sie waren zunächst festgenommen worden, ein Gespräch mit einer Sozialhelferin und eine ärztliche Untersuchung schlossen sich an. Dann hatte der französische Staat sie wieder auf die Straße gesetzt, sich den Staub von den Händen geklopft und den lieben Gott einen guten Mann sein lassen.

Sie betrachteten ihn ohne jede Feindseligkeit. Dabei hatte er sie doch der Polizei ausgeliefert! Er hatte die Seitentür der Kathedrale geöffnet, damit die mobilen Einsatztruppen hereinkommen konnten. Waren sie sich dessen überhaupt bewusst? Waren sie überhaupt in der Lage, ihm böse zu sein? Oder sich auch nur zu erinnern? Sie lebten ganz in der Gegenwart, was zählte, waren einzig und allein die täglichen Bedürfnisse, das Überleben bis zum nächsten Morgen. In der Nacht hatten sie ihn in eine Wolldecke gehüllt. Und jetzt bot ihm einer von ihnen einen Kaffee an, damit ihm warm wurde.

Der Grieche schlug den Weg zum Quai Saint-Bernard ein, gefolgt von einem hinkenden Pater, der sich die schmutzige Wolldecke übergeworfen hatte. Als sie die Esplanade oberhalb des Parks kreuzten, erkannte er eine Gestalt auf einer der Steinbänke am Rande der Terrasse. Rings um den schlafenden Kristof lagen Dutzende leere Bierflaschen verstreut. Kern warf ihm einen schmerzerfüllten Blick zu. Unter seiner obligatorischen weinroten Daunenjacke trug der Pole einen etwas altmodischen Anzug, den er gar nicht an ihm kannte. Und die Schuhe, auf die er seinen Kopf gebettet hatte und die er mit der Pranke umschlang, kamen ihm recht neu vor.

»Zum letzten Mal habe ich ihn gesehen, als er dem Krankenwagen, der Mouss in die Klinik brachte, den Weg bahnte. Ich fürchte, damit hat er sich in Notre-Dame unbeliebt gemacht. Seit wann lagert er hier am Seineufer bei euch?«

»Sie irren sich, Pater. Unser polnischer Freund ist derjenige, der am meisten von der Besetzung der Kathedrale profitiert hat. Im Trubel der Evakuierung fand er seine Tochter wieder. Vielmehr sie fand ihn. Sie hat ihn im Fernsehen wiedererkannt, oder so ähnlich.«

»Wie das? Er hatte sie doch zwanzig Jahre lang gesucht, seit sie bei Nacht und Nebel Polen verlassen hatte! Das ist ja eine wunderbare Nachricht!«

»Glauben Sie wirklich?«

»Und ob! Ein Vater und seine Tochter endlich wiedervereint. Das grenzt ja an ein Wunder!«

»Ehrlich gesagt glaube ich nicht so recht an Ihr Wunder, Pater, wenn ich ihn da auf der Bank liegen sehe. Unter dem Anzug versteckt er seine Ekzeme, verstehen Sie? Und wissen Sie was? Man darf familiäre Bindungen nicht zu sehr idealisieren. Soweit ich weiß, ist zwischen Vater und Tochter noch nicht alles im Reinen. Warum käme er sonst immer noch hierher, um sich die Kante zu geben?«

Kerns Miene verdüsterte sich. Er wusste nur zu gut, dass Stavros recht hatte. Wieder ein Dach überm Kopf zu haben, nachdem man achtzehn Jahre auf der Straße gelebt hatte, das war wie eine Landung auf einem anderen Planeten. Die Pariser Trottoirs hatten magnetische Kräfte. Sich von ihnen zu lösen grenzte an Selbstaufgabe.

Sie überließen Kristof seiner steinernen Bank und setzten ihren Weg entlang des Quai Saint-Bernard fort. Bald nach dem Institut du monde arabe betraten sie ein Café, das bereits geöffnet hatte. Eine Handvoll Angestellter schlürfte den Morgenkaffee. Stavros trat an den Tresen, während Kern sich im Hintergrund hielt und für den Augenblick nur die Wärme genoss, die im Raum herrschte.

»Gelobt sei unser Frankreich mit seinen Frühaufstehern! Steht was Neues in der Zeitung?«

Der Patron sah vom Spülbecken auf.

»Oh, der Herr Grieche! Nichts Neues unter der Sonne. Frankreich gerät immer tiefer in die Rezession. So steht es zumindest im *Parisien*. Bald wird es mehr Schmarotzer geben als Arbeitnehmer. Und, was darf's denn sein? Einen Verlängerten mit Zucker wie üblich?«

»Heute wären es mal zwei ... Ausnahmsweise, Patron, wenn's möglich ist ...«

Der Patron stützte sich auf den Tresen.

»Hör mal, mein Freund, dass ich dir jeden Morgen einen Kaffee spendiere, bedeutet nicht, dass du mir gleich die ganze verlauste Brut vom Seineufer anschleppst. Haben wir uns verstanden? Und den da kann man ohnehin nicht mehr aufpäppeln. Der sieht ja schon halbtot aus!«

»Ist dir klar, dass er dich hören kann?«

»Natürlich, deswegen sage ich's ja. Damit er sich nicht einbildet, er könnte jeden Tag hier aufkreuzen.«

»Message angekommen, Patron. Natürliche Auslese, so kann man's natürlich auch handhaben. Ab sofort ist kleinen mageren Personen der Zutritt zum Bistro untersagt. Aber sag mal, warum schenkst du mir dann jeden Morgen einen Kaffee aus, anstatt mich auch wie einen Hund verrecken zu lassen?«

»Aus Nächstenliebe.«

»Der christlichen?«

»Ja, ich bin Christ.«

»Das trifft sich gut. Mein Kumpel hier kennt sich mit christlicher Nächstenliebe nämlich bestens aus. Kommen Sie, Pater, kommen Sie doch an den Tresen. Ein gutes Gespräch erwärmt einen ebenso wie ein Kaffee. Stimmt's, Patron?«

Als er unter der verlausten Decke das Kreuz am Revers von Kerns Jackett sah, schwieg der Patron betreten. Er servierte ihnen zwei Kaffee in Plastikbechern und steckte ihnen dann, einer plötzlichen Eingebung folgend, zwei in eine Serviette eingewickelte Croissants zu. Stavros stopfte das Gebäck in die Tasche seines Überziehers und nahm die beiden Becher vom Tresen. Kern kramte in seiner Jackentasche nach Geld, er hatte den brennenden Wunsch, dem Mann seine Ware zu bezahlen und ihm seine sogenannte christliche Nächstenliebe ins Gesicht zu schleudern, doch Stavros stapfte schon zur Tür. Widerwillig folgte er ihm.

Draußen steuerte der Grieche auf ein Lüftungsgitter zu. Unter ihnen fuhr die Linie C des RER hindurch. Er setzte sich, nachdem er ein Päckchen Gratiszeitungen auf das Gitter gelegt hatte, und richtete sich dann häuslich ein.

»Kommen Sie, Pater, kommen Sie hier ins Warme, das gibt's auch umsonst. Mit freundlicher Unterstützung der Pariser Verkehrsbetriebe. Ich empfehle Ihnen, sich ordentlich Papier unter den Hintern zu stopfen. Diese Gebläse grillen einem innerhalb von zehn Minuten den Arsch! Ich habe Verbrennungen zweiten Grades bei einem Haufen Obdachloser gesehen, die auf den Metrogittern eingeschlafen waren.«

Der kleine Priester nahm Platz. Er musste schreien, um sich gegen den Krach des Gebläses zu behaupten.

»Warum sind wir nicht drinnen geblieben?«

Stavros zog die Croissants aus der Tasche und reichte ihm seinen Kaffee.

»Schauen Sie, Pater. Das sind Plastikbecher. Also Kaffee zum Mitnehmen, nicht wahr? Jeden Morgen schenkt mir der Typ einen Kaffee, damit ich draußen bleibe. Das ist seine Art, sich ein reines Gewissen zu verschaffen. Es kam nie in Frage, dass ich meinen Kaffee drinnen trinke. Weil ich stinke. Weil ich zu hässlich bin. Eigentlich ist es wie mit dem französischen Staat, der Millionen dafür ausgibt, dass wir auf der Straße bleiben. Es wäre ein Leichtes, uns außer einem Kaffee zum Mitnehmen auch ein festes Dach überm Kopf zu verschaffen. Tja, nur geht das nicht. Es ist aus Sicht der bürgerlichen Moral schlichtweg unvorstellbar. Hier heißt es: Arbeite oder krepiere. Produziere, konsumiere, zahle deine Steuern. Wenn du aus dem Rahmen fällst, wird dir die Gesellschaft in ihrer großen Güte das Existenzminimum zur Verfügung stellen. Ausreichend, um nicht auf der Stelle zu krepieren, aber zu wenig, um dich selbst aus dem Sumpf zu ziehen. Ein Haufen wohlmeinender Leute, alle großzügig finanziert, wird zu dir sagen: ›Kommen Sie, wir gehen mit Ihnen zu den sozialen Hilfswerken, wir helfen Ihnen, eine Arbeit zu finden …‹ Jetzt mal ehrlich: Wissen die eigentlich, wovon sie reden? Einige von uns leben seit zwanzig Jahren auf der Straße. Was sollen wir denn in unseren Lebenslauf schreiben? Die Obdachlosen, Pater, sind Thema im Fernsehen, sobald es den ersten Wintereinbruch gibt, und dann noch mal alle fünf Jahre bei dem großen Wahlzirkus, wenn sämtliche Präsidentschaftskandidaten hochheilig schwören, dass binnen sechs Monaten keiner mehr auf der Straße schlafen wird. Abgesehen davon existieren wir nicht. Eine Geisterarmee, das sind wir. Doch durch Mouss wird sich alles ändern. Es wird nie mehr so sein wie früher.«

Kern führte den Becher an seine Lippen und gab sich langsam der Wärme hin, die aus den Tiefen des RER-Schachtes zu ihm aufstieg. Er hatte das Gefühl, endlich aufzuwachen und wieder vollkommen Herr seines Körpers zu sein. Erst da sah er Stavros an und stellte fest, dass sich etwas ganz Grundsätzliches geändert hatte.

»Mein Gott, Stavros! Sie haben ja wieder beide Augen!«

Der Grieche begann zu lachen und spuckte dabei kleine Krümelchen aus.

»Sie haben recht, Pater. Ich bin undankbar. Noch ein Geschenk, das Frankreich mir Kanaken macht: ein wunderbares Glasauge, maßgefertigt, in herrlichstem Blaugrün. Ein weiterer Schritt zur Normalität. Endlich kann man mir wieder ins Gesicht sehen. Und das ist noch nicht alles: Sie sind bei der Botschaft vorstellig geworden, um mir Papiere zu besorgen. Erst wollte ich sie irgendwo aufhängen, in einem Goldrahmen, aber ich habe keine Wände, wo ich das tun könnte. Hier, schauen Sie ...«

Er kramte in den Taschen seines Überziehers und brachte alle möglichen Dinge zum Vorschein – eine Mütze, ein Messer, ein Feuerzeug, Bindfaden, Fingerlinge, eine Brille mit gebrochenem Bügel, Pinsel, Farbtuben, Tabletten, einen roten Kugelschreiber, ein Schulheft mit abgerissenem Deckblatt und fettigen Seiten – sowie eine Tafel Schokolade, ein Stück Salami und das Neue Testament in einer Taschenbuchausgabe.

»Hm, die habe ich wohl schon verloren, Pater, meine nagelneuen Papiere. Oder ich habe sie jemandem gegeben, der sie dringender brauchte als ich.«

Er stopfte den ganzen Kram wieder in seinen Mantel, hob dann das Lid mit den Fingerspitzen an und pulte das Glasauge aus seiner Höhle, um es ebenfalls in der Manteltasche zu verstauen. Er sah Pater Kern mit der Miene eines Kindes an, das etwas angestellt hatte.

»Ich setze es nur stundenweise ein. Es stört mich nach wie vor. Es ist wie bei Kristof und seinem schicken Anzug. Ich habe das Gefühl, verkleidet herumzulaufen.«

Kern musterte seine Schuhspitzen. Einer seiner Schnürsenkel hatte sich gelöst und flatterte im Luftstrom.

»Wann haben Sie Ihr Auge verloren, Stavros? Ist das lange her?«

Der Clochard blickte auf die Seine.

»Normalerweise erfinde ich alle möglichen Geschichten. Dass ich in Griechenland im Krieg war. Vorzugsweise Bürgerkrieg. Oder dass ich auf dem Syntagmaplatz bei einer Demo gegen die Sparpolitik ein Gummigeschoss mitten auf die Birne bekam. Oder ich behaupte, ich hätte es gegessen, weil ich so großen Hunger hatte. Normalerweise halten die Neugierigen dann den Mund.«

»Aber mir können Sie es sagen, Stavros. Sie wissen, dass ich nicht aus Neugier frage.«

Der Grieche aß sein Croissant auf und wischte sich dann die Krümel mit dem Ärmel ab.

»In Athen war ich bei französischen Priestern untergebracht. Habe ich Ihnen das nie erzählt? Ich ging bei ihnen zur Schule. Deshalb habe ich auch so gut wie keinen Akzent.«

»Das wusste ich nicht.«

»Eines Morgens wachte ich mit verklebtem Auge auf. Der Priester, der die Aufsicht hatte, legte mir Schwarztee-Kompressen auf und sagte, ich solle mir keine Sorgen machen. In ein, zwei Tagen wäre alles überstanden. Ich solle vor allem nicht vergessen, regelmäßig zu beten, denn der Herr würde mir helfen, wieder gesund zu werden. Als sie mich endlich ins Krankenhaus brachten, war es bereits zu spät. Die Infektion hatte das gesamte Auge befallen.«

Der Grieche schwieg. Wortlos tranken sie ihren Kaffee.

Kern hatte sich an den Krach des Gebläses gewöhnt. Jetzt war ihm wieder warm. Dennoch jagte ihm Stavros' Bericht einen Schauer über den Rücken.

»Ich habe mir lange überlegt, ob ich herkommen soll. Seit unserer letzten Nacht in Notre-Dame habe ich Sie nicht mehr gesehen. Sie wissen ja, wir hatten eine Auseinandersetzung, weil ich Mouss unbedingt ins Krankenhaus bringen wollte. Sie dagegen wollten dem Schicksal seinen Lauf lassen.«

»All das ist Schnee von gestern, Pater.«

»Ich habe mich seitdem oft gefragt: Wo waren Sie eigentlich, als wir abgeführt wurden? Die Polizei hat alle festgenommen. Alle außer Kristof, der fliehen konnte. Und Ihnen. Wohin sind Sie entschwunden, Stavros?«

»Ich habe mich einfach verdünnisiert.«

»Warum ausgerechnet an jenem Morgen und nicht etwa eine Stunde früher? Woher wussten Sie, dass die Polizei gleich eingreifen würde?«

»Ich habe Sie beobachtet, Pater. Ich habe nur ein Auge, doch damit kann ich sehr gut sehen, auch in der Dunkelheit. Ich muss wohl gespürt haben, dass Sie bereit waren zu ...«

»... zum Verrat, meinen Sie? Das wollten Sie doch sagen, oder?«

»Ich denke, Sie haben nach Ihrem Gewissen gehandelt.«

»Nein, ich habe euch verraten, Stavros. Ich habe euch alle der Polizei ausgeliefert. Das ist die ganze Wahrheit. Eine Nacht lang habe ich mich verhalten wie Judas.«

»Aber nein, Pater.«

»Doch, doch! Erinnern Sie sich an die Ikone, die Sie damals malten? Die Gesichter hatten Sie noch nicht fertig. An jenem Abend hätten Sie Judas Ischariot meine Züge verleihen können. Haben Sie sie übrigens inzwischen vollendet?«

»Ja, vor kurzem.«

»Ich würde sie gerne einmal sehen.«

»Tut mir leid, Pater, ich habe sie verschenkt. An jemanden, der Wände besitzt, um sie aufzuhängen.«

»Das haben Sie gut gemacht. Ihre Arbeit hat es verdient!«

»Vielleicht bekommen Sie sie ja eines Tages zu sehen. Ich würde es mir sehr wünschen.«

Die Stadt hatte ihren Tagesrhythmus erreicht. Auf dem Quai Saint-Bernard fuhren die Autos Stoßstange an Stoßstange. Die Passanten hasteten über den Bürgersteig und achteten gar nicht auf die beiden Männer, die da entgegen der hektischen Betriebsamkeit um sie her reglos auf dem Lüftungsgitter hockten.

»Und nun ist Mouss tot. Er wurde ermordet. Ich hatte geglaubt, ihm zu helfen, aber ich sollte mich irren. Es war nichts zu machen. Ich bin für seinen Tod mitverantwortlich.«

»Pater, was hat Sie zum Quai Saint-Bernard geführt? Warum haben Sie mich gesucht?«

»Wir müssen seine Mörder finden, Stavros. Zum Gedenken an Mouss. Sie und ich. Damit sein Opfer einen Sinn erhält. Ohne Sie bin ich machtlos. Die Ermittlungen müssen hier beginnen, unter den Obdachlosen. Und nur Sie können sie zum Reden bringen.«

»Und was tut die Polizei?«

»Die Justiz ist eine riesige Maschinerie von unmenschlichen Dimensionen, und ihr Räderwerk ist komplex. Dennoch vertraue ich der Richterin, die mit den Ermittlungen betraut ist. Es ist eine junge, aufrichtige Frau. Ich kenne sie gut genug, um sagen zu können, dass sich hinter ihrer augenscheinlichen Verletzlichkeit eine große Kraft verbirgt. Wenn wir etwas herausfinden, gehen wir damit zu ihr, zu niemandem sonst. Nicht zur Polizei. Übrigens bat mich Claire bereits um meine Mithilfe. Das war vor zwei Tagen, damals habe ich mich geweigert, doch inzwischen habe ich meine Meinung geändert.«

»Claire? Sie meinen Claire Kauffmann?«

»Kennen Sie sie?«

»Sie hat mich gestern Morgen im Krankenhaus ausgequetscht.«

»Sie waren im Krankenhaus?«

»Im Ergebnis einer Verfolgungsjagd durch die Bullen vom Quai des Orfèvres. Ich wurde dabei von einem Linienbus über den Haufen gefahren, der plötzlich aus meinem toten Winkel auftauchte. Sie haben mich einen kleinen Umweg über die Psychiatrie nehmen lassen und mich dann wieder rausgeschmissen.«

»Was wollte die Polizei?«

»Sie haben mich als einen Mouss nahestehenden Menschen identifiziert. Das nenne ich feine Spürnasen.«

»Und Claire Kauffmann? Was haben Sie ihr erzählt?«

»Kein Stück. Ihrer kleinen Richterin vertraue ich genauso wenig wie dem ganzen Polizistengeschmeiß vom Quai des Orfèvres. Diese Leute begreifen nicht im Mindesten, was Mouss' Tod eigentlich bedeutet. Das sind Ungläubige,

Beamte. Nur Sie, Pater, können verstehen, was er bedeutet. Und was wirklich passiert ist.«

»Sollten wir tatsächlich auf irgendwelche Indizien stoßen, müsste ich das im Justizpalast melden. Sind Sie sich dessen bewusst, Stavros?«

Der Grieche zerdrückte seinen Plastikbecher und schleuderte ihn weit weg.

»Ich war es, der Mouss aus dem Krankenhaus geholt hat. Ich habe seine Flucht organisiert.«

»Pardon?«

»Nach der Zwangsräumung der Kirche. Sie haben ihn ins Hôtel-Dieu gebracht, erinnern Sie sich, Pater? Ich sah Sie in den Rettungswagen einsteigen. Sie kämpften sich in dem ganzen Geschrei und Tatütata durch die Menge.«

»Sie haben Mouss aus dem Krankenhaus geholt! Ich fass es nicht. Verdammt noch mal, wie haben Sie das geschafft?«

»Ich bin in der Augenambulanz vorstellig geworden und habe auf meine leere Höhle gezeigt. Sie fragten mich, ob ich meine Versicherungskarte dabeihätte. Da habe ich gelacht und gesagt: Haben Sie sich mich mal genau angesehen? Daraufhin haben sie eine Karteikarte angelegt. Sie baten mich, im Wartezimmer Platz zu nehmen. Ich habe anstandshalber ein Viertelstündchen gewartet. Dann habe ich die Flure ein wenig inspiziert. Ob Sie's glauben oder nicht: Ich habe die Etage gefunden, auf der Mouss lag. Vor seinem Zimmer stand ein Bulle und hielt Wache. Da habe ich einen weißen Kittel aus einer Wäschekammer stibitzt und gewartet, bis der Bulle mal pinkeln gegangen ist. Ich bin rein in sein Zimmer, habe ihn aus dem Bett gehoben, ihn an mich gedrückt, den Arm um ihn gelegt. So sind wir dann raus, wir zwei. Arm in Arm. Mouss und sein Arzt Stavros. Tja, so war das. Klingt wie Kino, aber es hat funktioniert.«

»Und Mouss hat das mitgemacht?«

»Es blieb ihm ja keine Wahl! Andernfalls wäre er vor Gericht gestellt worden.«

»Das war verantwortungslos, Stavros! Sie haben Mouss die Chance genommen, ein neues Leben zu beginnen.«

»Sie machen wohl Witze? Die hätten ihn mir zwar aufgepäppelt und mit Antibiotika vollgepumpt, sie hätten aber auch einen waschechten Bourgeois aus ihm gemacht! Sie hätten seine rebellischen Ideen von ihm abgewaschen wie eine Krankheit, für die man sich schämen muss. Dann wäre die Polizei auf den Plan getreten, es hätte Verhöre gegeben, ein Schnellverfahren. Sie wissen es doch so gut wie ich: Sie hätten ihn direkt vom Krankenhaus in den Kerker verfrachtet. Um ihn zum Schweigen zu bringen, Pater, für immer.«

Der Priester hielt ihm seinen halbleeren Becher hin.

»Hier, Stavros, den können Sie austrinken. Ich finde auf einmal, er schmeckt bitter.«

Er wollte aufstehen, doch der Grieche fasste ihn am Arm und sah ihn mit dem einen Auge seltsam eindringlich an.

»Ich werde Ihnen helfen, Pater. Ich werde Sie in die Welt der Clochards einführen. Werde sie zum Reden bringen. Ich werde Ihnen dabei helfen, den Mörder, oder die Mörder, zu finden. Kein Einziger wird Ihnen entgehen. Ich stelle nur eine einzige Bedingung. Die wird in gewisser Weise der Preis für Ihre Erlösung sein.«

Kern zögerte.

»Was für eine Bedingung?«

»Sollten Sie jemals den Schuldigen finden – kein Wort an die Polizei. Und auch nicht an die kleine Ermittlungsrichterin.«

Der Priester zog seine Pfeife aus der Tasche. Er hatte Mühe, seine Gedanken zu sortieren. Er versuchte Zeit zu gewinnen. Konzentrierte sich auf seinen Daumen, mit dem er den Tabak in den Pfeifenkopf drückte.

»Sollten wir den oder die Schuldigen finden, Stavros, dann müssen sie sich vor Gericht für ihre Taten verantworten. Ich weiß nicht, ob ich ein derartiges Versprechen geben kann.«

»Seien Sie unbesorgt, Pater, alle Schuldigen werden bestraft werden. Vertrauen Sie Jesus Christus, unserm Herrn. Und vertrauen Sie auch mir ein wenig.«

Kern führte das Feuerzeug an den Pfeifenkopf. Eine parfümierte Wolke erhob sich, die aber sofort vom Luftzug aus dem Lüftungsschacht verweht wurde. Wie sie da so saßen, mitten im Straßenlärm, der eine in eine alte Decke, der andere in einen speckigen Mantel gehüllt, wirkten der Priester und der Clochard wie zwei Indianer in ihrem Reservat, die die Friedenspfeife rauchen.

16

Es war, als ob sie ihren Körper von neuem entdeckte, den sie ein Leben lang verleugnet hatte.

Sie hatte sich mit Helena am Abend wiedergetroffen, zum dritten Mal in zwei Tagen, am Ausgang der Cour du Mai. Der Spaziergang führte sie an die Stationen ihrer ersten, schicksalhaften Begegnung, sie überquerten den Boulevard und gingen hinüber zum Blumenmarkt, diesmal ohne Papa und Protokollführerin. Helena hatte ihren Fotoapparat umgehängt. Manchmal ging sie ein paar Schritte voraus, um sich bewundern zu lassen, machte kleinere Schritte, streckte sich, spürte, wie Claires Blick sie förmlich auszog. Sie hielten sich an der Hand, ließen sich wieder los, zögerlich, verlegen, dann setzten sie sich auf eine Bank, küssten sich wie zwei Teenager. Ein Windstoß wehte ihre Haare ineinander. Lachend entwirrten sie sie wieder.

Auf einmal war Claire aufgesprungen und zum ersten Pavillon hinübergegangen, einem betörend duftenden Blumenstand. Sie kam mit einem Vogelkäfig wieder heraus, den sie mitten auf dem Platz absetzte. Dann öffnete sie die Käfigtür. Der Vogel – ein weißer Wellensittich mit knallgelbem gekrümmtem Schnabel – saß ein wenig vorgebeugt da und beäugte sie von unten, er krallte sich an seine Stange, wie gelähmt von der Freiheit, die sich ihm plötzlich bot. Er schien der Kraft seiner Flügel zu misstrauen, seiner Ausdauer, seinem Verlangen nach dem unendlichen Blau des Himmels. Er betrachtete seinen Fressnapf, seinen Wassertank, die Gitterstäbe des kleinen Gefängnisses, gegen die er so oft geflogen war. Endlich aber entschloss er sich. Erschrocken sah die junge Frau ihm zu, wie er erst mit hysterischem Flügelschlag einmal um den Platz flog und dabei beinahe die Fassade des Polizeipräsidiums streifte. Hoffentlich habe ich ihn nicht getötet, indem ich ihm die Freiheit geschenkt habe, dachte die junge Frau. Schließlich hatte der Vogel aber wieder ein Gefühl für die Entfernungen bekommen und war in geradem Flug in Richtung Seine verschwunden.

Helena trat auf sie zu. Claire schaute gedankenverloren ins Leere, den geöffneten Käfig zu ihren Füßen.

»Und jetzt? Schleppst du den leeren Käfig mit dir herum, oder trennst du dich von ihm?«

Sie brachten ihn zurück zum Blumenmarkt. Der Verkäufer sah sie leicht spöttisch an. Es war nicht das erste und sicherlich nicht das letzte Mal, dass ein Paar in einem naiven Anflug von Romantik einen Vogel kaufte, um ihn gleich darauf freizulassen. Neu an diesem Pärchen war allerdings, dass es sich um zwei Frauen handelte. Und meistens überlebte der Vogel seinen ersten Tag in Freiheit nicht.

Es war ein Spätnachmittag im April, ein frühlingshafter Tag, der aber bereits den Sommer erahnen ließ. Sie hatten Lust, ein wenig Touristen zu spielen und ihre Stadt neu zu entdecken. Und sie ließen kein Klischee aus: weder den

Spaziergang an den Quais noch die Bouquinisten, noch die Terrasse eines Cafés, die heiße Schokolade und ein *macaron* oder ein *pain aux raisins*. Fehlte nur noch das Vorhängeschloss am Geländer des Pont des Arts.

Ganz automatisch schlenderten sie zum Vorplatz von Notre-Dame. Weil es guttat, sich inmitten der Menge zu umarmen. Sie schlenderten an den Touristen vorbei, die dort Schlange standen, und blieben am Gitter stehen. Die Vesper hatte soeben begonnen. Die Psalmen feierten die Erschaffung der Welt und ihre Schönheit. Etwas Heiliges lag in der Luft. Die Stadt schien zu lauschen. Sie umarmten sich. Helena zog den Deckel vom Objektiv und machte ein Foto ihrer Freundin. Das Geräusch des Auslösers wurde überlagert von den Gesängen aus dem Kircheninneren. Claire fand Gefallen daran, vor der Kamera zu posieren, bei jeder Aufnahme ein wenig mehr. Sie nahm von sich selbst Besitz. Sich dem Objektiv darzubieten, zu entscheiden, von welcher Seite man fotografiert werden wollte, ob lächelnd oder nicht – all das bedeutete, sich selbst zu gehören.

Helena trat dicht an Claire heran und umschlang sie. Stirn an Stirn standen sie da, ganz selbstvergessen. Genau in dem Augenblick, in dem ihre Lippen sich berührten, ertönte der gezischte Ausruf:

»Pfui, ihr Schlampen!«

Sie drehten sich in einer synchronen Bewegung um. Ein etwa sechzigjähriger, tadellos gekleideter und frisierter Mann mit rötlicher Gesichtsfarbe warf ihnen einen letzten Blick zu, bevor er ins Kircheninnere stürmte. Ein Gläubiger, der verspätet zur Messe kam.

Helena war blass geworden. Die blauen Sterne an ihrem Hals wirkten auf einmal schwarz. Sie wollte die Hand loslassen, die sie eben noch liebevoll umfasst hatte, doch Claire hielt sie zurück.

»Lass ihn. Der versteht das eh nicht.«

»Misch dich nicht ein!«

»Komm schon. Gehen wir was trinken.«

»Der kann was erleben!«

Und sie drängelte sich an den Menschen vorbei in die Kirche. Bei jedem Schritt baumelte die Kamera gegen ihre Hüfte. Der Trageriemen schnitt ihr in die Schulter, als trüge sie ein Gewehr. Claire zögerte nur einen Augenblick. Sie musste an Helenas Worte denken: »Wer weiß, was passiert wäre, wenn ich keine Kamera in der Hand gehabt hätte, sondern eine Kalaschnikow ...« Von einem Gefühl der Dringlichkeit getrieben, folgte sie ihrer Freundin.

Sie brauchte ein paar Sekunden, bis sie sich an die Düsternis gewöhnt hatte. Sie ging an der Warteschlange vorbei, die sich an der Ausgabe der Audioguides gebildet hatte. Touristen aus aller Herren Länder strömten wie eine zähe, träge Masse in die Seitenschiffe, von Kapelle zu Kapelle, zu Füßen der Statuen, der Glasfenster und Säulen, während sich im Hauptschiff die Gläubigen versammelten, einen Platz suchten und, bevor sie sich setzten, rasch das Kreuz in Richtung Mittelgang schlugen. Der Gottesdienst ging weiter.

Claire suchte nach Helena, getrieben vom Strom der Besucher, konnte sie aber nirgendwo entdecken. Dann sah sie den Mann, der sie ein paar Minuten zuvor beleidigt hatte. Er saß im Hauptschiff, ganz vorne, der Klassenprimus, und putzte in regelmäßigen Abständen seine Brillengläser.

Seine Lippen bewegten sich, und in seiner Emsigkeit hatte er durchaus etwas Rührendes. Gleich darauf sah sie auch den roten Haarschopf. Helena lehnte an einem Pfeiler auf der anderen Seite des Querschiffs, in dem für Touristen reservierten Bereich. Sie ließ den Mann nicht aus den Augen. Wie von einem Magneten angezogen, blickte sie kurz auf und sah zu Claire hinüber. Sie musterten sich unbeweglich wie zwei Porzellanhunde. Auf dem Altarpodium gab der Zelebrant ein paar Weihrauchkörner in das Becken mit den glühenden Kohlen. Die schwere Duftwolke waberte ins Mittelschiff.

Genau diesen Moment hatte Helena abgepasst, um über die Kordel, die als Absperrung diente, zu steigen. Sie baute sich vor dem Rotgesichtigen auf und zückte ihren Fotoapparat. Mit offenem Mund blieb er wie festgeschraubt sitzen, während sie den Auslöser mit der Frequenz eines Maschinengewehrs klicken ließ und ihn in ein Blitzlichtgewitter hüllte, bis er instinktiv das Gesicht verbarg.

Ein Aufseher schritt ein, griff Helena beim Arm und zog sie beiseite. In der Basilika erhob sich ein Murmeln. Unbeirrt setzte der Priester seine Liturgie fort. Helena riss sich los und ging zum Angriff über, indem sie weitere Fotos schoss, die sie ihre »Porträts von Bastarden« nannte. Der Wachmann rief seine Kollegen zu Hilfe, seine Anspannung verwandelte sich in Aggression. Er griff nach dem Tragegurt der Nikon und zog heftig daran. Helena wurde auf eine Seite geschleudert, während ihre Kamera auf die andere Seite flog und auf die Bodenfliesen prallte. Die Einzelteile rollten bis vor die Stufen des Podiums.

Endlich unterbrach der Zelebrant die Messe. Auch der

Knabenchor und die Orgel verstummten. Der Lärm schwoll immer mehr an. Inzwischen hatte sich das gesamte Sicherheitspersonal um Helena geschart, die, immer noch am Boden liegend, die Einzelteile ihrer Nikon nicht aus den Augen ließ. Was dann ertönte, war lauter als das Gemurmel in der Kathedrale und machte Touristen, Gläubige und kirchliche Würdenträger sprachlos – dem Körper der jungen Frau entrang sich ein derart schriller Schrei, dass die Luft bebte und die Glasfenster zu zerspringen schienen, von der Südrose bis zu den Fenstern des Mittelschiffs.

Helena erhob sich wie elektrisiert und sah den Sicherheitsbeamten ins Auge, die den Weg blockierten. Sie zog ihre Lederjacke aus und ließ sie zu ihren Füßen fallen. Nachdem sie Claire, die wie versteinert dastand, noch einen Blick zugeworfen hatte, setzte sie über die Stufen zum Chorraum und sprang auf den Altar, ohne sich um den Priester im Messgewand zu scheren. Sie stand mit dem Gesicht zur Gemeinde da, zerriss ihr T-Shirt und entblößte ihre tätowierten Brüste. Sofort brandete das Klicken und Blitzen der Handys auf, die diese Amazone ablichteten.

Sie hatte nicht einmal die Zeit, ein Wort zu sagen. Durch die Heftigkeit des Hiebs wurde sie zu Boden geschleudert. Blut tropfte von ihrer aufgeplatzten Lippe. Die Männer von der Sicherheit hatten sie an Armen und Beinen gepackt und schleppten sie unter Misshandlungen und Beleidigungen eilends den Mittelgang entlang. Im Seitenschiff kämpfte Claire, die ebenfalls zum Ausgang eilte, gegen die Besuchermassen an. Die Touristen wurden nicht müde, Fotos von der Furie zu machen, die in ihrer Muttersprache fluchte. Sie spuckte ihnen ins Gesicht, dann gelang es ihr, sich loszumachen. Sie schlüpfte in eine leere Stuhlreihe und bewarf die Sicherheitsleute mit den Stühlen. Die Männer warteten, bis sie sich ein wenig ausgetobt hatte, und gingen dann gemeinsam zum Angriff über. Die Gläubigen im Mittelschiff waren aufgestanden und beobachteten die Szene, einige bekreuzigten sich oder beteten laut.

Schließlich erreichten sie das Annenportal. Sie schleppten ihre Beute wie ein Stück Fleisch nach draußen. Als Claire sich ebenfalls einen Weg ins Freie gebahnt hatte, sah sie, dass zwei der Männer ihre Freundin flach auf den Boden pressten. Einer der beiden drückte ihr das Knie zwischen die Schulterblätter, der zweite hielt sie an den Haaren fest. Die anderen hielten die Schaulustigen auf Abstand. Helenas Kopf steckte zwischen zwei Stäben des Gitters, das die Kathedrale vom Vorplatz trennte. Sie atmete kaum noch. Die Richterin kniete sich hin und streckte die Hand durch das Gitter. Sie hatte das Gefühl, dass Helena sie nicht mal erkannte.

»Lassen Sie sie los! Sie kriegt ja kaum noch Luft.«

Der erste Mann lockerte seinen Griff, er hatte ein Büschel orangeroter Haare in der Hand. Der andere drückte sie immer noch mit dem Knie zu Boden. Aus Helenas Mund traten kleine blutige Blasen aus, die eine nach der anderen zerplatzten, sobald sie den Boden berührten.

»Ich sagte: Lassen Sie sie los! Sehen Sie denn nicht, dass sie beinahe erstickt?«

»Das wird diese Scheißfeministin lehren, dass man vor Jesus Christus ein wenig Respekt haben sollte!«

Claire zog die Hand zurück und kramte fieberhaft in ihrer Handtasche. Sie zog ihre Visitenkarte hervor. Die Trikolore darauf machte Eindruck, und so lockerte der Mann den Druck seines Knies ein wenig.

Claire überlegte rasch. Binnen weniger Sekunden wäre die Polizei da. Man würde Helena vermutlich aufs Revier bringen, sie würde sie begleiten müssen. Unweigerlich würde man auch sie selbst vernehmen. Der Rektor von Notre-Dame würde Strafanzeige stellen. Wie sollte sie die Tatsache erklären, dass sie mit der Tochter von Kristof, einem Hauptzeugen des Falles, in dem sie gerade ermittelte, in Verbindung stand? Lügen würden ihr nur weitere Unannehmlichkeiten bringen. Ganz zu schweigen davon, dass auch derjenige, der den ganzen Skandal ausgelöst hatte, vernommen werden und sicherlich in allen Einzelheiten beschreiben würde, wie sich die beiden Frauen vor der Kathedrale innigst geküsst hatten. Wie konnte sie sich nur so weit exponieren?

Eine Polizeistreife fuhr auf den Vorplatz und kam vor dem Gitter zum Stehen. Drei Polizeibeamte in Uniform, darunter eine Frau, stiegen aus. Es blieben ihr nur noch wenige Sekunden, um sich zu überwinden und jemanden um Hilfe zu bitten. Sie zückte ihr Handy und scrollte in der Kontaktliste nach unten. Die Polizisten scheuchten bereits die Schaulustigen zur Seite und befragten die Männer von der Sicherheit. Endlich, die Verbindung kam zustande. Sie befreiten Helena, halfen ihr auf. Sie musste sich mit dem Gesicht zur Wand stellen, dann ließen sie sie wieder zu Atem kommen und legten ihr Handschellen auf dem Rücken an. Das Telefon klingelte immer noch. Einer der Sicherheitsbeamten – der, der Helena das Knie zwischen die Schulterblätter gepresst hatte – deutete in ihre Richtung.

Am anderen Ende der Leitung schaltete sich die Mailbox ein. Sie konnte also nur eine Nachricht hinterlassen – nicht mehr als eine Flaschenpost, die sie ins Meer warf. Schon kam die Polizistin auf sie zu, einen Notizblock in der Hand.

»Hallo? Hier ist Claire Kauffmann. Ich brauche ganz dringend Ihre Hilfe. Ich bin vor Notre-Dame. Wenn Sie im Dienst sind, kommen Sie bitte sofort, ich flehe Sie an!«

Jetzt musste sie Zeit gewinnen. Sie antwortete systematisch ausweichend auf die Fragen. Tat, als würde sie nicht verstehen. Sie besann sich dabei auf ihre Erfahrung als Richterin und Staatsanwältin, auf die Vernehmungen in flagranti Ertappter, auf die vielen Stunden in winzigen Verhör-Zellen, auf die Taktiken, um hartnäckig Schweigende zum Sprechen zu bringen oder den Redefluss endlos Drauflosplappernder einzudämmen. Sie kannte das alles auswendig. Eine gute Schule, durch die sie jahrelang gegangen war.

Ziemlich rasch zeigte die Polizistin Anzeichen von Ungeduld und Ratlosigkeit. Sie rückte ihren Helm zurecht und verlangte einen Ausweis zu sehen. Claire spürte, wie ihr der Schweiß die Achsel entlangrann. Sie kramte umständlich in ihrer Handtasche, witzelte über das legendäre Durcheinander, das bei Frauen darin herrschte. Gerade als sie schon so weit war, alles – inklusive Handtasche – hinzuwerfen und sich geschlagen zu geben, hörte sie drüben bei der Präfektur, am anderen Ende des Platzes, eine Polizeisirene, die rasend schnell näher kam und untermalt war vom Röhren eines hochzylindrigen Motors. Ein schwarzer Peugeot 308, dessen rechter vorderer Kotflügel zerbeult war, bog aus der Rue d'Arcole auf den Platz ein und bremste abrupt vor dem Gitter zur Kathedrale. Ein Blaulicht drehte sich noch im Innern, als die Fahrertür aufflog. Xavier Gombrowicz, die verspiegelte Ray-Ban auf der Nase, stieg aus und bahnte sich einen Weg durch die Menge, während zig Handykameras und Fotoapparate auf ihn gerichtet waren.

Dies dauerte nur eine Minute. Er begrüßte die uniformierten Kollegen. Informierte sich, was vorgefallen war, sagte: »Danke, Jungs. Ich übernehme die Sache. Gute Arbeit!« Er packte Helena am Arm. Bugsierte sie auf den Rücksitz des Peugeot. Ließ sich die Schlüssel der Handschellen geben, stopfte sie in die Tasche seiner Jeans. Fasste dann Claire am Ellbogen. Bat sie, auf dem Vordersitz Platz zu nehmen. Nickte den Beamten in Uniform zu, die ihm etwas entgeistert zusahen. Steckte den Schlüssel ins Zündschloss. Fuhr an, diesmal ohne Martinshorn. Verließ den Platz in Richtung Rue du Cloître.

Der 308 fuhr ziemlich langsam. Das Blaulicht drehte sich noch immer im Wageninneren.

»Und, Miss Kauffmann? Was haben wir denn in Notre-Dame angestellt?«

Sie lachte nervös auf. Gombrowicz fuhr rechts ran, gegenüber der Île Saint-Louis. Auf der Brücke boten Skater eine kleine Show, indem sie Slalom fuhren und über Paletten sprangen. Er beobachtete Claire Kauffmann hinter seinen Brillengläsern. Sie trug das Haar heute offen. Er fand sie hübsch. Hübsch und völlig neben der Spur. Er warf einen Blick in den Rückspiegel. Die junge Frau mit den orangeroten Haaren tupfte sich die Wunde an der Lippe mit ihrem zerrissenen T-Shirt ab, das die Brüste frei ließ. Er kramte im Handschuhfach, berührte dabei das Knie seiner Beifahrerin und reichte Helena ein Papiertaschentuch nach hinten durch. Sie nahm es wortlos entgegen und hielt es in der Faust, während sie sich weiterhin den Mund an ihrem schmutzigen Ärmel abwischte. Gombrowicz wandte den Blick wieder seiner Kollegin zu.

»Und? Was genau ist passiert? Wer ist Miss Orange da hinten auf der Rückbank?«

Sie hatte aufgehört zu gickeln und wühlte in ihrer Handtasche, ohne recht zu wissen, wonach sie suchte, eigentlich wollte sie nur Zeit gewinnen.

»Gombrowicz, Sie wissen gar nicht, wie wahnsinnig dankbar ich Ihnen bin. Ohne Sie wäre ich da im Leben nicht herausgekommen!«

»Woraus denn genau?«

»Das ist etwas kompliziert.«

»Was hatten Sie denn in Notre-Dame verloren? Hat es mit dem Fall Mouss zu tun?«

»Ja und nein. Eigentlich eher ja. Aber es ist heikel.«

Der Kriminalbeamte nahm die Sonnenbrille und legte sie auf das Armaturenbrett.

»Ich denke, Claire, jetzt ist wohl der Zeitpunkt gekommen, Xavier zu mir zu sagen.«

Sie war bereit zu einem Lächeln. Sie spürte Helenas wütenden Blick im Rücken. Fühlte sich unter Druck gesetzt. Dennoch hatte sich die Spannung in ihrem Körper zum größten Teil gelöst. Die Gefahr hatten sie vor den Pforten von Notre-Dame zurückgelassen. Indem Gombrowicz sie von der Kathedrale weggebracht hatte, und sei es nur um wenige hundert Meter, waren sie einer verdammt üblen Geschichte entgangen. Sie schuldete ihm die Wahrheit. Und außerdem musste sie sich jemandem anvertrauen, das sah sie ein. Sie sprach ihn mit dem Vornamen an.

Sie erzählte ihm alles, oder fast alles, und zwar ziemlich chaotisch, was so gar nicht zu ihr passte. Kristofs Zeugenaussage, das Treffen mit seiner Tochter an der Treppe zum Justizpalast, der Spaziergang über den Platz vor der Kathedrale, die Beleidigung durch den Spießer, Helenas Wutausbruch und die Brutalität der Sicherheitsleute. Gombrowicz hörte ihr zu, indem er auf das Treiben der Skater starrte. Er wagte sie nicht anzusehen. Was da in der Kirche passiert war, interessierte ihn nicht. Er verstand von alldem sowieso nur die Hälfte. Was er allerdings verstand, war, weshalb sie an dem Tag die Haare offen trug, und er bedauerte, seine Sonnenbrille abgesetzt zu haben. Dabei lag seine Ray-Ban ja in Reichweite, er hätte sie nur auf die Nase zu setzen brauchen, um seine Augen zu bedecken und seine Niederlage zu verbergen. Stattdessen sah er zu Claire hinüber und lächelte tapfer.

»Miss Henna und Sie sind ein Paar?«

Claire nickte. Mehr denn je verspürte der junge Polizist den Drang loszuheulen.

Helena hinter ihnen hielt es nicht mehr auf dem Sitz aus.

»Was ist, Serpico, hast du was dagegen?«

Er würdigte sie keines Blickes. Er steckte die Hand in die Hosentasche und zog einen Schlüsselbund heraus, den er ihr zuwarf. Es gelang ihr, ihre Handschellen zu öffnen. Nach kurzem Zögern knöpfte er sein kariertes Hemd auf und enthüllte ein T-Shirt mit der Aufschrift *New York Police Department,* das er auszog und der jungen Frau reichte. Sie streifte es wortlos über.

»Ich lasse Sie hier aussteigen, Sie und Ihre Freundin. Ich muss zurück aufs Revier. Ich habe vor dem Feierabend noch jede Menge Papierkram zu erledigen.«

Die beiden Frauen stiegen aus. Claire beugte sich zum geöffneten Wagenfenster hinunter. Die Haare glitten ihr über die Schultern. Eine blonde Schläfe ringelte sich um ihr Kinn.

»Sie werden keinen Bericht schreiben?«

Gombrowicz ließ den Wagen an.

»Natürlich nicht!«

»Ich danke Ihnen. Bis Montag dann.«

»Bis Montag.«

Durch die Windschutzscheibe sah er ihnen nach. Sie gingen in züchtigem Abstand voneinander über den Pont Saint-Louis. Einer der Skater hatte gerade einen Hechtsprung über sieben oder acht Paletten vollführt. Die Leute applaudierten.

Endlich schaltete er das Blaulicht aus und reihte sich in den Verkehr auf dem Quai aux Fleurs ein. In fünf Minuten wäre er wieder am Quai des Orfèvres. Er fühlte sich traurig. Traurig und zugleich – er hätte nicht sagen können, weshalb – unglaublich erleichtert, als wäre eine zentnerschwere Last von ihm abgefallen.

17

Sie standen in der Mitte des Rondells, hinter ihnen die Seine, vor ihnen, auf den beiden obersten Stufen, die Obdachlosen. Er hatte sie dort zusammengerufen, in der Nähe der Trauerweide, weil man sich gut unterhalten konnte und kein Verkehrslärm störte. Während er sie reihum ansah, musste Kern an ein Parlament denken. Vier Monate nach der Besetzung von Notre-Dame in jener Weihnachtsnacht, fünf Tage nach dem Auffinden von Mouss' Leiche waren in diesem steinernen Halbrund dieselben, oder doch beinahe dieselben, endlich zusammengekommen, um darüber zu reden, wie sie Einfluss auf ihr Schicksal nehmen könnten. Denn mehr, als den Mörder eines der Ihren zu finden und Gerechtigkeit einzufordern, ging es Kern darum, auf ihr Los aufmerksam zu machen. Zum ersten Mal seit Beginn dieser unglaublichen Geschichte hoffte der Priester, sie würden endlich von ihrem Recht, gehört zu werden, Gebrauch machen. Stavros, der neben dem Priester stand, gab gleichsam als Sitzungspräsident den Anstoß dazu.

»Ihr kennt den kleinen Priester hier. Seit der Besetzung der Kathedrale hat er uns nicht vergessen. Heute ist er wieder hier und will uns helfen.«

Der Clochard mit der schwarzen Kapuze schnitt dem Griechen das Wort ab:

»Was will er denn tun? Seit die uns aus Notre-Dame rausgeschmissen haben, hat uns keiner mehr mit dem Arsch angesehen. Die Gutmenschen mit dem pathetischen Tremolo in der Stimme, die blieben drei Tage, an Weihnachten. Dann sind sie nach Hause gegangen, in ihre gut geheizten Wohnungen, und haben Silvester gefeiert. Die haben wir nie mehr gesehen. Von den Journalisten hat man auch nie wieder einen Piep gehört. Ist ziemlich schnell erloschen, ihre Liebe zu uns Pennern! Das Leben der Stars und der Sportler bringt ihnen wahrscheinlich doch mehr ein.«

»Hoodie, du irrst dich. Pater Kern hat nicht aufgehört, sich mit uns zu beschäftigen. Seit vier Monaten hat er sich in einen Keller zurückgezogen und arbeitet unsere Vergangenheit auf.«

»He, was für eine Vergangenheit, Grieche?«

»Lass das meine Sorge sein. Glaub mir, er hat uns nicht vergessen. Ganz im Gegenteil!«

Kern sah erstaunt zu Stavros hinüber. Der Maler hatte ihn während der vergangenen vier Monate ganz offensichtlich auch nicht vergessen. Er hatte Erkundigungen über ihn eingeholt, hatte herausgefunden, dass er zwischen Poissy und dem Centre Wresinski pendelte, und so die zarte Beziehung, die zwischen ihnen entstanden war, am Leben erhalten. Aber weshalb? Ihre Blicke kreuzten sich, doch Kern hatte keine Gelegenheit, diese Frage zu stellen. »Hoodie« ließ nicht locker. Seine Gleichgültigkeit gegenüber dem Priester grenzte allmählich an Feindseligkeit.

»Von Pfaffen haben wir die Schnauze voll. Alles nur hohle Phrasen. Am Anfang wollen sie uns helfen, aber dann verlegen sie sich doch wieder aufs Beten. Rutsch mir den Buckel runter mit deinem bigotten Haufen! Im hohen Bogen ins Wasser mit denen!«

Pater Kern spürte, wie die Blicke der Obdachlosen auf ihm lasteten. Nur zwei, drei Meter hinter ihm floss die Seine. Er schrumpfte förmlich in sich zusammen. Ein weiteres Mal kam ihm Stavros zu Hilfe.

»Du irrst dich, glaub mir. Pater Kern will uns dabei helfen, den Mörder von Mouss zu schnappen.«

Plötzliches Schweigen. Jeder überlegte, was das in der Konsequenz bedeutete. Dann aber setzte ein Feuerwerk von Wortmeldungen ein.

»Weil die Polizei wohl nur Däumchen dreht, oder wie? Muss jetzt schon ein Pfaffe den Detektiv spielen?«

»Ach, von wegen! Ein Clochard, der aus der Seine gefischt wird? Einer mehr oder weniger, das ist denen doch scheißegal!«

»Für die sind wir doch eh nur Luft!«

»Als hätte es Mouss nie gegeben!«

»Als wäre er umsonst abgekratzt!«

»Notre-Dame und die ganze Besetzung, das hat für die gar nicht stattgefunden, oder was?!«

»Da bist du mal im Fernsehen, und am nächsten Tag haben sie dich schon vergessen.«

»Vielleicht sollte man sich bei diesen Sesselpupsern mal wieder in Erinnerung bringen, was?!«

»Du hast recht! Wir müssen was tun.«

»Und was schwebt dir so vor?«

»Wieder Notre-Dame besetzen? Diesmal zu Ostern? Sollen wir ihnen zeigen, wo der liebe Gott wohnt?«

»Ostern ist schon vorbei.«

»Und dadurch wird Mouss auch nicht wieder lebendig!«

»Genau, wir müssen den Mörder dingfest machen!«

»Das stimmt. Er hat recht, Stavros!«

»Er hat recht, der kleine Priester!«

»Und dann hängen wir ihn auf, diesen Hurensohn!«

»An den eigenen Eingeweiden, diesen Wichser!«

»Und das Fernsehen soll ruhig auch kommen.«

»Da werden sie aber ganz fix zur Stelle sein, das sag ich dir!«

»Wie die Geier um ein stinkendes Aas.«

Hoodie unterbrach sie alle. Er stand auf und deutete auf Kern.

»Also, ich bin skeptisch. Anstatt sich um unsere Vergangenheit zu bemühen oder den Kommissar zu spielen, sollte sich dein Priester hier lieber um was zu futtern für uns kümmern. Glaubt ihr, dass Mouss wieder lebendig wird, wenn wir seinen Mörder finden? Essen und Trinken, das wär's. Dafür hat zumindest der andere gesorgt. Von Zeit zu Zeit hatten wir mal 'nen vollen Bauch. Aber irgendwann war ihm sein Messwein dann wohl doch wichtiger. Das war der Einzige, der sich noch um uns gekümmert hat, obwohl wir den Arsch jetzt seit einer Woche auch nicht mehr zu Gesicht bekommen haben.«

Kern richtete sich auf.

»Der *andere*? Ein anderer Priester, meinen Sie?«

»He, Stavros, jetzt wird er auf einmal munter, dein kleiner Priester! Sobald er Konkurrenz wittert, plagt ihn auf einmal sein schlechtes Gewissen …«

»Verzeihen Sie, dass ich da nachhake. Soll das heißen, ein anderer Geistlicher hat Sie besucht?«

»Ganz genau, Monseigneur. Er war der Vorstand von irgend so 'nem Katholenverein und missionierte hier mit einer Bande kleiner Jungs. Alle adrett und mit schnurgeradem Scheitel. Die kamen abends, wenn es dunkel wurde, und teilten einen Becher Suppe und ein Stück Brot aus. Ich hab sie auch an der Bastille gesehen. Und am Châtelet. Ein oder zwei Mal auch beim Pont-Marie. Die sind, scheint's, durch ganz Paris getingelt. Manchmal schenkten sie sogar ein wenig Wein aus.«

»Und was haben sie so erzählt?«

»Na ja, was wohl? Die haben da keine großen Reden geschwungen. Eher so was wie ›Wollen Sie lieber Möhrensuppe oder Kartoffel-Lauch?‹ Und halt ihren üblichen Quatsch.«

»Und zwar?«

»Na, das ganze Ave-Maria und Vaterunser rauf und runter.«

Wider Willen zuckte Kern verärgert zusammen.

»Und sonst? Versuchen Sie sich zu erinnern. Es könnte von Bedeutung sein. Was sagten sie sonst noch?«

Hoodie machte eine kurze Pause.

»Sie wollten wissen, wie es Mouss ginge.«

»Wie bitte?«

»Ja, alle schienen ihn ganz besonders zu mögen. Sie wollten ihn unterstützen. Fragten, ob wir wüssten, wo er sich seit seiner Flucht aus dem Krankenhaus aufhielte. Ob er etwas zu essen hätte. Ich weiß das, weil ich sie mindestens vier oder fünf Mal getroffen habe, den Priester und seine Chorknaben, hier oder woanders. Sie stellten immer die gleichen Fragen.«

»Dieser Priester, der kostenlos Suppe verteilte, wie sah der aus?«

»Ziemlich alt. Ziemlich groß. Weiße Haare.«

»Weshalb sind Sie so sicher, dass es ein Priester war?«

»Na, weil er eine Soutane trug!«

Kern schaute zu Boden. Sein linker Schnürsenkel war seit heute Morgen offen. Er starrte auf seinen Schuh, rührte sich aber nicht. Es war Wind aufgekommen. Ein Windstoß rüttelte an seinem Hosenbein, und da hob er endlich den Kopf.

»Habt ihr es ihm gesagt?«

»Was denn?«

»Wo Mouss steckte?«

»Wo liegt das Problem? War das gar kein Geistlicher?«

»Doch, es war einer. Aber die Suppe, die er gratis ausgegeben hat, musstet ihr teuer bezahlen.«

Ein Murmeln lief über die Stufen. Der Wind kräuselte die Oberfläche der Seine, die schon bald kleine Wellen zu werfen begann.

»Also, habt ihr es ihm gesagt?«

Der Obdachlose kratzte sich durch die Kapuze den Schädel; seine Feindseligkeit war Verlegenheit gewichen. Schließlich rang er sich zu einer Antwort durch.

»Um es ihm sagen zu können, hätte man erst mal wissen müssen, wo Mouss überhaupt steckte. Also, ich hatte ihn zum letzten Mal da an Weihnachten in der Kathedrale gesehen. Er wurde wie ein Stück Fleisch in den Krankenwagen verfrachtet. Dann kam nichts mehr. Mouss war verschwunden. Wir hatten nur aus der Zeitung erfahren, dass er abgehauen war und die Polente das Hôtel-Dieu auf den Kopf gestellt hatte, um ihn zu finden.«

Kern und Stavros tauschten einen wissenden Blick. Hoodie hämmerte sich zur Bekräftigung seiner Unschuld mit den Fäusten auf die Oberschenkel.

»Nein, Monseigneur. Ich habe Ihrem Kollegen in der Soutane nichts verraten. Ich war es nicht, der Mouss ausgeliefert hat!«

Kern blickte in die Runde und trat einen Schritt vor.

»Hat sonst noch jemand diesen Priester und seine Helfer gesehen?«

Mehrere nickten.

»Sie stellten immer die gleichen Fragen, nicht wahr? Sie waren auf der Suche nach Mouss, richtig?«

Die Clochards nickten erneut.

»Wusste jemand von euch, wo Mouss sich versteckte? ... Hat jemand es ihnen gesagt?«

Schweigen auf den Stufen des Rondells.

»Hat jemand Mouss in dem Zeitraum von seinem Verschwinden aus dem Krankenhaus bis zu seinem Tod gesehen? Denkt nach. Jemand muss ihn doch in den vergangenen vier Monaten gesehen haben, jemand muss ihm über den Weg gelaufen sein, hier oder in einem anderen Viertel ...«

Stavros hatte sich auf die unterste Stufe zu den anderen Obdachlosen gesetzt, die sich flüsternd unterhielten, und beobachtete sie mit seinem einen Auge. Das Murmeln erstarb, kein Geräusch war mehr zu hören außer dem Wind in den Zweigen der Trauerweide.

Doch dann ließ sich von dort eine Stimme vernehmen.

»Ich. Ich habe ihn gesehen.«

Alle drehten sich um, nur Kern nicht, der Kristof schon hatte näherkommen sehen, mit kleinen, unsicheren Schritten, noch etwas angeschlagen von den vielen Bieren der vergangenen Nacht. Zögernd stand er da, gab sich dann einen Ruck und trat in das Halbrund, trotz seiner Körperfülle zerbrechlich und schüchtern wirkend, wie vom Wind hergetrieben.

»Ich habe gehört, du hast deine Tochter wiedergefunden. Das freut mich sehr! Nach all den Jahren ...«

Der Pole setzte eine Miene zum Steinerweichen auf. Kern spürte, dass er am besten nicht weiter auf das Thema einging.

»Erzähl, wo hast du Mouss gesehen? Hast du ihn gesprochen? Wo war er die ganze Zeit?«

Kristof klaubte sein spärliches Französisch zusammen.

»Mouss, ich habe ihn gesehen *w nocy*.«

»In der Nacht, ja? Du hast ihn eines Nachts gesehen.«

»Ja, genau. Nacht.«

»Wann war das? Lange nach Weihnachten?«

Kristof schüttelte den Kopf.

»*Teofania*.«

»Epiphanias. Also Anfang Januar, ja?«

»Ja, Januar.«

»Hast du ihn hier gesehen? Im Jardin Tino-Rossi?«

Kristof schüttelte den Kopf, kratzte sich am Kinn, es fiel ihm sichtlich schwer, seine Erinnerungen in Worte zu fassen.

»Beloventilo.«

Er wies mit dem Kinn in Richtung Seine und den Pont de Sully. Kern und die knapp zwanzig Clochards hingen an seinen Lippen.

»Ich verstehe nicht, was du sagst, Kristof. Sag es bitte auf Französisch.«

Der Pole grummelte frustriert.

»Beloventilo! Beloventilo!«

Kern zuckte hilflos mit den Achseln. Er sah zu Stavros hinüber, der seine Geste erwiderte.

»Hast du ihn irgendwo weiter weg gesehen? Weiter unten an den Quais? Was tatest du dort mitten in der Nacht? Warum warst du nicht bei deiner Tochter?«

Als er Kristofs Gesichtsausdruck sah, war Kern klar, dass er besser geschwiegen hätte. Seine Ungeduld und Anspannung verleiteten ihn dazu, unbedacht draufloszureden.

»Ich nicht bei meine Tochter schlafen. Ich will rausgehen. Unterwegs sein. Freunde besuchen. Reden, diskutieren. Bier trinken.«

Nach diesem Eingeständnis verließ Kristof das steinerne Halbrund und stapfte an der Ufermauer entlang in Richtung Notre-Dame. Nach ein paar Sekunden blieb er stehen und drehte sich um, erstaunt, dass niemand ihm folgte. Er deutete erneut auf den Pont de Sully und forderte sie in seinem französisch-polnischen Kauderwelsch auf, mitzukommen.

Es widerstrebte der Truppe, ihre Habseligkeiten den Blicken der ersten Jogger, der einsamen Großmütterchen und den Spaziergängern, die ihre Cockerspaniel ausführten, auszusetzen. Ihre Zelte und Schlafsäcke lagen noch ausgerollt auf dem Kautschukuntergrund des Spielplatzes, der dadurch wie ein riesiges Kinderzimmer wirkte. Sie einigten sich darauf, dass drei von ihnen zurückblieben und irgendwie aufräumten. Die anderen schlossen sich Kristof an, der ungeduldig auf und ab ging und unverständliche Kommentare in seinen Bart murmelte.

Er führte sie zum Pont de Sully. Die Schiffer der am Ufer vertäuten Lastkähne sahen der zerlumpten Kohorte nach, die da am frühen Morgen einem dahinwackelnden zerzausten Riesen folgte. Ab und zu löste sich eine Daunenfeder aus Kristofs Anorak. Die Clochards hinter ihm fingen sie in der Luft auf und bliesen sie weiter zur Seine.

In tiefem Schweigen gelangten sie schließlich zum weit geschwungenen Bogen des Pont de la Tournelle. Genau hier hatte alles begonnen, zwei Tage vor Weihnachten. Erst der Auftritt im Restaurant *La Tour d'Argent*, dann der Polizeieinsatz und Mouss' Sturz in die Seine. Auf der anderen Seite des Seine-Arms, fünfhundert Meter flussabwärts, zeichnete sich die filigrane Silhouette von Notre-Dame ab. Mouss' Leben schien sich auf dieser Strecke von anderthalb Kilometern am Seineufer abgespielt zu haben: im Freilichtmuseum der Skulptur, am Quai de la Tournelle und in Notre-Dame. Zum Schluss dann im Gerichtsmedizinischen Institut am Pont d'Austerlitz. Hier hatte er gelebt. Hier war er gestorben. Hier hatte man ihn obduziert. Die Scherben einer grünen Flasche schimmerten im Schein einer Neonleuchte oben am Gewölbebogen. Es roch nach Urin und abgestandenem Alkohol. Es schmeckte nach Tristesse. Es sah aus wie ein Pilgerzug zum Gedenken an Mouss.

Sie setzten ihre Prozession entlang dem Fluss fort und tauchten nun ins grelle Tageslicht ein. Direkt vor dem Backsteingebäude am Port Autonome bog Kristof nach links ab und ging ein paar Schritte die Rampe hinauf, die auf den Boulevard führte. Ein paar Autos parkten dort direkt unter den Lüftungsgittern des RER. Er blieb stehen, schaute sich zu Kern und den anderen Clochards um und musterte sie einzeln.

»Hier ich Mouss finden.«

Der kleine Priester trat vor und schloss zu Kristof auf.

»Hier bist du ihm im Januar begegnet? Wolltest du das sagen?«

»Ja.«

»Wo wollte Mouss hin? Hast du mit ihm gesprochen? Hat er dich erkannt?«

»Er will nirgendwohin. Er wohnt hier. Mouss versteckt sich hier.«

Kern blickte sich suchend um.

»Hier? Bist du sicher? Wo um alles in der Welt hätte er sich hier verstecken können?«

Der Pole trat nahe an die Mauer heran und deutete auf ein Lüftungsgitter, das einzige, das vom Boden aus zu erreichen war; es bestand aus vier einzelnen Elementen, deren mittlere beide mit einem Vorhängeschloss verriegelt waren. Er zog an einem, das auch gleich nachgab, da sein Mechanismus wohl schon seit langem ausgehebelt worden war. Quietschend öffnete sich das Gittertürchen. Kern, sehr bleich, trat näher, erhob sich auf Zehenspitzen und warf einen Blick durch die Öffnung ins Innere. Ein weiteres, etwa drei Meter langes, ebenfalls schadhaftes Gitter bildete dort mit der inneren Mauer einen Winkel von 45 Grad. Am Boden stapelten sich Kartons und Zeitungen, die den Luftzug abhalten sollten. Kern entdeckte zahlreiche Spuren von Mouss' Anwesenheit. Eine Decke, ein verdreckter Parka, Toilettenpapier, eine Plastikflasche, ein verwaschenes rosa Frotteehandtuch und ein Stück Seife lagen auf einem Häufchen in einer Ecke. In diesem Winkel, wo man sich nicht einmal richtig ausstrecken konnte, umtost vom Lärm der RER-Züge, hatte Mouss gehaust!

»Kristof? Hast du Mouss hier hineingehen sehen?«

»Mouss hier wohnen, ja. Beloventilo, ja.«

Kern ließ den Blick über die Außenmauer wandern. Oberhalb der vier Gitter war ein kleines Metallschild mit der Aufschrift MONTEBELLO VENTILO in den Stein eingelassen. Zwischen beiden Wörtern stand G+246.

»Großer Gott, Kristof ...! Hast du ihn danach noch einmal gesehen?«

Der Pole nickte.

»Mouss krank. Ich herkommen. Essen bringen für Mouss. Ich nehmen von mein Tochter. Brot. Camembert. Wurst. Äpfel. Socken. Mandarina. Seife. Ich bringen Medikamente. Aspirin. Die ganze Zeit Fieber, Durchfall. Husten. Blut spucken. Mouss sehr mager. Mouss nichts essen wollen.«

»Kristof ... Wie lange ging das so? Wie lange hast du ihn hier gepflegt?«

»Mouss sehr krank. Er bleibt immer Beloventilo. Immer ausruhen. Nichts essen. Winter kalt! Ich Angst haben, dass Mouss sterben. Winter sehr kalt, verstehen?«

»Wie lange, Kristof? Wie lange ging das so?«

»Eines Tages, *w nocy*, in der Nacht, ich komme wieder. Ich bringen Brot, Wasser, Aspirin, Mandarina, Camembert.

Draußen dunkel. Ich schaue in Beloventilo. Mouss nicht da. Ich suche überall. Mouss fort.«

»Wann war das, Kristof? Wie viel Zeit hat er hier in diesem Lüftungsraum verbracht?«

Kristofs wirre Beichte endete abrupt. Er legte das Gesicht in Falten, sein Kinn begann zu zittern, und große Tränen rollten ihm über die struppigen Wangen. Verschämt ließ er sie in seinen Bart kullern.

Der kleine Priester legte Kristof die Hand auf den Arm.

»Wann war das, Kristof? Wann hast du Mouss zum letzten Mal etwas zu essen gebracht?«

Zwischen zwei Schluchzern deutete Kristof mit angewinkelten Armen zwischen seinen Handflächen ein Zeitintervall an.

»*Teofania ... Wielki Piątek.*«

»Von Epiphanias bis ...? Was bedeutet das zweite Wort, Kristof?«

Stavros trat vor.

»Es kann eigentlich nur Karfreitag bedeuten, denke ich.«

Kristof nickte. Kern lächelte bitter.

»Karfreitag. Der letzte Tag der Leidensgeschichte Jesu Christi. Natürlich ... Das passt, nicht wahr, Stavros?«

Der Grieche zuckte mit den Schultern. Kern stützte sich auf den Kotflügel eines vor dem Lüftungsgitter geparkten Autos.

»Von Epiphanias bis Karfreitag. Also von Anfang Januar bis Mitte April. Mouss' Todeskampf hat dreieinhalb Monate gedauert. Dann kam jemand, der wusste, wo er sich verbarg, und holte ihn aus seinem Schlupfwinkel. Und dieser

Jemand hat ihn in die Seine geworfen, nachdem er ihn die schlimmsten Qualen hat erleiden lassen. Aber wer?«

»Ich nehme an, Sie haben da so eine gewisse Ahnung, Pater?«

»Sie irren sich, Stavros. Ich habe nur Zweifel, nur Vorurteile. Einen alten Groll, der mich für den Augenblick am Denken hindert. Aber von einem handfesten Beweis bin ich noch weit entfernt.«

»Dabei ist die Sache ganz einfach. Es gibt eine einzige Person in ganz Paris, die wusste, wo Mouss sich versteckt hielt. Und diese Person steht hier vor uns. Ich glaube, der Pole steckt tief drin in der Sache. Vielleicht ist am Ende er es, den wir bei seinen Eingeweiden aufhängen sollten ...«

Es war der Mann mit der Kapuze, der da gesprochen hatte. Er trat vor, seine tief ins Gesicht gezogene schwarze Kapuze verhinderte, dass man seine Augen sah. Die ganze Haltung des Mannes verriet seine Wut. Er kam auf dem feuchten Pflaster noch einen Schritt näher, und Kern dachte daran, dass er ein Messer mit Horngriff in der Tasche hatte.

»Na, Polacke? Erzählst du uns jetzt vielleicht, wie du Mouss für drei oder vier Sixpacks Kronenbourg verschachert hast?«

Kristof ging von den Tränen sofort zur Aggression über. Die beiden Männer warfen sich Beleidigungen in ihrer jeweiligen Muttersprache an den Kopf – zwei Hunde, die zähnefletschend an ihren zum Zerreißen gespannten Leinen zerrten. Hoodie zückte sein Messer. Kristof bedrohte ihn daraufhin mit dem Schraubenzieher. Die anderen rührten sich nicht vom Fleck und sahen gebannt zu, bis eine Stimme rief: »Los, mach ihn fertig, Hoodie!« und Kern bewusst wurde, dass Kristof aus einem unerfindlichen Grund seit dem ersten Tag, seit der Besetzung von Notre-Dame, als Sündenbock herhalten musste. Er hatte sich nicht in diese Gruppe Obdachloser integrieren können. Stets hielt er sich abseits, lebte allein und verließ sich nur auf sich selbst. Dass er seine Tochter wiedergefunden hatte und eine Art Zuhause besaß, hatte den Neid der anderen erweckt. Kristof war mutterseelenallein, das las Kern in seinem Blick. Und diesmal konnte er nicht auf Mouss' Hilfe zählen, er würde sich nicht schützend vor ihn stellen und die Gemüter besänftigen.

Wie ein Schatten glitt der Kapuzenmann an Kern vorbei und wollte sich gerade auf den Polen werfen, als eine kräftige Hand ihn am Kragen packte und so heftig zu Boden warf, dass der Stoff knackte. Mit einer Ruhe und Gelassenheit, ja beinahe Sanftheit, die ihn nie verließ, hielt Stavros den Angreifer am Genick, während er mit dem anderen Arm die Hand mit der Stichwaffe neutralisierte. Er hielt ihn noch immer umklammert, während sie – an ein bizarres Tänzerduo erinnernd – die zwanzig Meter bis zum Ufer der Seine zurücklegten, wo Stavros sich um die eigene Achse drehte und der andere plötzlich keinen Boden mehr unter den Füßen spürte und ins Wasser fiel. Er tauchte in den grünlichen Strom, um gleich darauf wieder aufzutauchen, endlich einmal hatte er die Kapuze nicht mehr auf.

Stavros kniete an der Wasserkante nieder und betrachtete Hoodie mit einer Art Wehmut. Dann streckte er endlich die Hand aus. Der andere kämpfte noch ein wenig, doch als er feststellte, dass er sich nicht allein aus dem Wasser hieven konnte, ergriff er Stavros' Pranke. Er zog den triefnassen Mantel aus und schlug ihn aufs Pflaster, damit er trocken wurde. Mit jedem Schlag schien seine Wut nachzulassen. Als er endlich keuchend innehielt, war das Messer, das er noch in der Hand hielt, eine letzte Kampfansage an Stavros. Dann trollte er sich in Richtung Skulpturenmuseum.

Kern hatte sich im Hintergrund gehalten. Aus einiger Entfernung beobachtete er den Griechen, der an der Kailinie niederkniete. Die unwahrscheinliche spirituelle Mischung, die Stavros' Geist beflügelte – sein Glaube an Jesus Christus und zugleich seine fanatische Treue zu Mouss –, schien ihm eine unerschütterliche Ruhe zu verleihen, um die ihn Kern, wie er zu seiner Überraschung feststellen musste, beinahe beneidete.

Ein wenig verschämt löste sich die Gruppe der Clochards nun auf. Einige folgten der nassen Spur des Kapuzenmannes zum Park Tino-Rossi. Andere nahmen den Weg über die Rampe zum Boulevard, auf der Suche nach irgendeiner Bank, auf der man den Tag verbringen konnte. Sie ließen Kern allein mit seinen Illusionen, seinen Hoffnungen, seinen Visionen von einem Parlament der Obdachlosen zurück.

Auch Kristof hatte sich davongeschlichen. Der kleine Priester hatte nicht einmal mitbekommen, in welche Richtung er verschwunden war.

Neben Kern war nur Stavros dageblieben, wie ein Geist beherrschte Mouss beider Gedanken. Jedes Mal, wenn das Rauschen eines durchfahrenden RER vom Gitter her zu hören war, drängten sich neue Fragen auf. Eine schwarze Silhouette schien über ihnen zu schweben, die Gestalt des

Abbé Cathrine in seiner altmodischen Soutane. Was war geschehen? Hatte der Abbé seine Drohungen in die Tat umgesetzt? Hatte er die Hinrichtung des jungen Clochards gesteuert?

»Und? Was machen wir jetzt, Pater?«

»Nichts.«

»Wie, nichts?«

»Es war falsch von mir, herzukommen, Stavros, und wieder Detektiv zu spielen. Beinahe hätte ich den Tod eines Menschen verursacht. Ich habe mich geirrt. Man sollte die Ermittlungen den Profis überlassen.«

»Sie meinen, den Vollidioten vom Quai des Orfèvres?«

Kern konnte seine Niedergeschlagenheit und Hilflosigkeit nicht verbergen.

»Ich werde zu Claire Kauffmann gehen und ihr berichten, was wir heute hier am Quai entdeckt haben.«

»Das ist aber gegen unsere Absprache, Pater.«

»Es tut mir leid, Stavros. Ich verrate Sie erneut. Von Anfang an habe ich ja nichts anderes getan.«

»Es ist noch nicht zu spät. Die Ermittlungen haben erst begonnen.«

»Es tut mir leid. Ich bin dem nicht gewachsen. Ich fahre jetzt nach Hause zurück.«

»Das kann ich leider von mir nicht behaupten.«

»Was meinen Sie damit?«

»Ich habe kein Zuhause. Also habe ich auch keine andere Wahl, als weiterzumachen. Und den Mörder von Mouss zu finden. Ihn der ganzen Welt vorzuführen. Verstehen Sie, Pater?«

»Verzeihen Sie mir Stavros. Ich kann Ihnen nicht helfen.

Und jetzt entschuldigen Sie mich bitte, ich muss zurück nach Poissy. Um 18 Uhr beginnt meine Messe, und ich habe die Predigt noch nicht vorbereitet. Ich habe nicht die geringste Ahnung, worüber ich sprechen soll!«

Er machte sich auf den Weg hinauf zum Boulevard.

»Pater? Sie können ja während der Messe ein Gebet für Mouss sprechen ...«

Kern blieb stehen und drehte sich um. Stavros stand noch immer am Lüftungsschacht.

»Da Sie ihn ein weiteres Mal fallen lassen, könnten Sie wenigstens ein kleines Gebet zu seinem Gedenken sprechen. Beten Sie für ihn, so wie Sie heimlich für Ihren Bruder beten. Den Sie im Krankenhaus haben verrecken lassen ...«

Die Tränen brannten auf Kerns Wangen. Er trocknete sie so, wie er es schon als Kind getan hatte: mit dem Ärmel.

»Wenn Sie wirklich für Mouss beten wollen, dann knien Sie vor dem Justizpalast nieder, Stavros. Meine Gebete bewirken nicht mehr als ein Luftzug. Man könnte meinen, sie verpuffen sofort.«

Er setzte seinen Aufstieg fort, ein kleiner Schatten im Lärm und in der Betriebsamkeit der Stadt, die immer mehr zunahmen. Irgendwann hatte er das Gefühl, die Stimme von Stavros noch einmal zu hören, der ihm zurief, er möge seinem Glauben an Jesus Christus treu bleiben und die Hoffnung nicht aufgeben, die Zukunft werde es erweisen, doch er war sich nicht sicher. Das Rauschen des Windes in den Bäumen war verstummt, das Brausen der Motorräder, Busse und Autos hatte es verschluckt.

18

Warum war plötzlich alles aus den Fugen geraten? Warum musste sie mit ihr unbedingt nach Notre-Dame gehen, das liebestrunkene Touristenpärchen spielen, in einem romantischen Impuls einem Vogel die Freiheit schenken, sich vor der Kathedrale mit ihr abknutschen? Wozu das alles – wenn nicht, das Glück herauszufordern, das ihr endlich zu lächeln schien?

Die Stimmung am Samstagabend war angespannt, der Sonntag ein Alptraum. Sie hatte ihr Löcher in den Bauch gefragt, in jenem Stakkato-Ton, dessen sie sich auch bei Vernehmungen oder Gegenüberstellungen bediente und der nicht nur ihre Kollegen, sondern zuweilen sogar sie selbst irritierte. Sie wollte herausfinden, wie weit Helena gegangen wäre, welches Aggressionspotential in ihr steckte, bis zu welchem Punkt sie Widerstand geleistet hätte. Hartnäckig hatte sie sie den ganzen Abend über mit ihren Fragen bombardiert, ohne mehr als ein paar einsilbige Antworten von der verstockten Helena zu bekommen. Das Gewitter grollte während eines Gutteils der Nacht, um schließlich am Sonntagmorgen auszubrechen. Tassen flogen durch die Luft, die Espressokanne, es hagelte verletzende Worte und Beleidigungen unter der Gürtellinie. Die Anschuldigungen prallten aufeinander wie zwei Rüstungen inmitten eines Scharmützels: »Deine Gewaltbereitschaft macht mir Angst, was soll diese Hysterie?« – »Du bist selbstgerecht! Warum spielst du immer das Opferlamm, das sich willig zur Schlachtbank führen lässt?«

Die heftig ins Schloss geworfene Wohnungstür besiegelte das Ende, klackende Absätze, die nach unten hasteten, ein »Blöde Ziege!«, das ihr vom ersten Stock in den Hof hinterherhallte. Nach Luft ringend war sie auf die Straße gerannt, hatte sich an der Hofeinfahrt den Knöchel verstaucht und sich für ihre zu hohen Absätze verflucht. Ein Stück weiter kam sie an einen kleinen Platz mit einer Kirche und einer Metrostation. Die Glocken läuteten. Die Gemeinde strömte heraus. Sie dachte: »*Die* Messe ist gelesen.«

Sie war spät dran. Sie hatte schlecht geschlafen. Sie hasste Montage. Und der heutige verhieß nichts Gutes. Madame Le Maguers sorgenvolles Gesicht vor ihrer Bürotür tat ein Übriges.

»Ich wollte Sie schon auf der Toilette suchen. Sie hatten Ihr Handy ausgestellt. Ich wusste nicht, wie ich Sie erreichen sollte!«

»Tut mir leid. Ich habe vergessen, es wieder einzuschalten. Was ist los?«

»Der Chef der Kripo wartet in Ihrem Büro auf Sie. Und zwar seit einer guten Viertelstunde.«

»Filippi? In meinem Büro?«

»Sagen wir mal: Er hat es regelrecht *besetzt*.«

Als sie eintrat, sah sie den Direktor der Kriminalbehörde mit einer Gesäßbacke auf ihrem Schreibtisch sitzen und in ihren Untersuchungsberichten blättern.

»Kann ich Ihnen helfen, Monsieur Filippi? Suchen Sie etwas?«

»Mademoiselle Kauffmann, nehme ich an?«

»Zumindest ist dies mein Büro.«

»Sie fragen sich sicher, weshalb ich hergekommen bin.«

»Eigentlich nicht. Aber Sie haben vermutlich die Güte, es mir zu erklären.«

Filippi vertiefte sich wieder in die Akten.

»Der Fall Mouss natürlich.«

Sie spürte auf einmal, wie sich ihr Magen verkrampfte. Seit zwei Tagen hatte sie es befürchtet. Die ganze Nacht über hatte sie daran gedacht und daher kein Auge zugetan. Tausend Gedanken schossen ihr durch den Kopf. Der Vorfall von Notre-Dame hatte bestimmt Spuren hinterlassen. Auf Gombrowicz' Diskretion konnte sie sich verlassen. Aber da waren ja auch die Polizisten in Uniform – ganz abgesehen von dem Kirchenpersonal, den Wachleuten, dem Rektor. Und vielleicht auch einigen Gemeindemitgliedern. Hatte jemand Helena angezeigt? Hatte sich jemand – getreu der französischen Vorliebe für Papierkram – in den Kopf gesetzt, einen Bericht zu verfassen? Hatten sie herausgefunden, dass sie darin verwickelt war? Hatte man sie neben der polnischen Fotografin erkannt? Die Fragezeichen tanzten vor ihren Augen, so dass sie sich schnell hinsetzen musste. In gespielter Gelassenheit schaltete sie ihren Rechner ein. Filippi schaute ihr von oben herab zu.

»Wie ich höre, haben Sie am Freitag im Revier drüben am Quai des Orfèvres geschnüffelt.«

»Verzeihen Sie, Monsieur Filippi, ich habe keine Ahnung, worauf Sie anspielen.«

»Sie haben bei unseren Nachrichtendiensten den Bericht über die Besetzung von Notre-Dame angefordert. Ein junger Dussel hat ihn Ihnen gegeben.«

Claire stieß einen leisen Seufzer der Erleichterung aus. Konnte es sein, dass Filippi nicht über den Vorfall vom Samstag unterrichtet war?

»Ich sehe, Sie sind gut informiert.«

»Nun, genau dafür gibt es ja unsere Nachrichtendienste.«

»Ich habe nur meine Arbeit getan, Monsieur Filippi. Ich versuche die Wahrheit in einem Fall herauszufinden, mit dessen Ermittlungen ich beauftragt bin. Ich ermittle. Oder, wenn Ihnen das lieber ist, ich schnüffle. Übrigens habe ich mir lediglich einen Polizeibericht besorgt, in dem es um mein Opfer geht. Seinem spärlichen Umfang nach zu schließen, bezweifle ich allerdings, dass er von großem Nutzen sein wird.«

»Was wollen Sie damit sagen?«

»Nichts. Nur dass ich ihn ausgesprochen dürftig finde.«

»Mademoiselle Kauffmann, auch die Polizei macht nur ihre Arbeit. Und sie macht sie gut. Hüten Sie sich davor, Gerüchte in Umlauf zu bringen, meine Beamten würden ihre Berichte zusammenschustern. Habe ich mich klar und deutlich ausgedrückt?«

»Absolut, *Monsieur le directeur.*«

»Ich habe Wichtigeres zu tun, als mir das Geschwätz

Ihrer Protokollantin anzuhören, während ich auf Sie warte. Wie weit sind Sie mit Ihren Ermittlungen?«

»Pardon?«

»Der Tod von Mouss. Wie weit sind Sie? Haben Sie einen Tatverdächtigen?«

»Also sind Sie doch nicht so gut informiert, wie es den Anschein hatte, Monsieur Filippi.«

»Ich habe Ihnen eine Frage gestellt.«

»Sie werden verstehen, dass ich darauf nicht antworten darf.«

»Wieso das?«

»Laufende Ermittlungen. Artikel 11 der Strafprozessordnung.«

»Wollen Sie mich auf den Arm nehmen?«

»Das würde ich mir niemals erlauben, Monsieur Filippi.«

»Man hatte mich vor Ihrer chronischen Respektlosigkeit und Ihrem mangelnden politischen Verstand gewarnt. Ersteres schert mich nicht. Aber glauben Sie mir, Mademoiselle Kauffmann, ohne das Zweite werden Sie es nicht weit bringen. Ich kann Ihnen sogar versprechen, dass Sie bald eine ziemliche Bauchlandung erleben werden!«

»Noch einmal, Monsieur Filippi, ich versuche meine Arbeit so gut wie möglich zu erledigen und dabei die Formfragen nicht aus den Augen zu verlieren. Im Übrigen empfehle ich Ihnen, sich vertrauensvoll an Commandant Landard zu wenden, der Sie über alle Details der laufenden Ermittlungen unterrichten wird.«

»Landard hat seit zweiundsiebzig Stunden keinerlei Informationen von Ihnen bekommen. Er hat Sie im Verdacht, aufs Geratewohl zu ermitteln, ohne die Unterstützung der diversen Abteilungen der Polizeidienste. Ich sage es Ihnen direkt ins Gesicht: So werden Sie das Ding gegen die Wand fahren. Wenn kleine Flittchen wie Sie auf eigene Faust ermitteln, verbrennen sie sich nur die Pfötchen!«

»Das merke ich mir, *Monsieur le directeur.*«

»Ich hätte es gern mitgenommen.«

»Was meinen Sie jetzt genau, Monsieur Filippi?«

»Das fragliche Dokument.«

»Welches Dokument?«

Filippi machte eine ärgerliche Geste.

»Na, den Bericht des Dokumentationszentrums natürlich. Den Gombrowicz Ihnen am Freitagabend gegeben hat. Sobald ich mit Ihnen hier fertig bin, knöpfe ich mir den Burschen mal vor!«

Ohne zu blinzeln, sah Claire ihm lange direkt ins Gesicht. Hätte Filippi sie etwas genauer beobachtet, wäre ihm aufgefallen, wie heftig ihr Puls am Hals schlug.

»Verzeihen Sie, aber Sie sitzen genau drauf.«

Er sprang auf.

»Sie sehen ja selbst, wie dünn er ist – Sie haben ihn nicht einmal unter Ihrem Gesäß gespürt. Leider kann ich Ihnen den im Augenblick nicht zurückgeben.«

»Wieso das nicht?«

»Ich möchte noch zwei, drei Dinge darin überprüfen.«

»Hatten Sie dazu am Wochenende keine Zeit?«

»Wie ich mir meine Zeit einteile, ist meine Sache.«

Filippi setzte sich wieder auf die Akte. Der Schreibtisch ächzte leicht unter seinem Gewicht.

»Zwingen Sie mich nicht, gleich nach meinem Besuch

bei Ihnen zum Landgericht zu gehen, Mademoiselle Kauffmann. Es gibt viele Möglichkeiten, einem Richter einen Fall zu entziehen, Ihnen muss ich doch wohl keinen Kurs in Verfahrensweise geben.«

Claire schluckte schwer. Zu ihrer Rechten hörte sie Madame Le Maguer etwas in ihre Tastatur hauen, und in ihrem Messagerfenster erschien eine einzige Zeile: »Was für ein Macho-Arschloch!«

Sie musste lächeln. Doch Filippi hatte sie ganz schön im Schwitzkasten.

»Gut, gut, Monsieur Filippi. Schließlich ist es ja ein Bericht Ihrer Abteilung. Also, zurück an den Absender.«

Diese Formulierung schien dem Chef der Kripo zuzusagen.

»Genau, Mademoiselle Kauffmann. Zurück an den Absender.«

Er erhob sich erneut, nahm das Dokument, faltete es der Länge nach und steckte es in die Innentasche seines Jacketts. Er machte eine spöttische Bemerkung über die Pflanzen auf der Fensterbank und schickte sich an zu gehen. Er hatte die Hand schon auf der Klinke, als er sich noch einmal umdrehte. Und seine Worte trafen Claire wie ein Uppercut kurz vor dem Ende einer Boxrunde.

»Ach, übrigens, Mademoiselle Kauffmann, was machen Ihre Liebschaften? Soweit ich verstanden habe, sind sie nicht unbedingt … sehr katholisch.«

Damit verschwand er. Wortlos und heftig atmend starrte Claire auf die von ihm offen gelassene Tür ihres Büros. Die Gespräche und Schritte draußen auf dem Flur drangen wie ein diffuser Geräuschbrei zu ihr. Der Justizpalast erschien ihr wie eine graue, unförmige Masse. Ihr wurde schwindelig, der ganze Raum, der ihr doch so vertraut war, tanzte vor ihren Augen – die Schreibtische, Stühle, Aktenordner und Computerbildschirme, sogar ihre Protokollführerin, die sie nur als undeutlichen Schemen wahrnahm. Er wusste es. Der Chef der Kripo hatte seinen Trumpf die ganze Zeit im Ärmel versteckt und ihn erst ganz zum Schluss ausgespielt. Man würde ihr den Fall entziehen. Es war nur noch eine Frage von Tagen, vielleicht Stunden. Ihre Feinde würden es genießen, sie der Befangenheit zu überführen. Sie hatte mit einer Zeugin geschlafen. Die sie auf die entscheidende Spur gebracht und ihr das Foto gezeigt hatte, auf dem der Anführer der Cohors Christi zusammen mit dem Rektor von Notre-Dame zu sehen war. Und um dem Ganzen die Krone aufzusetzen, hatte man sie in Gesellschaft dieser rothaarigen Furie gesehen, jener jungen Frau, mit der sie die Nacht verbracht hatte und die jetzt noch ihren Körper und ihr Denken beherrschte; gemeinsam hatten sie einen Eklat in einer Kathedrale ausgelöst, und das auch noch in Zusammenhang mit einem laufenden Ermittlungsverfahren! Der Kassationshof und der Präsident des Landgerichts brauchten sich nicht groß anzustrengen, Gründe, ihr das Verfahren zu entziehen, gab es unzählige – sie hatte sie Filippi auf dem Silbertablett gereicht.

Madame Le Maguer riss sie schließlich aus ihrer Apathie, indem sie sich ihr gegenüber hinsetzte.

»Sie sind ja bleich wie ein Leintuch, Claire.«

Die rollte mit ihrem Stuhl ein Stück zurück.

»Entschuldigen Sie, ich muss eben ...«

»... mal auf die Toilette, ich weiß. Wie fast jeden Morgen:

Sie flüchten sich dorthin, um sich kurz auszuheulen. Dann schminken Sie sich rasch und kommen wieder herein, als ob nichts gewesen wäre.«

Claire unterdrückte den Impuls aufzustehen.

»Bin ich so leicht zu durchschauen?«

»Nein, Claire, im Gegenteil. Die meiste Zeit verschanzen Sie sich hinter einer Mauer. Aber wir verbringen einen Gutteil des Tages zusammen und sitzen nur einen halben Meter voneinander entfernt. Und ich beobachte Sie. Daher weiß ich genau, wann etwas nicht stimmt.«

»Ich komme mir vor, als hätte er mir einen Boxhieb versetzt, wissen Sie. Als hätte er mich geschlagen.«

»Claire, hören Sie zu ...«

»Ich muss meinen Schreibtisch desinfizieren. Er hat draufgesessen mit seinem fetten, schwitzenden Arsch ...«

»Claire, bitte ...«

Die Protokollführerin zwang die Richterin, ihr in die Augen zu schauen. Wie magnetisch angezogen folgte Claire dem wohlwollenden, ruhigen Blick.

»Entspannen Sie sich, atmen Sie tief durch und hören Sie mir zu. Sie wissen doch genau, wie es läuft. Sie lassen ihre Muskeln spielen, weil sie in Wirklichkeit Schiss haben. Das ist ihre Art, sich zu beruhigen. Sich den Anschein zu geben, alles im Griff zu haben. Die unterschwellige Drohung, das ist ihre Geheimwaffe. Ständig setzen sie dieses Mittel ein. Es ist wie eine Droge, die sie sich in unserer Gegenwart injizieren, und abends masturbieren sie beim Gedanken daran. Wie wollen Sie das abstellen?«

»Ich weiß nicht. Ich schaffe es einfach nicht. Ich will die Dinge beherrschen, aber das Gegenteil ist der Fall.«

»Claire, nun hören Sie doch schon auf. Sie können nichts dafür. Diese Tatsache ist so alt wie die Weltgeschichte.«

»Was soll man also tun? Die Hände in den Schoß legen? Sich wie ein Lamm zur Schlachtbank führen lassen?«

»Wer spricht denn hier von Schlachtbank? Glauben Sie mir, Claire, dazu müsste er ja ein Wolf sein – und das ist er nicht.«

»Trotzdem, Filippi sitzt am längeren Hebel. Denken Sie an die Fabel, Madame Le Maguer. *Mit diesen Worten packte der Wolf das Lamm und fraß es einfach auf.*«

Die Protokollführerin, sonst so gelassen und zurückhaltend, sprang auf, als hätte sie eine Wespe gestochen. Sie ging zu ihrem Schreibtisch hinüber, kramte in einer Schublade und knallte einen Stapel Fotokopien vor Claire hin. Dann setzte sie sich wieder auf den Stuhl ihr gegenüber. In ihren Augen war ein seltsames Feuer, das Claire gar nicht an ihr kannte.

»Ich sage Ihnen was, Claire, wenn das Lamm bei La Fontaine seine Beine in die Hand genommen hätte, anstatt mit dem Wolf zu diskutieren, hätte es seine Haut gerettet. Wenn wir mit Gewalt konfrontiert werden, nutzt die frontale Auseinandersetzung oft nichts. Besser kommt man mit einer List ans Ziel.«

Als Claire den Blick auf den Aktenstapel auf ihrem Schreibtisch senkte, sah sie, dass die fraglichen Papiere ein weiteres Exemplar des berühmten Polizeiberichts waren.

»Sie haben eine Kopie davon gemacht?«

»Können Sie sich vorstellen, wie der Dicke drüben am Quai des Orfèvres beinahe vor Stolz platzt, weil er sein verdammtes Dossier zurückhat? Nein, Filippi hat nichts von einem Wolf. Eher ist er ein kleiner Köter, der sein Stofftier in die Hundehütte schleppt.«

Sie lachte glucksend, was Claire vollkommen überraschte.

»Was er da beim Hinausgehen gesagt hat, Claire, geht mich nichts an. Das ist Ihr Privatleben. Aber Herrgott noch mal, lassen Sie sich nicht alles gefallen!«

Unter dem komplizenhaften Blick ihrer Protokollantin schlug Claire die Akte auf. Sie brauchte nur ein paar Minuten, um sie zu überfliegen. Das, was sie bereits vor drei Tagen geahnt hatte, als sie das Dokument in ihrer Tasche hatte verschwinden lassen, sah sie nun bestätigt: Es stand so gut wie nichts darin. Mouss wurde als künftiger Staatsfeind Nummer 1 geschildert, dessen Weg zum gewalttätigen Aufwiegler dank kleinerer Delikte seit der Jugend bis hin zur Besetzung von Notre-Dame bereits vorgezeichnet war. Der Einsatz der Spezialeinheit BRI unter dem Kommando von Kommissar Flucklinger am Morgen des ersten Weihnachtsfeiertages wurde lang und breit dargestellt und als nationale Ruhmestat gefeiert.

»Was glauben Sie, weshalb Filippi diesen Bericht unbedingt wiederhaben wollte, Madame Le Maguer?«

»Vielleicht weil etwas wenig Schmeichelhaftes für die Polizeibehörden drinsteht?«

»Stimmt, das wäre eine Option.«

»Und was wäre die zweite?«

»Genau das Gegenteil: Was Filippi zu verbergen sucht, ist, dass ein wesentliches Element in seinem Bericht fehlt. Ein Element, das bewusst vertuscht worden ist!«

»Und zwar?«

»Erinnern Sie sich an die Zeugenaussage von Kristof?

Die Geschichte mit dem Kommando der Cohors Christi und ihrem Versuch, in die Kathedrale einzudringen? Der Pole sagte aus, dass er genau in dem Augenblick, in dem er sie auf den Bürgersteig zurückdrängte, eine Abordnung Polizeibeamter in die Rue de Cloître habe einbiegen sehen. Wenn die Pariser Polizei über den Vorfall Bescheid wusste, warum wurde er dann nicht in der Akte erwähnt?«

Madame Le Maguer machte ein verschwörerisches Gesicht.

»Damit der Abt auch weiterhin ruhig schlafen kann?«

»Genau das möchte ich herausfinden. Ich will ihn endlich vernehmen!«

»Er wird die Vorladung heute Morgen erhalten haben. Wenn alles klappt, ist er nächsten Dienstag hier.«

»In acht Tagen ... So lange kann ich nicht warten. In Anbetracht des Tonfalls, in dem das Gespräch mit Filippi gerade verlief, dürfte man mir spätestens Ende der Woche den Fall entziehen.«

Mit einer Geste, die ihre ganze Frustration zum Ausdruck brachte, klappte sie die Polizeiakte zu und warf sie beiseite.

»Warum arbeitet die Justiz immer im Schneckentempo? Was würde ich dafür geben, wenn er jetzt hier vor mir säße, ob mit oder ohne seine verfluchte Soutane!«

Gedankenverloren starrte sie auf das Kostüm ihrer Protokollführerin, ihre Pupillen flitzten hin und her. Dann erwachte sie auf einmal aus ihrer scheinbaren Lethargie, stürzte sich auf ihr Telefon und tippte hastig eine Nummer.

»Wen rufen Sie an?«

Claire hielt die Hand über die Sprechmuschel.

»Was glauben Sie, Madame Le Maguer, was hätte das Lamm am Ufer des Baches tun sollen?«

»Um dem Wolf zu entkommen? Das habe ich Ihnen doch schon gesagt: die Beine in die Hand nehmen.«

»Und dann?«

»Zum Gegenangriff übergehen. Sich schlauer erweisen als er ...«

»Und wie?«

»Indem es Hilfe geholt hätte.«

»Ja, aber wen?«

»Eben jemanden, der stark ist.«

»Genau!«

»So eine Art Schäferhund.«

»Richtig. Einen Schäferhund. Und zwar einen, der einem Wolf zum Verwechseln ähnlich sieht. Der in einem Rudel mitlaufen kann, ohne aufzufallen. Der aber nicht so grausam ist wie sie.«

Jemand hob am anderen Ende der Leitung ab. Claire nahm die Hand von der Muschel und strich sich die Haare zurück. Dann schaltete sie die Mithörfunktion ein. Schon beim ersten »Hallo« ihres Gesprächspartners bemerkte sie, dass etwas nicht stimmte.

»Xavier? Hier ist Claire. Haben Sie eine Sekunde? Sind Sie allein, oder ist Landard im Büro?«

»Ich bin allein. Aber raten Sie mal, wer gerade da war.«

»Wer?«

»Der Pascha.«

»Wen meinen Sie?«

»Filippi persönlich.«

»Was wollte er?«

»Was glauben Sie wohl? Mir eine Abreibung verpassen.«

»Weil Sie mir die Akte Mouss gegeben haben.«

»Korrekt!«

»Er hat sie sich heute Morgen bei mir im Büro geholt. Tut mir sehr leid, Xavier.«

»Er hat mich behandelt wie den letzten Idioten.«

»Tut mir leid.«

»Er hat meine Beförderung erwähnt. Oder besser gesagt, dass ich sie mir abschminken kann.«

»Tut mir leid.«

»Ich solle bloß aufpassen, meinte er. Sonst würde ich demnächst den Verkehr auf der Place Saint-Michel regeln.«

»Xavier?«

»Ja, Claire?«

»Ich muss Sie um einen Gefallen bitten.«

»Wissen Sie, was Sie da von mir verlangen?«

»Ich weiß nicht, an wen ich mich sonst wenden soll.«

»Machen Sie Witze oder was? Haben Sie gehört, was ich Ihnen gerade erzählt habe? Der Direktor der Pariser Kriminalpolizei persönlich hat mich auf dem Kieker. Was soll ich da für Sie tun?«

»Sie sind der Einzige, zu dem ich Vertrauen habe.«

»Das ist das dritte Mal in drei Tagen, dass Sie mich um einen Gefallen bitten. Zum ersten Mal am Freitagabend wegen des Berichts, dann am Samstag auf dem Vorplatz von Notre-Dame und jetzt, am Montagvormittag, schon wieder. Danke, dass Sie mich am Sonntag verschont haben!«

Claire sah flüchtig zu Madame Le Maguer hinüber. Sie wollte schon den Lautsprecher ausstellen, besann sich dann aber.

»Ich weiß, Xavier. Ich werde Ihnen nie genug danken können für das, was Sie am Samstag für mich getan haben. Sie kriegen von mir einen Treuebonus. Nach dem dritten Wunsch, den Sie mir erfüllen, haben Sie Anrecht auf ein Geschenk.«

»Ach ja? Was für ein Geschenk?«

»Das dürfen Sie bestimmen.«

Es gab eine Pause. Man hörte Gombrowicz schwer atmen.

»Ich wünsche mir, dass Sie Ihr Haar öfter offen tragen.«

»Kein Problem.«

»Werden Sie es bestimmt tun?«

»Schon geschehen.«

»Wirklich?«

»Ja klar, fragen Sie Madame Le Maguer. Schluss mit dem strengen Haarknoten.«

Erneut Stille am anderen Ende. Nur das schwere Atmen im Lautsprecher.

»Was also kann ich für Sie tun, Claire?«

»Wahrscheinlich wird mir schon sehr bald der Fall Mouss entzogen werden.«

»Filippi?«

»Filippi. Ich muss rasch reagieren. Ich brauche eine Information, die nur bei Ihnen auf dem Revier zu finden ist.«

»Was genau muss ich tun?«

Claire warf Madame Le Maguer einen beunruhigten Blick zu. Dass sie sich Gombrowicz so auslieferte, war ein großes Risiko.

»Claire? Sind Sie noch dran ...?«

»Ja, ich bin noch dran.«

»Also? Worin besteht der Gefallen, den ich Ihnen tun soll?«

»Na ja ... Wenn Landard wieder im Büro ist, möchte ich, dass Sie ihn ein wenig aushorchen ...«

Zumindest am Samstagabend hatte er die Messe gut über die Runden gebracht. Doch am Sonntag driftete er mitten in der Predigt plötzlich ganz in seine eigene Gedankenwelt ab. Erst die Stille im Kirchenschiff, eine ohrenbetäubende Stille, die die Fenster zum Zerspringen hätte bringen können, rief ihn in die Gegenwart zurück, zu seiner verdutzten Gemeinde, die ihn in Erwartung einer Geste oder eines Wortes ansah. Wie lange hatte seine Abwesenheit gedauert – eine Minute oder eine Stunde? Er hätte es nicht sagen können. Dafür wusste er genau, wohin ihn seine Erinnerungen geführt hatten. Zu jenem Weihnachtsmorgen, an dem die Geburt Christi mit einer absurden Welle der Gewalt kollidiert war. Er saß im Krankenwagen neben Mouss, der mit seiner eiskalten Hand nach ihm tastete. Immer wieder sah er den letzten Blick des jungen Mannes vor sich, bevor dieser in die Bewusstlosigkeit zurücksank.

Über sein Pult gebeugt, murmelte er eine Entschuldigung. Er stieß mit der Stirn gegen das Mikrofon, das dumpfe Geräusch hallte laut durch das ganze Gebäude. Endlich erwachten seine Schäfchen aus ihrer Starre. Er ging den Mittelgang entlang, während das Gemurmel immer lauter wurde. Als er bei den letzten Bankreihen angelangt war, hörte er diesen Satz, der ihm seitdem nicht mehr aus dem Kopf ging: »Sie hätten uns wenigstens einen Priester schicken können, der bei guter Gesundheit ist! …«

Zurück im Pfarrhaus, schloss er die Tür hinter sich zweimal ab. Er ging an dem Kruzifix an der Wand vorbei, ohne es eines Blickes zu würdigen, und stürzte ins Badezimmer, um sein Messgewand abzustreifen. Dann stand er nackt vorm Spiegel, wieder einmal, und betrachtete eingehend seinen Körper, berührte ihn, betastete ihn. Erstaunlicherweise fanden sich keine Spuren der Krankheit, keine Hautrötungen, die einen neuen Schub ankündigten. Kein Juckreiz, der den Schmerzen vorausging. Worauf wartete Er, warum ließ Er ihn nicht Mouss' Leiden teilen? Warum machte Er ihn nicht endlich wieder zu einem Menschen, der des Mitleids fähig war?

Schließlich warf er den Spiegel in die Badewanne; er zerbrach dabei nicht einmal.

In dem Schlafkämmerchen, dem Ort seiner durchwachten Nächte, zog er den Schuhkarton mit den läppischen Kindheitserinnerungen aus dem Schrank, als könne er die Zeit zurückdrehen und die unselige Verkettung der Umstände ungeschehen machen, die zum Tod seines Bruders geführt hatten. Auf den Nachttisch hatte er das schon vergilbte Schwarzweißfoto von ihnen beiden auf dem Schulhof gestellt. Über ihnen die Fenster der Kapelle. Zu ihren Füßen der schmutzige Schaumgummi-Fußball. Die abgeschürften Knie. Die strubbeligen Haare. Er selbst zart und kränklich unter seinem schwarzen Schopf. Augustin dagegen mit seinem Engelsgesicht und seinen blonden Haaren, seinem klaren Blick – sie wurden oft gefragt, ob sie denn tatsächlich Brüder seien –, in dem bereits ahnungsvoll die Trauer sich andeutete.

Als er nackt unter die Bettdecke schlüpfte, ließ ihn die Kühle der Laken frösteln. Das Telefon klingelte. Dann klopfte jemand an die Tür. Das Telefon klingelte erneut. Dann war die Welt verstummt. Er konnte die Augen schließen und sich wieder einmal in die Kindheit zurückflüchten.

Der Boden aus gestampfter Erde direkt vor der Kapelle. Die vergitterten Kirchenfenster, zum Schutz vor allzu heftigen Schüssen beim Fußball. Gleich daneben die Schulgebäude. Altes Mauerwerk aus Feuerstein und Mörtel, daneben ein moderner Anbau, von Le Corbusier inspiriert. Die Bauten umschließen einen leicht abfallenden Pausenhof mit betoniertem Boden, der am unteren Ende, unter einem Vordach, von vier Abflussgittern durchbrochen ist. In der Mitte, auf einem Sockel aus Beton, die Statue von Bayard, dem »Ritter ohne Furcht und Tadel«, die getreue Kopie eines Pariser Collège.

Die erdrückende Hitze eines endlosen Sommers. Eine, vielleicht zwei Wochen nach Schulbeginn. Die Fenster des Klassenzimmers sind weit aufgerissen. Das kleine Fensterchen der Kapelle ebenfalls. Es ist gerade Pause. Die Glocke hat geläutet. Die Knaben stürzen nach draußen. Auch die beiden Brüder – der kleine Dunkelhaarige und der große Blonde – begeben sich in den Hof. Sie sind nicht in derselben Klasse. Sie treffen sich, um gemeinsam ihr Pausenbrot zu verzehren. Der Blonde ist zwei Jahre älter und einen Kopf größer als der Dunkelhaarige. Sie sind neu an der Schule. Ihre Namen wurden erst vor kurzem in den marineblauen Kittel gestickt. Entgegen aller Logik ist gerade der Hübschere der beiden, der Blonde mit seinen anmutigen Bewegungen, Opfer der Hänseleien der älteren Schüler. Der Kleinere, Hässliche, Dunkelhaarige interessiert sie im Augenblick nicht. Vielleicht weil ihnen der strenge Blick aus seinen dunklen Augen ein wenig Angst macht. Ihn ignorieren sie lieber und stürzen sich auf den Großen, der ihnen mit seiner Schönheit ein Dorn im Auge ist und dessen Haar so blond ist, dass man es unbedingt beschmutzen muss.

Wie jeden Tag seit Beginn der Woche wird Augustin in den Winkel zwischen dem Schulgebäude und der Kapelle getrieben. Montag war der Tag der Beleidigungen, Dienstag war Trödelmarkt: Sie kippten sein Federmäppchen aus und verteilten die Stifte an die Anführer der oberen Klassen. Zerrissene Hefte, auf denen herumgetrampelt wird. Mittwoch kommt es dann zum ersten Mal zu Tätlichkeiten. Tritte gegen das Schienbein. Mittwochnachmittag ist frei, da darf es am Vormittag schon mal etwas heftiger zugehen.

Donnerstag. Ein gewittriger Tag. Seit dem Morgen schon grummelt der Donner. Der kleine Kern hört dem Lehrer in der Soutane nur zerstreut zu. Die Karte von Frankreich über der Tafel hat etwas Abstraktes, als wäre dies gar nicht sein Land, obwohl er doch hier geboren ist. Er weiß, dass er in zwei Stunden wieder Zeuge der Misshandlungen an seinem Bruder werden wird. Er weiß, dass er, starr vor Angst, an die Wand der Kapelle gepresst zusehen wird, wie sie seinen Bruder in jenem toten Winkel schikanieren, unbemerkt von den Aufsehern und Lehrern.

Donnerstag, 10 Uhr. Die Jungen stürmen auf den Hof, und das Gewitter entlädt sich. Es ist verboten, im Klassenzimmer zu bleiben, selbst wenn es regnet. Was einen nicht umbringt, macht einen hart. Und die Anführer nehmen den blonden Jungen in die Mangel, vor den tränenfeuchten Augen seines kleinen Bruders. Genau wie am Montag. Wie am Dienstag. Wie am Mittwoch. Heute regt das Gewitter die Phantasie an, stachelt zur Grausamkeit auf. Es regnet immer heftiger. Das gesamte Collège drängt sich unter dem Vordach, dort, wohin alles Wasser rinnt. Augustin wird dahin gezerrt. Auch der kleine Bruder, er hat dem Spektakel beizuwohnen. Man könnte den Blonden doch mal in den Gully stecken? Schon ist das Gitter gelockert, das hat man schon öfter gemacht, wenn eine Murmel oder ein Geldstück hineingerollt war. Augustin protestiert. Augustin wehrt sich. Gibt jeden Hieb zurück, doch es hilft nichts. Sie sind größer und zahlreicher. Das ist das Gesetz des Stärkeren. Die Tradition. Der Korpsgeist. Der Rektor, die Aufseher und alle Lehrer wissen natürlich Bescheid. In ein paar Tagen werden sie zusammen spielen, nunmehr unzertrennliche Kameraden, und das werden sie auch in dreißig Jahren noch sein. Die Jahrgangsbesten, die Elite Frankreichs. Sie werden sich an den besten Universitäten wiedersehen, werden Schlüsselstellen besetzen in der Wirtschaft, manchmal sogar in der Politik. Sie werden heiraten. Kein Mädchen aus ihrer Schule, denn noch ist es eine reine Knabenschule. Aber ein Mädchen aus ihrem sozialen Milieu, ein Mädchen aus gutem Hause, das ihnen eine ganze Kinderschar gebären wird. Die werden sie wiederum auf diesen Hof schicken, und die Kinder werden erneut das Gesetz des Stärkeren, des Älteren oder des Reicheren hinnehmen müssen.

Es regnet immer weiter, das Gitter ist nun entfernt. Ein

Ast hat als Hebel gedient. Der große Bruder wird mit Gewalt in die Öffnung gezwängt. Er schreit nicht mehr. Er hat aufgehört, sich zu wehren. Er nimmt die Demütigung hin, indem er sich ganz in sich selbst zurückzieht. Er schaut seinen kleinen Bruder an, wohl wissend, dass der nichts für ihn tun kann und dass er mindestens ebenso leidet wie er selbst. Dann verschließen die Anführer den Gully über seinem Kopf wieder, der große Bruder verschwindet aus dem Blickfeld des kleinen. Er stellt sich vor, wie der andere in dem Schacht steckt, von den Strömen des Regenwassers umbraust, das den Hof hinunterrinnt.

Minuten vergehen. Das Rinnsal ist zum Bach geworden. Wenn das Gewitter nicht aufhört, wird es zum Strom und reißt seinen Bruder in die Eingeweide der Erde mit. Was kann er nur tun?

Plötzlich Hoffnung: Ein Licht geht an in einem der Klassenzimmer der ersten Etage. Draußen ist es beinahe stockfinster geworden. Am erleuchteten Fenster zeichnet sich eine Soutane ab, der Lehrer für Geschichte und Geographie, der noch eben vom Frankreich der Jeanne d'Arc, des Karl Martell, dem Frankreich Bayards, dem unsterblichen Frankreich gesprochen hatte. Er hat den Angriff mitbekommen, von Anfang an. Gleich wird er sich aus dem Fenster lehnen, und sein markerschütternder Schrei, lauter als der Donner und der Regen, wird ihnen befehlen, Augustin aus dem Gully zu ziehen, ihn abzutrocknen und aufzuwärmen, sich bei ihm zu entschuldigen. Er wird ihnen sagen, dass sie lausige Christen sind. Er wird sie ins Büro des Rektors bringen, sie werden mit ein paar Backpfeifen bestraft, und der Gerechtigkeit wird Genüge getan sein.

Doch die Sekunden verstreichen. Die Anführer haben beschlossen, auch noch auf Augustin zu urinieren. Ihre rosa Schwänzchen gucken aus der Hose, während sie auf den wehrlosen großen Bruder in seinem Betongrab pinkeln.

Der kleine Kern weint, und seine Tränen vermischen sich mit dem Gewitter. Er hat verstanden. Die Soutane da oben wird nicht eingreifen. Vielmehr schaut sie zu, wie man einem Spektakel beiwohnt, von einem bequemen Sessel aus, und in den Augen des Mannes ist ein Blitzen, als fragte er sich, wie wohl die nächste Szene aussehen wird und wie das Ende.

Endlich ertönt die Klingel. Die Pause ist beendet. Die Jungs gehen zurück in ihre jeweilige Klasse, mit nassen Füßen und roten Wangen. Nur die Brüder Kern bleiben noch ein paar Minuten draußen, bis der Kleine unter großen Anstrengungen den Großen befreit hat, indem er das gusseiserne Gitter mit der Aufschrift *Pont-à-Mousson* zur Seite geschoben hat; bis der Ältere alles mit Schmutz und Pisse vermischte Wasser ausgespuckt hat; bis der Kleinere alle Tränen geweint hat, obwohl das Unwetter längst vorbei ist. Er kann es in Augustins Augen lesen: Etwas ist darin zerbrochen, schon jetzt und für immer. Die unschuldige Anmut ist dahin. Was davon noch übrig ist, stellt nicht mehr als einen faden Ersatz dar, eine Täuschung bis zum Einsetzen der Pubertät, jener Jahre des Aufbegehrens und der Gewalt.

Der kleine Kern wirft einen letzten fragenden Blick, in dem bereits kein Funken Hoffnung mehr ist, zu dem erleuchteten Fenster hinauf. Die schwarze Soutane ist verschwunden, als ob nichts gewesen wäre.

19

»Ich glaube, Ihr Wunsch wurde soeben erhört, Claire. Ob von Gott oder der Justiz, weiß ich noch nicht. Wie dem auch sei, er ist da.«

»Wovon sprechen Sie, Madame Le Maguer?«

»Von Abbé Cathrine. Er steht unten am Eingang zum Boulevard du Palais. Er fuchtelt mit seiner Vorladung in der Luft herum und verlangt, Sie zu sprechen. Die Polizisten wissen nicht recht, was sie mit ihm machen sollen. Sie erzählen was von seiner Soutane und seinem Alter. Ich glaube, das allein hält sie davon ab, ihn hinauszuwerfen.«

»Er hat es also tatsächlich gewagt ... und ist im hier Kampfanzug erschienen.«

Claire Kauffmann trat ans Fenster des kleinen Raumes, das auf den Boulevard hinausging. Sie öffnete es und steckte den Kopf hinaus in den Lärm der Stadt. Sie beugte sich über die Fensterbank, konnte aber nichts Ungewöhnliches erkennen. Wie jeden Tag zog sich die Schlange der Touristen, die die Sainte-Chapelle besichtigen wollten, über den gesamten Bürgersteig. Cathrine musste wohl schon einen Fuß in der Tür haben. Die Protokollführerin hatte noch immer den Telefonhörer in der Hand.

»Und? Was soll ich denen jetzt sagen?«

Claire schloss das Fenster wieder, ließ den Griff aber nicht gleich los, als müsste sie sich festhalten.

»Ich weiß es nicht ... Lassen Sie mich kurz nachdenken ...«

»Was soll ich ihnen sagen, Claire?«

»Ich weiß es nicht! Ich bin noch nicht bereit, ihn zu empfangen.«

»Sie werden ihn doch wohl nicht wegschicken!«

»Aber so hören Sie doch, ich habe mich auf die Befragung noch nicht vorbereitet!«

»Es ist noch nicht mal eine Stunde her, da sagten Sie, dass Sie alles dafür gäben, wenn er heute hier wäre. Und jetzt ist er da. Verdammt, Claire, tun Sie, was Sie wollen, lassen Sie Ihre Phantasie spielen, erfinden Sie etwas, improvisieren Sie, aber lassen Sie ihn nicht verschwinden, ohne ihn haarklein vernommen zu haben!«

Claire ließ den Fenstergriff los und ging zu ihrem Schreibtisch, auf dem die Akte Mouss lag. Sie strich kurz über den Aktendeckel, als ob sie den Inhalt dadurch in Sekundenschnelle erfassen wollte, dann drehte sie sich zu Madame Le Maguer.

»Sagen Sie den Polizisten, er soll hochkommen.«

Er wirkte viel älter als auf den Fotos von Helena, fand sie, als er eintrat. Vielleicht wegen des Justizbeamten, der ihn begleitete und dessen beeindruckende Statur den Geistlichen wie einen abgemagerten Greis in einer viel zu großen schwarzen Robe aussehen ließ. Auch die Soutane war vom Alter gezeichnet. Abgetragen, an einigen Stellen geflickt, als ob er sie seit seiner Priesterweihe nicht gewechselt hätte.

Claire Kauffmann hatte mit dem Erscheinen eines von Gott erleuchteten, rachsüchtigen Verrückten gerechnet. Der Abbé blieb jedoch ein wenig scheu und steif mit der Vorladung in der Hand in der Tür stehen, sichtlich erstaunt über die Enge des Raums. Der Polizist musste ihn sogar fragen, ob er ihn nun allein lassen könne oder ihn noch zu seinem Stuhl begleiten solle. Mit einer kleinen Geste lud ihn Claire ein, sich zu setzen. Der Alte legte die kurze Strecke, die ihn vom Schreibtisch trennte, in nervenaufreibender Langsamkeit zurück und nahm dann mit einem Seufzer ihr gegenüber Platz. Als ob er bereits von der Anhörung erschöpft wäre, die doch erst begann. Er zog ein Taschentuch aus der Soutane und putzte sich laut die Nase. Erst nachdem er das karierte Stofftaschentuch wieder sorgfältig in seiner Tasche verstaut hatte, bequemte er sich dazu, die junge Richterin anzusehen. Und was Claire Kauffmann da in seinen kleinen, eingefallenen Augen sah, ließ sie erschauern. Er blickte auf sie herab wie auf ein kleines Mädchen.

Die Richterin wandte den Blick ab und öffnete die Akte. Rechts neben ihr hielt Madame Le Maguer die Finger schon über der Tastatur.

»Ich sehe, Sie haben Ihre Vorladung mitgebracht, verehrter Abbé. Dann wissen Sie also, dass Ihre Anhörung eigentlich erst für nächsten Dienstag angesetzt ist. Sie haben sich sowohl in der Woche als auch im Tag geirrt.«

Mit all der seinem Alter geschuldeten Schwerfälligkeit streckte der Abbé den Arm aus und legte das Dokument vor die Richterin. Er drückte es umständlich platt, als wollte er es festkleben. Die junge Frau ließ er dabei nicht aus den Augen.

»Ich wollte, wenn ich so sagen darf, dem Aufruf zuvorkommen.«

»Und warum so voreilig?«

»Ich für meinen Teil bin nicht voreilig. Obwohl ich erfahren genug bin, um zu wissen, dass die Vorladung zu einem Ermittlungsrichter niemals etwas Harmloses ist, niemals, vor allem nicht, wenn man eine Soutane oder ein Kollar trägt.«

»Was wollen Sie damit andeuten?«

»Die Gerichte in dieser Republik stellen sich systematisch auf die Seite der Gotteslästerer. Man beruft sich auf die allen heilige Redefreiheit und entschuldigt damit die Schmähungen unseres Herrn Jesus Christus. Und wenn wir Christen dann zur Tat schreiten und unsere Stimme erheben, schickt uns die wohlmeinende Republik die Polizei und ihre Sicherheitstrupps auf den Hals.«

Claire Kauffmann machte eine Pause und blätterte in der Akte. Eine beeindruckende Ouvertüre, das musste sie ihm lassen.

»Bitte, Hochwürden, lassen Sie sich sagen, dass Sie hier nur als einfacher Zeuge geladen sind. Mit anderen Worten, Sie sind hier in keiner Weise verdächtigt oder angeklagt. Ich brauche lediglich Ihre Hilfe und Ihr Wissen bei den Ermittlungen, die ich gerade durchführe. Die Tatsache, dass ich Sie persönlich anhören wollte, ist nur der Sorgfalt geschuldet, mit der ich diesen Fall bearbeite.«

»Auf der Vorladung stand einfach nur ›eine Sie betreffende gerichtliche Angelegenheit‹… Um welchen Fall handelt es sich?«

»Das werde ich Ihnen gleich sagen.«

»Wunderbar. Wenn Sie darauf bestehen, kann ich aber auch erst nächste Woche …«

Er machte den Eindruck, als wolle er aufstehen. Die Richterin hielt ihn mit einer Geste zurück.

»Bleiben Sie sitzen, Herr Abbé. Wir kommen gleich zur Anhörung.«

»Genau das habe ich mir gedacht.«

»Wie bitte?«

»Wenn es hier jemand eilig hat, dann Sie.«

Claire Kauffmann tat so, als hätte sie diese Bemerkung überhört.

»Ich will Sie darauf hinweisen, dass Ihre Ausführungen von meiner Protokollantin festgehalten werden und Sie sie am Ende der Befragung unterzeichnen müssen. Es wird darin vermerkt sein, dass die vorgezogene Anhörung heute Morgen auf Ihre Nachfrage hin stattfand. Ich werde Sie außerdem bitten, einen Eid abzulegen. Schwören Sie, ohne Hass noch Furcht zu sprechen und die Wahrheit zu sagen, und nichts als die Wahrheit?«

»Gott ist mein Zeuge, Frau Richterin: Furcht und Hass haben mich nie geleitet. Und was die Suche nach der Wahrheit anbelangt, sie ist schlicht meine Lebensaufgabe.«

Die Richterin und ihre Protokollantin wechselten einen flüchtigen Blick.

»Wir sehen das jetzt mal als Ihren Eid an. Sonst sind wir morgen früh immer noch nicht weiter.«

»Wobei kann ich Ihnen helfen, Frau Richterin? Sie sprachen von einer Ermittlung.«

Mit einer Geste, von der sie wusste, dass sie den Geistlichen ärgern würde, legte sie ihren Papierstapel beiseite und tat so, als würde sie sich einer anderen Akte zuwenden. Ihr war klar, dass sie sich auf einem schmalen Grat bewegte. Einerseits stand sie unter Zeitdruck, weil Filippi ihr im Nacken saß; auf der anderen Seite wusste sie aus Erfahrung, dass eine solche Befragung viel Geduld erforderte; sie hatte bisher nur eine einzige Zeugenaussage, die von Kristof, und ein mögliches Beweisstück: die Fahne der Cohors Christi, die der polnische Obdachlose im Getümmel an sich gerissen hatte. Die Akte war also dünn und ihre Trümpfe zweitklassig. Mit Helenas Foto, das eine Verbindung zwischen Cathrine und Rieux belegte, konnte sie noch nichts anfangen, ihr war bewusst, dass sie es nicht verwenden konnte, solange die Unzuständigkeitserklärung drohte. Deshalb bewahrte sie es gesondert in ihrer Schublade auf, nicht im Beweisaufnahmeordner. Sie wagte sich auf unbekanntes Terrain vor, als sie den Abbé Cathrine ohne weitere Vorbereitung empfangen hatte. Jetzt durfte sie nichts überstürzen, musste aber trotzdem versuchen, den Geistlichen aus der Reserve zu locken. Und um das zu erreichen, musste sie genau jene Unverschämtheit einsetzen, die Filippi ihr gerade vorgeworfen hatte.

»Erzählen Sie mir ein wenig von den Cohors Christi, Hochwürden. Was verbirgt sich hinter diesem mysteriösen Namen? Eine Vereinigung begeisterter Latinisten?«

»Wir haben nichts zu verbergen, Frau Richterin. Wir sind ein eingetragener Verein, unsere Satzung ist in der Präfektur direkt gegenüber hinterlegt. Sie können sie nach Belieben einsehen. Was die Bedeutung unseres Namens anbelangt, so denke ich, dass sich in diesem großen Justizgebäude doch sicher ein lateinisch-französisches Wörterbuch finden lassen wird. Ich vertraue Ihnen da voll und ganz.«

»Was machen Sie genau? Was sind Ihre Aktivitäten? Chöre? Krippenspiele? Katechismus? Pfadfinderversammlungen?«

»Wir missionieren, Mademoiselle Kauffmann, genau das tun wir. Wir verstehen uns als eine Art Lobby des traditionsbewussten Katholizismus. Wir arbeiten an der Rechristianisierung Frankreichs und der Wiedererrichtung des heiligen Reiches unseres Herrn Jesus Christus. Wir organisieren Workshops zu Diskussionstechniken, bieten Rhetorikkurse an, um der subversiven Dialektik unserer Gegner besser begegnen zu können, aber auch Workshops, in denen unseren Mitgliedern ein paar Grundfertigkeiten eingeschärft werden: Versammlungen organisieren, Gruppen bilden, blitzschnell Demonstrationen auf die Beine stellen ... Und um voll und ganz auf Ihre Frage zu antworten: Ja, wir leiten auch Chöre, veranstalten Ferienlager für Pfadfinder und Besinnungstage mit Katechismus. Manchmal gehen wir sogar so weit, Suppe an die Armen in der Bevölkerung von Paris zu verteilen. Und was die Weihnachtskrippen angeht, da treffen Sie absolut ins Schwarze: Sie wissen sicher, dass sie im Namen Ihrer sakrosankten Laizität in öffentlichen Gebäuden alle Jahre wieder verboten werden. Es ist also unsere Pflicht, so viele wie möglich davon aufzustellen, allzeit und allerorten, um uns diesem absurden Diktat zu widersetzen. Also beschränkt sich unsere heilige Mission manchmal durchaus auch auf eine schlichte Krippe.«

In einer Ecke des Büros tippte Madame Le Maguer hektisch die Äußerungen des alten Mannes mit. Das ununterbrochene Klappern der Tastatur irritierte Claire Kauffmann. Wenn das in diesem Tempo weiterging, war das Protokoll der Anhörung bald länger als die gesamte Ermittlungsakte.

»Wie lange sind Sie schon ihr Anführer?«

»Ich bin nur ihr Abt, Frau Richterin. Ihr geistiger Führer. Ich bin weder Anführer noch Feldherr. Unsere zellenartige Struktur erlaubt es jedem, seine Motivations- und Führungsqualitäten ganz individuell einzubringen.«

»Könnten Sie mir über diese Zellen etwas mehr verraten?«

»Sehr gerne. Es sind kleine Gruppen, die sich Gehör verschaffen und in Aktion treten sollen. Der Zusammenschluss einer kleinen Gruppe von Freunden sozusagen. Acht bis maximal zehn Personen. Jede Zelle bringt außerdem eine weitere Zelle hervor, und auch diese Zellen können wiederum weitere bilden. ›Mehret euch und seid fruchtbar‹, sagt uns das 1. Buch Mose, ›und füllet die Erde ...‹«

Dieses Klappern der Tastatur ... Claire hätte ihre Protokollführerin am liebsten angeschrien, sie möge endlich ihren Computer ausschalten oder ihn aus dem Fenster werfen und auf dem Boulevard zerschellen lassen. Sie beruhigte sich aber damit, auf den zerfransten Saum zu starren, der von Cathrines Soutane herabhing.

»›In Aktion treten‹ ... was meinen Sie damit? Welche Art von Aktion wären Sie bereit durchzuführen, um Frankreich zu rechristianisieren?«

»Sie kennen die Antwort auf die Frage doch schon. Wir achten darauf, unsere Aktionen so weit wie möglich zu mediatisieren. Um die Gottlosigkeit wirkungsvoll bekämpfen zu können, muss man heute eine perfekte Kommunikationsstrategie haben. Wir wollen doch nur die Gottlosen aus Frankreich vertreiben.«

»Würden Sie auch Gewalt ausüben?«

Cathrine machte ein bestürztes Gesicht.

»Die Cohors Christi werden von der christlichen Botschaft ›Liebe deinen Nächsten wie dich selbst‹ geleitet. Dies ist unser einziger Grundsatz, Mademoiselle Kauffmann.«

»Ich stelle Ihnen die Frage noch einmal, Herr Abbé. Und ich möchte, dass Sie eindeutig darauf antworten: Würden Sie dafür auch zur Gewalt greifen?«

»Verraten Sie mir erst, warum Sie mich vorgeladen haben?«

»Wegen Mouss, dem Obdachlosen. Deshalb habe ich Sie herbestellt.«

»Na endlich ... Haben Sie den endlich erwischt ...«

»Was soll das heißen?«

»Haben Sie ihn verhaftet? Es wurde, ehrlich gesagt, auch Zeit, dass er für diese bedauerliche Besetzung zur Verantwortung gezogen wird. Das gibt mir ja wieder ein wenig Vertrauen in die Justiz dieses Landes.«

»Mouss wird nicht zur Verantwortung gezogen werden, Herr Abbé.«

»Ach. Und warum nicht?«

»Weil er tot ist. Das wussten Sie nicht?«

Cathrine bekreuzigte sich verschämt.

»Nein. Das habe ich nicht gewusst. Friede seiner Seele. Falls er eine hatte.«

»Ich ermittle hier wegen vorsätzlicher Tötung in Tateinheit mit Folter und Barbarei.«

Der Geistliche zog erneut sein Taschentuch hervor und putzte sich die Nase.

»Sollte die Gerechtigkeit Gottes der menschlichen in diesem Fall zuvorgekommen sein?«

»Ist das das Einzige, was Ihnen zum Mord an Mouss einfällt?«

»Das wäre zu einfach, Frau Richterin. Als Mann der Kirche kann ich mich am Leid meiner Mitmenschen natürlich nicht erfreuen. Es trifft mich sozusagen in meinem eigen Fleisch und Blut. Man muss aber auch das Exemplarische darin sehen und sich fragen, warum es manchmal gut sein kann, jemandem Leid zuzufügen.«

»Sie empfinden den Tod von Mouss als beispielhaft?«

»Ich empfehle Ihnen dringend die Lektüre von Thomas von Aquin. Sie, die Sie Ihre Zeit damit verbringen, Leute vor Gericht zu bringen, finden sicher großen Trost darin.«

»Würden Sie mir vielleicht einen Schnellkurs geben?«

»Mouss wurde nicht für seine Sünden bestraft, Mademoiselle Kauffmann. Er wurde von ihnen geheilt. Das ist der grundlegende Unterschied zwischen rachsüchtiger Strafe und heilendem Leid ... Das werde ich einer erfahrenen Juristin sicher nicht erklären müssen.«

»Mouss wurde also zu seinem eigenen Wohl gefoltert?«

»Oder genauer gesagt, zur Erlösung von seinen Sünden.«

»Diejenigen, die ihn gequält haben, haben also ein Werk der Barmherzigkeit vollbracht ...«

»Ich war mir sicher, Sie würden die thomistische Idee der Barmherzigkeit verstehen. Schließlich haben Sie ja mal als Vertreterin der Staatsanwaltschaft angefangen. Haben

Sie nicht, wenigstens manchmal, das Gefühl, dass Sie Ihre Anklagerede zugunsten des Sünders führen?«

»Ich sehe, Sie haben sich über meinen Werdegang informiert, bevor Sie hergekommen sind.«

»Sehen Sie darin bitte nichts Negatives. Ich interessiere mich einfach für die Menschen.«

»Verzeihen Sie, dass ich noch einmal auf Sie zurückkommen muss, Herr Abbé, aber was genau waren die Sünden, die Mouss begangen hatte? Sie betonen das ja geradezu ... Dass er Hunger hatte? Dass ihm kalt war? Dass er im absoluten Elend leben musste?«

Cathrine lächelte ein wenig mitleidig.

»Ich hatte nicht erwartet, solche Journalisten-Klischees aus Ihrem Munde zu hören, Frau Richterin. Die gehören eher in eines der Käseblätter, die von den Linken herausgegeben werden. Dass Mouss im Elend gelebt hat, war eine Tatsache, aber keine Entschuldigung. Er war trotzdem ein Ungläubiger, ein Schänder und, Ihren eigenen Kriterien zufolge, ein Verbrecher. Das Eindringen in den Altarraum der Jungfrau Maria war schlicht und einfach eine Schändung. Der Zorn Gottes war die unabwendbare und gerechte Folge.«

»Sie vergessen dabei, dass Mouss nicht vom Blitz getroffen wurde oder von einem Stein, der vom Himmel fiel, Herr Abbé. Diejenigen, die ihn zu Tode gequält haben, waren aus Fleisch und Blut.«

»Gottes Gerechtigkeit braucht eben einen weltlichen Arm.«

»Im Mittelalter hätten Sie einen hervorragenden Inquisitor abgegeben ...«

»Ich? Herr im Himmel! Ich kann keiner Fliege was zuleide tun. Als Kind hat mich der Anblick von Blut genauso sicher dazu gebracht, mich zu übergeben, wie ein Löffel Lebertran.«

»Und trotzdem sind Sie nahe dran, Folter für das Erreichen bestimmter – wie soll ich sagen – therapeutischer Ziele zu befürworten ... Von da aus ist es doch nur noch ein kleiner Schritt bis zu dem Gedanken, Sie hätten auf göttlichen Befehl hin Richter über Leben und Tod spielen können. Einen Schritt, den ich fast versucht wäre zu gehen ...«

»Wie viele Einschränkungen, wie viele Konjunktive in Ihrer Ausdrucksweise ... Sie scheinen sich Ihrer Sache nicht besonders sicher zu sein ...«

»Ich kann deutlicher werden, wenn Sie wollen. Möchten Sie den Raum hier als mutmaßlicher Mitwisser verlassen, vielleicht sogar mit einer Anklage?«

Cathrine sah sie zerknirscht an.

»Schauen Sie, Claire ... Hatte ich denn so unrecht, dieser Anhörung zu misstrauen? Und habe ich nicht im Gegenteil ganz richtig daran getan, Sie aufzusuchen, um Klarheit in die Sache zu bringen? Von Beginn dieser Anhörung an habe ich den Eindruck, Sie wollen mir unterstellen, ich hätte etwas mit dem Tod von diesem armen Tropf zu tun. Sie haben mich zum Reden gebracht und wollten mittels Ihrer Suggestivfragen einen Besessenen, ein Monster, einen Folterknecht aus mir machen. Dennoch werden Sie, sehr verehrte Claire, wenn Sie meine ordnungsgemäß unterzeichneten Aussagen noch einmal durchlesen, erkennen müssen, dass ich nichts gesagt oder getan habe, was Ihren angeblichen Verdacht bestätigt. Ich habe diese abgekarteten Befragungen satt. Nichts als Spitzfindigkeiten. Ich habe nur über Meinungen und Ideen gesprochen. Soweit ich weiß, ist das selbst in diesem zunehmend degenerierten Land noch kein Vergehen. Und, von all dem einmal abgesehen, haben Sie, Frau Richterin, nicht den kleinsten tatsächlichen Beweis gegen mich.«

Claire Kauffmann griff nach einem Schlüssel, der unter ihrem Computerbildschirm lag, und öffnete damit die oberste Schublade ihres Schreibtischs. Sie tat es mit einer Hektik, die eigentlich gar nicht zu ihr passte. Die Schublade schnellte auf und knallte an die Anschlagvorrichtung. Zum Vorschein kam ein durchsichtiger Plastikbeutel, in dem sich ein zusammengefaltetes Stück seidiger Stoff befand. Unter dem Beutel sah ein Schwarzweißfoto hervor. Auf der Nachtaufnahme konnte man eine Fahne erahnen und im Hintergrund die Silhouetten zweier Männer, von denen einer eine Soutane trug. Nach kurzem Zögern nahm die Richterin das Banner, das Kristof den Männern der Cohors Christi entrissen hatte, und warf es auf den Papierstapel vor ihr.

»Und was ist das?«

Der alte Geistliche sah ungerührt auf den Beutel. Er hüllte sich plötzlich in absolutes Schweigen. Die Tastatur von Madame Le Maguer hörte auf zu klappern. Die Richterin spürte, wie sie allmählich die Geduld verlor. Sie griff nach der Fahne, riss die Plastikverpackung auf und breitete sie großflächig über den Akten aus.

»Erkennen Sie sie jetzt?«

»Natürlich. Es ist eines unserer Banner. Wo haben Sie es gefunden?«

»Bei einem der beiden Obdachlosen, die Notre-Dame besetzt hatten. Aber die eigentliche Frage lautet doch: Woher hatte er es?«

»Frau Richterin, da bin ich ganz Ohr.«

»Er hat es einer Gruppe vermummter Männer entrissen, die versucht haben, in Notre-Dame einzudringen.«

»Als die Kathedrale besetzt war?«

»Am Morgen des 24. Dezembers, genau.«

Der Abbé musste ein wenig lachen, was ihn zwang, erneut sein Taschentuch zu zücken.

»Wer anderen eine Grube gräbt, fällt eben selbst hinein ...«

»Das ist alles, was Sie dazu zu sagen haben?«

»Was soll ich denn sonst dazu sagen? Ist das wirklich alles, was Ihre Akte zu bieten hat? Die Aussage eines weinseligen Obdachlosen, unser Banner und ein paar vermummte Männer? Sollte das Banner wirklich uns gehören, kann ich Ihnen versichern, dass wir immer mit offenem Visier kämpfen; Masken und andere Arten von Vermummung sind nicht unser Stil; die Gruppe, die versuchte, in Notre-Dame einzudringen, gehörte also, falls es sie überhaupt je gegeben hat, nicht zu den Cohors Christi. Ihr Obdachloser hat gelogen. Wer weiß, vielleicht hat er unser Banner später auf dem Kirchenvorplatz gefunden, wir haben bei unseren Demonstrationen immer eine Menge davon bei uns.«

»Es war aber so, Herr Abbé, dass sich diese Bande von Dilettanten, die Ihre Fahne schwenkte, gar nicht mit Gewalt Einlass zur Kathedrale verschaffen musste.«

»Und wie das?«

»Sie hatten die Schlüssel.«

»Ein Grund mehr, weshalb diese Leute nicht zu unserer Vereinigung gehören konnten. Ich habe allenfalls die Schlüssel von Saint-Nicolas-du-Chardonnet, aber ganz sicher nicht die von Notre-Dame.«

»Sie haben keinerlei Beziehungen zu Notre-Dame?«

»Beziehungen? Wovon sprechen Sie? Von einer Art Privatclub, wo man sich über die neueste Mode bei Messgewändern austauscht?«

»Ich stelle Ihnen die Frage noch einmal, Abbé: Haben Sie irgendeine Verbindung zu irgendeinem der Geistlichen von Notre-Dame?«

»Absolut keine.«

Claire Kauffmann fixierte den Mann einen langen Augenblick. Sie spürte, wie sehr sich ihre rechte Hand von der noch immer offen stehenden Schublade angezogen fühlte. Sie gab dem Impuls schließlich nach und zog das Foto heraus, das Helena in der Nacht vom 23. auf den 24. Dezember gemacht hatte.

»Erkennen Sie diesen Ort?«

»Das Foto wurde auf dem Vorplatz der Kathedrale gemacht, nicht wahr?«

»Und da, in der Ecke, hinter der Fahne, erkennen Sie sich?«

»Ja, das bin ich.«

»Sie unterhalten sich allem Anschein nach sehr angeregt mit einem Unbekannten. Aber wer könnte das sein? In Anbetracht des Kragens, den ihr Gegenüber trägt, würde ich auf einen Priester tippen. Er scheint recht jung, um die vierzig höchstens, hat ungeachtet der beginnenden Glatze ein ziemlich sportliches Aussehen, trägt eine kleine, runde Intellektuellenbrille ...«

»Verausgaben Sie sich nicht zu sehr, Claire, wo wir beide doch wissen, um wen es sich handelt.«

»Ich möchte, dass Sie es mir sagen, Herr Abbé. Das würde mir eine große Freude bereiten.«

»Na dann ... Es handelt sich um Monseigneur Rieux Le Molay, den Rektor von Notre-Dame de Paris.«

»Also, Monsieur Cathrine? Eine Erklärung?«

»Ein paar nächtliche Worte zwischen zwei Priestern. Das scheint mir nichts Außergewöhnliches zu sein. Ein bloßer Händedruck ist noch keine ›Beziehung‹.«

»Sie streiten also ab, den Rektor von Notre-Dame näher zu kennen?«

»Ich weiß natürlich um den Ruf, den er genießt. Und ich habe eine gewisse Bewunderung für seine Dynamik und die Art, wie er Tradition und Moderne miteinander verbindet. Dennoch, und das dürfte Ihnen bekannt sein, feiern wir unsere Messen nicht nach denselben Riten. Und mal ehrlich, was sollte er unter diesen Umständen tun? Er konnte wohl kaum zu den Islamisten in ihren Djellabas rübergehen, die nur einige Meter entfernt standen, und sie begrüßen!«

»Was hat er Ihnen in jener Nacht gesagt?«

»Meine Güte, das habe ich längst vergessen ... Es hat doch nur ein paar Augenblicke gedauert ... Er hat mir die Hand geschüttelt. Er hat uns ein paar aufmunternde Worte gesagt, so ungefähr, dass es heute Nacht kalt werden würde und wir daran denken sollten, uns warm einzupacken ...«

»Wie eine Mutter, der Herr Rektor! Sagen Sie ... Hat er

Ihnen vielleicht auch, nachdem er Ihnen so fürsorglich die Wintermäntel zugeknöpft hat, einen Schlüssel für eine bestimmte Tür in der Kirche mitgegeben?«

»Großer Gott, wozu denn?«

»Das habe ich Ihnen doch vorhin schon gesagt. Damit Ihre jungen Fanatiker mit der Fahne in der Hand ihre Expedition durchführen konnten.«

»Also jetzt artet das Ganze aber wirklich in Besessenheit aus. Ich sage Ihnen noch einmal, dass ich nichts von diesem sogenannten Kommando weiß. Die Cohors Christi haben keine Tür aufgebrochen, egal, ob sie schwarz, braun oder rot war. Die Türschlösser von Notre-Dame, ebenso wie jeder kleinste ihrer Steine sind für uns absolut heilig.«

»Welche Farbe, haben Sie gesagt, hatte die Tür?«

Cathrine machte eine Pause.

»Aber das habe ich Ihnen gar nicht gesagt, Frau Richterin, aus dem einfachen Grund, weil ich gar nicht weiß, durch welche Tür Ihr vermeintliches Kommando versucht hat einzudringen.«

Claire Kauffmann sah wieder in ihre Akte. Cathrine hatte das Ganze im Griff. Sie verstrickte sich mit jeder Frage nur mehr, die sie ihm stellte. Jetzt war ihre Schublade leer. Sie hatte ihre einzigen beiden Trümpfe ausgespielt und machte sich Vorwürfe deswegen. Das Verhältnis kippte langsam. Bald würde er sie wie der Staatsanwalt ansehen. Und der nächste Versuch, den sie unternahm, erschien ihr, nachdem sie den Gesprächsverlauf im Protokoll später mit klarem Kopf noch einmal gelesen hatte, geradezu unglaublich, verzweifelt, ja selbstmörderisch.

»Ich werde Ihnen sagen, was ich denke, Abbé: Ich glaube, dass Ihre Cohors Christi keineswegs nur Krippen aufstellen, Kantaten singen und Rhetorikkurse abhalten. Ich glaube, dass sie gewalttätige Aktionen vorbereiten. Ich glaube, dass man ihre Zellen sogar als paramilitärische Kommandos bezeichnen könnte. Ich glaube, dass sie letzten Dezember versucht haben, in Notre-Dame einzudringen, um die Obdachlosen von dort zu vertreiben. Deren Besetzung der Kirche war ihnen ein Dorn im Auge, es war ein Sakrileg für sie. Ich glaube, dass ihnen jemand die Schlüssel zur Kirche gegeben hat, Rieux, um genau zu sein. Ich glaube, Ihre jungen Eiferer haben sich dann an einem der Obdachlosen, der stärker war als erwartet, die Zähne ausgebissen. Ich glaube, dass diese Niederlage zu einem hemmungslosen Bedürfnis nach Rache geführt hat. Ich glaube, dass Sie, nachdem die Kirche von der Polizei geräumt worden war, versucht haben, Mouss wiederzufinden. Ich glaube, dass Sie das viel Zeit gekostet hat, mehrere Wochen, Monate sogar, aber dann haben Sie ihn schließlich geschnappt. Und diese Verfolgung hat böse geendet. Ihre jungen Krieger haben sich von ihrem jugendlichen Ungestüm und ihrer Aggressivität leiten lassen und dabei locker die Grenze zwischen Gewalt und Barbarei überschritten.«

Cathrine sah kurz zu Madame Le Maguer hinüber, als bedürfte er einer Zeugin. Dann begann er, ohne dabei seine bescheidene und bekümmerte Haltung abzulegen, die er seit Beginn der Anhörung an den Tag gelegt hatte, zu applaudieren – zurückhaltend, höflich, wie nach einem Theaterstück, das man alles in allem eher schlecht fand.

»Und diese ganze Geschichte haben Sie sich aus einem Händedruck und einem Seidenbanner zusammengereimt?

Frau Richterin, Sie sollten die Magistratur verlassen und Schriftstellerin werden ... Wenn Sie die unzähligen, stilistisch ungeschickten ›Ich glaube‹ einmal weglassen – man merkt, die dienen nur dazu, Sie selbst vom Wahrheitsgehalt Ihrer Geschichte zu überzeugen –, dann haben Sie hier auf dem Rechner Ihrer Protokollantin schon den Anfang eines feinen kleinen Krimis.«

Cathrine rutschte bis an die Kante seines Stuhls vor. Claire wich instinktiv zurück und drückte sich gegen ihre Lehne. Dann zog er, ruhig und erbarmungslos, die Trümpfe heraus, die er quasi noch im Ärmel seiner Soutane hatte. Er beobachtete, wie die junge Richterin immer kleiner wurde, als er die Tatsachen auf den Tisch legte, während sich die Protokollführerin zu seiner Linken gezwungen sah, seinen vernichtenden Siegeszug festzuhalten.

»Ich kann es nicht billigen, dass ein Obdachloser, ein Säufer, die Cohors Christi verleumdet und deren Ehre antastet. Ich habe mich öffentlich für die Evakuierung der armen Teufel an Weihnachten eingesetzt, und ich verstehe, dass einige von ihnen mir das übel genommen haben – aber so lasse ich nicht mit mir umspringen. Ich setze Sie hiermit in Kenntnis, dass ich eine Klage wegen Verleumdung anstrengen werde.«

Er sah noch einmal zu Madame Le Maguer, als wollte er sich vergewissern, dass jedes einzelne seiner Worte auch genau festgehalten würde, und fuhr dann mit seiner schonungslosen Abrechnung fort.

»Ich streite jede Beteiligung der Cohors Christi an einem vermeintlichen Versuch, in die Kathedrale einzudringen, ab. Ich stelle sogar in Abrede, dass ein solcher Versuch jemals unternommen wurde, und ich möchte dies erklären: In den achtundvierzig Stunden zwischen dem 23. und dem 25. Dezember des letzten Jahres war in und um Notre-Dame de Paris die wohl größte Polizeipräsenz zu verzeichnen, die es in Frankreich jemals gegeben hat. Es erscheint mir komplett unwahrscheinlich, dass ein Angriff von mehreren vermummten Männern nicht bemerkt und von der Polizei nicht sofort unterbunden worden wäre. Daher frage ich Sie, Mademoiselle Kauffmann: Wird im Bericht der Polizeipräfektur über die Vorkommnisse während der 48-stündigen Besetzung, den Sie im Rahmen Ihrer Ermittlungen doch sicher gelesen haben, wird in diesem Bericht ein solcher Angriff erwähnt? Ja oder nein, Mademoiselle Kauffmann?«

Die Richterin konnte den Geistlichen nur noch anstarren. Kein Muskel rührte sich in ihrem Gesicht. Ihre Haut war noch durchscheinender als sonst. Sie hatte das Gefühl, ihr Blut würde sich schrittweise aus ihrem Körper zurückziehen und sich als große rote Pfütze unter ihrem Schreibtisch ausbreiten.

»Welch beredtes Schweigen, Frau Richterin. Es steht also nichts davon im Bericht der Polizei. Nicht ein Wort. Ihr angeblicher Einbruch hat also niemals stattgefunden. Er entsprang nur der Phantasie eines angetrunkenen Obdachlosen ... Gut. Die Angelegenheit scheint mir also endgültig geklärt. Ich möchte außerdem hinzufügen, dass Ihre Unterstellung, Monseigneur Rieux Le Molay, Rektor von Notre-Dame, ein verehrter und respektierter Mann der Kirche, habe mit oder ohne die Komplizenschaft der Cohors Christi einen Angriff auf seine eigene Kathedrale angezettelt, ohne der Polizei davon Bericht zu erstatten, irrsinnig ist und der schlimmsten Verleumdung gleichkommt. Ich werde Monseigneur so bald wie möglich davon unterrichten. Er ist ein Mann der Tat. Ich zweifle keinen Augenblick daran, dass er auf die schändlichen Anschuldigungen reagieren und über seinen Anwalt von sich hören lassen wird. Man kann in einem Land wie Frankreich nicht ungestraft die höchsten Vertreter der Kirche diffamieren, Mademoiselle.«

Plötzlich wechselte Cathrine vom theatralischen ins vertrauliche Register. Doch sein honigsüßer Ton versetzte Claire Kauffmann nur noch mehr in Alarmbereitschaft.

»Liebe Claire, ich möchte jetzt endlich wissen, woher das Foto stammt, das Sie aus Ihrer Schublade gezogen haben ... Wer hat es gemacht? Von wo aus wurde es gemacht? Ist es ein Polizeifoto? Ein Pressefoto? Hat es Eingang in Ihre Akte gefunden? Ehrlich gesagt, es sieht mir nicht danach aus ... Sehen Sie, Mademoiselle Kauffmann, ich habe es nicht sonderlich gern, die Zielscheibe irgendwelcher erbärmlicher Paparazzi zu sein ... Der Abbé Cathrine ist kein Freiwild, das man jagen kann. Weder tagsüber noch nachts.«

Kraft seiner eigenen Autorität stand er auf und beugte sich über den Schreibtisch der Ermittlungsrichterin. Alle körperlichen Anzeichen von Müdigkeit und Alter waren verschwunden. Er schien zehn Jahre jünger und zwanzig Zentimeter größer geworden zu sein.

»Glauben Sie mir, Claire, ich kann mit einer Ratte, die am Ufer der Seine in ihrem Loch hockt, nichts anfangen. Er wäre da wahrscheinlich ganz von allein gestorben. Diese Leute sind unfähig, ihre Probleme in den Griff zu bekommen. Es sind lebenslange Sozialhilfeempfänger.«

Dann drehte er sich zu Madame Le Maguer um. Auch die zog den Kopf ein.

»Ich denke, wir sind fertig. Ich würde jetzt gern das Protokoll meiner Anhörung lesen und es unterzeichnen.«

Madame Le Maguer sah die Richterin an, doch Claire Kauffmann war völlig abwesend, sie fixierte den leeren Stuhl, auf dem der Geistliche gesessen hatte. So druckte sie denn das Protokoll aus. Cathrine holte sich den Ausdruck mit spitzen Fingern selbst aus dem Drucker. Er nahm sich alle Zeit der Welt, um das Papier durchzugehen, bei einigen Passagen, die ihm beim nochmaligen Lesen große Freude zu bereiten schienen, kicherte er leise. Nach einer kleinen Unendlichkeit unterschrieb er und legte die Seiten auf die Akten der Richterin.

»Glauben Sie an Gott, Claire?«

Mühsam schluckte sie.

»An die Gerechtigkeit, Monsieur l'Abbé.«

»Glauben Sie lieber an unseren Herrn Jesus Christus, und Sie werden sehen, dass sich Ihre Kräfte verzehnfachen. Sie werden all Ihre Zweifel und Schwächen hinter sich lassen. Sie werden das Gefühl haben zu fliegen ... Begleiten Sie mich nicht hinaus. Ich finde den Weg.«

Und als er zur Tür ging, schien seine Soutane tatsächlich über dem Boden zu schweben.

20

Die Treppen zu seinem Büro unterm Dach hochzusteigen wurde ihm allmählich zur Qual. Sein Arzt hatte es ihm ja vorhergesagt: Rauchen und Übergewicht sind keine gute Kombination, ebenso wenig wie der Schlafmangel aufgrund übermäßigen Alkoholkonsums. Seine Arterien waren wahrscheinlich genauso verstopft wie die Stadtautobahn zur Stoßzeit. Und über seinen Cholesterinspiegel wollte er besser gar nicht Bescheid wissen. Das einzige Hausmittel, an das er sich hielt, die einzige Anstrengung, die er auf sich nahm, war, in der kleinen Sauna in seinem Viertel einmal in der Woche kräftig zu schwitzen. Mit einem weißen Handtuch um die Hüften konnte sich sein Körper dort auf gewisse Weise frei fühlen. Doch abgesehen von gesundheitlichen Fragen war es vor allem seine grundsätzliche Antriebslosigkeit, die ihm Sorgen machte. Wo war die Leidenschaft geblieben, die ihn dazu geführt hatte, Polizist zu werden? Im Herbst würde er sein 25-jähriges Dienstjubiläum am Quai des Orfèvres feiern. Die Blicke der Kollegen, die immer ironische Bemerkungen machten und sich auf dem Flur erzählten, dass seine Karriere »beispielhaft, auf traurige Weise beispielhaft« gewesen sei. Und irgendwie hatten sie sogar recht. Er war bei der Regionaldirektion der Kripo hängen geblieben. Er war schnell aufgestiegen und dann nicht mehr vom Fleck gekommen. Die Zeiten hatten sich geändert. Er jedoch nicht. Er hatte sich immer an mittlerweile altmodische Werte wie Ordnung, Ehre, Nation geklammert; Gott allein wusste, dass er noch immer daran glaubte.

Außer Atem betrat er sein Büro. Gombrowicz war schon da. Der junge Beamte war für gewöhnlich pünktlich. Gott sei Dank hatte er so jemanden in seiner Truppe. Ein hübscher Bengel, und einer, der sich abrackerte. Einer der wenigen unter den Jungen, der noch auf seinen Instinkt vertraute, der sein Einsatzgebiet liebte und sich seine Arbeit nicht von kleinen Richtern und skrupellosen Politikern vorschreiben ließ. Ein Prachtkerl von einem Polizisten, im eigentlichen wie im übertragenen Sinne. Das konnte man auf den ersten Blick erkennen, wenn der Lieutenant eng anliegende Jeans trug.

Natürlich hatte er noch viel zu lernen. Er war immer noch zu weich. Aber er hatte auch schon viel durchgemacht. Vor zwei Jahren hatte er auf jemanden geschossen. Und er hatte den Mann getötet. Dass er aus Notwehr gehandelt hatte, wurde natürlich bestätigt. Aber Gombrowicz hatte sich nie davon erholt. Landard sah es von jenem Moment an als seine Aufgabe, ihn wieder auf die Beine zu bringen, ihn ohne Unterlass zu kritisieren und ihm notfalls in den Hintern zu treten. Es brauchte Zeit, einen guten Polizisten wieder aufzubauen, genau wie es Zeit brauchte, seinen Stolz zurückzuerlangen oder nationale Größe. Landard hatte in gewisser Weise die Patenschaft für ihn übernommen. Vielleicht war er sogar so etwas wie ein Ersatzvater. Er ließ sich auf seinen Stuhl fallen und zündete sich eine Gitane an, um wieder ins Lot zu kommen.

»Was ist los, Gombrowicz? Du siehst heute Morgen nicht besonders fit aus. Ist es Miss Feldwebel, die dir Sorgen macht?«

»Du glaubst gar nicht, was du da sagst. Stell dir vor, sie hat mir Filippi auf den Hals gehetzt ...«

Landard lehnte sich zurück.

»Filippi? Was ist mit Filippi?«

»Freitagabend taucht sie hier im Büro auf, setzt sich genau mir gegenüber hin und schlägt auffällig die Beine übereinander.«

»Das kleine Luder ... Hat sie dir ihr Höschen gezeigt?«

»Dann spreizt sie sie plötzlich, beugt sich zu mir vor und fragt mich, als ob nichts wäre: ›Sie haben nicht zufällig den DRPP-Bericht zum Fall Mouss hier?‹«

»Hast du ihn ihr gegeben?«

»Ich wusste, dass du eine Kopie hast. Und ich habe deine Schublade aufgemacht.«

»Ich fass es nicht ... Du hast ihn ihr tatsächlich gegeben.«

»Hör mal, sie hatte dich vor drei oder vier Tagen schon mal darum gebeten.«

»Das ist kein Grund, ihn ihr zu geben.«

»Ich habe Mist gebaut, ich weiß. Ich hätte dir Bescheid geben müssen.«

»Das geht sie einfach nichts an, die kleine Miss. Geheime Unterlagen haben in den Schubladen der Polizei zu bleiben.«

»Es tut mir leid.«

»Und Filippi hat dich fertiggemacht, sagst du?«

»Er ist vor knapp einer Stunde hier aufgetaucht, mit seiner schlecht gelaunten Korsen-Visage. Er hat mich angeschaut, als hätte ich seine Schwester angebaggert. Er hat mir gesagt, beim nächsten Ding steckt er mir eine Trillerpfeife in den Mund und lässt mich den Verkehr auf der Place Saint-Michel regeln.«

»Das Beschissene ist, dass er das wirklich denkt.«

»Hast du ihn gelesen, den Bericht?«

»Was denkst du denn? Natürlich. Ich bin schließlich seit fünfundzwanzig Jahren in diesem Haus. Da weiß ich zumindest, wen ich fragen muss, damit ich abends was Interessantes zu lesen habe.«

»Und?«

»Und was?«

»Was steht da drin? Warum war es so wichtig, dass Miss Feldwebel ihn nicht zu Gesicht bekommen durfte?«

»Ach, du nennst sie jetzt also auch so?«

»Hat mich ganz schön reingelegt, das Luder.«

»Komm, ärger dich nicht. Es war nur ein dummer Fehler. Wenigstens wirst du jetzt nicht mehr auf ein paar schöne Beine reinfallen. Die ist sowieso durch und durch eine Lesbe, deine kleine Richterin.«

»Meinst du?«

»Natürlich.«

»Was steht in diesem Bericht, Landard?«

Der Chef zog an seiner Zigarette. Die Rauchschwaden legten sich um seinen Kopf. Er und Gombrowicz waren seit bald drei Jahren Partner. Sie hatten vieles zusammen erlebt – schreckliche Momente, unbeschwerte Momente –, ohne je ihre geheime Komplizenschaft unter Männern in Frage zu stellen, die sich schrittweise eingestellt hatte und die auf Vertrauen, Tatkraft und Pennälerhumor beruhte. Eines Tages würde er ihn in die Sauna mitnehmen. Eines Tages würden sie Seite an Seite auf der Bank aus Erlenholz sitzen, und ihre Körper würden in der Hitze glänzen. Und dann würden sie sich Dinge erzählen, die sie noch nie jemandem anvertraut hatten und die ihre Partnerschaft – der junge Wolf und der alte Routinier – auf Leben und Tod besiegeln würden. Er zog wieder an seiner Zigarette. Eigentlich konnte er sich Gombrowicz anvertrauen. Denn war er nicht viel mehr als nur ein Schüler für ihn, eine Art geistiger Sohn?

»Was steht *nicht* in diesem Bericht, hättest du besser fragen sollen ...«

»Okay, Landard. Was steht also nicht in diesem Bericht?«

Der Kommissar drückte seine Zigarette im Aschenbecher aus. Er fühlte sich jetzt plötzlich sehr entspannt, und seine Müdigkeit war größtenteils verflogen.

»Klar, überall Aussagen, die ihrer Eingreiftruppe zum Ruhm gereichen, bis in die letzte Fußnote. ›Fingerspitzengefühl in einer schwierigen Operation ... Besonnenheit, Professionalität, Disziplin, Geduld ...‹, das übliche Blabla. Geschichten über die Kindheit von Mouss, die sie irgendwo in der letzten Ecke seiner beschissenen Banlieue ausgegraben haben, stehen da auch drin. Ein ganzer Haufen sogar. Alles, was man eben braucht, um zu begreifen, dass der Typ nur ein dreckiger kleiner Araber mit einem ellenlangen Strafregister war. Also nichts von wegen Abbé Pierre und so. Ganz ehrlich, Gombrowicz, sein Tod ist kein Verlust. Frankreich wird darüber hinwegkommen.«

»Was steht nicht in diesem Bericht, Landard?«

»Der Überfall der Cohors Christi. Davon steht nichts in dem bescheuerten Bericht.«

»Die Sache mit diesem Abbé Dingsda und seinen eifrigen Jüngern?«

»Sie hatten versucht, in Notre-Dame einzudringen, um Mouss und seine Pennerfreunde rauszuwerfen. Wusstest du das nicht?«

»Direkt vor der Nase der Elitetruppe?«

»Vielleicht sogar mit deren Entgegenkommen, wer weiß ...«

»Warum sollte sich die Eingreifbrigade denn dazwischenfunken lassen? Wenn sie die Obdachlosen aus der Kathedrale raushaben wollten, brauchten sie es doch nur selbst zu tun. Was sie dann ja auch gemacht haben.«

»Ja, aber erst nach zwei Tagen. Sechsunddreißig Stunden lang haben sich der Minister und der Präfekt wechselseitig einen runtergeholt, wie zwei Tintenfische auf offenem Meer. Und niemand konnte sagen, wer das größere Weichei war. Einen dreckigen Kanaken in Notre-Dame einziehen zu lassen, der gemeinsam mit seinen Kumpels vor laufenden Fernsehkameras die Polizei lächerlich macht, alle belehrt und Pressekonferenzen abhält, glaub mir, das hat nicht jedem gefallen.«

»Flucklinger?«

»Ein sehr viel höheres Tier, mein Junge.«

»Filippi?«

»Wer weiß ...«

»Hat er vielleicht alles aus dem Bericht entfernt, was mit den Cohors Christi zu tun hatte?«

»Wer weiß, hab ich gesagt.«

»Indem er diese Miliz schützt, verhindert Filippi, dass die Ermittlungen im Fall Mouss vorankommen, ist dir das klar?«

»Wen juckt das schon?«

»Wenn du bei der Autopsie von dem Jungen dabei gewesen wärst, würdest du es verstehen. Die haben ihm Hände und Füße mit einem Schraubenzieher durchbohrt und ihn dann ins Wasser geworfen.«

»Ich weiß. Das ist schlimm. Aber weißt du was, Gombrowicz, er wäre so oder so draufgegangen. Außerdem belegt rein gar nichts, dass es die Cohors Christi waren. Dein Mouss hatte sich so ziemlich überall Feinde gemacht.«

»Hör mit diesem Schwachsinn auf, bitte.«

»Hast du Beweise für das, was du annimmst?«

»Es liegt an uns, welche zu finden, Landard. Aber stattdessen amüsieren wir uns damit, uns als Penner zu verkleiden ... Ist Filippi Katholik?«

»Das hat überhaupt nichts damit zu tun, mein Junge.«

»Natürlich hat es das.«

»Natürlich nicht. Darum geht es gar nicht.«

»Und worum geht es dann?«

»Es geht um das, was du am Ende deiner Zeit auf der Polizeischule endgültig entschieden hast. Erinnerst du dich noch? An die feierliche Zeremonie, die Ansprache des Ministers, das Marschieren im Gleichschritt und den Moment, als alle ihre Mützen in die Luft geworfen haben? An diesem Tag hast du eine Entscheidung getroffen, die du nicht mehr rückgängig machen kannst. Du hast entschieden, die Ordnung gegen das Chaos, deine Wurzeln gegen den Angreifer, dein Land vor der Gefahr, die wahren Franzosen gegen die Ausländer zu verteidigen. Glaub mir, wir sind einige, die so denken in der Polizeipräfektur. Ich würde sogar sagen, wir werden immer mehr, die aus dem Dunkel hervortreten wollen, sobald sich die Gelegenheit dazu bieten wird.«

»Glaubst du das wirklich?«

»Eines Tages wirst du verstehen. Eines Tages werde ich dich mit in die Sauna nehmen, und da werden wir ein Gespräch über Korpsgeist führen, von Mann zu Mann.«

»Was willst du bloß immer mit deiner Sauna?«

»Lass das meine Sorge sein. Vertrau mir. Ich empfinde große Verbundenheit mit dir, weißt du.«

»Wenn man bedenkt, dass du einen Polizeiausweis in der Tasche hast ...«

»Was machst du da?«

»Ich rufe Miss Feldwebel an.«

»Die Untersuchungsrichterin? Warum?«

»Stell dir vor, ich vermisse sie schon.«

21

»Der Priester? Aber der ist gerade gegangen! Sagen Sie mir nicht, er will noch mal zurückkommen! ... Wie meinen Sie das, ein anderer? Also, hier geht's ja zu wie im Vatikan! Was haben sie denn heute alle nur? Wie sieht er denn aus, Ihr Priester? Wie heißt er? Ach so, ja gut ... Nein, nein, ich weiß schon, wer das ist.«

Madame Le Maguer musste wild mit den Armen fuchteln, bis Claire endlich zu ihr herübersah.

»Claire? Claire, so hören Sie doch! Pater Kern ist unten. Er möchte Sie sprechen. Soll ich den Kollegen sagen, sie sollen ihn heraufschicken, oder haben Sie heute die Nase voll von Geistlichen?«

Claire nickte, ohne dass sich ihre angespannte Miene aufhellte. Ihre Betäubung wandelte sich allmählich in Wut. Sie starrte auf die Tür. Es tat ihr leid für Kern. Aber er würde es vielleicht verstehen. Vielleicht würde er ihr Absolution erteilen. Aber sie musste eine ihrer mörderischen Spitzen loswerden, für die sie schon als Staatsanwältin berüchtigt gewesen war. Soeben bei der schwarzen Soutane hatte sie eine Ladehemmung gehabt. Also musste heute ein anderer Geistlicher dran glauben, egal welcher!

Nachdem er die Kontrolle am Eingang durchschritten hatte, ging Pater Kern zur Information im Erdgeschoss, wo ein Angestellter hinter einer Glasscheibe auf einem fotokopierten Plan ein Kreuz machte, das den Aufgang F markieren sollte. Der kleine Priester bog in einen Gang ein, dann in einen weiteren, aufgewühlt, orientierungslos, er versuchte sich anhand der Wegweiser zu orientieren, zögerte, als ihm ein Uniformierter entgegenkam, wagte nicht, ihn nach dem Weg zu fragen, die Uniform, die Waffe am Gürtel, seine ganze Haltung schüchterten ihn ein. Er trat auf einen Hof hinaus und atmete tief durch. Vor ihm ragte die Sainte-Chapelle auf, direkt neben ein paar Baucontainern, und dominierte mit ihrem Dachreiter den ganzen Gebäudekomplex des Justizpalastes. Zu Füßen des Bauwerks, den Kopf im Nacken, sah Kern einen alten Mann, der zu den Glasfenstern der Oberkapelle hinaufsah, und er erkannte ihn sofort. Seine schwarze Silhouette schien wie auf den hellen Stein tätowiert. Abbé Cathrine spürte seine Anwesenheit und drehte sich um. Wortlos musterten sie sich. Der eine war zutiefst beeindruckt von der Schwärze des Gewands, die ihn in Lichtgeschwindigkeit in seine Vergangenheit zurückbrachte, zu jener Zeit, als Gut oder Böse genau voneinander geschieden waren und die Erwachsenen – in diesem Fall insbesondere die Priester – immer recht hatten und die Kinder unweigerlich unrecht. Der andere in seinem abgewetzten Gewand, ein alter Fuchs, beäugte den Dreikäsehoch mit dem Kruzifix am Revers und fragte sich, ob er nun Freund oder Feind war. Eine Touristengruppe schob sich schnatternd zwischen sie und setzte ihrer Begegnung ein Ende. Kern war es, der den Blick abwandte, unfähig, sich gleichzeitig mit der Gegenwart und der Vergangenheit auseinanderzusetzen, mit den durchdringenden Pupillen des Abbé Cathrine und den Erinnerungen, die über ihn hereinbrachen wie die Regenmassen seinerzeit auf dem Schulhof.

Er betrat erneut das Gerichtsgebäude. Den Plan hatte er verloren. Er ging jetzt aufs Geratewohl, achtete gar nicht mehr auf die Hinweisschilder. Wie durch ein Wunder fand er den Aufgang F und stieg die knarrende Treppe hinauf. Er hielt sich am Geländer fest, jeder Schritt fiel ihm schwer. In der ersten Etage angekommen, zeigte er einem Beamten, der hinter einer Glasscheibe mit kreisrunder Öffnung saß, seinen Ausweis und schlich dann den Gang zu Claire Kauffmanns Büro entlang. Er wusste nicht mehr, was ihn eigentlich herführte. Er drehte sich um, ob ihm nicht etwa eine schwarze Soutane folgte. Überall sah er Gespenster. Ein Beschuldigter in Handschellen kam in Begleitung eines Polizisten aus einem vergitterten Treppenaufgang. Er wagte nicht, ihn anzusehen, aus Furcht, er könnte die Züge seines toten Bruders erkennen. Er ging weiter, Graffiti bedeckten die Wände. *Lucifer666 will deinen Tod*, las er im Vorbeigehen. Auf der linken Seite reihten sich nummerierte Türen schier endlos aneinander. Zaghaft klopfte er an einer davon, nachdem er sich die feuchten Hände an den Taschen seines Jacketts abgewischt hatte. Hinter ihren Papieren verschanzt, sah die junge Frau vom Schreibtisch auf und funkelte ihn wütend an.

»Nun, Pater? Vier Tage haben Sie gebraucht, um Ihren Spielzeugkeller zu verlassen und den Weg hierher zu finden? Erinnern Sie mich bitte daran, Ihnen auch die Adresse zu geben, wenn ich Sie das nächste Mal um Hilfe bitte, dann kommen Sie wenigstens noch rechtzeitig vor dem Abpfiff.«

Er warf der Protokollführerin einen Blick zu und erwiderte nichts, reglos stand er in dem winzigen Büro. Dann, mit gut zehn Minuten Verspätung – oder waren es vierzig Jahre? –, stieg auch in ihm die Wut hoch, deren eigentliches Ziel die schwarze Soutane unten im Hof gewesen war und deren Opfer nun die junge Richterin wurde.

»Ich bin vor der Sainte-Chapelle gerade dem Abbé Cathrine begegnet. Was hatte er hier verloren? Er wird ja wohl keine Messe zum Gedenken an Mouss gelesen haben!«

»Machen Sie mir jetzt eine Eifersuchtsszene, weil ich einen anderen Pfaffen empfangen habe?«

»Bei Ihnen war er also! Hier, in Ihrem Büro? Was hatte er denn so Wichtiges mitzuteilen? Ich würde gern seine Version der Dinge hören. Die Cohors Christi, stets nur auf das Wohl des Volkes bedacht? Lasset die Obdachlosen zu mir kommen! Kommt herbei, ihr sanften Lämmer! Schlagt euch den Bauch mit meiner leckeren Suppe voll und gebt mir dafür ein paar kleine Informationen! War es so? Kam er deshalb hierher, um Sie mit seinem Geschwätz zu unterhalten?«

»Ich brauche mich vor Ihnen nicht dafür zu rechtfertigen, dass ich ihn vernommen habe. Es ging schließlich um ...«

»Und den lassen Sie frei herumlaufen! Ja, begreifen Sie denn nicht, was er im Schilde führt? Überall verbreitet er seinen Sermon, gießt Häme über all diejenigen aus, die seine Ansichten nicht teilen, als Gossenprediger tritt er auf, und wenn seine Zöglinge zur Gewalt greifen, weil er sie völlig verblendet hat mit seinen abstrusen Ideen, schaut er ihnen zu und wäscht sich die Hände in Unschuld – fehlte bloß noch, dass er sie segnete! Wie lange wird er das noch tun können, bis ihm einer in den Arm fällt? Sehen Sie denn nicht, dass es beim nächsten Gewitter zu neuen Ausschreitungen kommen wird? Glauben Sie mir, ich kenne mich da aus! Beim nächsten Regen stecken sie einen anderen in den Gully, bis er ertrinkt. Und er sieht von seinem Fenster aus zu und lacht sein teuflisches Lachen.«

»Ich verstehe kein Wort von dem, was Sie da erzählen, Pater. Beruhigen Sie sich. Kommen Sie, setzen Sie sich erst mal.«

»Ich will mich aber nicht setzen, Claire. Mein ganzes Leben bin ich sitzen geblieben, über vierzig Jahre habe ich mich nicht von meiner Kirchenbank gerührt und zugesehen, wie sie Menschen in Abflusslöcher steckten und dabei gegen alles verstießen, die Evangelien, das Wort Gottes, die Gesetze der Republik. Aber schauen Sie doch nur mal hinaus, schauen Sie mal aus einem Ihrer Flurfenster! Was sehen Sie da? Die Sainte-Chapelle! Im Herzen Ihres Justizpalastes! Ludwig der Heilige hat sie erbauen lassen. Der König, der auch Recht sprach! Wo also liegt das Problem? Worauf warten Sie noch? Weshalb, glauben Sie, bin ich Priester geworden? Mein Glaube gegen den ihren! Meine Lesart gegen die ihre! Meine Version der Geschichte gegen die ihre! Die Botschaft der Liebe, Claire, die Botschaft Christi. Es gibt Menschen, die im Namen dieser Botschaft töten! Sehen Sie nicht, dass es höchste Zeit ist, über sie zu richten? Eure schwarzen Roben gegen die ihren! Oder wollt ihr warten, bis sie den nächsten armen Kerl töten, der sich in ein Loch am Ufer der Seine geflüchtet hat?«

Claire Kauffmann hob den Kopf.

»Was sagten Sie da?«

»Verstehen Sie doch! Eure schwarzen Roben gegen die ihren!«

»Nein, das, was Sie danach gesagt haben ...«

»Damit meinte ich Mouss ...«

»Pater Kern, wiederholen Sie bitte Wort für Wort den letzten Satz.«

Er tat es. Der Kopf drehte sich ihm. Ihm war, als sei alles Leben aus ihm gewichen. Claire Kauffmann aber schien auf einmal wieder sehr ruhig. Sie stand auf und trat hinter ihre Mitarbeiterin.

»Madame Le Maguer, öffnen Sie bitte noch mal das Protokoll von der Anhörung Cathrines. Scrollen Sie ganz nach unten, ans Ende des Gesprächs ... da! Diese Zeile hier. Lesen Sie sie bitte vor!«

Die Protokollführerin räusperte sich:

»›Glauben Sie mir, Claire, ich kann mit einer Ratte, die am Ufer der Seine in ihrem Loch hockt, nichts anfangen. Er wäre da wahrscheinlich ganz von allein gestorben. Diese Leute sind einfach unfähig, ihr Leben in die Hand zu nehmen. Es sind lebenslange Sozialhilfeempfänger!‹«

Sie sah Kern fest in die Augen. Für einen Moment hatte er das Gefühl, als habe er sich ungewollt selbst in die Rolle des Angeklagten gebracht.

»Was haben Sie nur alle mit dieser Geschichte von dem Loch am Ufer der Seine!? Können Sie mir das erklären?«

»Ist er gekommen, um Ihnen das zu sagen? Dass er

nichts damit zu tun hat? Dass Mouss sowieso gestorben wäre? War er so dreist, darin Gottes Willen zu sehen?«

»Antworten Sie auf meine Frage.«

»Ich habe sie nicht vergessen, Claire. Ihre Vorwürfe sind unbegründet. Ich habe meinen Keller schon vor einigen Tagen verlassen, auf der Suche nach Licht, nach der Wahrheit, *meiner* Wahrheit. Meine Schritte haben mich an die Quais geführt, zu den Clochards. Und die haben mir eine entsetzliche Geschichte erzählt ...«

»Ich glaube, Pater, es wird höchste Zeit, dass Sie sie auch mir erzählen und wir unsere Informationen austauschen. Oder, um es mit anderen Worten zu sagen: Unsere beiden Gemeinden sollten zusammenarbeiten.«

Kern berührte unwillkürlich das Kruzifix an seinem Revers. Von draußen auf dem Flur war ein heftiger Wortwechsel zu hören. Eine jugendliche Stimme rief zweimal: »Lasst mich in Ruhe, ich habe nichts getan!« Ein Polizeibeamter schien einzugreifen, denn sofort wurde es wieder still. Kern musste automatisch an Augustin denken.

»Seit fast vier Monaten, Claire, seit seiner Flucht aus dem Krankenhaus versteckte sich Mouss in einem Lüftungsschacht des RER am Port de la Tournelle. Dort müssen ihn seine Mörder gefunden haben, dessen bin ich mir mittlerweile sicher. Er hätte nicht mal mehr die Kraft gehabt, sein Versteck zu verlassen.«

»Und Cathrine? Wie erklären Sie sich, dass er davon wusste?«

»Vielleicht hat der Abbé sich verraten. Aber ist denn der Satz, den wir gerade gehört haben, beweiskräftig?«

»Im Augenblick muss ich mich mit Brosamen begnügen. Sie sehen eine ausgehungerte Ermittlungsrichterin vor sich, und die Tatsache, dass er sein Visier ein wenig angehoben hat, soll mir eine kleine Vorspeise sein. Aber sagen Sie, wieso wusste er, wo Mouss sich versteckt hielt?«

Kern zögerte.

»Wochenlang sind Cathrine und seine Cohors-Christi-Jünger durch die Stadt gestreift. Als Gegenleistung für einen Teller Suppe erhofften sie sich Auskünfte über Mouss.«

»So haben sie ihn also gefunden, mithilfe der Clochards.«

»Nein, Claire. Ich bin fest davon überzeugt, dass ihre Erkundigungen keinen Erfolg hatten.«

»Weshalb? Einer der Obdachlosen hätte ihnen doch den Ort verraten können?«

»Ausgeschlossen.«

»Warum?«

»Weil meiner Kenntnis nach keiner von ihnen wusste, wo sich Mouss versteckt hielt. Keiner, außer einem.«

»Dann hat der es weitergesagt.«

»Nein, das kann nicht sein.«

»Weshalb? Wer ist es?«

»Kristof.«

Die Richterin zuckte zusammen.

»Der polnische Obdachlose, meinen Sie?«

»Er ist kein Obdachloser mehr. Er hat seine Familie wiedergefunden. Zumindest einen Teil davon.«

»Seine Tochter. Ich weiß.«

Claire Kauffmann senkte den Blick.

»Ich habe mit beiden gesprochen. Sie haben sich als Zeugen bei mir gemeldet. Ich habe die Mitschrift auf dem Rechner.«

»Tatsächlich? Wann?«

»Schon lange her.«

»Wie bitte?«

»Vergangenen Freitag.«

»Und Kristof hat Ihnen nichts von dem Lüftungsschacht erzählt?«

»Kein Wort, aber das erstaunt mich auch nicht. Kristof lebt in beständiger Angst vor der Justiz und der Polizei. Hätte er zugegeben, dass er Mouss' Aufenthaltsort kannte, wäre er zu einem der Hauptverdächtigen geworden.«

»Ja, aber weshalb sind sie dann zu Ihnen gekommen, er und seine Tochter?«

Claire Kauffmann lehnte sich gegen den Fensterrahmen. Ja, weshalb waren sie eigentlich gekommen? Damit sie für die Dauer einer Nacht ihren Körper wiederentdeckte, damit sie von neuem erfuhr, was Lust bedeutete, endlich wieder heißes Begehren empfand?

»Ich werde es Ihnen sagen, Pater. Alles deutet darauf hin, dass die Leute der Cohors Christi an Heiligabend Mouss und seine Kameraden aus der Kirche vertreiben wollten. Genau das hat Kristof mir erzählt. Es gelang ihm sogar, ihnen ihr Banner zu entreißen.«

Kern sah verblüfft auf.

»Ein Gewaltstreich? Davon habe ich nie etwas gehört! Und dabei war ich doch vor Ort! Wo sind sie denn in die Kirche eingedrungen?«

»Durch die kleine rote Tür in der Rue du Cloître. Sie haben sich aber aus dem Staub gemacht, bevor sie einen Fuß in die Kathedrale setzen konnten.«

Der kleine Priester richtete sich auf seinem Stuhl auf.

»Zum Glück sind die Tore von Notre-Dame widerstandsfähig. Seit Jahrhunderten öffnen sie sich den Bedürftigen, aber bleiben verschlossen vor Intoleranz oder Gewalt.«

Sie verzog ironisch das Gesicht.

»Da muss ich Sie leider enttäuschen. Nicht die verschlossenen Tore haben ihnen den Weg versperrt, sondern die massige Gestalt des Polen. Die Pforten der Kathedrale standen nämlich sperrangelweit offen.«

»Wie meinen Sie das?«

»Alles deutet darauf hin, dass die Cohors Christi die Schlüssel hatten, Pater.«

Kern war einen Moment sprachlos.

»Was sagen Sie da? Wer hat ihnen denn die Schlüssel gegeben?«

»Auch da kann ich nur Vermutungen anstellen.«

»Und?«

»Rieux Le Molay. Ich habe ein Foto, das ihn und Cathrine in der Nacht vom 23. auf den 24. Dezember zeigt. Doch der Abbé behauptet, Rieux gar nicht näher zu kennen.«

Sie legte die Hand auf die Schulter ihrer Protokollführerin, die wieder aus dem Protokoll vorlas:

»Auf die Frage: ›Leugnen Sie, den Rektor von Notre-Dame zu kennen?‹ antwortete der Abbé: ›Ich weiß natürlich um den Ruf, den er genießt. Und ich habe eine gewisse Bewunderung für seine Dynamik und die Art, wie er Tradition und Moderne miteinander verbindet. Dennoch, und das dürfte Ihnen bekannt sein, feiern wir unsere Messen nicht nach denselben Riten.‹«

Kern stieß einen schier endlosen Seufzer aus.

»Cathrine lügt, dass sich die Balken biegen. Rieux und

er treffen sich mindestens einmal pro Jahr. Jedes Jahr am 21. Januar feiern sie zum Gedenken an die Hinrichtung Ludwigs XVI. eine Messe auf Lateinisch nach dem alten römischen Ritus, dem *usus antiquior*. Glauben Sie mir, Claire, Cathrine und Rieux kennen sich sehr gut. Ich hätte es nur nicht für möglich gehalten, dass der Rektor von Notre-Dame so weit gehen würde, dem Abbé die Schlüssel der Kathedrale zu überlassen.«

Er hatte die gefalteten Hände auf die Knie gelegt wie ein Schuljunge auf der Kirchenbank. Claire dachte, er würde beten, doch dann hob Kern den Kopf, und sie sah zu viel Verzweiflung in seinen Augen, als dass noch Platz für ein Gebet darin gewesen wäre.

»Und die Polizei, Claire? Was hat die Polizei unternommen?«

Sie warf Madame Le Maguer einen Seitenblick zu.

»Das Geringste, das man sagen kann, ist, dass sie der Sache gegenüber ein gewisses Wohlwollen bezeigt hat, zumindest ein Teil der Polizei. In keinem Bericht der Präfektur wird der Einbruchsversuch der Cohors Christi auch nur erwähnt. So als hätte der versuchte Angriff nie stattgefunden. Bleibt mir also nur die Zeugenaussage von Kristof, und ich kann Ihnen versichern, die wiegt nicht schwer in meinem Dossier.«

»Warum sollte die Präfektur die Cohors Christi schützen?«

»Ich habe da so einen Verdacht. Eigentlich müsste ich jeden Augenblick die Bestätigung per Telefon erhalten. Gombrowicz ist an der Sache dran.«

»Welche gemeinsamen Interessen könnten sie haben?«

»Sie meinen: welche gemeinsame Ideologie. Schon seit Jahren verbreitet der Abbé seine obskuren Theorien auf höchster Ebene. Ich habe den Eindruck, seine Ideen verbreiten sich allmählich in Frankreich. Mehr kann ich Ihnen dazu nicht sagen. Ich kann nur hoffen, dass sie in der Polizeipräfektur noch in der Minderheit sind.«

»Ich verstehe. Mehr müssen Sie nicht sagen.«

Pater Kern war ganz in sich zusammengesunken, reglos saß er auf dem Stuhl. Sein Gesicht war aschfahl geworden.

Da kramte Madame Le Maguer in ihrer Schreibtischschublade und stellte eine Dose Nescafé auf den Tisch. Sie holte zwei Becher und schaltete den Wasserkocher ein. Den ersten Kaffee reichte sie Pater Kern, der ihn wie mechanisch entgegennahm. Den zweiten hielt sie ihrer Chefin hin.

»Sie wissen, dass ich nie Kaffee trinke, Madame Le Maguer.«

»Doch, heute trinken Sie mal einen, Claire. Das wird Sie wieder auf die Beine bringen. Also. Versuchen wir mal, logisch vorzugehen. Was suchen wir genau?«

Sie hatte sich wieder an ihren Rechner gesetzt und scrollte in dem Protokoll nach unten.

»Also ... Wir wissen, dass Cathrine und Rieux ein Herz und eine Seele sind, *culus et camisia*, wie der Lateiner sagt, nicht wahr? ... Wir wissen außerdem, dass der Rektor dem Abbé die Schlüssel zu der kleinen roten Tür gegeben hat ...«

Claire unterbrach sie.

»Das ist nur eine Vermutung, Madame Le Maguer. Wir haben keinerlei Beweis, der diese These stützen würde.«

»Zugegeben. Also sagen wir so: Wir *vermuten*, dass ein Trupp der Cohors Christi, im Besitz dieses verdammten

Schlüssels, versucht hat, Mouss und seine Gefährten aus der Kathedrale rauszuwerfen. Was wir mit Sicherheit wissen, ist, dass sie damit gescheitert sind, weil Kristof sie mit Tritten in den Hintern verscheucht hat. Und egal, was Cathrine erzählt, um sein Image wieder aufzumöbeln – sind wir nun im Besitz dieses Banners, ja oder nein? Verzeihen Sie, dass ich Ihnen das so offen sage, Claire, aber manchmal sehen Sie einfach zu schwarz ... Gut. Was haben wir noch? Dass sie versucht haben, den Jungen zu finden, der sich seit Wochen an den Seine-Quais versteckt hielt. Also, welches Puzzleteil fehlt uns noch?«

Mit einer leicht angeekelten Grimasse leerte Claire ihren Becher und warf ihn in den Papierkorb.

»Solange wir nicht den tatsächlichen Beweis haben, dass jemand Mouss an Cathrine verpfiffen hat, dürfen wir die Cohors Christi nicht offiziell verdächtigen. Es fehlt uns ein Glied in der Kette. Wir sind sicher, dass sie auch vor Gewalt nicht zurückschrecken, wir wissen, dass sie in Mouss ihre absolute Hassfigur sahen, aber wir können nicht beweisen, dass sie wussten, wo er zu finden war ...«

Sie wandte sich an Pater Kern, der noch immer nicht aus seiner Lethargie erwacht war.

»Sind Sie wirklich sicher, dass keiner der Obdachlosen Cathrine etwas erzählt hat?«

»Absolut. Nicht einer von ihnen hätte ein Interesse daran gehabt, Mouss seinen Feinden auszuliefern.«

»Wieso sind Sie da so sicher?«

»Weil Mouss zu ihrem Sprachrohr geworden war. Sie verehrten ihn wie einen Helden. Manche gingen sogar noch weiter: Sie sahen in ihm einen neuen ...«

»Einen neuen was?«

Pater Kern war aufgestanden, von einer plötzlichen Eingebung beflügelt. Er hatte bereits die Hand auf der Türklinke, als er sich noch einmal umdrehte.

»Madame Le Maguer hat recht.«

»Inwiefern?«

»Es liegt alles offen. Ich glaube, ich weiß jetzt, wo wir den Beweis herbekommen, der Ihnen fehlt.«

»Wo wollen Sie hin?«

»Ich bin gleich wieder da. Ich muss nur einmal über den Platz.«

Kern verschwand wie ein Luftzug. Er hatte kaum die Tür hinter sich geschlossen, als das Telefon klingelte. Claire Kauffmann stürzte sich wie eine Besessene auf den Hörer.

»Hallo? ... Mein Gott, wieso dauert das so lange, bis Sie zurückrufen?... Einverstanden. Bewegen Sie Ihre vier Buchstaben auf der Stelle hierher! ... Wie? ... Ja, ich sage Ihnen doch, ich trage die Haare offen.«

Sie legte auf. Madame Le Maguer blickte angestrengt auf ihren Bildschirm, konnte sich aber ein Lächeln nicht verkneifen.

»War das der kleine Lieutenant?«

»Er hatte gerade eine Diskussion mit Landard, von der er mir gern berichten würde.«

»Schon ein netter Typ, dieser Gombrowicz.«

»Ein guter Polizist, auf jeden Fall. Vielleicht etwas speziell in puncto weibliche Frisuren. Madame Le Maguer, würden Sie mir bitte eine neue Vorladung erstellen?«

»Auf welchen Namen?«

»Abbé Cathrine hat sich für die zweite Runde qualifiziert.«

»Immer noch als einfacher Zeuge?«

»Sie machen Witze! Diesmal mit Rechtsbeistand. Es gibt inzwischen so viele Verdachtsmomente, dass wir ihn unter Druck setzen können. Er wird also notwendigerweise mit einem Anwalt hier erscheinen. Der nächste Schritt wäre dann die Einleitung eines Ermittlungsverfahrens.«

»Wollen Sie nicht warten, bis Pater Kern zurück ist?«

»Ich möchte Filippi keine Gelegenheit geben, mir das Verfahren aus der Hand zu nehmen.«

Entschlossen schritt sie im Büro auf und ab. Es war so eng, dass sie bei jeder Kehrtwende irgendwo anzustoßen drohte, so als stemmten sich die Wände des Justizpalastes gegen ihren neu gewonnenen Kampfgeist.

Wieder klingelte das Telefon. Die Protokollführerin hob ab, murmelte ein paar Worte in den Hörer und legte auf.

»Gombrowicz. Er kommt jetzt doch nicht.«

»Hat er Ihnen gesagt, weshalb?«

»Er bittet Sie, zu den Quais zu kommen.«

»Warum, was ist da los?«

»Sie haben schon wieder einen gefunden.«

»Mein Gott, Madame Le Maguer! Was meinen Sie?«

»Einen weiteren Toten.«

22

Nach fast vier Monaten stand er das erste Mal wieder vor dem Annenportal, durch das die Touristen ins Innere der Kathedrale strömten. Ein Introitus drang von der Chororgel nach draußen, es war zwölf Uhr. Gleich würde die Mittagsmesse beginnen. Er reihte sich in die Schlange ein, von der sich ein babylonisches Sprachengewirr erhob. Sein Blick wanderte über die diversen Verbots- und Hinweisschilder, die den Lärm untersagten, den Einsatz von Blitzlicht, das Tragen einer Kopfbedeckung, unzüchtige Kleidung, Essen und Trinken. Als er durch das Portal schritt, begegnete er dem Blick eines Aufsehers mit kurz geschorenen Haaren, der augenblicklich nach dem Funkgerät griff, das er am Gürtel trug. Sein Verdacht bestätigte sich: Inkognito kam er hier nicht rein. Obwohl er nun schon so klein und zusammengeschrumpft war, war er doch nicht unauffällig. Alle wussten, wer er war, auch diejenigen, die er selbst nicht kannte. Lange Zeit war er jeden Sommer sowie zu Ostern und am Jahresende als Aushilfspfarrer hier die Seitenschiffe und den Mittelgang entlanggelaufen, hatte ein eigenes Fach im Flur der Sakristei, hatte auf den Marmorstufen vor dem Altar zahllose Messen gehalten, hatte Tausenden von Menschen die geweihte Hostie auf die Zunge oder in die Handfläche gelegt und mit seiner falschen, heiseren Stimme unzählige Male das *Salve Regina* gesungen. Doch seit den Ereignissen zu Weihnachten war alles anders. Durch seinen Einsatz für Mouss bei Vorgesetzten und Behörden hatte er sich beim Personal der Kathedrale nicht nur Freunde gemacht. Als er jetzt sah, wie der Aufseher ganz ungeniert Meldung machte, wurde Kern klar, dass er in Notre-Dame nicht mehr willkommen war. Die Messe begann, die Gläubigen bekreuzigten sich im Mittelschiff, während der Strom der Touristen entgegen dem Uhrzeigersinn um sie kreiste.

Kern ließ sich von der Menge treiben, er kam am Empfang und an der Ausgabestelle für die Audioguides vorbei. Auch hier wurden bei seinem Erscheinen bedeutungsvolle Blicke gewechselt, und eine Hand griff zum Telefon, um eine Person anzurufen, die er sich ganz gut vorstellen konnte. Doch er setzte seinen Weg fort, bekreuzigte sich vor der großen Christusfigur an der Südwand der Kathedrale. Und unablässig wanderte dabei sein Blick über Wände und Kapellen, er achtete aber gar nicht auf die monumentalen Gemälde und Skulpturen, da er befürchtete, das Objekt von vergleichsweise bescheidenen Ausmaßen zu übersehen, nach dem er suchte. Vor der Tür zur Sakristei stieß er fast mit einem Küster zusammen, dessen beinahe militärische Uniform ihm ebenso fremd war wie seine Gesichtszüge. Der Küster, das Weihrauchgefäß in der Hand, musterte den kleinen Priester, bevor er den Chorraum durch das Gitter betrat. Wenige Sekunden später kam der Mann zurück, diesmal mit einem langen Kerzenlöscher, und starrte ihn erneut an, um dann in verdächtiger Eile zu verschwinden.

Kern lief unbeirrt weiter und gelangte zu dem mit rotem Glas eingefassten Reliquiar der Heiligen Dornenkrone. Er befand sich nun an der am weitesten vom Marienportal entfernten Stelle, ganz tief im Innern des riesigen Gebäudes und zugleich in dessen düsterstem Winkel. Von dem Menschengedränge geschoben, hatte er das Gefühl, wie ein Fisch in einem Schwarm auf eine Reuse zuzutreiben, und flüchtete sich in die Kapelle, in der Touristen das Miniaturmodell von Notre-Dame fotografierten. Dort aber wurde er augenblicklich vom Lichtkegel einer Taschenlampe erfasst, die ein Muskelprotz auf ihn gerichtet hielt. Nur mit Mühe gelang es ihm, durch ein Gitter wieder hinaus auf den Chorumgang zu treten.

Aus alter Gewohnheit, oder vielleicht auch Instinkt, warf er einen Blick in die Kapelle Notre-Dame-de-Guadalupe, denn dieser stets mit Blumen geschmückte Ort war seine Lieblingskapelle. Und da sah er, weshalb er hergekommen war. Er blieb wie angewurzelt stehen, ließ den Strom der Touristen an sich vorüberziehen. Er betrat die kleine Kapelle, die vom flackernden Licht von etwa zwanzig Kerzen auf einem Metallständer erhellt wurde. Er nahm sich im Vorübergehen eine davon und beleuchtete eine Nische im Mauerwerk, in der über einem Lilienstrauß ein kleines Meisterwerk hing; seinen Schöpfer kannte er nur zu gut. Und der Grieche hatte nicht gelogen. Er hatte seine Ikone tatsächlich zu Ende gemalt. Jede Person hatte jetzt ein Gesicht, und damit war auch ihre Rolle erkennbar. Christus trug, was Kern nicht im mindesten erstaunte, die Züge von Mouss. Stavros hatte die Jesusfigur zudem mit einem verkümmerten Arm versehen, um die Ähnlichkeit mit dem jungen Clochard noch zu unterstreichen. Über seinem orangefarbenen Heiligenschein stand ein IC XC, ein in der griechischen Ikonographie gebräuchliches Sigel. Die Überraschung bestand jedoch in den beiden anderen Figuren, die da im Wald der römischen Lanzen beinahe untergingen: Ihm, Kern, der sich selbst als Verräter sah, weil er die Obdachlosen an die Polizei ausgeliefert hatte, hatte der Einäugige die Rolle des Petrus zugedacht, der gerade dem Knecht Malchus ein Ohr abhaut, und auch sein Kopf mit den scharfen Gesichtszügen war vom Heiligenschein der Apostel umgeben. Judas aber, der Christus die Wange küsst, hatte anstelle des linken Auges ein Loch, das keinen Zweifel offenließ. Der kleine Priester hielt die Kerze noch dichter an die Ikone. Gleich neben diesem Judas, dem Stavros die eigenen Züge verliehen hatte, stand eine ungewöhnlich lange Inschrift auf Griechisch, die Kern mit wachsender Angst buchstabierte:

μοντεβελλο υεντιλο Γσ'μ'ς'

Die Erschütterung ließ ihn leicht taumeln. Die Kerze streifte den Blumenstrauß, so dass die Flamme in einer kleinen Rauchspirale verlosch und die Ikone wieder ins Halbdunkel getaucht war. Kern wollte hinter sich greifen und sich eine neue Kerze aus dem Ständer nehmen, hielt aber mitten in der Bewegung inne. Hinter ihm stand Monseigneur Rieux Le Molay in einem eleganten schwarzen Anzug, der nur durch den weißen Fleck des römischen Kragens aufgehellt wurde.

»Wunderschön, nicht wahr? Ich wusste sofort, dass sie

einen ganz besonderen Platz verdiente. Die Guadalupe ist meine absolute Lieblingskapelle. Wie Sie ja wissen, François, habe ich eine Schwäche für Lilien.«

»Und wie ich sehe, arbeitet Ihr Geheimdienst recht zuverlässig und hat Ihnen meine Anwesenheit umgehend mitgeteilt.«

»Mein Geheimdienst? Wovon sprechen Sie, François? Wir sind hier nicht die Polizeipräfektur.«

»Das Aufsichtspersonal von Notre-Dame wurde zum Teil ausgetauscht, nicht wahr? Die Leute sind jetzt lauter Muskelprotze. Ich habe kein einziges bekanntes Gesicht entdeckt.«

»Die Zeiten ändern sich, François. Ich habe nur gewisse Lehren aus den Ereignissen von Weihnachten gezogen. Diese Bettler, die hier eingezogen sind, als wäre es ein Hotel ... Sie hätten niemals hereingedurft, die alte Wachmannschaft hat schlicht versagt. Die Ältesten habe ich in Rente geschickt, und die Jüngsten sollen ruhig noch ein bisschen was dazulernen. Ich habe jetzt echte Profis engagiert, um sicherzustellen, dass sich eine derartige Invasion nicht wiederholt. Ich möchte nicht noch einmal erleben, dass das Haus Mariens von Extremisten und Phantasten in Beschlag genommen wird!«

»Von Extremisten und Phantasten? Sie haben aus Notre-Dame eine von einer Miliz bewachte Festung gemacht. Hier kommt man ja nur noch mit polizeilichem Führungszeugnis herein! Und was ist mit der Funktion der Kathedrale als einem für alle offenen Heiligtum? Was sagt der Kardinal dazu?«

Rieux wischte die vielen Fragen mit einer Handbewegung weg.

»Notre-Dame de Paris kann nicht alles Elend der Welt beherbergen, François. Wenn Sie das übernehmen möchten, so tun Sie dies bitte in Ihrer Gemeinde in Poissy. Und was Monseigneur Madelaine angeht, er ist ein sehr auf Ausgleich zwischen den geistigen Strömungen bedachter Mensch. Wir arbeiten auf vertrauensvoller Basis zusammen und teilen uns die Aufgaben nach bestem Wissen. Und für das Personal der Kathedrale bin nun einmal ich verantwortlich, nicht er.«

»Ich verstehe. Für die Armen ist also kein Platz mehr hier. Dennoch stellen Sie ihre Bilder hier aus.«

»Die Ikone, meinen Sie? Ein wundervolles Bild, das ein armer Schlucker gemalt hat, ein Freund von Mouss, der nur noch ein Auge hat. Ich begreife nicht, wie ein derartiges Talent im Elend leben kann. Er hat mir das Bild vor etwa zehn Tagen geschenkt.«

»Kurz vor Ostern, nicht wahr? Und Sie haben es angenommen? Obwohl es von einem der armen Schlucker, wie Sie es ausdrücken, stammte, denen Sie nun den Zutritt verwehren.«

»Sie haben mich missverstanden, François. Wer unseren Glauben und unsere Überzeugungen teilt, hat freien Zugang zu Notre-Dame. Außerdem lagen seine Forderungen deutlich unter dem Wert, den sein Geschenk hatte ...«

»Forderungen?«

»Er wollte lediglich, dass sein Werk an einer gut sichtbaren Stelle aufgehängt würde. Und wie Sie sehen, habe ich mein Wort gehalten. Ich habe die Ikone in einer unserer meistbesuchten Kapellen ausgestellt.«

»Ja, die Ikone ist ganz besonders wertvoll. Sie wiegt sozusagen das Leben eines Menschen auf. Der Einäugige hat Ihnen seinen Freund Mouss auf dem Silbertablett überreicht.«

»Was wollen Sie damit sagen?«

»Mouss ist tot. Tun Sie nicht so, als wüssten Sie das nicht.«

»Nein, das wusste ich wirklich nicht!«

»Er wurde aus der Seine gefischt, letzte Woche. Und was für ein Zufall: kurz nachdem Stavros Ihnen die Ikone geschenkt hat!«

»Ich sehe da keinen Zusammenhang.«

»Sie können doch Griechisch, Monseigneur?«

»Sehr schlecht, François. Ich gestehe, dass meine ganze Liebe dem Lateinischen gilt.«

»*Montebello Ventilo G+246*, das steht über dem Gemälde von Stavros, direkt über dem Kopf von Judas.«

»Und was bedeutet dieses Kauderwelsch?«

»Das ist der Ort am Seineufer, an dem sich Mouss monatelang versteckt hielt. Und genau die Information, die Cathrine fehlte, um Mouss aus dem Weg zu räumen. Stavros hat sie ihm durch ein heiliges Gemälde übermittelt. Doch all dies wussten Sie ja bereits.«

»Was reden Sie da, François? Und was hat Abbé Cathrine mit dieser Geschichte zu tun?«

»Die Leute von den Cohors Christi haben Mouss gelyncht. Danach haben sie ihn ertränkt.«

»Das ist die abwegigste Anschuldigung, die ich je gehört habe!«

»Und Sie, Monseigneur, haben den Laufburschen zwischen Stavros und dem Abbé gespielt.«

»Ich, Rieux Le Molay, ein Laufbursche?«

»Stavros wusste genau, was er tat, als er Ihnen die Ikone schenkte. Sie haben sie hier aufgehängt, damit alle sie sehen können, aber in Wirklichkeit ist sie nur für eine einzige Person bestimmt. Wie lange hat es gedauert, bis Sie Ihren Freund Abbé Cathrine eingeladen haben, sie eingehend zu betrachten? Wie lange, Monseigneur? Als Sie Ihr Telefon abnahmen, haben Sie Mouss' Todesurteil unterzeichnet, ist Ihnen das klar?«

Rieux Le Molay nahm die Brille ab und rieb die Gläser mit einem seidenen Taschentuch. Er hielt den Blick gesenkt, offenbar ganz auf dieses kleine Reinigungsritual konzentriert. Auf dem Altarpodest las der Priester eine Passage aus dem Johannesevangelium. Dann setzte er die Brille endlich wieder auf und sah Kern durchdringend an.

»Ich habe Sie immer für einen tüchtigen Priester gehalten, François. Sie besitzen das für unser Amt nötige Einfühlungsvermögen, außerdem einen Glauben an das Gute im Menschen, der zuweilen an kindliche Naivität grenzt. Leider sind Sie meiner bescheidenen Meinung nach mit der Zeit und durch schwere Prüfungen – den Tod Ihres Bruders und auch Ihre Krankheit – einer Art Depression anheimgefallen, deren Folge mir Ihre Paranoia zu sein scheint. Haben Sie schon einmal daran gedacht, sich Hilfe zu holen? Und damit meine ich nicht die Gnade des Herrn.«

Kern ging auf die Nische mit der Ikone zu.

»Wir werden sehen, was die Polizei dazu sagt.«

»François ... Was tun Sie da?«

»Ich nehme die Ikone mit. Sie ist ein Beweisstück. Ihr

rechtmäßiger Platz ist nicht in einer Kirche, sondern im Gerichtssaal.«

Er schob den Lilienstrauß ein wenig beiseite und nahm die Holztafel vom Haken, auf der er neben Christus und Judas mit einem Schwert in der Hand zu sehen war. Als er sich wieder zu Rieux umdrehte, sah er, dass er in Begleitung von drei Kleiderschränken von mindestens einem Meter neunzig gekommen war. Ein vierter hielt vor dem inzwischen geschlossenen Gitter Wache und achtete darauf, dass keine Touristen hereinkamen.

»Rufen Sie Ihre Wachhunde zurück, Monseigneur. Sie kennen meinen körperlichen Zustand. Ich kann mich nicht gegen sie zur Wehr setzen.«

»Das brauchen Sie nicht eigens zu betonen, François. Sie sind nun einmal kein Herkules.«

»Und was werden Sie jetzt tun?«

»Die Frage ist doch: Was werden *Sie* jetzt tun? Wenn Sie an Ihrem Plan festhalten, sähe ich mich leider gezwungen, Sie wie einen Dieb zu behandeln. Dieses Kunstwerk gehört der Kathedrale. Man darf sie nicht ungestraft mit einer wertvollen Ikone unterm Arm verlassen. Möchten Sie wissen, wie wir mit rumänischen Taschendieben verfahren?«

Auf ein Zeichen des Rektors kam der vierte Koloss vom Gang herein. Kern sah zu ihm auf. Er reichte ihm gerade einmal bis zur Brust. Plötzlich wurde er von panischer Angst ergriffen. Gegen physische Gewalt, das wusste er schon seit seiner Kindheit, hatte er keine Chance. Wieder einmal musste er nachgeben, musste seine Ideale von Gerechtigkeit und auch Stolz über Bord werfen. Er hielt dem Bodyguard die Ikone hin, der sie ohne mit der Wimper zu zucken entgegennahm. Zwischen seinen enormen Pranken wirkte sie wie eine Briefmarke. Kern wusste es genau: Sobald er den Fuß nach draußen gesetzt hätte, würde Stavros' Werk für immer von den Wänden von Notre-Dame verschwinden. Er sah es wahrscheinlich zum letzten Mal. Er ging um den Bodyguard herum und an Rieux Le Molay vorbei, ohne sie eines Blickes zu würdigen, und wartete vor dem Gitter, das man ihm aufschloss. Er hatte sich übers Ohr hauen lassen. Er war schlecht vorbereitet auf dem Schlachtfeld erschienen, in dem naiven Glauben, es handele sich hier in seiner geliebten Kathedrale um ein Heimspiel für ihn. Doch Notre-Dame gehörte ihm nicht, hatte ihm nie gehört. Sie gehörte nun einem Mann, der andere Ansichten hatte.

Voller Scham und Wut ging er durchs Seitenschiff und wollte sich dem Ausgang zuwenden. Da rief ihn Rieux noch einmal zurück. Kern blieb mitten im Gedränge stehen.

»Noch eine Frage, François ... Da Sie so gerne den kleinen Kommissar spielen ... Warum hätte der Einäugige Mouss seinen Mördern ausliefern sollen? Die beiden Clochards waren doch befreundet, nicht wahr?«

Kern sah Rieux gerade in die Augen. Hinter seinen runden Brillengläsern kam ihm der junge Rektor undurchschaubarer vor denn je.

»Aus Liebe, Monseigneur. Aus seinem Glauben und aus Liebe hat er ihn seinen Feinden ausgeliefert.«

Der Rektor setzte ein ironisches Lächeln auf.

»Eine seltsame Auffassung des Glaubens. Sie wissen, dass er tot ist, nicht wahr?«

»Ich weiß. Ich habe es Ihnen ja selbst erzählt.«

»Ich spreche nicht von Mouss. Sondern von Stavros.«

Kern erstarrte und drehte sich wie ein Automat um. Und trotz seiner Angst ging er noch einmal zurück zu Rieux und seinen Kettenhunden. Vielleicht hatte er die Worte des Rektors in diesem babylonischen Sprachengewirr nur falsch verstanden?

»Was haben Sie gesagt?«

Rieux Le Molay griff in die Innentasche seines Jacketts und zog ein Smartphone heraus, das noch mit der Website der französischen Presseagentur verbunden war.

»Also wirklich, François, Sie stammen aus einer anderen Zeit. Die Nachricht ist schon eine halbe Stunde alt, und Sie sind noch nicht auf dem Laufenden. Es wurde ein Clochard tot aufgefunden, erhängt und ausgeweidet. In einem Wartungsraum beim Pont de la Tournelle. In der Meldung heißt es, der Mann hatte nur ein Auge. Staatsanwaltschaft und Polizei sind bereits *in situ*.«

Kern meinte, die Sinne würden ihm schwinden. Die Touristen um ihn her schienen zu tanzen. Er streckte die Hand in Richtung Ausgang aus und lief mit letzter Kraft darauf zu. Die Stimme des Rektors hallte ihm nach:

»Laufen Sie, François, laufen Sie! Rennen Sie hin zu Ihrer kleinen Richterin. Auch sie ist nicht auf der Höhe der Zeit. Zum Glück aber gibt es im Justizpalast, in der Polizeipräfektur, ja in ganz Frankreich andere Menschen, die effizienter, moderner und realistischer sind und für eine andere Zukunft stehen. Und was mich betrifft, François, so vergessen Sie nie: Meine Weste ist rein wie Schnee!«

Kern drehte sich noch ein letztes Mal um, bevor er durch das Marienportal nach draußen eilte. Flankiert von seiner

Leibwache, stand Rieux in seinem eleganten, rabenschwarzen Anzug inmitten der Menge. Ohne sich von den Bodyguards abschrecken zu lassen, trat eine alte Dame an ihn heran. Voll zeremoniöser Feierlichkeit neigte sie sich tief herab und küsste den Amethystring an seinem Finger.

Es kam ihm so vor, als würde er aus der letzten Reihe des obersten Rangs einer Theateraufführung beiwohnen. Man sah nicht viel, man hörte noch weniger, man begriff nichts von dem, was da stattfand, verstand den Gang der Handlung nicht. Ganz dort unten am Quai, hinter der Sicherheitsabsperrung der Polizei, kamen Männer in weißen Schutzanzügen aus einem Wartungsraum, der in den Treppenaufgang am Pont de la Tournelle gefräst worden war. Die Mitarbeiter der Spurensicherung schlossen bei jedem Kommen und Gehen umsichtig die kleine Metalltür. Eine schmale Spalte in der Mauer, durch die grelles Licht nach außen drang, ließ im Innern eine hell erleuchtete Verbrechensszenerie erahnen.

Dort, wo er stand, inmitten von Schaulustigen und einer Handvoll gelangweilter, bornierter Journalisten, ließ Kern seiner Phantasie freien Lauf. ›Erhängt und ausgeweidet‹, hatte der Rektor gesagt. Hatte man ihm den Strick um den Hals schon abgenommen? Hatte man Stavros ins Gerichtsmedizinische Institut auf der anderen Seite der Seine gebracht? Hatte man seine Eingeweide, die sich auf den Boden ergossen hatten, bereits in einem Plastikbeutel ins Labor geschafft? ›Erhängt und ausgeweidet.‹ Wie Judas, der sich je nach Quelle, ob Matthäus oder Apostelgeschichte, aufgehängt oder beim Sturz auf dem Blutacker den Bauch aufgeschlitzt hatte, oder beides zugleich. Die Exegeten suchten von jeher nach einer realistischen Begründung für die Legende. Es gab verschiedene Thesen, mehrere Versionen, wie der Schurke vom Dienst zu Tode gekommen sein mochte: Judas hatte sich erhängt. Dann, nach einigen Tagen, war der Strick gerissen und der bereits verwesende Körper beim Aufprall auf einen Stein aufgeplatzt.

Die Polizei dort unterm Pont de la Tournelle wusste natürlich, dass ein Mensch sich nicht gleichzeitig erhängen und den Bauch aufschlitzen konnte. Dabei musste man sich helfen lassen. Zum Beispiel, indem man sich umbringen ließ ... Wie also hatte Stavros es angestellt, bis in die Stunde seines Todes die Rolle zu spielen, die er sich selbst zugewiesen hatte? Die des Verräters, des Judas Ischariot. Die des Schülers, der seinen innig geliebten Meister verrät, damit sich sein tragisches Schicksal vollende. Erhängt und ausgeweidet, hatte der Rektor gesagt. Wer also hatte ihm die Schlinge um den Hals gelegt und dann mal eben den Bauch aufgeschlitzt, um ihn für seine Sünden büßen zu lassen? Im Innern jenes Raums, den er sich mit hoher Decke und nur von einer Neonleuchte erhellt vorstellte, sah Kern zwar ein wahres Blutbad vor sich, das aber die unerhörte Todesart nicht erklären konnte.

Die Tür unter der Brücke öffnete sich erneut, doch diesmal kamen keine Laboranten heraus, sondern es schwappte ein Grüppchen in schwarzen oder grauen Anzügen nach draußen. Kern erkannte von weitem den Chef der Kriminalpolizei und ganz dicht hinter ihm Landard und Gombrowicz. Das Schlusslicht der kleinen Karawane bildete die Richterin Claire Kauffmann, die leichenblass war und die Hand auf den Mund gepresst hielt. Was hatte man ihr gesagt, dass sie sie alle weglaufen und in ihre Autos steigen ließ, während sie ganz allein zurückblieb, ein graziles blondes Phantom, das, an einen Brückenpfeiler gelehnt, ganz verloren dastand im Kommen und Gehen der Männer in den weißen Overalls?

In seine Gedanken versunken verließ Kern die kleine Gruppe der Journalisten und Neugierigen und kehrte um. Und da sah er ihn, ein Stück abseits stehend, Ton in Ton mit dem Mauerwerk, an das Gebäude des Freihafens gelehnt, nur wenige Meter von dem Loch entfernt, in das Mouss sich verkrochen hatte, bis er dem Tod in seiner schwarzen Robe begegnet war. Der Clochard mit dem langen Mantel schaute schweigend zu ihm herüber, den Kopf wie immer unter seiner Kapuze verborgen, und aus dem Dunkel darunter blitzten seine Augen wie im Fieberglanz. Wie angewurzelt stand er da, die Fäuste in die Taschen des Mantels gestopft, der seit seinem Sturz in die Seine noch ein wenig heruntergekommener aussah. Der kleine Priester ging näher, wie magnetisch angezogen von der Reglosigkeit des Mannes. Sie musterten sich einen Augenblick, dann zog »Hoodie« ein Heft aus der Tasche, ein Schulheft, dessen Deckblatt abgerissen war. Kern erkannte es sofort. Der Grieche hatte es aus seinem Mantel geholt, als sie nebeneinander auf dem Lüftungsgitter der Metro hockten und bei einem Becher Kaffee miteinander plauderten. Der Priester nahm das Heft entgegen. Seine Seiten waren dicht mit roter Tinte beschrieben, in einer engmaschigen Handschrift ohne eine einzige Streichung. Die Hand, die es ihm hingehalten hatte, war mit getrocknetem Blut bedeckt, und da begriff Kern, dass der Mann mit der schwarzen Kapuze, den der Grieche noch vor zwei Tagen aus dem Wasser gezogen hatte, von seinem Jagdmesser Gebrauch gemacht und das Amt des Henkers übernommen hatte.

23

Da Sie dieses kleine Heft in Händen halten, mein Vater, ist es wohl sehr wahrscheinlich, dass ich nicht mehr unter den Lebenden bin und mich das Los ereilt hat, das Verrätern in der Geschichte bestimmt ist: der Tod durch Erhängen. Vielleicht haben sie es mit dem Remake sogar so weit getrieben, dass sie meine Eingeweide herausgerissen haben. Sei's drum. Mir soll es recht sein. Wissen Sie, Pater, ich habe ihnen allen die Geschichte vom traurigen Ende des Judas Ischariot so oft erzählt, nachts am Feuer, ein bisschen wie ein Großvater, rauf und runter, immer wieder, damit sie im gegebenen Moment genau wissen, was zu tun ist. Damit sie nicht irgendeine aberwitzige Foltermethode anwenden, die sie in einem durchgeknallten amerikanischen Thriller gesehen haben. Ich habe dafür gesorgt, dass Mouss seinen Kreuzweg bis zum Ende geht. Und danach bin ich ihm nun wahrlich schuldig, dass auch ich den Tod sterbe, der sich für einen ordentlichen Schurken wie mich gehört, ausgeführt von meinen eigenen Gefährten der Straße, die mich unter einer Brücke oder an einer Straßenlaterne aufhängen werden. Sollten sie mir tatsächlich auch den Bauch aufgeschlitzt haben – vor oder nach dem Erhängen –, so sei ihnen vergeben, denn ich habe ihren Rachedurst durch die genaue Schilderung aller Details so sehr angeheizt, damit sie nichts dem Zufall überlassen und mich meiner gerechten Strafe zuführen. Ohne Gerichtsprozess. Wie ich der kleinen Richterin schon sagte, akzeptiere ich nur das Urteil Gottes. Sein mächtiger Arm wird in dem Fall eben eine Horde wütender Clochards sein.

Aber ich will mich nicht lange bei meinem Tod aufhalten. Ich habe ihn wahrhaftig verdient. Ich habe ihn sogar provoziert. Schluss also mit dem Geflenne, wozu noch Papier und Tinte vergeuden. Diese wenigen Zeilen, die für Sie bestimmt sind, sind der Passion von Mouss gewidmet, nicht meinem Tod. Allerdings sollte man, wie es auch vor zweitausend Jahren geschehen ist, die Tatsachen schwarz auf weiß festhalten, damit die Geschichte fortbesteht und von Hand zu Hand weitergegeben werden kann. Schließlich bin ich ja Judas, der zur Feder greift und seine eigene apokryphe Version der letzten Stunden des Erlösers niederschreibt. Das Stavros-Evangelium. Sie sollen alles erfahren, was sich im Einzelnen abgespielt hat. Und dann können wiederum Sie es weitererzählen.

Nur Kristof wusste, wo Mouss sich verbarg. Und ich selbst – aus dem einfachen Grund, weil ich, Judas, ihn nach unserer Flucht aus dem Hôtel-Dieu in das schmutzige Loch gesteckt hatte. Monatelang habe ich ihn am Port de la Tournelle festgehalten, habe eifersüchtig über ihn gewacht, habe zugelassen, dass er immer schwächer, immer magerer wurde, und habe seinen panischen Ängsten Vorschub geleistet. Ich sagte zu ihm, ein Haufen Leute habe es auf seine Haut abgesehen, was gar nicht mal gelogen war. Er dürfe nicht rausgehen, sagte ich zu ihm, sondern müsse warten, bis ich ihm das Zeichen gäbe, oder zumindest bis zum Frühling. Ich sah ihm zu, wie er Kilo um Kilo verlor, bis er durch grausamstes Leiden hindurch gleich-

sam das Stadium der Heiligkeit erreichte. Zum Schluss hatte er nicht einmal mehr die Kraft, sich nach draußen zu schleppen, er machte sich in die Hosen wie ein Neugeborenes. Er war nur noch Haut und Knochen. Wenn Sie wüssten, wie leid er mir tat! Wenn Sie nur ahnen könnten, Pater, wie viel Überwindung es mich gekostet hat, ihn so dahinsiechen zu lassen. Ich habe ihn ernährt, immer gerade so viel, dass er noch am Leben blieb, ich habe ihn gewaschen wie ein Baby, habe ihn mit schweißnassem, zitterndem, nacktem Körper der Winterkälte ausgesetzt, gerade so lange, dass er nicht gesund wurde. Ich musste ihn seiner Bestimmung entgegenführen, ihn zugleich den Punkt äußerster Stärke und äußerster Schwäche erreichen lassen, damit er bestmöglich auf seine Passion vorbereitet wäre.

Fast hätte mir der Pole alles vermasselt. In seinem blinden, einfältigen Glauben wollte er ihm helfen, anstatt ihn aufs sichere Ende zugehen zu lassen. Ich muss zugeben, dass ich ein paar Tage lang nicht begriff, was los war. Es ging Mouss auf einmal besser. Er nahm wieder zu und berappelte sich ein wenig. In seinem Loch fand ich Proviant, den ich dort nicht hingebracht hatte. Eine karierte Decke. Seife. Toilettenpapier. Sogar Windeln. Dann aber, in einer Januarnacht, sah ich Kristof am Kai entlangstreunen. Er steuerte auf den Lüftungsschacht zu und holte Proviant für ein ganzes Regiment aus seinem verdammten Armeerucksack. Kein Witz. In seiner großen Güte hätte er den Heilsplan beinahe zum Scheitern gebracht. Nach jedem seiner Besuche musste ich warten, bis Mouss eingeschlafen war oder bewusstlos dalag, und die Lebensmittel fortschaffen. In seinem beständigen Fieberwahn tastete Mouss danach. Er habe Hunger, wiederholte er immer wieder, er habe doch Käse und Brot gesehen. Das habe er nur geträumt, erwiderte ich dann. Er möge mir nur vertrauen. Bald sei alles überstanden. Da beruhigte er sich wieder eine Weile und fiel in jenen unruhigen Schlaf, aus dem er nie, oder fast nie, mehr erwachte. Wenn Sie wüssten, Pater, wenn Sie wüssten, wie viel Kraft es mich gekostet hat, ihn so bis zu seinem Tode zu begleiten. Wie viel Kraft und wie viel Liebe.

Mein erklärtes Ziel war es, ihn bis Ostern am Leben zu erhalten und dann die kleine Inszenierung mit den anderen Akteuren des Evangeliums vorzubereiten: den römischen Soldaten und Pilatus, ihrem Polizeipräfekten, den Hohen Priestern von Notre-Dame, den Gralshütern der christlichen Orthodoxie, und schließlich deren extremistischem Flügel, an den der brave Judas seinen langjährigen Gefährten, seinen Freund und Messias zu verschachern sich anschickte. Auch ein paar Apostel waren dabei – die Zahl war mir nicht wichtig, aber zum Schluss waren wir dann tatsächlich zwölf! Zu Beginn neun Obdachlose, hinzu kamen ein Pole und außerdem der Küster Gérard. Dass er sich uns anschließen würde, sah ich auf den ersten Blick, ich erkannte sofort, dass auch er einmal Clochard gewesen war. Dann war da noch ein kleiner Mann von schmächtiger Statur, ein Priester. Voller Zweifel an seinem Glauben, aber auch an seinem Christus, wartete er auf ein Zeichen von oben: kein anderer als Sie, Pater, der Simon Petrus dieser Geschichte, der privilegierte Zeuge, einer der Lieblingsjünger, derjenige, dessen Aufgabe es sein würde, diese Geschichte zu erzählen, wenn sie einmal zum Abschluss gebracht wäre, und wie seinerzeit Petrus zum ersten Bischof der neuen Kirche zu werden. Dass Sie uns verraten haben, Pater, und Christus-Mouss verleugnet haben, indem Sie der Polizei die Pforten von Notre-Dame öffneten, ist nur ein weiterer Beweis dafür. Hatte Petrus nicht selbst den Herrn verleugnet, bevor der Hahn krähte? Und zwar dreimal!

Glauben Sie mir, Pater, bis zu seiner letzten Minute, bis in seine schlimmsten Fieberträume hinein hat Mouss Ihnen nie seine Zuneigung und sein Vertrauen entzogen. Ich hoffe, auch Sie bleiben ihm treu, Ihr ganzes Leben lang.

In jener Nacht herrschte absolute Dunkelheit am Seineufer. Ein paar Stunden zuvor hatte ich die Ikone nach Notre-Dame gebracht. Ich wusste, dass es mit Mouss zu Ende ging. Seine Feinde kannten jetzt sein Versteck. Es war Karfreitag. Ich hatte ihm ein letztes Mal zu essen gegeben und ihn gewaschen. Ich hatte ihn umarmt, ihn fest an mich gedrückt, ihn geküsst. Dann versteckte ich mich hinter dem Geländer der Rampe, die zum Quai hinaufführt. Von dort aus konnte ich die Öffnung des Lüftungsschachts überblicken. Es war wie ein Logenplatz, von dem aus ich dem letzten Akt von Mouss' Leben beiwohnen würde: seinem Martyrium.

Schlag zwei Uhr sah ich sie unterm Pont de la Tournelle auftauchen, schwarz gekleidet und vermummt wie die Henker. Einige hatten Motorradhelme auf. Sie kamen mir wie kleine Rabauken vor, wie Bürgersöhnchen aus den schicken Vierteln, die sich als Schläger verkleidet haben. Einer hielt die Taschenlampe seines Handys auf die Ziffernfolgen an den Lüftungsgittern gerichtet, bis sie schließlich Montebello G+246 fanden. Dann verlosch die kleine Lampe, und alles Übrige spielte sich im Halbdunkel ab, mit Ausnahme der letzten Sekunde, ganz am Ende, als da wieder ein Licht war. Ich sah nur Umrisse, hörte nur gedämpfte Stimmen. Sie öffneten das Gitter, zerrten ihn aus seinem Loch. Sie blieben einen Moment dort stehen, ein weißer Lieferwagen verdeckte zum Teil, was sie ihm antaten. Sie machten sich über seinen Zustand, über seinen Geruch lustig. Dann hörte ich dumpfe Schläge, Fausthiebe und Fußtritte.

Jemand kam auf den Gedanken, ihn Jesus zu nennen, und das hat wahrscheinlich alles Folgende ausgelöst, die Wunden, das Foltern, und zwar unter Spott und Gelächter. Ich sah ein Messer aufblitzen. Ein Messer oder eine Cutterklinge. Damit haben sie ihm Hände und Füße zerschnitten und die Wunde an der Seite beigebracht. Ob er noch bei Bewusstsein war, weiß ich nicht. Ich weiß nur, dass er am Boden lag, direkt vor dem weißen Lieferwagen. Ich hörte ihn nicht schreien. Nicht einmal stöhnen. Nichts, rein gar nichts. Er hat alles schweigend über sich ergehen lassen, wie Christus am Kreuz.

Auf einmal löste sich einer aus der Gruppe, er fungierte wohl als Späher. Er ging zur Seine runter, dann gab er den anderen ein Zeichen, und wie ein großer Skarabäuskäfer bewegte sich der ganze Trupp aufs Wasser zu, sie schleiften den leblosen Mouss wie ein kleines Paket mit sich, ein ganz leichtes Paket, das lautlos, ohne eine Klage übers Pflaster glitt. Und warfen ihn in den Fluss. Ich hörte kein Geräusch, als der Körper aufs Wasser traf, kein Platschen oder dergleichen. Mir wurde klar, dass sie mit ihm fertig waren, dass sie sich seiner entledigt hatten, als plötzlich das Licht von einem Handy oder einem Fotoapparat aufblitzte. Daraufhin löste sich die Gruppe sehr rasch auf, sie rannten in unterschiedliche Richtungen davon, einige verschwanden unter der Brücke, andere liefen nach Notre-Dame zurück, wieder andere kamen direkt an mir vorbei, um nach oben auf den Boulevard zu gelangen.

Ich wartete noch ein paar Sekunden, dann kletterte ich aus meinem Versteck und ging ebenfalls zum Wasser hinunter. Zunächst sah ich ihn gar nicht und dachte, er wäre schon ertrunken. Dann hörte ich auf einmal ein Keuchen unter mir. Und da sah ich ihn. Wissen Sie, Pater, am Pont de la Tournelle sind große Ringe in regelmäßigen Abständen direkt oberhalb der Wasserlinie in den Stein eingelassen. Mouss hatte sich an einem davon festgekrallt, nur wenige Zentimeter unter meinen Füßen. Ich konnte ihn nun deutlich sehen, er zitterte vor Kälte und Schmerz. Ich sah sein von den Schlägen entstelltes Gesicht. Ich sah seine blutenden Hände. Sie hatten ihm die Handflächen durchstochen, Pater. Daher konnte er sich nicht mehr richtig festhalten.

Er sprach zu mir. Ich glaube, er hatte mich in seinem halb bewussten Zustand erkannt, an meinem Auge natürlich. »Ich habe Angst!«, sagte er. Und dann: »Hilf mir, ich gehe unter!« Schweigend betrachtete ich ihn. Ich legte alle Liebe, alle Wärme, die ich in mir trug, in meinen Blick, damit er im Augenblick seines Todes wenigstens nicht fror. »Hilf mir, ich gehe unter!«, sagte er noch einmal. Ich erwiderte: »Hab keine Angst. Noch eine Minute, dann bist du Christus.« Ich fragte ihn noch, ob er keinen Durst habe. Er sah mich mit einem seltsamen Ausdruck an. »Ich gehe unter«, sagte er vielleicht noch zwei, drei Mal, dann ließ er den Ring los und versank. Er kam wieder hoch und hustete. Schlug matt mit den Armen, bespritzte mich kaum dabei. Wieder schluckte er Wasser, doch diesmal gelang es ihm nicht mehr, es auszuspucken. Dann verschwand sein Kopf unter der schwarzen Oberfläche der Seine.

Ich blieb noch einen Augenblick reglos stehen. Dann hörte ich auf einmal Geräusche in meinem Rücken. Schritte und ein Gebrummel. Es war der Pole. Der Bär, den man an seiner massigen Gestalt sofort erkennt, kramte in dem Eingang vom Lüftungsschacht. Er blickte sich in alle Richtungen um. Ich duckte mich unter das Geländer. Er rief mehrere Mal nach Mouss. Suchte die nähere Umgebung ab, ohne innere Überzeugung.

Dann holte er etwas aus seinem Plastikbeutel und legte es in das nunmehr leere Versteck. Schließlich schlurfte er langsam und mit hängenden Schultern davon, wie einer, der sehr erschöpft und sehr betrunken ist.

Und so, Pater, endete Mouss' Passion. All das hat keine zehn Minuten gedauert. Sein geschwächter Körper hatte ihn für sein Leiden gewissermaßen porös gemacht. Blieb nur die Frage, was mit seinem Körper geschehen würde. Wann würde er wieder auftauchen? Und könnte die Polizei die Leiche dann noch identifizieren? Aber ich musste allmählich loslassen, das war mir klar. Musste darauf vertrauen, dass sich Mouss' biblisches Schicksal, das ich durch meinen Verrat in die Wege geleitet hatte, erfüllen würde. Ich sollte nicht enttäuscht werden. Drei Tage nach seinem Tod tauchte er wieder auf. Sagen Sie nicht, das sei kein Zeichen gewesen, Pater! Daran bin ich ganz und gar unschuldig. Mouss allein ist, wie Jesus, drei Tage nach seinem Tod wieder auferstanden und hat sich den Lebenden gezeigt.

Nun musste ich das Stavros-Evangelium nur getreulich befolgen. Musste die Apostel zusammenschweißen. Ihren Glauben an Mouss vertiefen. Sie in ihrem Hass auf Judas, also auf mich, einen. Ich hatte diesen kleinen Text zu schreiben, der zugleich Beichte, Beweis und Glaubensbekenntnis sein sollte. Und dann galt es, Petrus Schritt für Schritt, Tag um Tag zum Licht der Wahrheit hinzuführen, zu jener Form der Erleuchtung, wie sie Predigern und Missionaren eigen ist. Nun wissen Sie alles, Pater. Jetzt sind Sie am Zug. Die ganze Arbeit der Evangelisierung lastet auf Ihren Schultern. Mouss' Leiden und Sterben dürfen nicht umsonst gewesen sein! Sein Martyrium muss etwas im Leben aller Armen dieser Welt bewirken. Es braucht einen neuen Geist, eine neue Hoffnung! Es muss sich etwas ändern in dieser Welt, in der ein Teil der Menschheit in der Gosse lebt. Es bleibt Ihnen wohl kaum etwas anderes übrig, Pater, als mein kleines Evangelium der Presse zu übergeben und in den sozialen Medien zu verbreiten. So wird heutzutage ein Messias gemacht. So werden heute Revolutionen gemacht. Aber ich bitte Sie sehr: Übergeben Sie nichts davon der Polizei und auch nicht der Justiz. Denen darf man nicht vertrauen. Sie kriegen es fertig und lassen meine, oder vielmehr Mouss' Geschichte in einer Schublade verschwinden. Dabei ist dies ja erst der Anfang der Geschichte. Ich bin absolut sicher: Noch in tausend oder zweitausend Jahren wird man über sie reden.

Er saß noch eine ganze Weile da, das aufgeschlagene Heft auf den schmalen Knien. Er hatte keine Ahnung, wie spät es war. Spaziergänger und Jogger liefen an der Bank vorbei, auf der er saß, und kamen kurz darauf zurück: Die Polizei hatte den Zugang zum Pont de la Tournelle flussabwärts gesperrt. Dort, in wenig mehr als dreißig Metern Entfernung, waren Beamte damit beschäftigt, die sterblichen Überbleibsel des griechischen Malers zu bergen, dessen letztes Werk keine Ikone, sondern dieses speckige Schulheft war.

Kern sah auf. Drüben, auf der anderen Seite der Seine, stand die Kathedrale; sie erschien ihm weit entfernt, grau und klein, wie das Modell unter Glas in einer ihrer Kapellen. Und er dachte: Ich würde es immer wieder genauso machen. Ich würde zehn, hundert, tausend Clochards darin aufnehmen, wenn es sein müsste. Sein Glaube kam ihm plötzlich ausgehöhlt und schwach vor. Ein unbestimmter Ekel stieg in ihm auf. Und er dachte: Es ist so, als würde man seine Mutter verlieren.

24

Beinahe hätte sie sie nicht erkannt. Dabei wartete sie doch am gewohnten Ort auf sie, am Ausgang der Cour du Mai, gleich nach dem Drehkreuz, sie trug dieselbe Lederjacke wie immer, die schwarzen Stiefel, doch diesmal hatte sie die Haare nicht rostrot gefärbt, sondern tiefschwarz. Claire Kauffmann ging auf Helena zu. Sie musterten einander im Menschengewühl auf dem Boulevard du Palais, dann beschloss Claire, das Schweigen zu brechen.

»Du hast ja eine neue Haarfarbe!«

Helena zögerte kurz und sagte dann leicht genervt:

»Wie du siehst. Ich war ziemlich düsterer Stimmung in den letzten Wochen. Und du? Wie ist es dir ergangen? Irre ich mich, oder hast du gerade geheult?«

»Schon möglich. Ich heule zu festen Zeiten, weißt du. Um mich zu erleichtern. Außerdem hätte ich heute wirklich allen Grund dazu.«

»Weshalb?«

»Hast du keine Nachrichten gehört? Der Polizeipräfekt Lambert wurde gefeuert. Die Regierung will ihr Sicherheitskonzept umkrempeln. Der Innenminister rüstet sich schon für die nächsten Präsidentschaftswahlen und schlägt eine noch härtere Tonart als die Rechtspopulisten an. Lambert habe zu wenig Autorität besessen, heißt es. Sein Umgang mit der Besetzung von Notre-Dame dürfte ihn den Job gekostet haben.«

»Das kann dir doch egal sein! Ein Sesselpupser folgt auf den andern. Da kommt doch nie was Besseres nach!«

»Nicht ganz. Der Name seines Nachfolgers wird am Mittwoch nach der Sitzung des Ministerrats verkündet. Die Gerüchteküche ist am Brodeln. Filippi steht wohl schon in den Startlöchern.«

»Filippi?«

»Der Chef der Pariser Kripo. Das ist mit Sicherheit ein scharfer Hund. Tja, wir aber stochern im Dunkeln, was den Mörder von Mouss angeht.«

»Du machst also immer noch Jagd auf ihn?«

Claire sah zum Palais de Justice hinüber. Die säulenbestandene Fassade mit dem Trikolorenschmuck schien ihr von protziger Lächerlichkeit, wie aus Pappmaché.

»Ja und nein. Ich bin nicht mehr an dem Fall dran. Letzten Monat hat man ihn mir entzogen.«

»Haben sie dich vor die Tür gesetzt?«

»Es ist jetzt ein anderer Jurist mit dem Fall betraut. Sie fanden es besser, die beiden Morde in ein und dieselbe Hand zu geben.«

»Die beiden Morde?«

»Vor drei Wochen wurde ein weiterer Clochard ermordet aufgefunden. Stavros. Er war Mouss' engster Gefährte bei der Besetzung von Notre-Dame.«

»Der Ikonenmaler?«

»Ja, genau.«

»Mein Vater hat mir von ihm erzählt. Haben den auch diese radikalen Katholiken auf dem Gewissen?«

»Nein, es handelt sich eher um eine Art, wie soll ich sagen, assistierten Selbstmord. Stavros hat Pater Kern einen Brief hinterlassen, in dem er erzählt, was geschehen ist. Den hat der kleine Priester mir übermittelt. Aber die Cohors Christi waren wohl auch involviert.«

»Also haben die ihn ertränkt?«

»Stavros' Zeugnis zielte zumindest in diese Richtung.«

»Und habt ihr das Arschloch in der schwarzen Soutane eingebuchtet?«

Claire trat einen Schritt zurück, um einen Polizeitransporter vorbeizulassen, der auf den Hof fuhr.

»Am Wochenende hat der Abbé Cathrine an einer Messe in Saint-Eugène zum achthundertsten Geburtstag von Ludwig dem Heiligen teilgenommen. Ich war mit Gombrowicz dort. Es waren eine Menge Bourbonen-Nostalgiker gekommen. Nach der Messe kreuzte die ganze Gesellschaft in Notre-Dame auf, um vor der Dornenkrone auf die Knie zu fallen. Rektor Rieux Le Molay bekam ganz glänzende Augen vor Freude ... Nein, Helena, dein Arschloch in der schwarzen Soutane, wie du ihn nennst, verbreitet nach wie vor seinen Irrsinn in den Gemeinden Frankreichs und auch im Netz. Er indoktriniert weiterhin Jugendliche mit seiner traurigen Dialektik. Und wenn einige, berauscht von seinen Wahnvorstellungen, zu gewaltsamen Aktionen übergehen, schaut er mit Unschuldsmiene zu.«

»Dann hat der Brief von diesem Stavros eigentlich gar nichts bewirkt?«

»Was soll ich dir sagen? Nachdem Pater Kern ihn mir

übergeben hatte, ging ich damit zu dem Richter, der nun mit dem Fall betraut ist. Er las ihn in meinem Beisein. Dann sagte er wörtlich: ›Was soll ich mit diesem Gefasel eines Alkoholikers?‹ und packte ihn in die unterste Schublade seines Schreibtischs.«

Helena lehnte sich gegen das goldverzierte Gitter.

»Verstehe. Du wäschst dir also auch die Hände in Unschuld.«

»Was soll das heißen?«

»Du übergibst ihm die Akte und gehst zum nächsten Fall über. Ich hoffe, du kannst trotzdem gut schlafen?«

»Man hat mir den Fall weggenommen! Begreifst du, was das bedeutet?!«

»Du bist nur eine kleine Beamtin, Claire.«

»Also, allmählich reicht es mir aber mit deinen Vorwürfen, du Pseudo-Revolutionärin. Was glaubst du, weshalb Gombrowicz und ich uns am Samstagvormittag diese beschissene lateinische Messe reingezogen haben? Glaubst du, wir haben ihrem Karnevalsprinzen aus lauter Lust und Freude die Hand geküsst, an unserem freien Tag?«

»Und jetzt?«

»Cathrine bleiben wir jedenfalls auf den Fersen. Egal, ob wir nun mit dem Fall betraut sind oder nicht, wir bleiben an ihm dran, bis wir ihn der Beihilfe zum Mord überführt haben.«

Die beiden Frauen verstummten und stießen dann beide im selben Moment einen tiefen Seufzer aus. Diese Gleichzeitigkeit ließ wiederum beide nervös auflachen. Ein diensthabender Gendarm auf dem Hof beobachtete sie amüsiert aus dem Augenwinkel.

»Irgendwann aber muss ich noch mal mit deinem Vater sprechen. Schließlich ist er einer der Hauptzeugen dieses Falls.«

»Meinen Vater habe ich schon seit drei Wochen nicht mehr gesehen. Seine Sachen waren von einem Tag zum anderen aus meinem Zimmer verschwunden. Der Wohnungsschlüssel lag auf dem Tisch. Kein Zettel, kein Brief, weder auf Französisch noch auf Polnisch. Er ist einfach verschwunden.«

»Meinst du, er ist auf die Straße zurückgekehrt?«

»Du wirst es nicht glauben, aber in den letzten Tagen habe ich die ganze Zeit nach ihm gesucht. Trotz all seiner Fehler und seines übermäßigen Hangs zum Alkohol fehlt er mir doch ein bisschen, stelle ich fest.«

»Hast du eine Spur?«

»Nein, er ist wie vom Erdboden verschluckt. Er ist auch an den Quais nicht mehr aufgetaucht. Keiner hat ihn mehr gesehen, schon seit drei Wochen nicht. Jahrelang hat er nach mir gesucht. Und nun bin ich es, die hinter ihm her ist.«

»Wie wirst du weitermachen?«

»Ich hatte ihm ein wenig Geld gegeben, zwei-, dreihundert Euro. Ich nehme mal an, das alte Schlitzohr ist damit nach Polen zurückgefahren. Wahrscheinlich fühlte er sich von mir nicht genügend geliebt. Da ist er wieder in die Heimat zurück, um dort zu schmollen und sich mir zu Ehren zu besaufen.«

»Liebst du deinen Vater?«

»Na logisch!«

»Dann solltest du es ihm sagen, Helena. Du solltest ihn suchen und es ihm sagen.«

»Ich weiß. Ich fahre heute Abend. Ich habe ein Ticket nach Krakau. Dort werde ich nach ihm suchen. Ich fange bei unserem ehemaligen Viertel an. Ich werde auch das Grab meiner Mutter besuchen. Es müsste mit dem Teufel zugehen, wenn ich ihn nicht an der einen oder anderen Stelle treffe. Sturzbetrunken, natürlich. Darum wollte ich dich auch treffen.«

»Um mir zu sagen, dass du wegfährst?«

»Um dir zu sagen, dass ich wiederkomme. Mit oder ohne meinen Vater, aber ich komme wieder. Mein Lebensmittelpunkt ist jetzt Paris.«

Die Richterin sagte kein Wort.

»Also ... Dann vielleicht bis bald. Du hast ja meine Nummer.«

Helena ging Richtung Châtelet davon. Ihre Stiefelabsätze klackten auf dem Asphalt, die schwarze Haarpracht wippte auf ihren Schultern. Claire sah ihr nach, sie wollte ihr noch etwas hinterherrufen. Aber als sie endlich einen Laut herausbrachte, war es zu spät. Helenas Schritte waren schon im Lärm des Boulevards untergegangen.

Sie hatten sich an der Haltestelle der Straßenbahn Nummer 7 getroffen, sich die Hand geschüttelt und über ihr Wiedersehen vor einem McDonald's geschmunzelt. Dann überquerten sie die Landstraße und standen vor der ebenso mächtigen wie Ehrfurcht gebietenden Pforte des Friedhofs. Kern wollte sich bei der Information erkundigen, doch Gérard hielt ihn zurück. Er kannte sich aus auf dem Friedhof von Thiais, er war nicht zum ersten Mal hier. Wo Mouss' Grab zu finden war, wusste er ganz genau.

Sie gingen eine lange Allee hinauf, die von Bäumen im Frühjahrsgrün gesäumt war, und bogen an ihrem Ende, kurz vor der Friedhofsmauer, nach rechts ab. Die anfangs noch häufigen Trennwege wurden nun rarer, und obwohl die Vegetation jetzt im Mai frisch und grün war, ließ sich doch der Eindruck von Vernachlässigung und Verwahrlosung nicht leugnen, der hier zwischen den grauen, zum Teil schon eingesunkenen Grabsteinen mit ihren schwer lesbaren Inschriften herrschte. Schließlich erreichten sie das Feld mit den anonymen Gräbern, wo sich unzählige schmutzig weiße Grabsteine aneinanderreihten, die letzte Bleibe der Mittellosen, Obdachlosen und Anonymen, all derjenigen, die niemand im Leichenschauhaus abgeholt hatte und denen die Stadt Paris fünf Jahre lang ein kostenloses Grab spendierte.

»Früher nannte man das hier das Armenfeld. Seit ein paar Jahren aber heißt es der *Garten der Brüderlichkeit*. Sie können denen leicht was von Brüderlichkeit erzählen, kann ja keiner mehr widersprechen, sind ja alle tot, nicht wahr, Pater? Es kostet sie auch nicht viel: eine Betonkiste, um sie unter die Erde zu bringen. Und dann, mit der Zeit, sind sie alle vergessen ... Ist Ihnen nicht gut, Pater?«

»Das Gehen hat mich ein wenig ermüdet, Gérard. Außerdem liegt dieser Friedhof wirklich am Ende der Welt!«

»Wollen wir uns einen Augenblick auf eine Bank setzen?«

»Danke, Gérard, ich fühle mich schon besser. Ist Mouss' Grab noch weit?«

»Wir sind gleich da. Dort hinten, Feld 55.«

Der Priester wollte weitergehen, doch der andere hielt ihn mit einer Geste zurück.

»Verzeihen Sie, wenn ich danach frage, Pater, aber ... machen Sie im Moment wieder eine Krise durch?«

»Hinter mir liegen drei schwere Wochen. Aber jetzt erhole ich mich allmählich davon. Seit Stavros' Tod bin ich praktisch zum ersten Mal wieder unterwegs. Ich hatte mich zu Hause verschanzt. Drei Sonntage und jede Menge Messen habe ich in meiner Gemeinde versäumt, das ist mir seit meiner Weihe vor fünfundzwanzig Jahren noch nie passiert!«

»Sie haben nicht nur die Messen versäumt, Pater, Sie waren auch nicht auf Mouss' Beerdigung.«

»Ich weiß, Gérard. Aber wie ich Ihnen gerade geschildert habe, war ich nicht in der Lage ...«

»Das hätten Sie sehen sollen! Alle waren sie da, alle, die an dem Abenteuer beteiligt waren. Würdevoll, wenn auch in ihren üblichen Lumpen.«

»Das glaube ich Ihnen gern, Gérard.«

»Wir mussten losen, es waren zu viele, die seinen Sarg tragen wollten. Verstehen Sie, Pater, die Geschichte geht ja erst los. Jeden Tag werden es mehr, die sich an seinem Grab versammeln. Sie haben ihn anonym bestattet, doch das nützt nichts, wir geben die Nummer des Gräberfelds untereinander weiter, als wäre es ein Geheimcode, oder besser: ein Gebet.«

»Da bin ich mir sicher, Gérard ... Gehen wir? Welche Nummer, sagten Sie, war es?«

»Wussten Sie, dass Stavros hier auch begraben ist?«

Kern musste sich auf den Arm des Küsters stützen.

»Nein, das wusste ich nicht. Und wo?«

»Sie werden es nicht glauben, aber Sie stehen genau auf seiner Höhe.«

Er führte ihn zu einem Stein inmitten einer Gräberreihe. Die Erde begann unter der Platte schon einzusinken. Allmählich würden die Elemente den weißen Stein mit einem graugrünen Firnis aus Moos und Staub überziehen. Unwillkürlich berührte Kern ihn mit den Fingerspitzen.

»Es war die Tat eines Verrückten, wissen Sie. Stavros war am Ende seiner Kräfte. Sein Glaube an Mouss hat ihn am Leben erhalten, ihn aber zugleich auch in den Wahnsinn getrieben. Beider Opfer hat rein gar nichts bewirkt. Und ihre Mörder laufen noch immer frei herum.«

»Da täuschen Sie sich, Pater. Nichts ist mehr wie vorher! Aber es braucht Zeit, bis Mouss' hoffnungsvolle Botschaft die gesamte Erde erreicht. Es braucht Zeit, Glauben und Geduld.«

Der Priester richtete sich mühsam auf, nachdem er den kalten Zement mit einer ärgerlichen Geste abgewischt hatte.

»Sie glauben also immer noch an dieses Ammenmärchen? Mouss, der neue Messias von Frankreich? Was hat sein Tod verändert, sagen Sie mir das, Gérard! Welche Lehren haben Sie aus seinen entsetzlichen Leiden gezogen? Sind Sie dadurch ein besserer Mensch geworden? Haben sie wenigstens Ihr Leben verändert?«

Gérard schwieg einen Moment. Ganz in ihrer Nähe begann eine Amsel zu singen.

»Ich weiß nicht, ob sie mich zu einem besseren Menschen gemacht haben, Pater. Aber sie haben mich tatsächlich verändert. Sie haben mein Leben für immer verändert. Sehen Sie, ich habe Notre-Dame den Rücken gekehrt. Nach zwanzig Jahren als treuer Diener habe ich meine Kündigung eingereicht und mein Küsteramt aufgegeben. Schluss mit den Messen, dem Weihrauch, den Kerzen und den Hostiengefäßen. Jetzt widme ich mich den Armen, zu denen auch ich in meiner Jugend gehörte. Ich lebe von meinen Ersparnissen und bin ehrenamtlicher Mitarbeiter einer karitativen Einrichtung. Ich helfe den Bedürftigen, eine Wohnung zu finden. Gemeinsam füllen wir die Anträge aus, mit denen sie ihr Recht auf Wohnraum einklagen. Das füllt im Moment meine Tage aus. Und glauben Sie mir, Pater: Ich bin nicht der Einzige, der neue Hoffnung schöpft. Wie ich Ihnen schon sagte, werden es jeden Tag mehr Menschen, die sein Andenken bewahren wollen.«

Kern fühlte sich schon wieder erschöpft. Diesmal war es nicht die Krankheit, die ihm die Energie raubte, sondern sein Schuldgefühl. Nach der Räumung von Notre-Dame hatte er sich erneut in seinen Dachsbau verkrochen, um Spielzeug und Kinderzeichnungen zu archivieren. Er war vor dem Leben geflohen, er war vor seinem Glauben geflohen. Erwiesen sich Gérard und die anderen Jünger von Mouss in ihrem glühenden Glaubenseifer, ihrer vom Wahnsinn genährten Hoffnung dagegen nicht als die wahren Helden?

Der ehemalige Küster fasste den Priester beim Arm.

»Kommen Sie, Pater. Lassen wir Stavros, wo er ist. Gehen wir lieber zu Mouss. Danach begleite ich Sie zurück nach Poissy. Sie haben recht: Er ist wirklich am Ende der

Welt begraben. Irgendwann müssen wir mal darüber nachdenken …«

Sie gingen eine Weile schweigend nebeneinander her, ließen ein Gräberfeld nach dem anderen hinter sich. 58, 57, 56, 55 … Gérard ließ den Blick über die Rechtecke schweifen, unter denen die Toten ruhten, hin zu jenen Ecken des Friedhofs, in denen die Natur ihr Recht zurückforderte und sich in frühlingshafter Pracht zeigte.

»Wissen Sie was, Pater? Es heißt, es wimmelt auf dem Friedhof von Füchsen. Sie kommen in der Dämmerung heraus und tanzen auf den Gräbern. In der untergehenden Sonne sehen ihre Ruten wie Flammen aus, heißt es, damit setzen sie die Gräber in Brand. Ich selbst habe noch keinen gesehen. Vielleicht sehe ich ja mal einen, irgendwann vor Schließung des …«

Gérard unterbrach sich. Er ließ Pater Kerns Arm los, blieb einen Moment wie sprachlos stehen, den Blick in die Ferne gerichtet, dann lief er wie ein Besessener auf die letzten Gräber zu. Angesteckt von seiner Hast, wollte der kleine Priester hinter ihm her, musste es aber aufgeben. Seine Muskeln brannten, er bekam keine Luft mehr und spürte ein unbekanntes Stechen in der Lunge. Der Boden schien zu schwanken, die Entfernung unüberwindlich, er hatte das Gefühl, mit den Füßen im Sand zu versinken. Endlich hatte er den Küster eingeholt und stellte sich atemlos neben ihn. Dann sah auch er, dass eine der weißen Grabplatten entfernt worden war. Sein Herz schlug wie wild. Ob vor Anstrengung oder aus Angst, hätte er nicht zu sagen vermocht. Mit unsicherem Schritt trat er bis an den Rand der Grube.

Das Innere des Grabes war leer.